박완서 소설전집 결정판

002

목마른 계절

세계사

* 일러두기

〈박완서 소설전집 결정판〉은 국립국어원 맞춤법 규정을 따랐으나,
일부 표현의 경우 작가와 협의하여, 최초 창작 의도에 따라 원문을 유지하였음을 알려드립니다.

기획의 글

1994년 세계사에서 박완서 전집을 첫 출간한 이래, 2002년 개정판을 거쳐, 2012년 〈박완서 소설전집 결정판〉을 내게 되었다.

선생님은 데뷔작인 『나목』부터 손수 교정을 봤는데 안타깝게도 암 수술을 받은 후 병석에 눕고 나서는 당신의 글을 직접 다듬지 못했다. 누가 삶의 깊은 뜻을 알 수 있을까! 선생님은 지난해 정월, 갑작스레 세상을 떠나셨고 1주기를 추모하여, 선생님 생전에 기획한 대로 결정판을 출간하게 되었다.

선생님의 장편소설을 다시 읽고 재평가하는 작업은 큰 산맥을 종주하는 듯 방대했다. 힘들고 지루했지만 '박완서 문학'의 폭과 깊이, 그리고 한국문학의 미래를 향한 가능성을 확인한 축복의 시간이었다.

선생님 작품의 넓고 깊음은 한 단어로 말하기 힘들다.

한국전쟁으로 텅 비고 황폐한 도시 속에서도 '물이 차오르듯 삶의 희망'을 찾아내던 선생님은, '사람 사는 모습'을 깊은 관심을 갖고 바라보았고 사회 변화에도 민감했다. 작품 활동을 시작한 이래 조금도 쉼 없이 많은 글을 쓰실 만큼 현상을 분석하는 데 탁월했다. 그만큼 소재에 제한이 없었다. 본인이 직접 겪어내신 한국전쟁뿐 아니라, 구한말부터 일제 강점기까지의 경제와 풍속, 체제 변화 속 개인의 혼란, 가부장제와 여권운동의 충돌과 허상, 중산층의 허위의식과 계층 분화 등 기존 작가들이 다루지 못했던 사회상을 문학 속으로 끌어들이는 데 앞장섰다. 선생님의 작품은 진실을 천착하는 집요한 작가 정신, 모든 구속과 드러나지 않는 음모와 싸우는 자유의 기운이 구석구석 흐르고 있어, 시대의 징후를 읽어내는 소설문학 고유의 양보할 수 없는 미덕을 넘치게 갖추고 있다.

첫 출간 때와 달리 각 초판본에 실린 서문이나 후기를 그대로 옮겨 실은 것은 작품을 쓸 당시 선생님의 생생한 육성을 듣기 위한 것이었다. 그 글을 쓴 시대와 작가의 심상이 느껴지는 짧은 글은 '박완서 문학'의 역사를 담고 있다. 덧붙인 평론들은 작품의 새로운 의미와 생명력을 불어넣어 준다.

'박완서 문학'은 언어의 보물창고다. 파내고 파내어도 늘 샘솟는 듯 살아 있는 이야기와, 예스러우면서도 더 이상 적절할 수 없는 세련된 표현으로 모국어의 진경을 펼쳐 보였다. 재미있는 글과 활달한 언어가 주는 힘은 우리들을 뜨겁게 매료시켰으며, 이는 아름다운 문학의 풍경을 만들어냈다. 40년 내내 여러 계층의 독자들에게 사랑받았고 말년까지도 긴장감과 유머를 잃지 않았던 선생님은 문학의 이름으로 길이 살아계실 이 시대의 스승이고 표양이다.

'재미와 뼈대가 함께 담긴 소설'을 쓰는 것이 선생님의 평생 과업이었다. 다가오는 세대들에게 글 쓰는 이의 외로움과, 그보다 더한 사랑을 온전히 물려주고 떠난 준엄함과 따뜻함은, 그대로 문학하는 이들의 상징이 되었다. 선생님에 대한 그리움으로 기획의 글을 대신한다.

2012년 1월
〈박완서 소설전집 결정판〉 기획위원
권명아 · 이경호 · 호원숙 · 홍기돈

작가의 말

5, 6년 전 어떤 잡지에 연재했던 작품이다.

데뷔하고 나서의 첫 장편이라 내 나름으론 열심히 쓴 거였지만 다시 읽어보니 곳곳에 경험이 너무 생경하게 노출돼 있는 게 싫게 느껴졌다.

크게 뜯어고칠까도 했으나 뜻대로 되지 않았다.

6·25 이야기에 관한 한 지금 다시 써도 이렇게 쓸 수밖에 없을 것 같다.

나는 요새 건망증이 매우 심해 가족들한테 핀잔도 받고, 더러는 실수도 한다.

그러나 6·25의 기억만은 좀처럼 원거리로 물러나주지 않는다. 아직도 부스럼딱지처럼 붙이고 산다.

훗날, 딱지가 떨어지면 좀 더 걸러지고 정돈된 이야기를 만들 수 있을 텐데 하고 아쉬워하면서 일단 한 권의 책으로 선보인다. 나의 부스럼딱지가 개인적인 질병이 아닌, 한 시대의 상흔일진대, 그대로의 모습으로 독자와 만나자는 것도 아주 뜻 없는 일만은 아니겠거니 싶어서이다.

독자의 넓은 이해를 바라며, 이 책을 위해 수고해주신 분들께 감사드린다.

1978년
박완서

* 1978년, 수문서관에서 출간된 『목마른 계절』 초판 작가 후기

| 차례 |

기획의 글 ··· 005
작가의 말 ··· 008

6월 ··· 013
7월 ··· 065
8월 ··· 108
9월 ··· 170
10월 ··· 222
11월 · 12월 ··· 241
1월 ··· 276
2월 ··· 305
3월 ··· 346
4월 ··· 378
5월 ··· 409

해설 ··· 435
작가 연보 ··· 453

6월

세 번째의 만남이다. 하필 이런 아니꼬운 꼴로 내 앞에 나타나다니…….

진眞이는 여태껏 발장구를 칠 만큼 편했던, 안락의자가 갑자기 거북해진다.

"어때?"

향아香雅가 진이의 표정 없는 얼굴을 유심히 살피며 묻는다. 그러나 진이는 들고 있던 사진틀을 '탁' 소리나게 탁자 위에 엎어 놓고, 초라한 면직 블라우스 밑의 깡마른 어깨를 모나게 추슬러 보였을 뿐 입을 다문다. 향아는 진이가 자기 일에 조금도 관심이 없는 눈치인 것을 별로 서운해하지도 않은 채 사진틀을 본래의 제자리, 이 방에서 가장 구석지고 오밀조밀한 모퉁이에 장식한다. 늘 손님이 들끓는 웅장한 안채에서 꽤 떨어진 별채에 있는 향아의 방은 그녀의 화려한 생김새나 개방적인 성품과는 달리 차분하니 간결했다.

밝고 넓은 방에 적당히 놓인 가구는 윤기가 흐르고 고가인 것이었으나 역정을 도발할 만큼 요란스럽거나 으리으리하지 않아 누구나를 마음 놓이게 했다.

부가 사람들에게 끼칠 수 있는 악덕을 살짝 빼버리고 그 비할 나위 없는 쾌적감만을 교묘히 추려놓았다고나 할까. 장차는 금가루라도 뿌릴 듯이 사치와 속악을 극한 이 거창한 저택 한 모퉁이에 이런 편한 공간을 마련할 줄 알다니…….

향아에겐 남다른 안목이 있다. 그런 안목으로 신랑감을 골라잡은 것이다. 어련하랴. 진이는 흰 자기병에 꽂힌 장미 향기를 맡는 척하며 다시 한 번 사진틀의 약혼사진을 곁눈질한다.

눈부시게 아름다운, 그리고 실물보다 좀 나이 들게 요염하게 보이는 향아를 얼싸안듯이 다붙어 앉은 사나이는 준수하고, 시선은 좀 우울한 듯하지만 사려 깊은 듯도 해 탓할 게 못된다. 그렇지만 이게 무슨 꼴이람. 아직도 학생인 주제에 한복을 치렁치렁 입은 여자와 나란히 앉아 가슴팍에 약혼기념이란 치졸한 사인을 붙인 꼴이라니. 아무리 사진일망정 하필 이런 꼴로 내 앞에 나타날 게 뭐람. 하긴 이 남자는 처음부터 기분 나빴었다.

첫 번째 만남은 올봄, 그러니까 1950년 봄. 향아와 진이의 B고녀 졸업식 날이었다.

졸업식은 전통적인 격식대로 지루했으나 식후의 기분은 더할 나위 없이 즐겁고 풍선처럼 부푼 것이었다. 송사나 답사는 구태의연하게 회고와 감상을 늘어놓았으나 아무도 회상 따위에 잠기려 들지는 않았다.

그녀들은 분명 4년제 여고에 입학하였는데, 해방과 더불어 변경된 학제로 부당히도 2년씩이나 더 옹색한 제복과 완고한 교칙 밑에 억류당했던 것이다.

부당하게시리…… 억울하게시리……, 어른의 세계에 2년씩이나 지각을 하다니. 이 엄청난 시간의 낭비……. 티끌만 한 미련도 없이 다만 성급히 앞일만 생각하며 부산스레 설레는 것이었다.

교사들은 그들대로 직원실 앞 발코니에 모여 서서 운동장의 유쾌하면서도 어딘지 불안한 소용돌이를 담담히 바라보며 시원섭섭하다는 어휘의 묘미를 천천히 음미하고 있었다. 섭섭함보나는 다분히 시원한 쪽이 강조된 이 말을…….

무언가 늘 제자들에게 쫓기기만 했어도 이제 그럭저럭 탈 없이 졸업을 시켜버린 것이다.

그렇지 그럭저럭 탈 없이……. 초로의 교사들은 늘어지게 하품을 한다. 그들의 인생을 '그럭저럭, 탈 없이'로 요약할 수 있듯이 제자들의 앞날 또한 별수 없이 그렇게 낙착될 것을 낙관하고 나른한 춘곤을 느낀다.

교정은 사진을 찍고 찍히는 학생, 학부형, 꽃다발 등으로 붐비고, 드높은 웃음과 날카로운 부름이 자자했다.

진이는 향아를 찾느라고 교정을 몇 바퀴 돈 후에야 약간 구석진 등나무 시렁 밑에서 마주쳤다. 향아는 소담한 꽃다발을 아무렇게나 들고 좀 상기한 채 카메라를 멘 청년을 동반하고 있었다.

진이는 향아가 조금도 자기를 찾고 있지 않았음을 알아차린다. 노는 시간이건 방과 후건, 소풍을 가서건 늘 같이 있지 않으면 허전해 서로 찾게 마련인 단짝의 습관이 갑자기 유치하게 느껴지면서 그런데도 묘하게 졸업의 실감 같은 게 찡하니 온다.

"바쁘니?"

공연스레 서먹해하는 진이에게 향아가 쾌활하게 먼저 말을 건다.

"아아니. 오빠를 찾는 중이야. 오긴 온댔는데 여태껏 눈에 안 띄어서."

"아무리 시골뜨기로서니 요즈음 사람들 틈에서 설마 미아가 됐을라구……"

진이 오빠가 시골 농업학교 선생으로 있대서 별 악의 없이 한 소리였으나 시골뜨기란 말이 귀에 거슬린다. 마치 동반한 청년의 빈 틈 없는 도회적인 세련을 자랑스럽게 빗대놓고 하는 말투로 들려서였다. 청년은 조금도 빤드르르하지 않았지만 멋쟁이였다.

"그럼 가 봐."

진이는 쌀쌀하게 말하고 휙 몸을 돌이키려는데 향아가,

"좀 쉬자, 아직 인사들 없었잖아?"

셋은 주춤주춤 벤치가 있는 구석으로 들어갔으나 선 채로,

"이쪽은 하진河眞, 이쪽은 민준식閔俊植 씨."

너절한 덤이 붙지 않은 간결한 소개였다. 둘은 빠안히 마주본 채 별로 고개를 숙이려는 기색도 없이 약간 웃어 보였을 뿐이었다.

"그럼……."

향아가 먼저 준식의 팔짱을 능숙하게 끼고, 진이에게 그 어느 때보다도 환하게 웃어 보이고 사람들 틈으로 분주히 사라져 갔다.

진이도 사람들 사이를 황급히 헤집으며 잠시 갈팡질팡거렸다. 아주 바쁜 일이라도 있는 것처럼.

그리고 그날 온종일, 그 후에도 문득문득 그 청년과의 짧고 날카로운 일별이 생각났다.

그러나 그 일을 구태여 어떤 사건이라 부르기엔 너무도 이야깃거리가 없었다. 그냥 밑도 끝도 없는, 아무런 뜻도 지니지 못한 회상의 단편일 뿐, 그런대로 그 회상은 오래도록 지워지지 않고 선명했다. 이것이 사진 속의 남자, 준식과의 첫 번째 만남이요, 두 번째 만남은 대학에서였다. 진이는 남녀공학의 S대로, 향아는 E여대로 각각 갈렸다.

6월의 어느 날, 대학 캠퍼스의 녹음이 짙고 가뭄이 계속되는 날은 복중처럼 더웠다. 학교 뒤쪽은 울창한 숲도 아닌 그렇다고 잘 다듬어진 풍치 있는 뜰도 아닌 그냥 키 작은 잡목들이 되는대로 자란 비스듬한 언덕이었다.

6월의 녹음에는 향기가 있다. 찔레꽃의 향기가, 벌써 져버린 지 오래인 라일락의 향기가, 그리고 신선한 녹즙의 비할 나위 없이 싱그러운 내음이 뒤섞여 젊은이들을 그 속으로 유인한다.

아직도 친구가 없는 진이는 혼자 목적도 없이 숲속을 이리저리 헤치고 있었다.

오후는 또 휴강, S대도 별것 없이 시시하다고 진이는 좀 맥이 빠진다.

까만 스커트에 흰 포플린의 블라우스는 깃이 너무도 단정하게 목둘레를 조이고 있고, 과히 예쁘지 않은 얼굴에, 입은 교태를 거부한 채 완강히 다물어져 있어, 마치 국민학교 우등생처럼 착실해 보였을 뿐 아니라 우등생 기질도 여전해 무료한 시간의 쓸모를 몰랐다.

문득 짐승의 소리인지 사람의 소리인지 분간 못할 소리에 소스라치게 놀라며 그 근처를 두리번거렸다. 도망갈 자세를 먼저 취하고 있던 진이는 그만 어처구니없는 웃음을 피식 웃고 말았다.

코 고는 소리였던 것이다.

몸집이 커다란 사나이가 네 활개를 마음껏 뻗고 벌렁 나자빠져 있는데 우스꽝스럽게도 얼굴에 구깃구깃한 신문지 조각을 펴 덮고, 날아갈까 봐선지 이마를 납작한 차돌로 눌러놓고 있었다. 그곳은 아늑하고 편안했다. 진이도 그 옆에 털썩 주저앉았다. 코 고는 소리는 정말 굉장했으나 단조롭고 규칙적이어서 주위의 정적을 휘젓는다고 생각되지는 않았다. 별안간 그 굉장한 소리가 뚝 멎었다. 이상히 여겨 가까이 다가가 귀를 기울였으나 한동안이 지나도록 영영 숨이 멎어버린 듯이 감감하였다. 그녀는 불안해져서 조심스레 그를 흔들어봤다.

그러자 든든하고도 맵시 있는 손이 천천히 움직이더니 얼굴을 덮은 신문지 쪽을 들썩 쳐들고 진이를 멍청하게 쳐다본다. 의외였다. 진이는 아주 나이든 남자가 코를 고는 것으로 막연히 생각하고 있었는데 그는 아주 젊은 남자였다. 그리고 그는 바로 민준식이었다. 준식이가 S대 졸업반이란 건 알고 있었으나 학교에서 만나기는 처음이었다. 그러자 그는 진이가 미처 알은체할 틈도 주지 않고,

"재애수 없게시리……, 한참 신나는 꿈을 꾸는 중이었는데."

웅얼웅얼 잠꼬대처럼 웅얼거리고 나서 다시 잠을 청하려는 듯이 돌아눕는다.

잿빛 즈봉에, 후줄근하게 찌들은 와이셔츠는 소매를 팔꿈치까지 둘둘 아무렇게나 말아올린 채였다. 몇 번 몸을 뒤척였으나 잠이 다시 올 것 같지 않았던지, 무슨 트집이라도 잡을 듯이 벌떡 일어나 앉는다.

"여기는 내가 맡아 놓은 명당자리란 말야. 누구 허락을 받고 마음대로 침입했지?"

사뭇 억지요 생트집이었다. 마치 텃세를 하는 어린애처럼 험상궂다.

그러고 보니 오늘따라 유난히 허술한 그의 옷차림이 조금도 초라해 보이지 않고 심한 장난을 치고 난 뒤의 소년같이 싱싱한, 일종의 멋이 풍긴다.

"학교엔 잠이나 자러 오시나요?"

"오오라, 그러고 보니 유you는 학교가 뭣 하는 곳인지도 모르는 신입생이군."

눈을 가느스름히 뜨고 밑상을 떤다.

(정말 이이는 나를 조금도 기억 못한단 말인가?)

진이는 더 이상 모른 척하는 상태를 계속할 수 없어 초조해진다.

그 짧고도 날카로운 시선의 만남, 그 선명한 회상의 단면이 자기만의 것이라는 걸 왠지 참을 수 없다. 혹 자기가 잘못 본 거라면 또 모를까. 그렇지만 이 세상에 그렇게 닮은 사람이 있다는 건 참을 수 없다.

"저어……, 저 몰라보시겠어요? 졸업식날 뵌 것 같은데 향아하고 같이 계셨죠?"

"몰라보다니? 이름까지 외고 있는데. 하진. 어때? 이만하면 됐나? 아직 내 기억력만은 자신 있어."

무뚝뚝한 대답이었다.

"그런데 어쩜 그렇게 모른 척할 수가 있어요? 어쩜……."

진이는 조금 반갑고, 아직도 좀 섭섭했다.

"알은체를 어떻게 하는 거지? 아차차……, 이 내 정신 좀 봐. 구면의 아가씨에게 하는 인사를 하마터면 잊을 뻔했군."

한 손으로 제 무릎을 탁 치며 수선을 떨더니 서서히 팔을 벌려, 멍청하게 앉아 있는 진이를 반항할 겨를도 없이 난폭하게, 그러나 능숙한 몸짓으로 끌어안고 볼을 자기 입술로 지그시 누르고 나서 놓아준다. 일순의 일이었다.

그러나 남자와 여자와의 접촉은 일순에 지나가 버리지 않는 무엇을 남겼고, 진이는 그 무엇으로부터 민첩하게 자기를 수습하지 못해 한동안 멍했다. 따끔한 턱과 부드러운 입술이 잠시 볼에 닿았을 뿐인, 극히 단순한 접촉에는 황홀한 기쁨이 있었다. 그건 전연 예기치 않은, 새로운 감각의 각성이었다.

준식의 무심한 동작에는 날카롭게 날이 선 관능이 비장되어 있었고, 그 날이 드디어 진이의 감각의 생경한 겉껍질을 찌른 것이다.

그녀는 뒤늦게야 얼굴을 붉히며 발딱 일어섰으나 창피하게도 호흡이 고르지 못했다. 아릿한 아픔이 곁들였으면서도 비할 나위 없는 쾌미감의 여운은 아직도 싱싱하고 강렬하여 그녀는 거의 질식하고 말 것 같았다. 그녀는 신기한 듯이 벌렁 누워 있는 준식을 굽어본다.

그러나 그에게선 정열은 고사하고 어떤 흥미의 꼬투리 같은 것도 찾아볼 수 없고 그저 심드렁한 권태가 있을 뿐이었다. 허탈한 표정으로 멍하니 하늘을 쳐다보며 나직이 말한다.

"유you는 공식적이 아니라서 편하군. 대개의 여자들이란 이런 경우 노발대발하며 뺨을 친다, 한바탕 훈계를 한다, 야단법석을 하는 법인데. 아주 정해진 공식이지. 이런 공식적인 인사치레를 해야만 자기 체면이 선다고 생각하거든, 우습지?"

"……"

"필요하면 사과하지. 여긴 내가 맡아논 내 자리이니까 다시 침범하지 못하게 하고플 뿐이었어. 그럼 가 봐요, 순진한 아가씨."

억양 없이 덤덤한 말씨가 '순진한 아가씨'에서 약간의 연민을 띤다.

그러나 그뿐, 아주 검으면서도 잿빛으로 보이는 권태로운 눈이 무겁게 닫히면서 다시 뜨려 하지 않았다. 그런 그는 고독해 보였지만 완전히 자유로워 보였다.

완전한 자유, 특히 향아로부터 자유로운 그를 보는 것은 후련했다. 여자 따위에 속할 수 없는 무엇이 저 공허한 눈동자 뒤에 숨겨져 있다고 진이는 준식을 풀이했다.

그 풀이는 오늘 완전히 빗나간 것이다. 그녀는 정교한 액자 속의 약혼사진을 다시 한 번 살핀다. 어느 모로 보나 어울리는 쌍이다. 그러나 그 나이에 벌써 여자의 치맛자락에 휩싸인 꼴이라니, 진이는 한숨을 쉰다. 그리고 뭔가 좀 아쉽다.

"계집애도 이런 일은 좀 비밀로 해두면 어때서……. 쉬 결혼을 할 것도 아니면서……."

진이는 고작 이런 말로 향아의 약혼 발표를 평했다.

"난 너하곤 달라. 너한테 아무것도 숨기고 싶지 않아."

"그게 무슨 소리니? 내가 마치 너한테 크게 숨기고 있는 거라도 있다는 소리로 들리니."

"그럼 안 그래? 넌 온통 감추고 있는 것 천지 아냐? 나에게도 말야. 반 애들이 동성연애를 한다고까지 수군댈 만큼 친했던 나에게도 말야."

향아가 이렇게 따지고 드는 일이란 거의 없었는데 좀 이상하다.

자기의 중대사가 진이의 관심 밖에 있는 것으로 여겨지자 그녀의 무던한 마음씨도 좀 토라진 게다.

그녀는 행복했고 응분의 선망을 친구로부터 받고 싶었다.

"갑자기 무슨 소리지?"

진이도 정색을 한다.

"네가 빨갱이였다는 것만 해도 온통 학교가 발칵 뒤집힌 후에야 난 알았잖아? 그래도……."

"겨우 그 소리야? 그만둬줘. 그 얘기라면 그건 그때로서 끝나버린 거니까."

진이는 미간을 찌푸리고 흰 자기병에서 온 방안에 달콤한 향기를 뿜고 있는 장미꽃을 신경질적으로 하나하나 뜯어내기 시작한다.

벌써 1년이나 너머 전, B고녀의 민청 지하조직이 발각되어 무더기로 정학처분을 당한 일이 있었고 그중에 진이도 끼었었던 것이다. 그것이 향아에겐 두고두고 놀랍고 섭섭했다.

그녀의 놀라움은 진이가 바로 끔찍한 빨갱이였다는 것보다는 어쩌면 자기에게까지 비밀로 빨갱이일 수 있었느냐는 것이었다.

"끝나지 않았을걸. 적어도 내 머릿속에선."

향아는 점점 더 짓궂다. 그러나 밝은 얼굴엔 별 딴 뜻이 있어 보이진 않았다.

"그런 걸 꼬치꼬치 물어 어쩌자는 거지?"

"가끔 네가 알 수 없어져. 왜 그런 끔찍하고 위험한 사상문제 따위에 관심을 갖나 하고. 더구나 여자가 재미있어 할 문제가 아니잖아? 그런 문젠."

"아주 재미없지도 않아."

"어떻게? 좀 구체적으로 말할 수 없니? 나로 하여금 너를 이해시킬 순 없니?"

"이해?"

향아가 집요하게 따지고 들수록 진이는 이런 화제가 달갑지 않다. 진이도 향아가 좋다. 그러나 결코 동지일 수는 없다는 한계가 있다.

그러나 그걸 향아가 알아듣도록 설명할 수 있을 것 같지 않다. 그녀는 별수 없이 입을 다문 채 애꿎은 장미 꽃송이만을 말끔히 뜯어내 버렸다. 향아가 먼저,

"잘은 모르지만 나는 그 사상이 분노에서 출발한다는 것쯤은 짐작하고 있어. 세상에 널린 숱한 불공평에 대한 분노 말야. 그렇지만 너희들이 그렇게 화내고 있는 심한 빈부의 차라든가 그 밖의 수두룩한 억울한 일들을 한꺼번에 해결지을 수 있는 혁명이란 게 실제로 가능할까?"

"너 정말 지나치게 심각해지는구나. 독서회쯤으로 혁명이 일어나지는 않을 테니 안심해."

"좋은 걸 가르쳐주고파 그래. 너 늘 돈 많고 권세 부리는 사람들한테 그렇게 화만 내지 말고 너도 부자가 되면 어떨까 하고. 아주 쉬운 일이야, 여자가 부자가 된다는 것. 즉, 돈이 있는 남자를 구해 사랑하고 결혼하는 길 어때? 해볼 만해?"

화제는 결국 향아답게 낙착돼가고 진이는 진이대로 오히려 그게 다행이다 싶어 웃으며 듣고 있었다.

"그러려면 첫째로, 좀 더 예뻐져야겠어."

"넌 마치 요술주머니라도 차고 있는 것 같구나. 네 마음대로 부자도 만들었다 미인도 만들었다 하게."

진이가 슬슬 장단을 맞춰주니까 향아는 한층 신이 나서 야실댄다.

"마음대로고말고, 단 네 경우만. 요행 너는 바탕이 괜찮으니까. 즉, 성형외과의 도움이 필요할 만큼 추물은 아니란 말야. 그러니까 손질만 잘하면 되고말고."

"손질, 후후후…… 계란 팩 같은 거 말이겠지? 사양하겠어. 요전의 그 네 꼴이라니, 꿈에 볼까 겁나더라."

"넌 그게 틀렸다는 거야. 여자가 모양을 내려는데 수단 방법 가리게 됐어? 좀 여자라는 자각을 가져 봐. 넌 통 여자 티가 안 나거든. 마치 중성 같아. 왜 그런지 알아? 그건 네가 여자라는 짜릿한 자각에 눈떠야 할 시기에 엉뚱하게도 무산계급이란 자각에 눈떴기 때문이야."

향아가 다시 그녀답게 정색해온다.

"그리곤 주제넘게 무산계급인지 피압박계급인지를 위해 무엇인가 투쟁해야만 될 것 같은 열띤 사명감에 얽매여 있고 실상 아무것도 하지 못하는 주제에, 세상이 어둡고 어렵기만 한 걸까? 생각하기에 달린 거야. 세상 돌아가는 일 말고도 여자들의 번뇌는 얼마든지 있어. 분홍빛 번뇌 말야. 사랑의 번뇌를 갖는 거야. 여자가 구태여 어느 계급에 속해 있을 필요가 있을까? 너는 얼마든지 예쁠 수 있는 젊은 여자만으로 충분한 거야. 네 마음먹기 나름이야. 좀 알아듣겠니?"

"향아야, 방향이 틀려. 오늘의 약속은 신데렐라가 아니라 '장 마레'였을 텐데."

오늘 그녀들이 만난 건 장 마레 주연의 〈비련〉을 보기로 되어 있기에 한 소리였으나 진이의 야무진 목소리와 냉담한 눈매는 향아의 뜻하는 바에 완강한 거부를 나타내고 얼굴은 예의 예쁘지 않은 중성적인 고집 같은 것으로 굳어 있다.

"그래그래……."

향아는 지금까지의 열의로 보아서는 너무 쉽게 설득을 단념하고, 그렇다고 별로 토라진 기색도 없이 콧노래를 흥얼거리며 외출 준비를 한다. 향아의 외출 준비는 같은 여자끼리이건만 볼 만했다. 코르셋, 브래지어, 스타킹 등을 착용하는 손길은 진지하고 꼼꼼하며 포즈는 흐트러짐 없이 단정하면서도 요염했다. 진이는 그런 향아가 자기보다 훨씬 손위 여인 같은 생각이 든다.

"남자들이 만일 여자들이 혼자 있을 때 뭘 하나를 엿본다면, 여자를 사랑할 남자는 한 명도 없으리라는 말도 있지만 넌 예외일 거다. 너를 보고 있으려니 너라면 변소에서의 용무까지도 우아하게 치를 것 같아지는데."

"후후후. 계집애도 못할 소리가 없네. 아무튼 고마워. 네게 칭찬을 다 듣다니."

세심한 속차림과는 달리 겉옷은 심플한 곤색 원피스였다.

심산유곡의 오솔길처럼 그윽하게 꾸며진 울창한 정원수 사이를 춤추듯이 앞장서 가는 향아의 경쾌한 동작을 무심히 진이도 닮으며 차츰 기분이 회복됐다. 6월은 짙푸르고 주택가의 공기는 청량했다. 영화관에서 나온 후에도 그녀들의 시장기와는 아랑곳없이 6월의 햇살이 기울기에는 아직도 한참일 것 같았다. 향아는 아직도 영화의 감격이 덜 가신 듯 상기한 채 말이 없었고 이러한 향아를 진이는 딱한 듯이 살핀다.

"그만둬, 어울리지도 않게 심각한 얼굴. 그렇게 그 영화가 좋디?"

그러나 향아는 아직도 애절한 흑백의 화면 속에 잠긴 듯 건성으로 고개만 끄덕여 다시 대화가 끊긴다. 6월의 태양은 강렬하고 가로수는 싱그럽고 가뭄이 계속되는 날의 아스팔트를 축이는 살수차의 물줄기는 상쾌하다. 살고 있는 기쁨이 물줄기처럼 거침없이 피부에 끼얹혀 온다. 사는 건, 6월에 사는 건 소다수처럼 맛있다.

"그냥 헤어질 수야 없잖아?"

"동감이야. 수다가 막혀서 체증이 나게."

아름답고 슬픈 사랑의 이야기가 준 애틋한 정감이 그녀들을 꽤 오래 침묵시켰지만 곧 지껄이지 않고는 못 배길 것을 그녀들은 잘 알고 있었다.

해는 아직 높고, 모든 것이 밝고 반짝거려 즐거운 어지럼증조차 느낀다.

"나 좀 우습지? 이루지 못할 슬픈 사랑의 이야기 따위에 눈귀를 질금거릴 때가 있으니, 그러나저러나 하트는 실컷 울렸지만 위까지 꾸룩꾸룩 울릴 거야 없잖아? 뭐 좀 먹자."

갑자기 들어선 다과점 속은 침침했으나 한산해서 마음을 차분히 가라앉혀줄 듯도 했다.

"휴우."

까닭 모를 한숨을 둘은 같이 몰아 쉬었지만, 이미 청승맞은 기분 따위는 조금도 없었다.

"나도 멋지게 슬픈 사랑을 해보고픈데 어째 시초부터 틀렸거든. 시시할 정도로 순조로워 맥이 풀리는 것 같아."

누가 보아도 도시 비극 같은 것과는 인연이 와 닿을 성싶지 않게 그늘 없이 화사한 얼굴에 잠깐 행복의 포만이랄까, 나른한 권태 같은 게 감돈다.

그런 그녀는 딱할 만큼 맹해 보인다. 용모의 미추와는 또 다른 멍청함, 진이는 잠깐 연민을 느낀다.

(너는 나보다 열 곱은 아름답다. 속옷을 입는 순서를 알고 있고, 가장 우아한 포즈로 스타킹을 신는 법을 알고 있다. 나에겐 박사학위보다 힘든 것에 너는 익숙하다. 그러나 네가 알고 있을까. 어떤 아픔을 모를 게다. 모르니까 네 아름다움엔 그늘이 없다. 맹하고 공소하다.)

"아가씨, 뭣 좀 가져 와요. 맛있는 것 닥치는 대로 잔뜩······. 참 어떻디?"

"뭐가? 영화 말야?"

"아니, 그이 말야. 아까 사진의 그이."

'그이' 소리가 거침없이 달착지근한 것이, 진이 귀에 징그럽다.

"실물보다 낫더라."

"어머머……. 실물보다 못하잖구? 난 그의 눈에 끌렸는데 우리 엄만 또 코하고 귀가 밥술이나 먹게 생겼다나. 아빠는 또 뭐랜 줄 아니? 나 참 우스워서…….'

"내 알아맞출까? 너의 아빠……. 참 뭐가 남았더라. 그래그래 입이 잘생겼다고 그랬겠구나."

"천만에, 너무 서둘지 마. 우리 아빠 말야, 그 사람 머리끝에서 발끝까지 양반의 자식이더라. 역시 뼈대 있는 집 자식은 다르거든."

향아는 먹던 카스테라를 놓고는 목소리에 손짓까지 아버지의 흉내를 낸다.

"너의 아빠 또 언제부터 양반 취미까지 생겼니?"

진이는 비꼬듯이 말한다.

"취미 정도면 내 말도 안 한다구. 아주 결사적이야. 그 양반이란 것에 말야. 옆에서 보기에도 민망할 정도로. 하긴 우리 아빠에게도 그런 귀엽고도 어리석은 점이 있으니 다행이다만. 돈 벌고 지위 얻고 온갖 것이 다 충족된 후의 남자들이 추구하는 것치고는 이색적이고도 귀엽지 않니?"

"뭐 귀여워? 우후후……."

진인 향아의 아버지인 박만홍 의원의 둔중한 몸짓을 알고 있었으므로 폭소를 참지 못한다.

"웃긴……. 전혀 이해타산과도 관계없고, 천박한 욕망과도 관계없고, 그냥 케케묵은 양반 족보가 탐난다 이거야. 이런 욕망은 아주 유아적이잖아? 그래서 귀엽다는 거야."

"믿어지지 않는데. 우리 집 조상도 서슬이 퍼런 양반이었다지만 가끔 우리 어머니가 옛날이야기처럼 들추긴 해도 아무도 그런 게 현재 우리들의 신분과 관계된다고 생각해본 적이란 없는데 지금 세상에 그런 고리타분한 걸 탐내서 어쩌자는 거지?"

"그렇지만 적어도 우리 아빠가 탐내고 있는 조상은 너희 조상같이 가난해 빠진 양반이 아니구, 돈 있는 양반이어야 할걸. 이를테면 대대로 내려오는 패물이라든가 값진 고려나 이조자기라든가 오랜 손때 묻은 고서, 까다로운 예의범절과 의식 가풍 같은 것을 물려줄 수 있는 양반 말이다."

향아는 거침없이 주워섬기고 진이는 박만홍 씨의 그 번들거리는 탐욕한 눈과 천부의 천격인 붉고 굵은 목덜미를 상기하며 갑자기 가슴이 메스꺼워 오는 듯한 불쾌감을 느끼고 있었다.

그러나 향아는 다 식은 엽차를 홀쩍거리며 일어날 기색도 없이 마냥 '그이' 민준식 이야기를 하려 들었다. 박만홍 씨와 준식의 아버지 민 사장과의 교분은 박만홍 씨의 당선 후 순전히 민 사장의 사업상 목적에서 비롯된 것이었으나 세도의 절정에 있는 박 의원에게는 이상하게 열등감과 초조감을 주는 교제였던 성싶다.

교분이 두터워짐에 따라 서로의 집을 방문할 기회가 잦아지고 그럴 때마다 민 사장 집의 모든 예의범절에서 가장집물에 이르기까지 유서 깊은 집안 독특한 아취에 질리고 마는 것이었다.

게다가 또 문벌과 함께 물려받은 재산도 대대로 잘 다스려 내려와 단 한 번도 몰락을 맛보지 않은 데서 오는 피부에 밴 여유와 윤택함도 벼락부자의 그것과는 확실히 달랐다.

박만홍 씨는 갑자기 화류문갑이다 괴목 반닫이다 또 골동품 브로커를 시켜 영문 모르게 비싼 항아리 따위를 사서 진열해 보았지만 도무지 어색하게만 느껴져 그를 자꾸 짜증나게 풀이 죽게 만들었다. 이것이야말로 필시 핏줄의 차이거니 하고 단순하게 체념하면서도 그가 가난했을 때 돈을 쫓고 앙모했듯이 외곬으로 문벌을 앙모했다. 그러자 어느 술좌석에서 우연히 노회한 민 사장으로선 다분히 계획적이었을 혼담이 비롯됐다.

민 사장은 수완 있는 사업가로 알려져 있었으나 그의 땅은 거의 이북에 있었고 해방 후 차린 무역회사는 이북과의 음성적인 교역으로 겨우 수지를 맞추던 것이 정부수립 후는 그 루트가 완전히 막혀버려 이것저것 딴 일에 손을 대 보았으나 큰 재미는 못 봐 그의 호탕한 씀씀이를 유지하기 벅찼다. 역시 크게 놀려면 정치석인 백이 있어야 한다는 걸 통감하던 차에 박 의원이 걸려든 것이다. 든든한 끈이다. 오래 잡고 늘어지고 싶었다.

그는 내년이면 대학을 졸업하게 된다는 아들 자랑에 곁들여,

"졸업하고 나면 아마 병역문제도 시끄러울 테고 사내놈이라 어차피 외국물도 좀 마셔야 될 테고 그래서 말씀이야, 졸업하는 대로 바로 미국으로 떠나 보낼까 하는데 꼭 한 가지가 걱정이외다."

"민 사장은 참 복도 많으시지. 난 딸자식 하나뿐이라 늘 한 귀퉁이가 허전한데, 기껏 몇 년 슬하가 적적할 것을 그렇게 염려하시니 민 사장의 애자지정도 이만저만이 아닙니다."

"원 영감도……, 아무려면 제가……. 그런 게 아니라 그 녀석이 워낙 신수가 훤하고 이 애비를 닮아서 정에 물러나서 혹시 그동안에 노랑머리 며느리라도 보게 될까 그게 염려외다. 며느리야 그까짓 노랑머리건 파랑머리건 저희들이 좋다면 상관없지만, 거 어디 봉제사奉祭祀할 민씨 집 장손이 노랑머리라서야 지하에서 조상 볼 면목이 있겠습니까? 안 그래요?"

"하하하 별 걱정도 아니구먼요. 요새 많이 하는 식이 있지 않습니까? 아주 참한 처녀를 딸려 보내십시오. 같이 유학 가는 식으로 가면, 적당한 시기에 어련히 저희들끼리 잘 어울려 붙을라구요. 계집 서방이란 건 다 그렇구 그렇게 어울려 붙게 돼먹었다니깐요."

(아차차……, 요 놈의 주둥아리 봤나. 점잖게 잘 나가다가 요긴 한 대목에서 고만 무식을 폭로하고 말았으니…… 쯧쯧, 아뿔싸…….)

박만홍 씨가 자기가 한 나중 말이 지나치게 천박한 것 같아 눈에 띄게 당황해서 입을 다물고 말았으나, 민 사장은 조금도 개의치 않고 소탈하게 웃고 나선,

"그럴듯하군요. 명안이에요. 역시 머리가 좋으시단 말야. 이래서 난 자수성가한 분을 존경하거든요. 말씀이 난 김이니 아주 마땅한 규수 중신도 부탁드리겠소이다. 으하하…….''

무엇이 그리 유쾌한지 다시 호탕한 웃음을 참지 못한다.

(마땅한 규수라? 내년이면 우리 향아도 대학 2년. 좀 이를까? 하지만 걸맞은 나이에 그만한 집안의 아들이 어디 쉬운가? 탐나는 자

리다. 놓칠 수 없다.)

박만홍 씨의 마음은 그 순간 굳게 정해졌다. 시대의 물결을 곡예사처럼 능란히 타고 돈도 벌고 벼슬도 한 박만홍 씨로선 실로 평생 처음인 이해와 타산을 초월한 맹목적이고 시대착오적인 열망, 양반의 집안과 사돈이라도 맺고 싶다는 욕망에 사로잡혔고 그가 원한 이상 그것은 반드시 이루어져야만 했다.

"맞선도 보기 전에 그건 벌써 정해진 거나 마찬가지였어. 그때의 나는 아버지 마음에 든 사람이 내 마음에 드는 경우를 거의 생각할 수 없었기 때문에 아찔했어. 드디어 나에게도 어려운 일이 시작되는구나 하는 예감은 무시무시하더라."

"불행에의 예감 같은 거로구나."

"그래, 그렇지만 예감에는 확실히 뭔가 있더라, 뭔가가. 부모로부터 독립된, 송두리째 내가 나인 자각은 두렵고, 외롭고, 떳떳하고, 아무튼 그런 느낌은 내 생전에 처음이었어."

"결국은 해피 엔드로 끝났잖아?"

"그렇지만 그 무렵의 내 번민엔 꼭 무슨 의미가 있을 것 같았다. 넌 불행에의 예감이라고 했지만, 새로운 삶에 대한 예감이었을 거야. 내 세계와 바로 이웃해 있으면서 아주 멀고 이질적인 세계, 나는 지금도 가끔 그런 삶에 호기심을 갖고 있어. 미리 흡족하게 마련된 세계가 아니라 조금씩 뭔가 마련해야 되고 그러기 위해 끊임없이 용기와 의지를 소모해야 되고 갈등을 겪어야 하는 삶의 모습을 나는 엿본 거야."

"그렇지만 넌 그런 삶의 문턱에서 부잣집 문전에 선 거지만큼 용기가 없었을걸."

"할 수 없잖아. 난 그이한테 첫눈에 반한 걸 어떡해?"

준식이는 도대체 어떤 모습으로 맞선을 보았을까? 맞선에서 자개 사진틀로 곧장 끌려가는 준식과 홀가분하게 오수를 즐기던 준식을 일치시킬 수 없다. 그녀는 또한 향아가 행복하다는 건 얼마든지 참을 수 있어도 준식이 자유롭지 않다는 건 참을 수 없다.

"행복하니?"

"그럼 할 수 없잖아. 난 불행해질 수 있는 가능성과는 거리가 멀게 태어난걸."

그리고 부자연스러우리만큼 길게 한숨을 내뿜는다. 향아는 지금 행복에 포만해 있고 진이는 이 무풍의 권태로운 호수에 돌팔매질이라도 하고 싶게 짓궂다. 순간 뭔가 잔인한 것이 꿈틀하는 것은 마치 살아 있는 동물이 갑자기 배 속에서 머리를 쳐드는 것처럼 실감 있게 의식한다.

"넌 아주 중요한 걸 까맣게 저버리고 있다고 생각 안 해?"

"그게 뭔데?"

얼빠진 대답이다.

"넌 철저하게 네 경우만 생각하고 있어. 그이 경우도 생각해줘야지. 아무리 네가 그에게 첫눈에 반했어도 그이는 너를 조금도 첫눈에 들어하지 않았을지도 모를 경우를 생각해둬야 하지 않을까. 순진한 정략결혼, 그럼 너에겐 가장 큰 불행, 즉 짝사랑이 시작되는 거야."

"내가? 아무려면 내가 그런 경우까지 생각해둘 필요가 있을까?"

향아는 일부러 놀란 듯, 어떻게 보면 조롱하는 듯 가느스름히 떴던 눈을 서서히 곱게 넓히며 아무것도 묻어 있지 않은 입 가장자리를 순백의 손수건으로 골고루 닦더니 마치 카메라 앞에 포즈를 취하는 스타처럼 좀 오만하지만 더할 나위 없이 세련된 웃음을 지어 보인다. 이가 가지런히 곱다.

그렇다, 확실히 그럴 필요는 조금도 없는 것이다. 패배감이 일순에 왔다. 귀부인처럼 우아한 동작으로 계산을 치른 향아는,

"참 그이 좀 부탁할까? 너라면 믿을 수 있어."

또다시 그 환한 웃음을……, 그러나 진이는 그것을 한쪽 볼의 피부로 따갑게 느꼈을 뿐 정면으로 바라보지 않은 채 헤어졌다.

6월의 일몰은 마냥 게으르다. 향아와 헤어진 신이는 혼자 길을 좀 헤매다 집에 돌아왔는데도 부엌일을 거들 수 있을 만큼 이른 저녁이었다.

진이는 호박전을 다 부쳐서 접시에 제법 모양내서 담고 앞치마를 풀었다. 어머니는 국맛을 보고, 올케 혜순이는 상추와 쑥갓을 씻고 비좁은 부엌에 어머니, 딸, 며느리, 여자들이 셋씩이나 부산을 떨며 상을 본다.

진이 오빠 열烈이는 서울 근교에 있는 농업학교의 교사로 있어서 주말에나 집에 다니러 오기 때문에 주말이면 이렇게 온 집안이 생기를 띠었다. 식사 중의 화제는 주로 시골 이야기였다. 서울에서 불

과 사오십 리쯤이 뭐 그리 대단한 두메산골이라고 열이는 주말마다 색다른 이야깃거리를 가지고 왔다. 그가 시골의 단조로운 교사생활에서 그렇게 풍부한 화제를 마련할 수 있다는 건 그만큼 그가 그의 둘레를 애정을 가지고 바라보는 징조였다.

진이는 오빠의 그런 변모가 다행하면서도 석연치 않은 무엇이 있었다.

정말 시골 학교 훈장으로 끝내 안주할 작정인가…….

모를 내다가 종아리에서 피를 빠는 거머리를 손가락으로 뚝 떼어 버리고 목을 축이는 막걸리 맛이라니 천하일품이란다. 공기는 맑고 우물물은 달고 시리단다. 학생들은 순하고 총명한데 또 교장은 무골호인이란다.

그런대로 열인 견딜 만한 모양이다. 아니 행복해 보이려고조차 하는 눈치다. 그야 열이의 취직이 이 집안 생활에 안정과 평온을 가져온 건 사실이었고, 진이의 대학 진학이 순조로웠던 것만 해도 오빠의 취직 덕이라 슬며시 감사하는 마음이 없지 않으면서도 진이는 오빠의 목가적인 생활에의 안주에 심한 저항을 느끼고 있는 스스로를 어쩔 수 없었다. 실상 얼마 전까지만 해도 좌익의 조직생활에 몸담았던 진이로서, 같은 좌익의, 그것도 진이에게는 까마득한 상부 조직의 지하 운동자였던 오빠의 전향인지 도피인지 모를 애매한 처세가 고분고분 받아들여질 리 만무했다.

"당신 그렇게 상추쌈만 먹다가 혹시 파란 애라도 낳는 거 아냐?"

혜순의 배가 눈에 띄게 부르다.

"설마……."

혜순은 곱게 웃으며 또 하나의 푸른 보따리를 싼다.

"아……."

이번에는 열이 푸른 보따리를 향해 입을 크게 벌리자 혜순은 잠깐 시어머니 쪽에 마음을 쓰는 듯하더니 열의 입에 그 큰 상추쌈을 쑤셔 넣는다.

"아야."

아마 손가락까지 깨물렸는지 혜순이 비명을 지르고 열이 혜순의 손을 어루만진다.

"미안, 미안, 어쩐지 너무 맛이 있더라니……."

잠깐 시어머니와 시누이의 존재가 주체스러울 만큼 낯간지러운 부부단란의 한때……. 혜순은 행복했다.

오랜만의 행복이다. 지긋지긋한 생활고, 남편의 도깨비처럼 종잡을 수 없는 행동, 늘 핏발 선 시선. 검거 선풍이 불 때마다 전전긍긍한 나날 이제 모두 지난 일인 것이다. 남편은 떳떳한 직업을 갖게 되었고 무엇보다 그녀가 이해할 수 있는 말을 하게 된 것이다. 이제 더 무엇을 바라랴? 외아들인 남편에게 아들이라도 턱 낳아서 안겨줄 수 있다면……. 꼭 아들을 낳고 싶다. 그녀는 아직도 자기 손을 어루만지고 있는 남편의 손 위에 다른 한 손을 포갠다.

어머니 서씨 부인은 바깥 바람이라도 쏘인다고 자리를 피하고 진이도 자기 방으로 숨어버렸다. 방의 옹색함이 전에 없이 그녀를 조였다. 창을 연다.

해 진 후, 그러나 아직 어둡기 전의 6월 하늘의 청담한 물빛은 쓸쓸하달까, 청승맞달까 그러면서도 어떤 신선한 욕망에의 암시가 있었다.

그녀는 민준식을 생각하고 까닭 모를 몸부림을 느낀다. 다시 한 번 준식이 맡아놓은 자리에 있고 싶었다. 다시 한 번 그의 입맞춤을 볼에 느끼고 싶었다. 그의 윤곽 뚜렷한 프로필에 조금씩 조금씩 다가가, 아주 가까이 다가가 그의 볼의 온기에 입술을 대어볼 수 있다면……. 상상만으로 신선한 어떤 감각이 잡히려 하는데 향아의 환한 웃음이 가로막는다. 진이는 왠지 준식이에게 안기는 향아는 쉽게 상상할 수 있었으나 그에게 안기는 제 모습은 상상할 수 없었다. 그러자 기분이 갑자기 엉망진창이 되고 말았다. 그녀는 책장에서 책을 몇 권 꺼내 방바닥에 내동댕이치고, 서랍을 있는 대로 거칠게 여닫고 그리고 조용해졌다. 그녀는 피곤했다.

"아직 안 자겠지."

열이 슬며시 진이 방으로 들어왔다. 좀처럼 없던 일이다. 그는 열없는 듯 방 안을 괜히 두리번대더니 거북하게 앉는다. 그는 부드러운 말머리를, 진이의 마음의 문이 슬그머니 열릴 열쇠같이 맞춤한 말머리를 찾고 있었으나 그게 그렇게 쉽지 않았다. 거북한 앉음새로 답답하도록 가만히 있다.

"담배라도 피우지 그래요?"

보다못해 진이가 핀잔 주듯 말한다.

"으음, 그래 그러지."

참 담배라도 피워 무니 한결 덜 어색한걸. 그런 걸 누이에게 가르쳐 받다니, 열이는 말을 꺼내기가 더욱 난감해진다.

진이는 진이대로 이러한 오빠가 우습기도 하고 10년이 넘는 나이 차이 때문일까, 서로 깊이 사랑하면서도 평소 대화가 뜨던 남매간의 어색한 분위기가 오늘따라 견디기 어려워진다.

"오빠, 근심이라도 있는 것 같아요. 혹 나한테 할말이라도?"

"그, 그래. 실은 그저 공연히……. 집을 떠돌어 있으려니 이것저것 마음에 걸리기도 하고 세상이 하도 뒤숭숭해서. 더군다나……."

"집에 여자들만 있어서요? 도둑이라도 들까 봐요? 하긴 처음엔 퍽 허전했지만."

"아니 그런 뜻이 아니라……."

열은 황급히 부정하고 나서 잠시 후 결심한 듯,

"네가 대학에 들어가준 건 정말 자랑스럽다. 그렇지만 한편 걱정도 이만저만이 아니란다."

"왜요?"

"원래 S대는 좌익세력이 센 데 아니니? 비록 지하로 숨어들어 갔을망정 나도 알 만한 골수분자들이 조종하는 조직이 아직도 건재하고 있을 거야. 곧 너한테 눈독을 들일걸."

"들이라죠. 나도 그걸 원하고 있으니깐."

"제발 딴생각 말고 공부만 하거라. 그게 어떻게 들어간 대학이니. 참 철학과랬지? 과거의 현명했던 사람들이 생각했던, 또 현존한 지성들이 생각하고 있는 것들을 배운다는 건 너한테 썩 중요한 일이 될 거야. 그러면서 너는 내 흉내에서 벗어날 수 있을 테니까."

"지금도 오빠의 흉내에서 벗어나 있어요. 난 결코 오빠처럼 변절이나 배반은 하지 않을 테니까."

진이는 비타협적인 얼굴을 오만하게 쳐들고 못박듯이 또박또박 말했다.

"누가 뭐래도 너한테만은 이해받고 싶었는데."

열이는 쉽게 낙심하면서 입속말로 중얼댄다.

"이해해요. 오빤 외아들이고 가장이고, 곧 애기 아빠가 될 테니까. 오빠의 전향을 이해하고 동정도 할 수 있어요."

"나의 전향이 가족 때문만은 아니고 순전히 자발적인 것이었다는 걸 설명해주고 싶구나."

"설명이 아니라 변명이 되겠죠, 배반을 정당화하려는……."

"듣기 괴롭구나, 배반이란 소리가. 너도 알다시피 난 너무 일찍부터 생활이란 고된 짐을 걸머졌잖니? 그런대로 꿈은 많았지. 따라서 무수한 좌절을 겪지 않으면 안되었다. 그러면서 늘 생각했지. 정녕 배우고 싶다든가, 먹고 싶다든가 하는 인간의 정신과 육체의 이 두 가지 근원적인 허기증만이라도 좌절당하지 않을 사회의 실현은 불가능한 것일까 하고, 그것을 가능하게 하기 위해선 위협도 무릅쓸 수 있을 것 같은 나의 천진한 용기와 정열을 이용하고 배반한 건 오히려 그들이었어."

"오빠, 더 듣고 싶지 않아요. 들으면 들을수록 오빠를 경멸하게 될 뿐이지, 오빠 전향의 동반자가 될 수 없을 테니까."

"널 때려주고 싶다."

열이는 입술을 떨면서 부르짖듯이 말했다. 진이는 평소의 온화한 열이답지 않은 이런 태도에 내심 움찔했으나 쌀쌀하고 거만한 태도를 누그러뜨리진 않았다.

다음 날인 6월 25일 일요일. 열이는 이른 점심을 먹고 부랴부랴 능곡으로 떠났다. 딴 때 같으면 월요일 첫차로 가는 게 보통이었는데 오늘은 마침 학교 농원에 모내기가 있다는 것이었다.

열이 떠난 후에야 진이는 삼팔선 전역에 걸쳐 괴뢰군이 남침했다는 뉴스를 귓결에 들었다.

그녀는 그런 뉴스를 어떻게 받아들여야 할지 또 가족에게 어떻게 전해야 할지를 알 수 없었다. 막연히 불안한 채, 결국 그녀가 생각해낼 수 있었던 것은 우선 여러 사람들 틈에 섞여보고, 전쟁 속에서는 별수 없이 공동운명체일 수밖에 없는 군중의 심리나 처신을 닮을 수밖에 없다는 것이었다.

띄엄띄엄 허술한 구멍가게에다 또 가끔 복덕방의 때묻은 헝겊이 펄럭이는 외에는 거의 똑같은 생김새의 조그만 기와집들이 촘촘히 줄지은 돈암동 뒷길인 진이네 동네에는 일요일마다 아이들이 많았다. 고만고만한 아이들의 놀이는 때로는 부산스럽게 때로는 까닭없이 처량하게조차 보였다.

그러나 그뿐, 결국 한여름의 화창한 날의 나직한 기와집들과 일요일의 아이들과 전쟁의 초연과는 무관했다. 그녀는 미처 큰길까지 나가지도 않고 돌아왔다. 거의 온 지구를 뒤덮다시피 했던 이차대

전의 포화도 이 땅에 해방과 독립을 선사했을 뿐 초연을 씌우지는 못했잖나 말이다.

다음 날, 그녀는 은은하지만 제법 잦은 포砲 소리를 들으며 등교했다. 강의는 지루했고 교수들은 일요일의 아이들만큼이나 천진했다. 포 소리가 강의실 유리창을 제법 세차게 흔들어도 외눈 하나 까딱 않는 천진한 용기를 보여주었다.

하오는 휴강이어서 일찍 교문을 나선 진이는 많은 사람들의 어깨 너머로 벽을 보았다.

6월 25일 미명을 기해 북한 괴뢰는 삼팔선 전역에 걸쳐 일제히 남침을 개시

혜화동 근처까지 오니 완전무장을 하고 푸른 나뭇가지로 위장까지 한 군인들을 그득그득 실은 군 트럭이 북으로 연이었으나 혜화동고개의 경사 때문일까 바퀴 소리는 육중하고 움직임은 느렸다. 연도에선 산발적인 박수와 만세 소리가 울리기도 했지만 환송이라기에는 너무도 비장했다.

머리 위의 플라타너스가 처량하게 짙푸르다. 철모와 군복과 대포를 위장하기 위해 6월은 이다지도 무성한가? 비로소 진이에게 섬뜩하니 전쟁의 실감이 왔다. 그와 함께 꿈에서 깨어난 듯 차차 모든 것이 또렷이 잡혀왔다.

그렇지……. 전쟁이 살육과 파괴만이 목적이 아닐진대 반드시

썩고 묵은 질서의 붕괴와 찬란한 새로운 질서의 교체가 뒤따를 것이 아닌가?

그렇지! 어쩌면? 그럴 수도, 아니, 확실히 그렇게 될지도!

두려움과 기대가 반반 뒤섞인 야릇한 흥분이 그녀를 몹시 떠다밀기라도 한 것처럼 그녀는 혜화동고개를 줄달음쳐 단숨에 집 근처에 와 있었다.

아침나절보다 몰라보게 초췌한 어머니 서씨 부인은 골목 어귀에서 서성대고 있었다. 전차길에서 들어오다 꺾이는 길목인 양회다리께를 열심히 지켜보다가 진이를 만나자,

"이제 오니! 그래 어떻든?"

반색을 하며 묻는다.

"뭐가요?"

"뭐라니? 몰라서 묻니, 난리 말이야. 소문들이 어떻든? 대관절 어디까지 쳐들어왔다든?"

한꺼번에 몇 가지 질문을 계속해 놓곤 마른 입술에 침을 축인다. 아침결에도 태평이던 서씨 부인도 이제야 심상치 않은 것을 느끼기 시작한 모양이다.

"라디오나 틀어놓지 그러세요?"

"그까짓 라디오 믿을 수 있니? 네 오라비 있는 데가 삼팔선 가까운 데 아니냐? 어떡하면 좋으냐?"

"어머니도 참, 오빠 있는 덴 능곡인데 무슨 삼팔선이 가깝다고 그러세요?"

"어떻든 서울보다야 더 가깝지 무슨 소리냐. 한 발자국이라도 더 먼저 쳐들어올 게 아니냐."

"참, 어머니도······."

"그저 이런 때는 식구가 한데 모여서 일을 당해도 당해야 하는데, 그놈의 객지 생활이 원수야, 원수."

서 여사는 눈물까지 찔끔거리며 아까보다 더 열심히 양회다리 근처의 오고 가는 사람들을 살핀다. 수돗가에서 시름없이 김칫거리를 씻고 있던 혜순도 진이를 보자 반색을 하며,

"암만해도 심상치 않은데 어떡하죠? 오빠한테 어떻게 연락 좀 할 수 없겠어요, 아가씨?"

"무슨 연락을요?"

"궁금해서요. 이럴 땐 그저 식구가 모여 있어야 하는 건데. 죽어도 같이 죽고 살아도 같이 살게······."

죽는다느니, 산다느니 하는 말은 자기가 해놓고 그 말이 제풀에 비장한 듯 갑자기 눈을 내리깔고 울먹울먹한 표정으로 배에다 가만히 손을 댄다. 제법 부른 배다. 그리고 혼자 중얼거린다.

"난리가 나려거든 좀 일찍 나든지 좀 더 있다가 나든지······."

"그렇군요, 참. 그럼 내가 곧 순사 아저씨네 가서 오빠한테 전활 걸어볼 테니 이러지 말아요. 좀 놀래줄까 부다, 언니가 방금 진통을 시작했다. 그럼 오빤 한걸음에 뛰어올걸."

혜순은 조금도 웃지 않고 옹배기에 김칫거리를 담고 굵은 소금을 뿌리는 동작을 정신은 딴 데 두고 마지못해 하는 듯하다.

"그럼 빨리 가 봐요. 그 댁엔 그래도 뉴스가 좀 빠를 테니."

순사 아저씨란 진이의 외당숙으로 일제 때부터 경찰계에 있어서 지금은 경찰계에선 중진에 속하는, 한결같이 주변 없고 궁색한 진이네 친척 중에선 비록 외가 쪽이긴 하지만 그래도 제일 세도하는 집안이었으나 진이는 늘 순사 아저씨라고 얕잡아 부르기 일쑤였다.

돈암국민학교로 들어가는 어귀, 바로 전차 길가로 면한 꽤 큰 기와집 앞에서 진이는 머뭇댄다.

(차라리 공중전화로 걸걸 그랬나? 참 시외전화지……)

암만해도 좀 아니꼽고, 더구나 망아지만 한 셰퍼드가 죽어라고 짖어대면 식모나 육촌 오빠들이 나와서 붙드는 동안에 머리 끝을 쭈뼛하며 재빨리 대청으로 뛰어 올라가야 하는 것이 이 집을 방문할 때마다 진이에게는 몹시 굴욕스럽게 여겨졌다.

"너 진이 아니냐? 왜 그러고 섰지?"

사복 차림의 서승환徐昇煥 씨가 지금 막 돌아오는 길인 듯 대문을 흔들고 있기에 진이는 엉겁결에 그의 겨드랑 밑에 숨듯이 몸을 움츠리고 개를 피해 마루로 올라선다.

신수 좋은 서승환 씨의 얼굴 역시 초췌해 보인다. 체구에 맞지 않게 신경질적인 동작으로 담배에 불을 붙이고 진이의 아래위를 자못 냉랭하게 훑어보고 나서 불쑥,

"왜 왔니?"

너무 거칠다. 안방에서 장 서랍 같은 것을 뒤적이고 있던 당숙모는 숫제 알은체도 안하고 말끄러미 경계하듯이 진이를 노려본다.

진이는 심상치 않은 것을 느꼈으나 원체 몸에 밴 굽힘 없는 오만한 자세를 잃지 않고,

"전화 좀 쓰려고요?"

"어디에다 걸게?"

꼭 죄인을 다루듯 한다.

"오빠한테요. 궁금해서요."

"뭐가 궁금해. 홍 난리가 나서? 잘됐잖아. 네 오래비나 네가 활개 치고 살 세상이 될텐데."

"네?"

"왜, 몰라서 묻니? 빨갱이 천하가 된단 말야. 너희야 이미 알고 있었겠지만……. 그러니까 새삼스러울 것도 없겠지. 홍 그렇지만 미리 좋아할 것은 없어. 그렇게 호락호락 서울을 내주진 않을걸. 그렇게 안 될걸. 홍 빌어먹을……."

둔중하고 속셈이 음흉스러운 편인 서승환 씨로서는 좀 유치한 적의를 적나라하게 노출시킨다. 여태껏 말 한마디 없이 꼬챙이 같은 시선으로 진이를 쏘아보고만 있던 당숙모까지 가담한다.

"그러게 내가 늘 뭐랍디까? 그저 빨갱이들은 아는 대로 일가고 친척이고 가릴 것 없이 죽여야 한다지 않았어요. 내 말이 손톱만큼이나 틀렸어요? 아이고 분해. 당신은 그저 용해 빠져서 열이 놈이 걸려들 때마다 형님이 와서 울고불고하면 무사하게 해주고 했어도 무슨 소용이 있어요. 인제 당장 우리 가슴에 칼을 꽂을 텐데. 빨갱이들 배은망덕은 당신이 더 잘 알 것 아니우? 아니고 분해."

남의 얼굴에 침까지 튀겨 가며 이건 숫제 발광이다.

"그만해두구려. 열이 녀석이 설마 그럴 수야, 제 놈이 그럴 수야 감히……. 제엔장, 빌어먹을. 그래도 설마 서울이야……. 빌어먹을."

담배가 미처 다 타기도 전에 약간 떨리는 손으로 비벼 끄고는 곧새 담배에 불을 붙이기를 되풀이하며 악담을 했다, 눙쳤다, 좌불안석을 한다.

진이는 아차 잘못 왔구나 싶었지만 벌써 때는 늦은 거고 빨리 물러가긴 가야겠는데 쫓기듯이 물러가느냐 고개를 도도히 세우고 오만하게 걸어가느냐 그것이 문제였다.

요즈음에는 별로 그런 일이 없었지만 열이가 경찰 신세를 질 적마다 번번이 서 여사는 사촌동생인 서승환 씨를 찾아 읍소를 해서 적지 않게 덕을 봤었고, 이런 인연으로 은연중 이 집에서는 열이를 아주 대단한 거물급으로 아는 모양이었다.

전화도 못 건 채 집으로 돌아온 진이는 시외전화가 잘 안되더라고만 말하고 재빨리 제 방으로 숨어버렸다. 근심스럽고 구질구질한 대화에 마음을 적시고 싶지 않았다. 그러나 혼자서 된 후에도 빨갱이는 모두 죽여야 한다는 아까 당숙모의 악담을 어쩔 수 없이 되씹으며 빨갱이도 흰둥이도 될 수 없는 우유부단한 열이 앞으로 부닥치게 될 시련을 가슴 저리게 예감한다.

27일은 강의를 전폐하고 학도호국단 주최의 학생회가 열리고 학교를 끝까지 사수하자는 비장한 결의를 만장일치로 가결하고 학생각자의 부서가 정해졌으나 1학년들에게는 귀가조치가 취해졌다. 출정하는 군인에게 환호하는 예의조차 잊은 인도의 시민들에게 뽀얀 먼지만을 끼얹고 철모의 군인을 그득 실은 트럭은 북으로 연달아 사라지고 중무장한 군용차를 거슬러 남으로 피난 내려오는 우마차와 그 위에 실린 어린이와 초라한 가장집기들……. 전쟁이 머리 위를 지나기 직전의 풍경은 말할 수 없이 불길하고 전전긍긍한 것이었다.

혜순은 기다림과 불안에 지친 파리한 모습으로 부엌에서 쌀을 볶고 있었다.

"언니, 그건 뭘 하려구?"

"어머님이 볶으시라길래……. 미숫가루를 만드신다나 봐요."

"어머니, 우리도 피난 갈 거예요?"

진이는 부러 소풍 갈 일이라도 의논하듯이 쾌활하게 물었으나 서 여사는,

"미쳤니! 너의 오래비도 안 왔는데 우리끼리 살겠다고 피난을 가게."

"그럼 쌀은 왜 볶아요?"

"그냥 그저……. 옆집에서도 그런 걸 만들더구나."

종잡을 수 없는 대답을 하고 다시 몇 번 허둥지둥 대문을 드나들더니 장 속의 옷가지들을 꺼내서 뒤적이기도 하고 조그만 보따리를 꾸리기도 한다.

"어머니, 우리도 피난 갈 차비하는 거 아녜요?"

"아, 아니라니까. 그저 이 뒤 은행집도 가보니까 모두 보따리를 싸길래."

평소 빈틈없이 가족들을 잘 거느리던 서 여사도 오늘만큼은 어찌해야 좋을지 완전히 분별을 잃고 갈팡질팡댄다. 이럭저럭 쌀은 볶아만 놓은 채 누구 하나 다잡아 빻을 생각도 안 하고 내버려둔 채로 날은 저물어갔다. 별안간 찬장 속의 유리컵들이 서로 요란히 부딪칠 정도의 큰 진동에 잇따라 앞집 추녀 모서리에 달린 반달 모양의 기왓장이 진이네 장독소래기를 깨뜨리며 떨어진다.

"에구머니나."

마치 큰 포탄이라도 떨어진 듯이 안색이 창백해지며, 그러나 실상 깨진 장독소래기 따위엔 별 관심도 두지 않고 황망한 걸음걸이로 다시 밖으로 나간다. 잠시 후,

"애들아, 문안은 좀 괜찮다더라. 소문이 돈암동에 큰 난리판이 벌어진대. 어쩔꼬……, 이 어린 것이 불쌍해 어쩔꼬, 그저 세상을 못 만나서……."

마치 태아가 아닌 벙실대는 손자에게라도 하듯이 며느리의 부른 배를 어루만지다가 결심한 듯이,

"진이야, 언니를 데리고 어디든지 안전한 데로 잠깐 피해라. 너 언닐 잘 돌봐야 한다. 언니 배엔 하씨댁 장손이 들었어. 알겠니?"

자못 단호하다.

"어머니도 같이 가셔야죠."

"아니다. 그동안에 아범이 오면 어떻게 하게……. 대포알 밑을

뚫고 집이라고 찾아와서 빈집이여 봐라, 얼마나 기막히고 서운할까. 늙은것 염려는 말고 어서어서……. 뭘 어물대고 있니?"

 서 여사는 아까 싸놓은 보따리 중에서 아무거나 하나를 집어서 진이에게 안기더니 덮어놓고 등을 밀며 서두는 바람에 두 여자는 거리로 밀려나고 만다. 거리에는 빠른 걸음으로 어디론지 달려가는 사람이 꽤 많았다. 통행이 차단됐다는 큰길을 피해 삼엄하게 바리케이드가 쳐진 성북서 앞을 지나 언덕바지 뒷길로 접어드니 혜순의 걸음걸이가 점점 신통치 않아진다.

 "언니, 왜 그래요? 좀 빨리 가요."

 "……."

 "어디 불편해요?"

 "너무 멀리 가지 말아요."

 "왜, 배라도 거북해요? 오늘 여러 번 놀랐죠."

 진이는 더럭 겁부터 난다. 그러나 혜순은 그게 아니라 시어머니의 재촉에 얼떨결에 뛰쳐나오기는 나왔어도 집에 있을걸 싶어 도무지 발길이 내키지를 않는다.

 분명 남편이 돌아올 집, 이 북새통에 서로 만날 수 있게 확실히 약속된 장소가 집밖에 또 있을까. 서로 잠깐의 엇갈림이 영원의 이별이 돼버리는 게 비단 소설에서나 있는 남의 일일까.

 진이도 혜순의 이런 눈치를 재빨리 알아차리고 언덕배기 왼쪽 돌산에 뚫린 커다란 굴 앞에서 걸음을 멈춘다.

 T자형의 일제 때의 방공호인 이 굴은 백 명도 넘게 들어갈 수 있

는 큰 굴이었다.

"여기서 하룻밤 드샙시다. 여기라면 절대 안전해요. 우리끼리만 밤을 드새긴 너무 넓은 게 탈이지만."

혜순은 겁먹은 듯 고개만 크게 끄덕인다.

그러나 굴속에는 뜻밖에도 많은 사람이 웅성대고 있었고 이부자리까지 준비한 사람도 적지 않았다. 아무도 그녀들을 환영도 거부도 하지 않은 채 이 속에서나마 남보다 넓은 자리를 차지하려고 아귀다툼을 하고 있었다.

T자의 윗부분, 즉 입구에서 쑥 들어가 좌우로 꺾인 속 부분은 이미 발 들여놓을 틈도 없이 몇몇 가족들이 차지하고 있었다. 돗자리를 넓게 펴고 비단이불까지 펴고 벌렁 드러누워 있는가 하면, 돗자리를 펴놓고 가족들이 곧 올테라고 아무도 접근을 못하게 눈을 곤두세우고 앉아 있는 비대한 중년부인도 있었다. 난리를 함께 겪는다는 동병상련조차 없다.

"언니만이라도 저 속에 들어갔으면."

진이가 안쪽으로 고개를 길게 빼고 중얼거렸으나 누가 이 마당에 태중의 하씨 댁 장손을 알아보랴.

별수 없이 둘은 나란히 입구 가까운 곳의 빈자리에 앉는다. 끝내 못마땅한 듯 투덜대던 몇 사람이 나가고 그보다 많은 사람이 새로 들어오고 하는 사이에 그런대로 굴속도 자리가 잡히고 조용해지며 사람들의 드나듦도 멎었다. 굴로 들어설 때 일순 좀 멀어진 듯이 느껴지던 포 소리도 다시 가까이 한층 잦아진다. 군데군데 켜진 촛불에 회색빛으로 보이는 후줄근한 무명 고의적삼을 입은 노인이 휑하니 뚫린 굴의 구멍을 널빤지와 함석 조각 같은 것으로 꼼꼼히 막는다. 마치 잠들기 전 자기 집 문단속을 돌보듯이 심상하고 의젓한 태도다.

혜순은 무릎 위의 보따리에 자기 턱을 가볍게 얹고 묵념하듯이 눈을 내리깐다. 이제 남편에 대한 근심을 넘어서 애절한 기도의 자세로 돌아와 있는 여인의 모습은 차라리 단순하고도 순수했다. 그러나 진이는 그렇지 못했다.

저 요란스러운 포 소리가 정적으로 바뀌는 일순, 어쩌면? 아니 분명코 새롭고 찬란한 날이 밝으리라는 희망 찬 흥분과 한 가닥의 이유 모를 불안……. 그녀는 두려워하고 있었다. 관념적이었던 것이 드디어 그 실재를, 참모습을 드러내려 하고 있음을. 아마 그녀는 20년 후의 자기의 진짜 모습을 들여다볼 수 있는 요술 창구가 있다면 그 앞에 서기를 진정 두려워하며 뒷걸음쳤으리라.

문단속을 마친 노인이 담배에 불을 붙이니 염색한 군복바지를 입은 애송이 청년이 자기도 담배를 입에 문 채 노인에게 고개를 꾸뻑하며 불을 청한다. 노인은 잠깐 망설이다 탓하지 않고 담뱃불 대신에 성냥을 내주고……, 그러고는 다시 진이의 주위는 숨막힐 듯 가라앉는다. 얼마나 지났을까?

"아버지, 아버지?" 하며 누가 조심스럽게 판자 쪽을 흔든다. 노인이 얼른 함석 조각을 안에서 젖히니 총을 멘 순경이 약간 숨찬 듯 그러나 쾌활한 표정으로 들어선다. 노인의 아들인 듯 노인은 반가움

을 애써 근엄한 표정으로 감추며,

"어떻게 왔니?"

아주 대범하게 묻는다.

"아버지 궁금해하실까 봐 잠깐 틈을 냈죠. 바로 요 아래 성북서로 배치된걸요. 마음 툭 놓으세요, 아버지……."

무슨 말을 더 계속하려다 그는 갑자기 좋은 생각이 떠오른 듯 얼굴을 빛내며 굴안을 휘둘러 보더니 큰기침을 한 번 하고 나서,

"여러분, 여러분은 안심하셔도 됩니다. 에―또."

크게 외치고는 이렇게 많은 사람 앞에서 연설을 해 보기는 생전 처음이라는 듯 눈에 띄게 상기한다.

"에―또, 우리 국군은 맹렬한 반격을 시작해서……. 에―또 적군을 의정부 방면까지 격퇴시켰다 합니다."

겨우 말을 마치고 손수건으로 땀을 닦는다. 노인의 얼굴에 자랑스러움이 흐뭇하게 번진다.

순경은 거의 한 시간에 한 번만큼 전황을 알려왔다. 그의 보고대로라면 적군은 멀리 쫓겨만 가는데 대포 소리는 점점 더 가까이, 드디어는 포탄이 그들의 머리 위의 공기를 뚫는 날카로운 음향까지 똑똑히 들려왔다.

이제 아무도 그의 말을 곧이듣지는 않으면서도 그를 기다렸다. 어떻든 그만이 외부와의 이음줄이었으니까. 그런 그의 방문도 한밤중이 지나고부터 뚝 끊겼다. 노인은 점점 더 자주 새 담배에 불을 붙이고 몇 개의 촛불은 차례차례로 꺼져갔다.

길고 불안한 밤이었다. 드디어 엉성한 널빤지 사이로 희미한 빛이 새어 들어오기 시작하고 그리고 정적이 왔다. 아무도 그 정적의 정체를 알고자 널빤지를 들치는 사람이 없는 채로 희미했던 빛은 점점 영롱한 아침 햇살로 변해갔다. 그리고 사람들은 여태껏 들어보지 못한 아주 무겁고 둔한 낮으면서도 땅속 깊은 곳까지 진동이 미치는 듯한 새로운 음향을 들었다. 떨리는 손으로 널빤지를 젖히기 시작한 것은 노인이 먼저였지만 굴 밖에 먼저 나선 것은 진이였다. 굴 밖 언덕에서 곧바로 바라보이는 미아리 고개의 흰 길을 육중한 탱크의 행렬이 서서히 내려오고 있었다. 그리고 보니 벌써 골목까지 국군 아닌 군인이 둘씩 짝을 지어 따발총을 겨눈 채 샅샅이 살피며 걸어오고 있었다.

드디어 밤사이에 세상이 바뀐 것이다. 진이는 무어라고 외치려다 말고 우르르 굴 밖으로 몰려나와 한결같이 미아리고개 쪽을 보고 있는 사람들을 돌아본다. 아무도 그녀의 감동에 호응해오지 않는다.

한결같이 눈치꾸러기 같은 소심한 표정으로 흘금흘금 경계하듯이 서로서로를 살피기 시작한다. 마치 혼자만의 힘으로 기뻐한다든가 슬퍼한다든가 하는 기능을 잃은 사람들 모양, 멍하니 무표정하게, 아니, 경우에 따라서는 웃을 수도 울 수도 있다는 어중간하고 편리한 얼굴을 하고 서로들 눈치 보기에 여념이 없다.

"언니! 인민군이군요. 이제 됐어요. 빨리 집으로 갑시다."

진이의 목소리는 부자연스러울 만큼 생기 있게 퉁겼으나 혜순의 가라앉은 표정에는 끝내 변화가 없다.

"언니! 왜 그러구 있어요? 인민군이라니까. 새 세상이에요. 만세라도 불러야죠."

그녀는 굴속 식구들에게 들으라는 듯이 크게 외치고 정말 만세라도 부르는 듯 두 팔을 높이 쳐들고 언덕길을 줄달음친다.

"흥, 재애수 없게 빨갱이 년이 섞였었군! 퉤."

염색한 군복바지가 침을 탁 뱉는다.

진이는 향아네로 가려던 발걸음을 도중에서 돌이키고 말았다. 밤새 난리를 겪고 난 후의 단순한 궁금증, 어쩌면 밤새 조금쯤 가여워졌을지도 모르는 친구에게 베풀 수 있는 위무, 그런 것 말고 자기가 취해야 할 또 다른 입장이 있어야 할 것 같다. 그녀는 미처 그런 준비까지 돼 있지 않은 스스로를 느낀다.

세상이 바뀐 첫날이자 비 개인 여름날은 사방이 온통 빛에 넘치고 있었다. 티끌이 말끔히 가라앉은 투명한 공간을 통해 모든 전망은 밝고 선명했다.

진이는 문득 좀 전에 본, 대학병원 뒤뜰에 방치된 국군의 시체들을 생각하고 몸서리를 쳤다. 그곳은 너무도 밝고 너무도 행인들의 시선과 가까웠다. 살육과 파괴가 따르지 않는 전쟁이 어디 있으랴. 전쟁의 명분을 얼굴로 치면, 살육과 파괴는 내장이다. 내장은 누구나 갖고 있으면서 그 노출에 혐오를 느끼는 게 누구나의 생리다. 아름다운 얼굴에 아름다운 내장이 따를 리도 없다. 결국 문제는 내장이 아니라 초면에, 얼굴도 내밀기 전에 내장부터 내보이는 그 무신경과 잔혹성이다. 그녀는 다시 그녀가 지금 화내고 있는 대상이 무엇인가에 생각이 미치자 당혹하고 만다. 잠깐 소녀적인 감상이었다고 스스로를 바로잡는다.

(혁명이 아닌가? 그리고 난 보통 행인들과 다르다. 적어도 혁명을 예견했고, 투쟁력도 만만찮다. 나는 오늘 환호하고, 감동하고 할 그런 의무가 있다.)

그녀는 어깨를 모나게 추슬러 고집스럽고 오만한 자세를 취한다.

한길에는 많은 사람들이 오가고 있었다. 약속이나 한 듯이 한결같이 어제의 그들보다 몰라보게 초라한 모습으로 누가 시킨 것도 아닐텐데 갖가지 천의 붉은 헝겊을 옷깃에 변명처럼 달고 그리고 오늘 아침의 굴속 식구들과 신통히도 닮은 그 눈치꾸러기 같은 표정들로 서로서로를 훔쳐보며 바쁘지도 느리지도 않게 오가고 있었다.

가끔 출감한 좌익청년들이 트럭에 탄 채 수의囚衣를 훈장처럼 나부끼며 고래고래 구호를 외쳐, 행인들에게 어떤 극적인 감동의 불씨를 던지기를 시도하는 듯했으나 끝내 눈치꾸러기의 두터운 벽을 뚫지는 못한다.

그녀도 끝내 아침에 굴 앞 비탈길을 줄달음쳐 내릴 때의 신선한 감동을 되찾지 못한 채 돈암동 어귀 천변가로 들어섰다. 동네 앞 오동나무 근처까지 오니 아이들이 동그랗게 들어선 곳이 있어 그녀도 별 생각 없이 그들 축에 섞인다. 동회를 파수 보는 듯한 아주 나이 어린 인민군—그가 겨누고 서 있는 따발총의 무게가 애처롭도록 그렇게 나이 어린 인민군과, 그 앞 오동나무 아래 평상에 걸터 앉은

은색 수염의 호인형의 할아버지가 이야기를 주고받고 있었다.

 착한 아들 며느리를 거느린 노인들만이 가진 원만함과 친근감이 함께 느껴지는 할아버지는 아주 유쾌한 듯 입가를 벌름거리며,

 "우리 손자녀석도 자네만 한데 그놈이 희한한 놈이거든. 즈 애비가 죽어라고 말려도 막무가내로 공산당질을 하고 다녔거든. 아주 똑똑하고 공부도 곧잘 하는 놈이 그게 큰 흠이었는데 이렇게 되고 보니 그래도 그 놈이 선견지명이 있는 놈이야. 아주 어린 놈인데 참 자넨 몇 살인가?"

 "열여덟입니다."

 또렷하지만 메마른 말씨다.

 "열여덟……? 저런, 그런데 왜 학교를 안 가고 군인을 나왔어? 양친이 안 계신 거로군."

 "……"

 소년은 대답 없이 미간을 주름잡고 역력히 불쾌해진다.

 "나랏일도 중하지만 그래도 공부할 땐 공부해야지."

 "공부보다는 남반부 인민의 해방이 더 중요하니까요. 공부는 단지 개인의 일일 뿐이죠, 남반부 인민들이 리승만 괴뢰정부의 학정 밑에 신음하는데 어찌 편히 공부나 하고 있겠소?"

 또박또박 사투리 하나 섞이지 않은 완전한 표준말이면서도, 선동적인 억양과 목의 힘줄을 팽팽히 당긴 듯한 목소리가 꼭 평양방송의 아나운서를 닮았으면서도 어느 고장의 사투리보다도 귀에 설다.

 "뭐 그렇게 이쪽 사람들이 고생했달 거야 있나? 난 오래 산 덕으

로 세상 바뀌는 걸 여러 번 봤지만 어떤 세상이고 아주 고생 없는 세상은 없었던걸. 세상이야 어찌 되든 그럴수록 공부는 하고 봐야 하네. 쯧쯧 열여덟이라……."

할아버지는 눈치없이 이 소년이 학교 못 간 것만 서운해하고, 소년은 할아버지의 이 주책없는 동정을 어떻게 처리할 것인가 망연해한다.

이 궁지에서 인민군의 긍지를 지키기에는 이 소년은 너무도 어렸다.

"아까 문안으로 슬슬 구경 나갔다가 임자 또래의 군인을 몇 봤어. 아마 임자같이 딱한 처지의 군인도 적지 않은 모양이지, 쯧쯧."

소년은 잠자코 듣고만 있을 수는 없다고 생각한 듯,

"그렇소. 우리 인민군대야말로 진정한 노동자 농민의 아들딸로서 구성되었기 때문이오."

예의 선동적인 악센트는 소년 자신을 영웅심 비슷한 으쓱한 기분으로 흥분시켰을 뿐 할아버지는 꼭 자기 손자만 한 어린것이 무거운 총을 메고 뙤약볕에 먼지투성이로 서 있는 것이 아주 잘못된 일이라는 한 가지 생각만 하고 있었다.

"저런, 김일성이 그 사람도 잘못이야, 쯧쯧. 아무리 못난 노동자 농민의 자식이기로서니 어린것들이야 무슨 죄가 있다고 싸움터로 내보내다니, 그런 도척 같은……."

―아차 참 세상이 어떻게 바뀌었더라― 할아버지가 문득 입을 다물고 어젯밤에 치른 난리와 어제와 달라진 오늘의 세상을 미처 생

각해내기도 전에,

"이, 이 새애끼가 반동의 새끼 앙이가?"

소년은 이제야말로 분노하고 위신을 세울 수 있는 적기를 만났다는 듯이 작은 몸뚱이를 재빨리 도사린다.

"뭐 이 새끼? 요……, 요 놈이 환장을 했나?"

아랫도리를 부들부들 떨며 일어섰으나 따발총의 총부리가 너무도 그의 가슴 가까이 있었다.

그리고 그제서야 세상이 어떻게 바뀌었나를 생각해낼 수 있었다.

진이는 어느 틈에 저도 모르게 할아버지 곁에 있었다. 하체가 아직도 와들와들 떨고 있었다.

"욕보셨어요, 할아버지."

주름투성이의 미지근한 손을 꼭 잡아주며,

"댁이 어디세요. 모셔다 드리겠어요."

진이는 우선 소년에게 모멸의 일별을 던지고 나서 부드럽게 물었으나 할아버지는 대답 없이 그녀의 팔에 응석부리듯이 체중을 실어온다.

'인민공화국 만세' '미제국주의의 앞잡이 리승만 괴뢰……' 핏빛 물감이 아직도 마르지 않은 대문짝만 한 벽보가 붙어 있는 어떤 골목 앞에서 할아버지는 비로소 진이의 팔을 놓고 인사도 없이 가버린다.

뒷모습이 측은하다. 진이는 핏빛 글씨를 다시 읽는다.

새 공화국의 억센 발걸음에 짓밟힌 낡은 질서 가운데 노인들의 권위가 좀 억울하게 끼어들었기로서니 그것이 어떻다는 것일까? 그것은 티끌이다. 왜 하필 거보巨步를 보기 전에 그 밑의 티끌을 보며, 얼굴을 찾지 않고 추한 내장을 찾으려 드는 걸까? 진이는 스스로를 꾸짖는다.

집 앞에는 어머니 서 여사가 심란한 얼굴로 서성대고 있었다.

"아직도 오빠한테서 소식 없어요?"

"왔다. 오긴 왔는데 어디서 도둑놈 같은 녀석들을 네댓 명이나 달고 들어왔다."

서 여사는 기가 찬 듯 그러나 낮은 목소리로 말하고 문을 막아 서며,

"외가에라도 좀 다녀오렴. 밤새 별일 없었나 궁금하기도 하니……."

진이가 그 도둑놈 같은 녀석들과 만나는 것을 꺼려 하는 눈치다.

"어머니두 도둑놈이 뭐예요. 아마 형무소에서 풀려 나온 좌익운동하던 오빠의 옛 동지들이겠죠. 오늘의 영웅들이에요. 보고 싶어요."

마루에는 막 술상이 벌어져 있었다. 펌프가 수조에는 여남은 병이나 됨직한 맥주가 채워져 있었으나, 술상은 간소하였다. 동그란 소반에 동글동글 썬 새파란 오이 한 접시와 역시 동그랗게 썬 토마토, 구운 오징어 등을 놓고 대여섯 명의 때묻고 창백한 얼굴들이 기고만장해 서로 기염을 토하고 있는데 열이만이 잠자코 맥주 거품이 넘치고 있는 컵을 한 손으로 쥔 채 고개를 숙이고 앉아 있었다. 체념

한 듯 풀이 죽은, 그러나 여전히 성실하고 온화한 옆 얼굴이 진이의 눈이 아니라 가슴 한가운데 꽉 와닿는다.

"야 여성 동무."

열이 미처 진이를 알은체하기도 전에 그중 한 청년이 진이의 손목을 꽉 잡는다.

그러자 모두 일제히,

"오, 하진 동무!."

"우리의 열렬한 여성 동무에게 영광이 있으리."

"으하하하 여성 동무 만세."

진이의 손은 새까맣게 손톱이 자랄 대로 자란 땟국이 흐르는 여러 손으로 번갈아가며 아프게 쥐어지고 나중에는 온몸이 송두리째 높이 쳐들렸다가 술좌석 한가운데 털썩 놔졌다.

모두 조금씩 낯익은 얼굴들이다. 열이 시골학교로 떠나기 전까지 뻔질나게 드나들다가 퍼뜩 발길이 끊겼던 이들, 뭣 하는 사람인지 진이 편에서 먼저 짐작하고 무던히도 도와주고 싶었던 이들, 가끔 자기 방을 회합장소로 기꺼이 내주기도 하고 연락하는 쪽지를 성심껏 전해주기도 했던 그들에게 이제 열렬한 환호를 받으며 섞여 앉아 있는 것이다.

그녀도 점점 눈시울이 뜨거워온다.

"어디 갔었니?"

내던지듯이 피곤한, 그러나 충분한 염려가 담긴 열의 시선이 진이의 아래위를 천천히 살핀다.

이윽고 둘의 시선이 마주치자 진이 편에서 재빨리 눈을 딴 데로 두고 누구의 것인지도 모를 컵을 당겨서 거품을 조금 핥다가 만다.

열의 시선은 막 부풀려는 그녀의 감동을 지그시 누르고 무언가 생각에 잠기게끔 하는 것 같아 두렵고 싫었다. 그녀는 무조건 감동하고 싶었다. 반의무적인 절박한 심정으로 어떤 크나큰 감동이 일 계기 같은 걸 찾느라 온종일 헤매지 않았던가.

"깃발을 덮어다오. 붉은 깃발을……. 그 밑에 전사를 맹세한 깃발."

한참 떠들썩한 뒤에 묘하게 감상적인 고즈넉한 합창 속에 열의 음성이 섞이지 않았으리라는 확신은 진이를 울고 싶도록 서글프게 한다. 이런 진을 격려하듯이 거품이 흐르는 잔이 진이 앞에 내밀어지고, 그녀는 서슴지 않고 받아 단숨에 마시려는데 열의 손이 컵을 묵직이 짓누른다.

"진이, 피곤해 뵈는구나. 네 방에 가서 쉬렴."

반발할 여지 없는 엄한 음성은 진이에게만 들릴 만큼 낮다. 진이는 자기 앞의 컵을 필사적으로 덮어씌우고 있는 오빠의 정맥이 불끈 솟은 손을 허탕치게 할 수 있을 만큼 모질지 못하다.

"하열 동무, 오늘 같은 날 왜 그리 우울하오?"

"설 동문 아직 모르오? 하 동무가 이탈한 것. 가혹한 자기 비판을 할 만도 하지 않겠소?"

"알고 있소. 하 동무가 남반부 해방을 눈앞에 두고 우리 전선에서 낙오한 건 나도 유감스럽게 생각하오. 그러나 이제 우린 당과 인민을 위해 너무나도 할 일이 많소. 물론 당은 하 동무를 위해 타당한 속죄의 길을 마련할 것이오. 동문 태만했을지언정 배반은 안 했으니까. 그러니 너무 상심 마오."

설 동무라 불리는, 눈이 사람의 심장을 꿰뚫을 듯이 날카로운 사나이가 열에게 하는 말은 위로일까? 격려일까? 누군가가,

"하열 동무, 하진 동무가 우리에게 베푼 성찬에 감사를……."

잔이 부딪치고, 이어 홍소인지 조소인지 분간 못할 웃음이 드높다. 이 웃음소리에도 역시 오빠의 몫은 섞이지 않았으리라는 짐작이 진이를 우울하게 한다.

"하열 동무뿐 아니라 다른 동무들도 잘 들어두오."

설의 깐깐한 음성이 다시 계속된다.

"우리가 가장 경계해야 할 것은 우리 주위에 널린 반동보다 우리 지식계급 각자 속에 깊이 뿌리박힌 자유주의 근성이오. 지금 동무들은 승리에 취해 있소. 앞으로의 일이 얼마나 험난하다는 것을 아직 모르오. 남반부 인민의 전체 해방만으로 일이 끝난다고 생각하면 큰 오산이오. 우리 인민들을 당과 수령의 이름 아래 강철같이 결속시키자면 물론 무자비한 반동의 숙청도 급하지만 먼저 우리 지식층은 자신 속에 도사린 자유주의 근성을 청산하는 데 가혹하고 무자비해야 될 것으로 아오."

진이는 설의 말뜻을 잘은 이해할 수 없었으나 윤기 없이 메마른 목소리가 '무자비한'의 '무'를 발음할 때, 유난히 강한 악센트를 쓰는 것에 까닭 모를 전율을 느낀다.

설의 연설이 술좌석을 파흥시킨 채, 몇 순배 더 맥주컵이 오가는 듯하더니 그들은 슬몃슬몃 일어섰다.

끝내 말수가 뜬 열을 유심히 지켜보던 설 동무는 댓돌에서 열에게 악수를 청하며,

"분발을 비오. 당과 동무 자신을 위해서 당과 인민 앞에 동무의 과오를 속죄할 수 있는 길은 얼마든지 있을 것이니 과히 낙심 마오."

말을 마치고 열의 등을 툭툭 치더니 여럿과 어울려 나갔다.

7월

  7월로 접어들자 날은 좀 더 더워지고 재빨리 조직된 민청, 여맹, 인민위원회 등의 말단조직의 촉수가 집집의 안방 속 깊숙이까지 뻗쳐, 자고 깨면 이웃의 누구누구가 잡혀가고 또 누구누구가 자취를 감추고, 그리고 어떤 이는 한자리하기도 하건만 진이네는 치외법권이라도 있는 것처럼 조용했다. 설을 비롯한 28일 출감한 청년들이 진이네서 베푼 요란한 잔치의 소문은 입에서 입으로 남의 말하기 좋아하는 동네 사람들 사이를 삽시간에 퍼져 열이가 남로당의 큰 두목처럼 이야기되고 있었다.
  "글쎄 진이네 그 골샌님 같은 이가 빨갱이 두목이라지 뭐유?"
  "인제 알았수? 28일날 감옥에서 풀려 나온 빨갱이들이 제일 먼저 그이한테 인사를 왔다면 다 알조지."

"어쩌면……."

"쉿, 말조심해요. 그 집 노인네 듣는데 행여 허튼소리 삼가요. 노인네라고 무관하게 알았다간 큰코다칠 테니."

"그런데 왜 집에 틀어박혀 있을까? 나가서 한자리하지 않고."

"으레 송사리들이 먼저 날치는 법이에요. 두목들이야 슬슬 명령이나 내리구 그러다가 높은 데서 모시러 오면 거드름을 피우구 나가겠지."

그래서 동네 말단조직이 감히 진이네를 넘보지 못하고 열은 마치 여름방학이 좀 일찍 시작된 듯한 한가한 날을 보낼 수 있었다. 무료한 듯 유유자적하듯, 모시 고의적삼 차림으로 좁은 뜰을 서성대기도 하고 태극선으로 파리를 때려잡다가 늘어지게 낮잠을 자기도 했다.

열은 이렇게 겉보기엔 태평해 보였으나 내심은 좀 더 착잡했다. 그는 왠지 자꾸 진이의 시선에서 설의 시선을 느꼈다. 비난과 문책이 담긴 날카로운 시선의 가시권 속에 있는 듯한 속박감은 퍽 고통스러웠다.

그러면서 그는 요즈음 자기가 누리고 있는 무료한 시간의 향유가 그지없이 달고 고마웠다.

만삭의 아내가 푸성귀를 씻는 모습, 늙은 어머니가 다림질거리에다 안개처럼 물을 뿜는 모습, 누이동생이 책을 읽는 모습, 이런 서민적인 평온의 모습들이 오래오래 지켜보고 싶게 좋았다. 그리고 때로는 이런 오붓한 시간이 얼마나 빨리 흐르고 있는가 마치 센 물살에 알몸을 담갔을 때처럼 피부로 느껴져 오싹 오한 같은 걸 느끼기도 했다. 열은 알고 있었다. 결코 이런 날이 길 수 없다는 걸.

어느 날 불쑥 설이 나타났다. 열은 뱀 앞의 개구리처럼 위축되려는 자기를 가까스로 지탱하며 같이 일하자는 그의 권유를 교묘히 피한다.

"암만해도 나는 학교로 돌아가는 게 내 분수에 맞을 성싶소. 당 사업도 중요하겠지만 청소년의 재교육이야말로 시급하고 보람찬 일이 아니겠소?"

"맞소. 당과 인민을 위하는 일은 도처에 있고 또 그 일에는 촌각의 지체나 주저도 있을 수 없소. 특히 동무는 하루빨리 당과 인민 앞에 동무의 과오를 용서받을 수 있을 만큼 성실성을 보여주어야 할 입장에 있다는 걸 명심해서 너무 오래 태만하지 않도록 하오. 주시하겠소."

다음 날 열은 일찌감치 시골로 떠날 채비를 한다.

설의 성격을 잘 아는 그는 이른바 그의 주시도 두렵고, 더 절박한 일은 쌀이 떨어진 것이다. 농업학교라 그믐날이면 봉급과 함께 일부를 쌀로 타다가 한 달의 양식을 대곤 하였던 것인데 벌써 그믐은 커녕 7월의 첫 주일을 넘긴 것이다.

먹을 게 없다는 건 얼마나 깜깜하고도 구질구질한 절망일까?

무악재고개를 넘어, 개성으로 뻗은 국도를 걸어서 두어 시간, 구파발을 지나서도 한동안 걷다가 오른쪽 오솔길로 접어들면 자연히 옆에 맑은 시냇물을 끼게 된다.

오솔길은 가다가도 몇 갈래로 나뉘고 꼬부라지고 하지만 그저 시냇물만 놓치지 않고 거슬러 올라가면 나지막하지만 제법 송림이 울창한 산에 폭 안기듯이 아늑하게 자리잡은 N농업학교가 나타난다.

단층의 회색 건물이 보이고부터는 길 양쪽엔 잡초 대신 코스모스가 무릎을 간지럽힐 만큼 자라 있다. 학생들이 가을의 꽃길을 만들고자 봄에 씨를 뿌려 가꾸고 있는 것이다.

여기서부터 열의 걸음걸이는 산책하듯이 느려지고 심호흡을 하느라 가슴은 넓게 열린다. 네 시간 가까이를 줄창 걸었으면서도 오래간만에 휴식이라도 취한 듯이 심신이 편안스럽다.

호젓한 시골길에 이렇게 혼자 서니, 집에서 진이의 바위라도 천착할 듯한 날카로운 시선에 온종일 쫓긴다는 게 얼마나 견디기 어려운 신경의 과로였나가 새삼 느껴진다.

사실 그들은 며칠씩 얼굴을 맞대고 지내면서도 대화를 피하고 눈싸움만 해온 셈이었다. 진이는 나무라듯이 격려하듯이 적극적인 어떤 행동을 열에게 촉구했고 열은 또 그 나름으로 의연하고 애정 깊은 태도로써 외곬으로 줄달음치려는 그녀를 용케 견제해왔다고 믿고 있다.

그러나 그런 팽팽한 대립에서 잠깐 놓여난 지금, 열은 진이에게나 또 자신에게나 관대해졌달까, 무책임해졌달까, 생각에 융통성이 생긴다.

(차라리 진이로 하여금 체험의 기회를 줄까? 뛰어들게 내버려둬야지, 그 외고집은 스스로 겪어보지 않고는 깨닫기 틀렸으니까. 그렇지만 남매가 똑같은 어리석음을 되풀이해 겪을 필요가 있을까.

더구나 상처 입지 않고 살짝 체험만 할 수 있으란 법은 없지. 그렇지만 어쩌면 진이가 옳을지도 모르지. 그들은 지금 승리자고 앞으로도 쭈욱 승리자일지도 모른다. 그렇다면 영광의 승리자의 모습은 와신상담의 지하운동자나 냉혈의 혁명투사들과는 좀 다른 모습을 하고 있을지도 모르지 않나? 누구나가 다 혁명가일 수는 없어도 밝은 정치 밑에서라면 누구나가 다 착한 국민일 수는 있지 않은가.)

때맞춰 모를 낸 논의 벼포기는 검푸르게 윤이 흐르고 시냇물은 곧 뛰어들고 싶게 맑고, 이런 낯익은 환경에 마음이 푹 놓인 열은 이렇게 선의의 기대까지 해본다.

근처에 큰 건물이 없는 고장이라 N농업학교는 인민군의 병사가 돼 있었다. 그러나 보초는 미루나무 밑에서 유연히 졸고 있고 교문에서 바라뵈는 우물가에서는 여러 명의 인민군들이 물장난을 치듯이 첨벙대며 몸을 씻고 있는 게 꼭 방과 후의 학생들 같았다.

"저어 이 학교 교사입니다만……. 실은 오늘 첫 출근이라서……."

"네, 선생님이세요? 들어가도 좋습니다. 저쪽 별관은 학교에서 쓰고 있으니까요."

졸다 깬 보초병은 별 말썽 안 부리고 붙임성 있게 동쪽 별관을 가리켜준다. 그쪽이라면 교장실과 직원실이 있는 곳이다.

직원실에서는 교사들이 네댓 명 한가하게 바둑판에 둘러앉아 있었다.

서무를 보는 하 씨가 먼저 열을 보고 반색을 한다. 열과는 동성동본으로 평소에도 남다른 호감을 가지고 대해주던 이다.

"무고했었구만. 그래 댁에서도 다 별일 없으시죠?"

"네. 덕택에……."

"그런 걸 난 하 선생이 그날 너무 초조하게 집 걱정을 하며 떠나곤 이내 소식이 없어 내일쯤 가보려던 참이라우."

"하 선생은 워낙 애처가라 그저 방귀소리만 커도 행여 내 마누라 다칠세라 벌벌 떠니……."

바둑판에서 눈도 안 떼고 한문의 곽 선생이 이죽댄다. 그러면 이번 난리가 이들에겐 좀 큰 방귀소리였단 말인가? 큰소리가 여전하다. 아무것도 변한 게 없다. 낡은 테이블엔 먼지가 부옇고 칠판에 적힌 6월의 행사표까지 지워지지 않은 채다. 어쩌면 아무것도 변해 있는 것이 없다.

열은 이제야말로 마음이 속으로부터 탁 놓이며, 피곤이 한꺼번에 몰려와 먼지가 뽀얀 테이블 위에 길게 몸을 던지니 테이블이 한쪽으로 기우뚱하다 만다.

여느 때의 방과 후와 똑같이 동료들은 신선놀음을 즐기고, 그는 기지개를 켜고, 오고 가는 대화는 악의 없이 가볍고…….

대개가 도시 출신이면서도 열과는 다른 의미로 한 번쯤은 도시생활에서 좌절을 경험한 이들다운, 세상 돼가는 꼴에 무관심한 척하는 것까지 여전하다.

세속적인 영욕에의 체념이 그들로 하여금 세상물정에 아둔하게 만드는가 보다.

열은 뒤통수에 베개 삼아 깍지꼈던 손을 뻗으며 늘어지게 기지개를 켜 상체를 기분 좋게 젖히려는데 노리끼한 벽 한가운데 전에 이승만 박사 사진이 걸렸던 바로 그 자리에 김일성의 초상화가 동그마니 걸려 있는 것이 눈에 띄었다. 그러나 열은 가볍게 피식 웃을 수 있었다.

  뒤늦게 찾아낸 이 방 속의 단 하나의 변화도 아주 미련하게 살찐 얼굴이 아주 주름살 많은 얼굴에 대치됐다는 사실 이외의 것, 즉 그것이 상징해야 할 것이 조금치도 전달 안 된 채 그리다 만 만화처럼 무의미하고 우스꽝스럽게 걸려 있을 뿐이었다.

  "교장 선생님은 댁에 계신가요? 인사를 여쭈어야 할 텐데."

  "그 발바리 영감이 지금도 창밖에서 얼씬거렸는데 곧 돌아오겠지. 어디 잠시고 궁둥이를 붙이는 성질인가."

  곽 선생이 교장과는 동창이라는 무관한 사이 때문에 또 함부로 이죽댄다.

  "어서 인민군들이 학교를 비워주어 학생들이 등교를 해야지 암만해도 교장 선생님 할 일 없어 몸살나시겠던데요."

  허 씨가 받는다.

  호랑이도 제말하면 온다더니 작달막한 키에 잽싸게 생긴 김 교장이 새파란 토마토를 한 망태 따서 어깨에 멘 채 들어서더니 화난 듯이 책상 위에 동댕이치며,

  "자네들은 바둑만 두면 제일인가? 학교 밭이 말이 아녜요. 인민군 친구들이 아, 아니지 인민군 동무들이 불그스름한 건 모조리 따

먹었어. 내 화가 나서 새파란 거라도 좀 따왔지. 내 늘 입버릇처럼 이르지 않던가, 사람이란 부지런해야 한다고……. 아, 하 선생 왔구면."

아직 제대로 인사도 못하고 머뭇대고 있는 열에게 김 교장이 먼저 알은체를 하고 나서는,

"왜 남보다 먼저 우리 식구가 못 따먹어요. 에이 게으르긴. 자네도 틀렸어, 함부로 직장을 이탈하면 쓰나. 세상이 바뀌었다고 누가 거저 쌀 갖다주던가? 자네 집 양식도 거지반 떨어졌을 텐데 뭘 하고 들엎드렸었어? 에이 마땅찮아. 젊은 게 겁이 많아서. 세상이 골백번 뒤집혀도 이 김기태가 버티고 있는 한 감히 누가 우리 학교를 넘볼라고……."

김 교장이 어깨를 뒤로 젖히니 마치 뽐내기 좋아하는 소년 같은 자세가 된다.

"교실을 뺏겼다고 좋아라고 바둑에나 미치고 직장을 함부로 이탈하고……. 사람이 그렇게 게으르면 눈 깜짝할 사이에 우리 학생들이 땀흘려 가꾼 것을 생판 인연 없는 친구들이…… 아, 아니지 동무들이 먹어 치운단 말예요."

그러면서 망태의 토마토를 꺼내느라 잠깐 속사포 같은 설교가 멎는다.

"아닌 게 아니라 교장동무에게 인사 한 번 할래도 부지런하긴 해야갔수다."

아직도 김 교장에게 제대로 인사할 틈을 못 얻은 채 두 손을 앞에

모으고 어색하게 서 있는 열이 딱해서인지 곽 선생이 이죽거린다.

"큰절이라도 할 셈인가? 에이 머뭇거리긴 못나게. 이거나 하나씩 먹게."

재빨리 허리를 굽히고 난 열에게 제일 먼저 시퍼런 토마토를 주고 여러 선생님에게도 하나씩 돌리며,

"하 씨, 창고의 쌀 좀 후히 내줘요. 후하게, 알았지? 이 달엔 봉급도 없으니까. 그러나저러나 버스가 안 다녀서 어쩐다? 참 학교 자전거를 하나 내주구려. 하 선생 집에 쌀이 떨어졌다고 얼굴에 써 있으니 빨리 해요. 그리고 하 선생, 앞으로 그렇게 무단히 직장을 이탈하면 못써요."

남은 토마토를 마룻바닥에 쏟아놓고 빈 망태만 가지고 무엇이 바쁜지 부랴부랴 밖으로 나간다.

선생들은 한바탕 웃고 다시 바둑판을 벌이고 열은 손바닥 사이에서 따뜻해진 토마토를 소중하게 어루만진다.

그가 나타나는 곳에 늘 따르는 속사포 같은 잔소리, 선생들이나 학생들이 진저리를 치면서도 안 들으면 서운한 한없는 잔소리 뒤에 숨겨진 의외로 자상하고 따뜻한 것이 가슴에 뭉클해왔다. 그리고 정말로, 변한 것은 아무것도 없다는 충분한 확신을 다시 한 번 마음속으로 소중히 굴려본다.

가끔 김 교장의 잔소리 속에 엉뚱하게 동무 소리가 들은풍월로 튀어 나온다 해도 그건 대치된 김일성의 초상화처럼 아직은 아무런 의미도 지니지 못하고 있는 것이다.

창밖을 분주하게 오가는 인민군들의 모습도 토마토 밭을 짓밟아 놨다는 것 외엔 김 교장에게 아무런 의미도 없는 풍경일 따름인 것처럼.

하 씨가 고봉으로 돼담은 쌀은 말만 닷 말이지 엿 말도 실한 것을 큰 포대자루에 담아 자전거 뒤에 단단히 매달았다. 김 교장에게 인사를 하고 떠나야 할 텐데 하고 주춤거리는데,

"그냥 빨리 가요. 또 만나면 게으르다는 핀잔이나 들을 게 뻔하니."

하고 동료들이 재촉한다. 코스모스길이 끝나려는데 길가 실습원에 김 교장이 불쑥 나타나더니,

"이제 가나? 게 좀 섰게."

아까의 망태에 오이랑 호박이랑 딴 것을 내밀며,

"이것 그 위에 실을 수 있겠나? 에이 사람도 자전거 타는 솜씨라니, 이 늙은이만도 못해. 하여튼 싣게."

열이 황송해서 머뭇거리는 사이 손수 망태째 쌀자루 위에 얽어맨다. 꽁무니에 묵직하게 달린 쌀의 무게조차 의식 못할 만큼 즐겁고 상쾌한 기분으로 열은 자전거를 몰았다. 순조롭게 쌀을 얻을 수 있었다는 기쁨보다 더한 것, 그것은 선의의 방관자일 수 있는 더할 나위 없이 적절한 위치를 발견했다는 기쁨이었다.

송림 사이, 세속에서 버림받은 아늑한 공간, 아직 그곳까진 외부의 침윤浸潤이 미치지 않고 있다니 얼마나 다행한가? '아직…….' 그러나 '아직'은 좀 불안하다. 내포한 시한이 느껴진다. 설마 이곳

까지야…….

열은 마치 풍랑이나 그물로부터 영원히 소외된 해구를 발견한 어류처럼 안심하고 싶다.

두툼한 쌀자루와 함께 귀가한 열을 맞이한 집안 식구들의 표정은 흐뭇한 것만은 아니었다. 어머니 서 여사는 마치 몹쓸 일이라도 저질러 놓은 소심한 어린애처럼 눈치를 흘끔흘끔 살피며 집 안팎을 겉돌고 있었고, 혜순이도 눈에 띄게 당황하고 있었다.

찬 펌프 물에 먼지투성이인 몸을 시원히 씻고 마지막으로 머리까지 감고 나서 옆으로 시중드는 혜순에게 빙긋 웃어보였으나 그녀는 마주 웃는 척도 안하고 땅만 본다.

"왜 그래? 무슨 일이 있었어?"

"어머님이 철수 도련님을 집에 데려다 놓으셨어요."

귀엣말로 나직이 대답한다.

"뭐, 철술? 그래 지금 어디 있지?"

열의 놀람에 혜순은 더욱 겁에 질려 턱으로 다락 쪽을 가리킨다. 철수는 진이가 순사 아저씨라고 빈정대던 외당숙 서승환 씨의 맏아들이다. 타월로 감은 머리의 물기를 탁탁 털고 있는 열이 옆에서 혜순은 목소리를 더욱 낮춰 그간의 경위를 이야기한다.

"벌써 며칠 전부터 어머님은 그 아저씨 댁을 걱정하셨어요. 빨갱이한테 혼날 만한 집은 친척 중 그 댁밖에 없다구요. 오늘 낮에 한동안 안 계시길래 이웃에 마실이라도 가셨거니 했더니 거길 가셨지 뭐예요."

"그래, 아저씬 어떻게 허구 계시더래."

"아저씨만 남쪽으로 피난 가셨다나 봐요. 27일날 서뿔에 나가신 채 안 들어오셨다니까요. 몇 번이나 집안 식구가 호되게 시달렸다 나 봐요. 아저씨 찾아내라구요. 사시는 형상이 말이 아니더래요. 이러다간 장차 큰아들까지 무사하지 못할 것 같다구, 어디 피신을 시켰으면 하시더래요. 그래서 어머님이 데리고 오셨지 뭐예요."

오늘의 혜순은 좀 말이 많다.

"그것도 글쎄 빌다시피 해서 억지로 데리고 오신 모양이에요. 우리 집에 숨겨주마니까 아주머니가 펄쩍 뛰면서 내무서에다 넘겨서 공을 세우려느냐고 그러더래지 뭐예요. 그게 할 소리예요. 그런 걸 어머님이 부득부득 이 기회에 은혜를 갚게 해달라고 조르다시피 하셨다는데요. 참 기가 막혀서."

"은혜?"

"당신이 걸려들 때마다 그 아저씨가 빼내줬잖아요?"

"그래서?"

"나중엔 아주머니도 눈물을 흘리시면서 내가 악에 받쳐 미친 소리를 했나 보다고, 그저 여기만 믿으니 잘 좀 숨겨달라고 그러더래요."

"어머니께서 하신 일이니 어쩌겠소. 그렇지만 철수야 무슨 죄가 있다고 숨기기까지 할까? 더 의심만 받지."

"경찰이라면 가족까지 몰살시키려 든대요. 죄가 있건 없건 살얼음판 같은 세상인걸요."

혜순은 한숨조차 숨을 죽여 쉰다.

"진이도 알고 있나?"

열이도 한숨 비슷한 걸 가까스로 삼키며 묻는다.

"아가씬 대환영이던데요. 그 도련님하고 전부터 마음이 맞아 자주 왕래했었잖아요. 어머님이 양식 걱정하시니까 반 그릇씩 나누어 먹으면 될 게 아니냐고 할 정도니까요."

"그래?"

순간 이상한 예감에 열이는 등골이 오싹해진다. 마음이 맞는다는 단순한 이유뿐일까?

다급히 진이의 방문을 여니 낮잠이라도 자고 있으려니 했는데 의외에도 단정한 모습으로 수를 놓고 있다. 열은 그런 모습의 누이를 보기는 처음이다.

"웬 수냐?"

"배고픈 게 잊어지네요."

시선은 여전히 천착하듯 예리해 열은 대화를 시작하기 전에 미리 피로를 느낀다.

"학교 갔던 일 잘됐어요?"

"그럼, 쌀도 많이 타온걸. 수를 집어쳐도 되겠다."

"쌀 얘기가 아녜요. 학교에 나가는 것도 일종의 참여인데 마음의 방향을 제대로 정하셨냐 말예요."

"우선은 그냥 관망할 뿐이야."

"철저한 방관자의 입장이 실제로 가능할 것 같아요? 우유부단이 통하는 세상은 지났어요."

"아주 방관자야 아니지. 선의를 가지고 주목하는 거야. 마지막으로 한 번 더 기대를 걸어보는 거야. 그것뿐이지, 아직 뛰어들 순 없어."

"전 뛰어들고 싶어요. 벌써 학교에도 나가보고 싶었는데, 실은 오빠 눈치만 봤어요. 그렇지만 그런 모호한 자세로는 차라리 가만히 있는 게 낫겠어요. 선의의 방관자라니 지금 이 땅에서 그게 얼마나 두려운 모험인지 오빠는 설마 모르지는 않겠죠?"

암, 알고말고. 그러나 열은 별로 두렵지 않다. 그렇다고 진이에게 자기가 발견한 낙토樂土를 설명할 필요는 없다.

"우선은 여러 생각하기 싫다. 쌀과 봉급을 타오는 궁리만 할 테다. 아무리 공화국의 하늘 아래서도 나는 가장이고 싶으니까. 그리고 너 철수가 우리 집에서 쉬겠다는 걸, 어떻게 생각하니?"

"쉬는 게 아니라 숨겠다고요."

"그래 참 숨겨달라던가……."

"참 잘된 일이에요. 거기 아주머니 아저씨가 우리들을 얼마나 지독하게 저주한 줄 아세요? 진작 못 죽여버린 게 한이라고 이를 갈았어요. 다시 없는 복수의 기회예요."

"뭐? 뭐라고? 너 그럼 철수를. 음 역시 그랬구나."

"무슨 소리예요? 오빤."

"안 된다. 안 되고말고, 그것만은. 복수라니. 끔찍하게시리 계집애가."

열은 해쓱해진다.

"후후후……."

진이는 느닷없이 숨이 넘어갈 듯 웃고 나서,

"오빤 내가 철수 오빨 내무서에라도 넘길 줄 알았어요. 내가 아무려면 그런 시시한 앙갚음을 할 것 같아요? 후히 대접하고 살찌게 먹여줄 테예요. 죽였으면 좋았을 인간으로부터의 무거운 은혜의 부담을 줄 테예요. 오빤 어쩌면 그렇게 시시한 생각만 하죠?"

금속성인 목소리가 낮은데도 쨍 울리고 오만한 눈이 열을 약간 경멸하듯 바라본다.

날씨가 더운데도 저녁상은 안방 아랫목에 차려졌다. 철수를 위해서였다. 대문을 꼭꼭 잠갔는데도 철수는 바스락 소리에도 깜짝깜짝 놀라 구석만 찾고 그렇다고 다락 속에 외상을 차려주기도 안 되어서였다. 진이는 눈에 띄게 다정히 철수 시중을 들며 아주 우울한 그를 제법 여자다운 섬세함으로 어루만지듯이 조심스레 다루고 있었다.

"친오빠보다 육촌 오빠를 더 위하니 샘이 나는구나."

열이도 농을 해가며 오늘 처음 눈에 띈 진이의 낯선 한 면을 신기하게 바라본다.

다음 날 일찍 열은 송림 사이 학교로 떠났다.

"자주 못 나올 거요. 학교 일이 바쁠 것 같아. 혹 설 동무가 찾아오더라도 그렇게 이르구료. 학교로 갔다구. 아주 바쁘게 지낸다구."

그는 혜순에게 점잖게 말하고 자칫 넘치려는 미소를 어금니 사이에서 눌렀다. 그는 자기의 행운이 대견해서 견딜 수 없었다. 이 살벌한 난리통에 그토록 완전무결한 낙토를 자기만이 알고 있다니.

은밀하면서도 이기적인 기쁨에 그는 분별없이 취해 있었다.
　콜타르를 칠한 함석지붕은 오후가 되면 숫제 사람들을 통째로 쪄낼 듯이 달아올랐다. 그것은 열기라기보다는 차라리 독기였다.
　S대 건물은 대부분이 인민군에게 점거되어 겨우 본관에서 꽤 떨어진 함석지붕의 창고 비슷한 건물을 민청 문리대 민청위원회에서 빌려 쓰고 있었고.
　그곳은 꼭 찜통 속 같았다. 함석지붕 때문에 또는 서쪽으로 뚫린 유리창 때문에 그렇기도 했지만 그곳에서 일하고 있는 모든 사람이 정상 체온 이상의 열기를 뿜고 있기 때문이라고 진이에겐 여겨졌다. 아침 조회에 수령을 예찬하는 노래로부터 차츰 열광하기 시작해서 그날 발표되었다는 수령의 호소문을 다시 열광적으로 지지 호응함으로써 완전히 뜨거운 분위기가 조성된다.
　다음은 민청위원장의 훈시로 먼저 영용한 인민군대가 어제는 어디어디를 해방시키고 계속 물밀듯이 남진한다는 전과보도와 앞으로 한층 선전선동사업과 등교공작에 창의성을 발휘하여 이번 전쟁을 승리로 이끌자는 장황한 연설은 중간중간에 열띤 갈채로 몇 번이고 중단되기까지 한다. 그리고 미제국주의와 이승만 괴뢰도당에 대한 증오의 대목에 가서 마침내 그 열기는 숨막힐 듯이 고조되고, 그 고조된 상태의 지속을 위해 그날의 모든 과업이 있었다.
　진이는 이런 분위기에서 뭔가 몹시 허덕이고 있었다. 등교한 지 일주일이 넘었건만 아직 한 번의 강의도 없었거니와 교수들의 얼굴 한 번 본 적이 없었다. 학원은 완전히 학생들의 것이었다.

교양시간이란 것이 매일 있었지만 민청위원장과 문화선전부장이 교대로 교양을 맡고 있었고 교재는 신문이 주였다.

인민군 총사령부의 보도와 김일성의 호소문이 기사의 전부인 신문은 위원장에 의해 재독 삼독되고 여럿에 의해 감격적으로 공감되고 정열적으로 호응되었다.

교양시간에는 신문공부 말고도 또 당사黨史연구가 있었다. 소련 공산당이 걸어온 고난의 역사를 더듬어보는 것은 새롭고 흥미 있는 일이었다. 특히 그들이 반동을 적발 숙청하는 데 얼마나 주도하고도 과감했는지는 과연 경탄할 만했고 사회주의 혁명의 지난함을 웅변으로 말해주고 있었다. 이런 교양시간을 치르고 나면 머릿속은 완전히 영웅적, 애국적 당과 인민을 위한 사상으로 충만했다.

"오늘은 이만하겠소. 그럼 특별한 과업이 없는 동무들은 등교공작에 나서도록."

위원장의 날카로운 음성이 쨍 울리고 목침 대신 쓰면 꼭 맞을 만한 두께의 책이 닫혀졌다.

(다락방의 철수 오빠에게 당사 공부를 시킬까 보다.)

문득 떠오른 이런 생각이 제 딴에는 기발해서 장난스러운 설렘을 느꼈으나 그녀는 곧 우울해지고 말았다. 당사와 철수를 함께 수용하고 있는 스스로의 만용에 두려움을 느낀다.

"뭘 그렇게 심각하게 생각하고 있어?"

흔치 않은 여학생끼리라 친할 수밖에 없는 김순덕이 주근깨투성이의 태평한 얼굴로 묻는다.

"응? 그저……. 참, 그런 걸 알아맞추는 게 네 소관 아냐? 심리학자님."

순덕이 심리학과라 진이는 그래 본다.

"훗후후……. 그만 고백해버려야겠어. 실은 나 제1지망은 영문과였어. 제2지망 같은 건 아무렇게나 돼버려라 하고 지원자가 제일 적을 것 같은 과에 써넣었는데 성적이 신통치 않았었나 보지. 제2지망으로 떨어지고 말았지 뭐야. 그렇게 되고 나니 차라리 심리학이 더 재미있을 것 같아졌어. 난 그렇게 매사에 편리하게 돼먹었거든."

"부럽군."

"뭐가?"

"네 그 편리한 점이."

"부러워할 것까진 없어. 요새는 그 편리한 기능이 통 말을 안 듣는걸."

"무슨 뜻이지?"

"새 생활에 좀처럼 적응되지가 않아. 뭐랄까 고단하달까……, 이곳이."

순덕은 제 손으로 두어 번 툭툭 친다. 주근깨투성이의 얼굴이 결코 태평하지만은 않다.

"자, 등교공작 나가자."

진이는 별안간 딴사람같이 엄해지면서 부랴부랴 순덕과 자기와의 사이에 간격을 만든다.

진이나 순덕이나 다같이 1년생이라 평민청원이었지만 이곳에서는 투쟁 경력이 있는 자가 없는 자를 감시하고 통솔해야 한다는 묵계 같은 게 있었고, 투쟁 경력이 있는 자의 우월감과 없는 자의 위축감이 저절로 그런 분위기를 만들고 있기도 했다. 여남은 장이나 되는 학생조서를 받아가지고 막 등교공작을 나서려는데 문화선전부장의 벼락 같은 지시로 벽에 붙일 지도를 그리지 않으면 안 되었다. 지도를 그리고 주요 도시명을 써넣고 인민군이 해방시킨 지역마다 붉은 물감을 칠하는 일은 별로 어려운 일도 아니어서 쉽사리 끝내 선전부장에게 보였다.

"좋소. 그런데 지도만으론 좀 허전하군. 뭐 좋은 문구가 없을까? 옆에 써넣을 구호 같은 것, 아주 선동적이고 감동적인 걸로."

선전부장은 토끼꼴의 반도의 거의 3분의 2를 물들인 붉은 침윤이 심히 대견한 듯 암상스러운 눈을 가느스름히 뜨고 그녀들에게 부드럽게 의논성스럽게조차 굴었다. 그러나 진이는 지도 옆에 써넣을 멋진 문구보다 아까 순덕이 하던 말의 함축 같은 걸 무심결에 더듬고 있었다.

"내가 써넣겠소."

작달막하지만 다부진 사나이가 뒤에서 외쳤다. 그는 굵은 붓에 핏빛 물감을 듬뿍 묻히더니 '원수의 가슴팍에 탱크를 굴리자' 획이 굵은 힘찬 달필로 써내려갔다.

진이는 그를 이곳에선 처음 보지만 낯이 익었다. 6월 28일날 설동무와 함께 출감한 열의 옛 동지 중의 하나임에 틀림없다. 그러나 그는 진이 따위엔 눈도 안 주고 고개를 몇 번 갸우뚱하더니 '원수'

의 '수'를 '쑤'로 고치고 붓을 획 던진다.

"빨리 붙이시오."

진이는 문득 설이 '무자비한'의 '무'를 발음할 때의 강한 악센트의 소름끼치는 여운을 '원쑤'의 '쑤'에서 듣는 것 같아 몰래 몸서리를 친다.

"이 동무들은 뭐요?"

"네, 며칠 전부터 새로 등교한 여성 동무들입니다. 여성 동무들, 인사해요. 당 세포위원장 최치열 동무에게."

얼떨결에 아픈 악수가 교환되었으나 최는 진이를 특별히 더 알은 체하지는 않았다.

"여지껏 어디서 무얼 했었는지는 묻지 않기로 하겠소. 그렇다고 여성 동무라고 특별히 관대한 건 아니오. 우리 공화국에선 완전히 남녀평등이니까. 우리는 등교하는 동무들을 과거의 성분이나 경력에 관계 없이 우선 환영하기로 하고 있소."

그러나 그녀들은 도무지 환영받고 있는 것 같지 않아 마치 벌받고 있는 것처럼 송구스레 몸을 오그리고 있었다. 그제서야 그는 약간 웃는 척하며,

"그럼 여성 동무들의 영웅적 활동을 기대하겠소."

풀 죽은 모시 노타이를 풀어헤친 사이로 때 묻은 러닝셔츠 가슴이 드러나 있고 몸집도 왜소한 편이었으나 눈은 사람의 겉모양보다 속셈을 더 잘 들여다볼 듯이 날카로워 모든 사람을 위압하고 있었다. 조직부장도 선전부장도 위원장까지도 그 앞에 위축돼 있음이 완연

했다.

"중앙당에서 한 대 얻어맞고 오는 길이오. 대학의 대학이라는 콧대 높은 우리 S대가, 그중에서도 문리대가 어째서 당과 인민을 위하는 사업에서는 맨 꼬바리를 하느냐 말이오?"

끝의 말을 깜짝 놀라도록 높이곤 그 효과의 파급을 기다리듯이 잠시 쉰 후,

"이게 다 뿌리 깊은 인텔리 근성과 자유주의 근성, 특권의식 때문이오. 반동이 따로 있는 게 아니오. 각자 스스로가 지닌 반동적 요소를 깊이 자기 반성하시오."

위원장도 마구 나무랄 수 있는 최치열이란 대단한 사나이는 진이네 따위엔 끝내 관심도 두지 않고 실내를 한 번 휙 둘러보고 사라졌다.

겨우 거리로 놓여 나온 진이는 두통과 현기증을 함께 느낀다. 가로수고 행인들이고 데쳐 놓은 듯이 축 늘어져 마지못해 흐느적대듯이 움직이고 있다. 군데군데 그늘마다 자리 잡은 고구마 장수, 밀전병 장수, 참외 장수……. 진이의 후각이 갑자기 예민해지며 동물적인 강한 식욕을 느낀다.

서 여사는 전에 없이 우울했다. 조신하게 늙은 노인네답지 않게 부엌 세간을 소리나게 거칠게 다루는가 하면 생트집을 잡아 며느리까지 큰소리로 나무랐다. 다락에 갇혀 들어앉은 철수는 그럴 때마다 자기 때문이려니 싶어 다락 유리문으로 창백한 얼굴을 기웃거리며 몸둘 바를 몰라 했다.

서 여사는 다만 외로운 것이다. 요즈음 늘 이상하게 여겨온 것이 오늘 드디어 확실해졌다 뿐 그녀는 벌써부터 알고 있었다. 자기가 은근히 따돌림을 받고 있다는 걸.

저녁 먹고 바람 쐬러 나가는 천변가 수양버들 밑 노인네들 축에서 겉돌기 시작한 지도 오래였고 하루도 마실을 안 오면 못 견디던 옆의 은행집 할머니도, 또 그 옆 향나무집 할머니도 발을 끊은 지 오래였다. 구멍가게 앞에 옹기종기 모여서 수군대던 동네 여인네들도 그녀가 가까이만 가면 말을 딱 끊고 하나둘 꽁무니를 빼 그녀 혼자 동그마니 남기가 일쑤였다.

서 여사는 아무리 골똘히 그 까닭을 생각해봐도 도통 짐작이 가지 않았다. 남에게 인심 사납게 야박해본 일도, 이 집의 소리 저 집에 가서 전한 말전주의 기억도 그녀에겐 없었다.

드디어 오늘 낮에 형님 아우님 하고 두텁게 지내던 은행집 마나님을 찾아갔었다. 무어 잘못한 것이 있으면 싹싹 빌기라도 하고 그전 이웃이 되고 싶어서였다. 번연히 서 여사의 목소리를 알아들었으련만 몇 번이고,

"거 누구요?"

소리만 하다가 한참만에야 문을 빠끔히 열고 내다본 마나님은 얼굴이 새침하니 웃지도 않고,

"왜 오셨수?"

첫마디부터 곱지가 않다. 서 여사는 아니꼬운 걸 꾹 누르고,

"형님댁에 내가 처음 오는 것 같구료. 하여튼 좀 들어나 갑시다."

마지못해 조금 비켜선 사이로 넉살좋게 비비고 들어가니 맷돌질을 하고 있던 며느리가 얼른 대청 분합문을 가로막으며,

"어쩐 일이세요."

약간 떨리는, 그러나 병아리를 보호하려는 어미 닭 같은 필사적인 태도였다.

물에 담가 불린 수수를 갈고 있었던 듯, 맷돌을 앉힌 양동이에 불그죽죽한 수수 같은 물이 반쯤 괴어 있었다. 크게 마음먹고 찾아오긴 왔어도 말주변 없는 서 여사는 서먹서먹히만 구는 이들을 달랠 말을 찾지 못하고 불쑥 한다는 소리가.

"아유, 맛난 것 하시네, 무슨 날유?"

그러자 고부의 얼굴이 함께 붉게 상기하다가 다시 핏기가 싹 걷히더니 마나님이 먼저 떨리는 손으로 서 여사 턱밑에 마구 삿대질을 해가며,

"맛난 것? 무슨 날……? 여봐요, 어서 썩 나가지 못해요. 당신네 쌀밥 먹는 자세를 어디다 대고 하는 거요? 이게 바로 우리 저녁거리요. 멀겋게 수수풀을 쒀서 입에 풀칠할 거란 말요. 알아들었으면 썩 나가지 못해요. 꼴도 보기 싫어."

말을 마치고 나서도 계속 경련하듯 입술을 떨더니 드디어 흑흑 느끼기 시작한다. 며느리가 이런 시어머니를 부축해 마루에 앉히며, "어머님 이러시면 어째요. 이러시면 안 돼요. 참으셔야 해요"를 되풀이하더니 겁에 질린 듯한 눈으로 서 여사의 기색을 살피며,

"어찌 생각 마셔요. 요새 잡수시는 게 부실해서, 몸도 편찮으시고

그래서 이러시니까 제발 돌아가 주셔요. 죄송합니다."

서 여사는 하릴없이 돌아오면서,

(이 집이 수수풀로 끼니를 잇다니, 아쉰 것 모르고 잘살던, 돈 잘 버는 효자 아들 둔 저 마나님이 굶주리다니……. 그렇지만 그게 어디 나 때문인가? 세상이 다 그런걸. 하긴 친한 사이에 미리 알아차리고 쌀 됫박이라도 못 갖다 준 건 내 불찰이지만 우리 형편도 어디 쌀만 겨우 타왔다 뿐이지 월급 한 푼 없고 원 무슨 놈의 세상이 갑자기 이렇게 온갖 것이 귀해지고 맨날 폭격에 목숨이 경각일꼬. 그렇지만 그게 어디 내 죈가? 하필 내게 분풀일꼬.)

통 그 까닭이 짐작도 안 된다. 우두커니 은행집 문앞에서 몇 발자국 걸어온 자리에 서 있는데 어떤 청년이 코가 땅에 닿도록 정중하게 인사를 했다. 그 청년의 얼굴이 희미하게 어른거리는 게 그동안 자기가 울먹였던 게라고 짐작되어 서 여사는 얼른 마주 고개를 끄덕여주곤 돌아섰다.

그녀가 늘 탐탁찮게 생각하던, 동네 어른들께 인사라곤 모르고 거드럭대며, 일정한 직업도 없이 떠돌아다니던 구멍가겟집 둘째 아들이었다.

그의 팔뚝에는 붉은 글씨의 완장이 감겨 있고 잘 다려 입은 남방셔츠하며 으스대는 걸음걸이하며 난리통에 한자리한 모양이다.

그건 그렇고 등허리에 막대기라도 동여맨 듯이 뻣뻣하던 놈이 별안간 그렇게 굽신거리다니 오라, 드디어 서 여사도 깨닫고 만다. 요며칠 외톨이가 돼버린 이유도 함께. 그리고 수습할 수 없이 참담해진다. 서 여사에겐 아들딸이 함께 빨갱이란 사실이 세상이 바뀐 지금도 꺼림칙하고 두렵기가 매한가지다.

지칠 대로 지쳐서 집에 돌아온 진이는 대뜸 이런 어머니의 심상치 않은 핀잔에 부딪힌다.

"계집애가 어딜 매일 설치고 다니니? 집에 들어앉아 올케라도 좀 돕든지 하잖구 응? 맨날 무슨 짓을 하고 돌아다니다 녹초가 돼서 오느냐 말야. 썩 대라 대!"

모녀는 원수처럼 서로를 노려본다. 심신이 권태롭던 진이에게 뜻하지 않은 어머니의 이런 태도는 이상하게도 불끈 용기 같은 걸 일으킨다.

"왜요, 어머니? 빨갱이짓을 하고 오는 길이에요. 드러내놓고 정정당당히. 이제 속이 시원하세요?"

서 여사는 노여움과 분함으로 얼굴을 붉으락푸르락할 뿐 도리어 말문이 막혀버린다. 진이는 이런 어머니에게 다시는 개의치 않고 유유히 펌프질을 해 얼음같이 찬 물에 전신을 씻고 또 씻었다. 몸이 싸늘하게 식고 피부에 소름이 끼칠 때까지 물을 끼얹자 아주 싱싱한 자신을 회복한다.

"심심했지, 온종일?"

우선 다락문을 열고 철수에게 상냥하게 물었다.

"아니. 아주머니가 온종일 신경질이셔서 불안해 죽을 뻔했어."

"마음 쓰지 말아. 나도 지금 한바탕 당했어."

"요새 학교는 어때?"

"시시해."

그녀는 별안간 쌀쌀하게 잘라 말했다. 철수도 S대는 아니지만 대학 2년이니까 여러 가지로 묻고 싶은 말이 많았지만 진이의 꽉 다문 입이 하도 매서워 움찔하고 입을 다물었다.

진이가 심심할 때 보라고 디밀어 준 두툼한 책 몇 권을 베고 드러누워 다락 천장에 노출된 서까래를 물끄러미 바라보는 속눈썹 짙은 눈이며 광대뼈가 높아진 듯 여윈 뺨이며 듬성듬성 자란 턱수염이며, 남자의 약한 면이 측은하도록 짙게 느껴진다.

"책이라도 읽지, 훨씬 덜 심심할 텐데."

"싫어 그까짓 것. 왜 하필이면 모조리 소련놈의 것뿐이람."

진이가 다시 부드럽게 나오니까 그도 누그러지며 마치 손위 누님한테 심술부리듯 어리광 섞인 투정을 한다.

"그래? 난 그저 무심히 내가 재미있게 읽은 걸 갖다 줬다 뿐인데. 그리고 소련놈의 거라니. 틀려, 엄연한 노서아 작가 거야."

"그게 그거지 뭐가 틀려. 노서아놈이 소련놈의 애비나 할애비쯤 된다고 틀리다는 거야?"

"한국놈하고 조선놈하고 다른 것만큼은, 적어도 그만큼은 다를 테니 안심하고 읽어 둬."

"왜 억지로 읽으래, 싫다니까. 넌 역시 철저해. 요 따위만 골라 읽고."

그는 머리맡의 책을 진이 쪽으로 던지듯이 밀어놓고, 발치에서 뒹구는 꾀죄죄한 베개를 두 발로 치켜다가 베고 눈을 흘긴다. 그러나 악의는 없다.

 그는 온종일 외롭고 불안했고 친절한 말동무가 돼주는 진이를 더 오래 자기 곁에 붙들어두고 싶고, 한 살 위인 주제에 어이없게도 진이에게 응석부리고 싶고, 그뿐이었다.

 "싫으면 그만둬. 난 책만 붙들면 숫제 빠져버리는 성질이니까 오빠도 책을 좋아할 줄 알았어."

 "소련놈의 것에만 빠지는 성질?"

 "아니, 난 별로 선택도 없어. 기쿠치간菊池寬에게도 빠졌다 톨스토이에게도 빠졌다 할 정도로 주책이 없으니까."

 "흥, 나는 문학소녀 따윈 질색이더라. 살림도 못하고 허황한 꿈만 꾸고."

 "난 법관 지망자가 제일 싫더라. 건방지게 주제넘게 인간이 인간을 감히 심판할 수 있을 것 같아?"

 "쳇, 내가 법과라고 법관이 될 성싶어? 안 될걸, 그 따윈."

 "그럼 뭐가 될래?"

 "글쎄……. 시원한 냉면 장수? 아니면 울긋불긋한 빙수 장수쯤."

 진이는 웃을 수 없었다. 서쪽의 유리창으로 지금 한창 석양이 들이쬐고, 헌 상자, 솜보따리, 또 진이 남매가 쓰던 교과서 등이 먼지를 뒤집어쓴 채 첩첩이 쌓인 가운데 사람 하나 누울 만한 자리란 한증막보다 더하면 더했다. 구슬땀이 솟은 창백한 이마와 쥐어짜게 될 러닝셔츠. 이런 경우 평범한 인간이 소망할 수 있는 걸 철수도 소망하고, 실상 이런 단순한 소망이 어떤 정신적인 크나큰 고민보다 한결 절실히 진이에게 와닿는다.

저녁엔 진이가 서둘러서 국수를 만들어, 생큼한 오이냉국에 말았다. 손님용의 커다란 화채그릇에 담고 대문, 중문 단속을 철저히 한 후 마루에 돗자리까지 깔고 철수를 불러냈다.

푸른 유리그릇에 보얗게 이슬까지 맺힌 보기에도 시원한 저녁상이었다.

"굉장한 솜씨야. 그렇게 맛있는 냉면을 먹어보긴 생전 처음이야."
허겁지겁 국물까지 쪽쪽 들이마시고 나서야 비로소 감탄을 한다.

날씨는 허덕이듯이 절정을 향해 달아오르고 함석지붕 밑의 열기도 발악하듯 심해졌다. 진이는 이런 열기에 자기를 적응시키고자 무거운 짐을 지고 언덕을 오르듯이 혼신의 안간힘을 썼으나 어느 틈에 학교에서도 이른바 투쟁경력이 있는 민청의 중추세력에서 겉돌고 있었다.

김순덕과 친한 건 같은 여학생끼리니까 자연스러웠지만, 투쟁 경력도 없고, 또 의용군에 선뜻 지원하지도 않고 남아 있어 졸업반인데도 책임 있는 직책 없이 잗다란 심부름이나 등교공작에 혹사당하고 있는 불문과의 유화진이나 영문과의 현민과 자주 어울리게 되는 건 공연히 눈치가 보이고 꺼림칙했지만 어쩔 수 없었다. 잠깐씩이지만 그들과는 '혁명적' '애국적'이 아닌 일상의 화제를 주고받을 수 있었고 그동안의 휴식감은 소중했다. 당, 인민, 충성에 또 충성, 애국적 영웅적에 또 거듭 애국적……. 온통 애국, 충성, 라디오도 신문도 학교에서도 길에서도 들리는 음악도 시각도 온통 애국만을 하기란 얼마나 고단한 노릇일까?

일순의 휴식도 용납됨이 없이, 정열이 고조된 애국 충성의 연속이 실제로 가능할까? 애국의 과로는 때때로 그녀를 몸살나게 했다. 아픈 곳이 분명치 않으면서도 꼼짝할 수 없는 중병 같기도 한 육신과 정신의 허탈 상태가 왔다.

그녀가 처음 며칠 가장 흥미 있어 하던 교양시간의 당사 공부도 너무도 끈질긴 투쟁과 숙청의 반복으로 그녀를 멀미나고 지치도록 했다. 그녀는 위원장이나 최치열의 금속성인 당사 낭독을 들을 때면 깍지 낀 양손으로 턱을 괴고 서쪽 창밖을 응시하는 자세가 습관이 되고 말았다.

서쪽 창 바로 밑엔 몇 포기 안 되는 칸나가 창 높이만큼 자라 진홍빛 꽃을 유리에 맞대고 있었다. 그것뿐 인민군들이 웅성대는 본관까지의 제법 아득한 광장이 나무 한 그루, 풀 한 포기 없이 작열하는 태양 밑에 희게 마치 백지처럼 희게 무의미하게 펼쳐져 있었다.

그것은 아주 혹독한 가뭄의 풍경처럼 공포로웠다.

잎새조차도 푸르지 못하고 붉은 빛이 도는 핏빛 칸나도 마치 오랜 한발旱魃 끝에 지심에서 내뿜는 뜨거운 화염처럼 처절한 저주를 주위에 발산하고 있었다.

붉은 건 칸나뿐이 아니었다. 정면 벽 중앙에 늘어진 붉은 깃발, 그 깃발을 중심으로 빽빽이 붙여진 벽보의 핏빛 글씨들—혁명, 원쑤, 타도, 투쟁, 당, 인민, 수령, 영광, 애국—머리가 아찔하도록 집요한 투지, 집요한 증오, 그리고 애국.

또 다른 벽에는 김일성을 중심으로 한 모택동, 스탈린의 대문짝 같은 초상화와 그 밑의 붉은 지도, 며칠 전 바로 진이가 그린 것으로 그 후도 인민군이 새로운 지역을 해방시킬 때마다 붉게 칠해가기로 돼 있는 이 지도의 붉은 침윤을 보고 있을라치면 진이는 또 한 번 한 발을 느낀다. 이곳 창밖의 흰 광장에서 비롯된 한발이 온누리를 덮어가고 있다고 까닭도 없이 그렇게 느끼고는 몸서리를 쳤다. 그러나 그녀가 느낀 가뭄은 실상은 그녀의 심상이었을 뿐, 비오는 날과 개인 날은 알맞게 번갈아 계속되어 땅은 사람들의 전쟁 따위엔 아랑곳없이 화염 아닌 푸르름을 매일매일 생육해 여름은 검푸르게 무성하기만 했다.

최의 열변의 끝막음은 으레 "무자비하게 뿌리 뽑고, 무자비하게 깔아뭉개자"였다. 우선 가까운 이곳의 반동을, 그리고 더 가까운 곳, 즉 자신 속의 반동 자유주의 근성을, 창백한 회의를, 이기利己를, 개인을 무자비하게 깔아뭉개라는 것이었다. 요란한 갈채로 최 동무의 열변은 끝났다. 진이도 손바닥이 아프게 박수를 치고는 비로소 하품을 한다. 그의 설득은 각성제의 복용처럼 여러 사람에게 고달프디 고달픈 긴장을 지속시키는 특이한 힘이 있었다. 지리한 한여름의 오후인데도 오수午睡의 유혹 같은 데 빠질 겨를을 주는 법이 결코 없었다.

"아아 살았다. 유 동무, 등교공작 나가는 길에 빙수 좀 사주지 않을래요?"

최 동무가 나가자마자 순덕은 유화진에게 거침없이 말을 건다.

최 동무는 당 세포위원장이므로 특별히 뒤의 별실을 쓰고 있어 그가 나가면 누구나 깐깐한 민청위원장까지도 잠시 해이한 태도를 보이기가 일쑤였다. 순덕의 어리광에 유화진은 빙긋이 웃을 뿐 대답이 없다. 도수 높은 근시안 속에서 껌벅이는 눈은 한껏 피곤해 보이지만 이마는 반듯하고 수려하다. 이곳에서 제일 존재가 희미하고 무력해 뵈는 화진이지만 그에게선 도저히 깔아뭉개버릴 수 없는 또렷한 것, 깔아뭉개버리기에는 너무도 소중한 무엇, 개성 같은 게 강하게 풍긴다.

"응? 사주는 거죠."

순덕이 다시 한 번 조르자 화진은 바지의 양 포켓을 홀러덩 뒤집어 보이곤 어깨를 움츠린다.

"아이 시시해. 지금쯤 우리 시골엔 수박 참외가 한창일 텐데."

이렇게 되면 순덕의 고향타령이 나올 차례다. 그녀는 요새 심한 향수병을 앓고 있었다.

온통 푸르른 김해평야의 넓고 기름진 벌판 이야기, 고향집의 구조, 형제간에 있었던 어린 날의 자자분한 이야기들은 그녀의 낮은 음성과 함께 은은한 정감을 담고 마치, 메마른 땅에 조용히 내리는 빗소리를 듣는 것처럼 쾌적했다. 그녀는 김해의 부유한 집 막내딸이어서 서울서 하숙을 하고 있던 중 난리를 만난 것이다. 어서 빨리 고향으로 돌아갈 수 있게 되기를, 그러자니 자연히 인민군이 어서어서 김해까지 해방시켜주기를 열심히 바라고 있었다.

"걸어서라도 슬슬 집으로 떠날까 봐. 그러노라면 내 걸음보다야

빨리 인민군들이 김해를 해방시켜주겠지."

"하여튼 순덕 동문 열성이야. 당원으로라도 추천당할 만해."

유화진이 이죽댄다.

"당원? 그런 건 흥미 없어요. 붉은 하늘이고 푸른 하늘이고 간에 내 고향과 나 있는 곳과는 같은 하늘이어야 한다는 그뿐이에요. 삼팔선 생각 안 나요? 땅이 같아도 하늘이 다르다는 게 얼마나 두렵다는 건 다 겪었잖아요. 하늘이 붉어도 우리 고장의 들만 푸르면 난 그만이에요."

순덕이 말하는 하늘이란 집권자나 정부나 아마 그런 걸 게다.

"아직 어린애로군. 푸른 들 어쩌구 하는 점잔은 빼요. 정말은 엄마가 보고파 그러죠. 이런 철부지를 서울 유학을 보내다니. 게다가 난리가 났으니 밤엔 울겠네."

"울어요. 폭격이 심한 밤은 더구나."

부끄러운 듯 낮은 소리가 아주 쉽게 동의하고 만년필로 손등에 낙서를 한다. 주근깨가 눈에 띄게 많은데도 가련하고 청순한 얼굴이 된다. 갑자기 싱글대던 유화진이 얼굴을 굳히고 다른 학생들도 잡담을 멈추고 뭔가 조금씩 하는 척한다. 마치 선생님 발자국 소리를 들은 국민학교 학생처럼 진이도 흘깃, 잠깐 숨을 못 쉴 만큼 놀란다. 최치열이가 민준식과 함께 들어선 것이다.

보기 좋게 탄 건강하고 깨끗한 피부에 되는대로 걸친 듯하면서도 빈틈없이 멋진 옷차림을 한 준식은 아주 열심히 최와 이야기를 주고받으며 들어섰다. 온통 초라한 것만 봐오고 또 될 수 있는 대로 보기 싫고 남루한 것이 예절처럼 돼 있는 세상에 준식은 먼 이방인처럼 세련되고 훌륭한 옷차림과 생기 있고 늠름한 모습으로 거기 있었다.

"짜아식 여전히 멋쟁이군."

화진이 혼자 지껄이는 소리에 진이도 여태껏 멈추었던 숨을 생각난 듯이 크게 토해낸다.

한숨도 경탄도 아닌 깊은 호흡과 함께, 한동안 잠잠하던 뜨거운 번뇌가 되살아난다. 그녀는 왜 그가 거기 있는가를 생각하기에 앞서 먼저 자신의 몰골부터 살폈다.

조금도 부끄럽기는커녕 오히려 당연하던 후줄근한 검은 인조 치마에 흰 풀죽은 모시 적삼과 검은 운동화, 윤기 없이 까맣게 탄 깡마른 피부, 정녕 그에게서 숨어버리고 싶었다. 정녕 아름다운 여자이고 싶었다.

그가 그렇게도 선명하게 남자인 것처럼, 그가 다만 여자로 바라볼 수 있는 여자이고 싶었다.

준식의 옆에 최치열은 마치 못난 짐승처럼 추해 보였다. 최치열도 그것을 느끼는지 준식보다는 모가지 하나는 작은 키를 빳빳이 세우고 미간을 약간 찌푸리고 있었다.

준식은 방 안을 고루 살피고 아는 이와는 기탄없이 반갑게 악수도 나누며 진이에게도 가볍게 목례를 하고 그리곤 한쪽 구석에서 최 동무와 몇몇 간부들과 진지하게 이야기를 시작하는 것이었다.

가끔 든든하게 잘생긴 손으로 크게 손짓까지 해가며 몸 전체가 의

욕과 정열에 충만해 있고 놀랍게도 그 심드렁한 잿빛 권태가 말끔히 가신 눈은 이글이글 생동하고 있었다.

"뭘 그렇게 열심히 보고 있니?"

"응?"

"역시 멋쟁이를 보는 건 기분 나쁘지 않지."

"으……응."

진이는 건성 대답해놓고 화진에게,

"저 사람 잘 알아요?"

"잘이랄 거야 없고 그저 남이 아는 것만큼은 알죠."

"그럼 저이도 최 동무나 위원장 동무 같이……. 이를테면……."

"그러믄요. 국대안 반대서부터 무슨 일에나 좌익운동의 선봉에 섰더랬죠. 손꼽히는 거물급이었지만 최 동무는 퇴학을 당하고 감옥살이까지 했는데 저 사람은 원체 빽이 좋아서……."

"네?"

"수없이 붙들려 가기만 했지 거뜬히 빠져나오곤 했죠, 저치 아버지가 보통 꾼이 아니라더군요."

"그래요? 그러나저러나 저런 멋있는 공산당은 상상도 못 해봤어요. 꼭 외유外遊에서 갓 돌아온 귀공자 같은데요."

이번엔 순덕이 옆에서 끼어든다.

"외유요? 참 난리만 안 났더라면 곧 갔을 건데. 하두 말썽스럽게 굴어서 아버지가 골머리를 썩이다 못해 미국으로 쫓아 보내버릴 준비를 하고 있다는 소문이니까. 뭐 예쁜 아가씨까지 딸려서든가. 짜아식 팔자도 좋아."

"아버지가 가란다고 호락호락 갔을까요?"

진이의 얼굴이 험악해지면서 따지듯이 덤빈다.

"못 이기는 척하고 갔겠죠, 아마."

"어떻게 그렇게 단정내리죠? 자본주의의 퇴폐적인 풍조를 호흡하러 가기를 거부했을지도 모르잖아요?"

한없이 따질 듯한 자세다.

"저 친구 아마 그렇게 투철하진 못할걸요."

유화진은 진이와 몇 마디 주고받지 않았는데도 그녀의 끈덕지고 호전적이기조차 한 태도에 이유 모를 압박과 피곤을 느껴 아무렇게나 얼버무려 대답하고 슬그머니 외면을 해버린다.

"왜요?"

"그냥 짐작건대……."

"그런 것까지 짐작할 수 있을 만큼 동문 저 동무와 친분이 있나요?"

"내 참……."

화진은 귀찮은 듯이 혀를 차며 다시 돌아다보다가 집요하게 얽혀오는 탐색적인 시선과 부딪치자 별수 없이 다시 이야기를 잇는다.

"출신성분이 틀리니까요."

"출신성분? 그 따위가 무슨 상관이죠? 더군다나 저인 빛나는 투쟁 경력이 있지 않아요?"

"난 출신성분이 크게 상관된다고 보는데요."

"난 절대 상관없다고 봐요."

"그럼 동문 왜 당에서 출신성분을 그렇게 중히 여긴다고 생각하죠?"

"그야……!"

진이는 잠시 말문이 막힌다.

"공산주의라는 게 말입니다. 당대의 투쟁경력만 가지곤 해내기 어려운 주의입니다. 대대로 내려오면서 핏속에 누적된 강한 집념, 미움, 그런 것 없이는 해내기 어려운 그 무엇이 있지 않을까요? 그도 그럴 것이 그들이 타도를 부르짖는 이른바 특권계급이란 것도 하루아침에 생성된 건 아니잖아요. 오랜 세월 누대를 내려오며 깊고 광범위하게 내린 뿌리를 뽑자면 그와 대등한 막강한 힘이 필요하겠죠. 아무튼 확실히 단언할 수 있는 건 부잣집 아들이 스릴 섞인 외도로 할 수 있는 성질의 것이 아니란 거죠. 실은 나도 요새 깨닫기 시작한 겁니다만."

"동문 아무튼 꽤 건방지군요, 섣불리 알은체하기도 잘하고. 뭘 안다고."

"아마 내가 투쟁경력이 없는 걸 얕잡는 소리 같은데 내 생각으론 진이 동무의 그 쥐꼬리만 한 투쟁경력 따윈 어떤 사태를 이해하는 데 앞선 선입관 구실밖에 안된다고 봐요. 선입관이란 도리어……"

"뭐라구요?"

화진이 싱글거리는 데 반해서 진이는 눈을 모로 세우고 한싸움 크게 벌일 듯이 덤빈다. 순덕이 보다 못해,

"왜들 이래? 별안간 멋쟁이를 보더니 머리들이 돌았어? 그만둬, 남자가 좀 져 줘야지."

화진의 옆구리를 찌르며 서둔다. 그러나 화진은 싱글거리기를 멎지 않고,

"난 꼭 한마디만 더 해야 후련하겠는걸요. 진이 동무도 큰소리는 꽤 치지만 내가 보기엔……, 화내지 말고 들어요. 내가 보기엔 '무자비한'과 '목적을 위해 수단을 가리지 않는'에는 과히 자신이 있어 보이진 않던데, 어때요?"

그는 요즈음 최치열이 잘 쓰는 말을 최치열처럼 입을 악물고 발음해보이며 히죽 웃는다.

"……"

진이는 약점을 정통으로 찔린 것 같아서 흠칫한다. 그 틈을 놓칠세라 화진이 정색하며,

"문젠 바로 그거예요. 공산주의가 아무리 지상의 낙원을 가져온대도 그 중간에 겪어야 할 무자비한 목적을 위해 수단을 가리지 않는 투쟁의 과정이 문제죠. 신념 하나만 갖고는 좀 어려울걸요. 아주 광적인 강한 집념, 핏속, 골수 속까지 맺힌 원한 없이는 어려울 걸요."

"……"

실상 진이는 화진과 입씨름을 하면서도 준식에게서 눈을 떼지 않고 있었다.

그런데 그는 지금 막 가려 하고 있었다.

"저이는 여기서 일할 것이 아닌가요?"

"글쎄요. 저번에도 저렇게 한 번 다녀간 적이 있는데……. 중앙당에라도 계신가?"

화진은 진이가 처음 기세와는 달리 논쟁을 어이없이 쉽게 걷어치우는 까닭을 알 리 없었지만 학질이라도 떼어버린 듯이 시원해 얼른 자리를 뜬다. 준식은 진이에게도 따로 짧은 일별을 던지고는 가버렸다. 그 일별은 짧았지만 아프도록 날카롭고 관능적이다. 마치 그녀의 관능의 생경한 외각을 찌른 최초의 입맞춤처럼, 외각은 이미 허물어진 것이다. 신선한 욕망, 뜨거운 갈구로 그녀의 내부는 혼란하다. 집이 같은 쪽이라 순덕과 유화진은 늘 동행이다. 단 둘뿐일 때의 그녀는 빙수를 사달라거나 하지 않는다.

"저……, 유 동무."

"동무는 빼버려요, 밖에선."

가로수 잎새조차 축 늘어선 무더위에도 아랑곳없이 순덕의 주근깨 많은 얼굴은 늘 서늘해 보이는 게 화진은 신기하고도 유쾌해서 좀 대담해진다.

"그럼 뭐라 부르죠?"

"글쎄요? 미스터 유? 그쯤 해둬요."

"그럼 미스터 유."

미스터라는 소리가 말하는 쪽이나 듣는 쪽에 똑같이 금단의 과실 같은 은밀한 즐거움을 줘, 마치 그것을 음미하듯 둘은 잠시 침묵했다.

"미스터 유는 처음부터 등교하셨댔죠? 처음에도 요새처럼 학생이 적었나요?"

"처음엔 꽤 많았죠. 회를 하고 점점 열광적으로 흥분하더니 의용군으로 지원해버리더군요. 그런 일이 몇 번이고 되풀이됐으니 학생이 적을 수밖에."

"미스터 유는 어떻게 빠졌죠?"

"결국 열광에 휩쓸리지 못하고 만 거죠. 아무리 애써도 흥분한 군중 속의 하나가 돼지지 않더군요. 그러다가 와락 두려워졌어요. 생명을 거는 게."

"미스터 유 이제 보니 퍽 겁쟁이로군요."

"겁쟁이로 보면 곤란해요. 만용과 용기와는 구별돼야죠. 목숨은 하난데 만용에 걸 순 없었어요."

"당과 인민을 위하는 일을 만용이라니 무자비한 숙정감인데요."

순덕은 도수 높은 안경알 밑에서 심각하게 껌벅이는 화진의 눈을 짓궂게 쫓으며 생글댄다.

"그렇게 비꼬면 곤란한데요. 난 사실 요새 편리하게 내세울 투쟁 경력은 없지만 착실한 공부꾼에다 또 제법 불평가이기도 했죠. 난 본디 학자가 될 생각이었으니까요. 학자가 되려면 세상 돼가는 일, 특히 정치성을 띤 일에 참여하지 않는 걸 미덕으로 여겼지만 전연 무관심할 수야 없었죠. 이승만 정부 하는 일도 상당히 신랄히 비판하고 때로는 아주 절망적이라고도 생각했죠. 망해야 된다고요. 물론 망한 후에 대체될 것엔 아랑곳없이 일종의 쾌감을 위한 독설이었다고나 할까……. 그 무렵의 내 독설은 묘하게도 좌익학생들의 구호와 비슷해서 그런 오해까지 받았더랬죠. 이제 이 박사도 자꾸 남쪽으로 쫓겨가는 중이고 어떻게 생각하면 잘된 셈인데 역시 안 되겠어요. 이 상탠 더 미칠 것 같아요. 감정의 기복이 용납 안 되는 팽팽한 투쟁, 적의의 연속 말예요."

화진인 숨가쁘고, 순덕은 답답하다.

"난 향수병으로 미칠 것 같아요. 미스터 유는 뭘 원하고 있죠? 좀 구체적으로 말해봐요. 도와주고파요."

"구체적으로요? 난, 난 만화가 필요해요."

"뭐, 뭐라고요?"

의외의 답변에 순덕은 어리둥절하고 화진은 가로수 그늘에 잠깐 멈춰 서더니 주머니를 뒤적여 꽁초를 하나 꺼내 입에 물려다 말고 도로 집어넣고는 길가에 걸린 김일성의 초상화를 가리키며,

"이를테면, 저 얼굴에 돼지 코를 그려 놓고, 몸체에 돼지 꼬리를 달아본다든가."

"크, 큰일날 소리."

"이승만 독재라지만 이 박산 얼마나 많이 만화화됐던가요. 찌그러진 호박도 됐다, 늙은 칠면조도 됐다, 국민은 그 정도의 숨구멍은 가질 수 있었던 셈 아녜요?"

만화 얘기를 하는 사람치곤 화진의 표정이 너무 고통스러워 어떻게 그를 위로해야 할지를 모른다.

"좀 쉬어야겠어요. 피곤해 뵈요."

"아뇨. 난 난 그저 만화가 필요해요, 숨구멍이."

순덕은 비로소 화진의 만화타령에서 자유에의 절규 같은 걸 눈치챈다. 그들은 원남동에서 헤어졌다. 헤어진 후 화진은 심한 더위를 느낀다. 그는 순덕과의 대화가 자기에게 위로가 되었다고는 생각지 않았지만 그녀로 인하여 서늘할 수 있었다는 걸 신기하게 생각했다.

7월을 막음하려는 날씨는 허덕이듯이 절정을 향해 달아오르고 있었지만 진이는 다락방의 철수를 위해 다시 냉면을 마는 일도 없이 매사에 탐탁한 게 없는 채로 그냥 허덕이고 있었다.

그녀뿐 아니라 서 여사도 혜순이도 그리고 철수도 서로 말이 떴고 가끔 맥을 못 추게 후줄근해 있었고 이게 모두 더위 때문일 듯도 싶었다.

가끔 밤이 이슥할 즈음이면 당숙모가 흘금흘금 뒤를 살펴가며 다락방에 숨겨놓은 철수를 보러 오곤 했다. 닥치는 대로 장사를 하고 지낸다는 그녀의 주름과 기미투성이의 새카맣게 탄 얼굴하며 몽당치마에 땀에 찌든 적삼하며 불과 한 달 전쯤의 곱살하고 사람 얕잡기 좋아하던 그 도도한 모습은 비치지도 않았지만 눈엔 이상하리만큼 생기가 번들대고 있었다. 그건 난리 전에 가끔가끔 진이 남매에게 비쳐 보이던 뾰족한 적의하고는 또 달랐지만 그런 번들댐이 진이는 섬뜩하도록 싫었다. 그러면서도 진이는 당숙모의 방문을 은근히 기다리고 있었다. 당숙모는 올 적마다 제법 푸짐하게 과일이니 보리개떡이니 싸 가지고 와 철수에게도 먹이고 온 집안 식구에게 선심을 썼기 때문이다.

서울 장안의 식량난은 말이 아니었다. 싱거 미싱이나 벨벳치마를 몇 줌의 쌀로 바꾸기 위해 사람들은 기총소사나 폭격을 무릅쓰고 근교의 시골로 잇따랐고, 밥을 먹는 집은 죽을 먹는 척, 죽을 먹으면 굶는 척해가며 행여 여퉈 놓은 식량을 누구에게 빼앗길세라 서로 허기증을 과시했다. 허기증은 역병처럼 굶지 않는 사람들까지 옮아 너나없이 먹기에 치사해졌다.

진이도 마치 내부에 커다란 아귀라도 사육하고 있는 듯, 요즈음의 그녀를 생기 있게 하는 것은 오직 식욕뿐이면서도 그 식욕은 좀처럼 포만에 도달하는 법이 없었다.

아귀들의 잔치 같은 맹렬하고 아쉬운 먹기가 끝나면 당숙모는 으레 서 여사에게 귀엣말로 이남방송으로 들었다는 뉴스를 전하는 것을 잊지 않았다. 그때의 당숙모의 눈은 한층 생기 있게 번들댔다.

"형님 조금만 더 참아요. 미국 말고도 별의별 나라가 다 우리나라를 도와준대요. 저 비행기 좀 봐요. 그까짓 탱크, 흥 며칠 안 남았어요."

그러나 서 여사는 따라서 맞장구도 칠 수 없게 가슴이 철렁해왔다.

"그야 나도 이런 세상이 좋다는 건 아니네만, 또 바뀐다면……."

"아아니 형님도 단단히 도셨구려? 아, 이게 어디 사람 살 세상이에요? 말이야 바른대로 해야지."

"그, 그런 게 아니라 또 바뀌면 열이나 진이는 어떻게 하고."

"형님도 그런 건 염려 마세요. 국군이 들어오면 곧 뒤따라 철수아범이 어련히 돌아올라구요."

당숙모는 생각만 해도 신이 나는지 입이 마구 벙글거려지는 걸 구태여 감추려 들지도 않았다.

"그전에도 열이 일이라면 발벗고 나서던 그이가 더군다나 우리 금지옥엽 같은 철수를 형님이 싸고돌아 살려줬는데 열일 누가 털끝이나 건드리게 할 성싶어요. 그이가 어떤 경우 밝은 이라고. 그런 걱정일랑 아예 마셔요."

비로소 서 여사의 얼굴이 좀 밝아진다.

(그럼 내가 철수를 데려다 둔 게 도리어 잘한 짓일까, 은혜란 돌고 도는 법, 암, 착한 덕은 반드시 내리게 마련이지…….)

진이도 이런 장삿속 같은 흥정을 대강 눈치로 짐작하고 진흙탕에 몸을 궁글리는 듯한 불쾌감을 느꼈으나 드러내놓고 반발하려 들진 않았다.

서 여사가 물 주는 것을 잊고 뙤약볕에 버려놔서 이제 곧 쓰러질 듯이 축 늘어진 수국처럼 올여름은 자기도 여름을 탄다고, 진이는 그렇게 믿고 있었다.

8월

 진이나 순덕이 배치된 문화선전부에서 긴하게 맡은 일이란 전에 그려놓은 지도에 새로운 해방지역을 붉게 칠해가는 일이었으나 붉은 잉크의 침윤의 속도는 조금씩 늦어졌다. 숫제 붉은 칠을 할 필요가 없는 날이 며칠씩 계속되기도 했다.
 지도의 붉은 침윤이 늦어질수록 상부로부터 내려오는 과업은 대수롭지 않은 것까지 신경질적으로 다급해졌다. 신문을 온통 뒤덮은 김일성의 호소문을 읽고 해설하고 경각심을 높이는 일이라든가 등교공작 따위, 특히 등교공작에는 혈안이 되다시피 초조하게 서두르고 있었다. 6·25 전 학교에 제출한 학생조서의 주소와 약도는 등교공작에 많은 편의를 주었지만 결과는 시원치 않았다.
 오후면 으레 몇 장씩의 학생조서가 나누어지고 호별 방문을 지령

받았지만 다음 날 학생 수는 별로 느는 것 같지 않았다.

진이도 몇 번의 호별 방문에서 겪은 일이지만 한결같은 정중한 냉대는 정말 어쩔 수 없었다.

등교공작과 아울러 노린 선전선동사업도 이 두터운 거부의 벽 앞을 치사스럽게 서성대다 말았을 뿐이었다.

어쩌면 그렇게 한결같이 그런 학생은 없노라고, 며칠 전에 나가서 안 들어온다고, 어디 갔는지 알 수나 있는 세상이냐고, 두려움과 경멸이 뒤섞인 싸늘한 시선으로 그러면서도 깍듯이 공손하게 대답하는 것일까?

"동무들, 누가 동무들을 한가하게 집구경이나 시키려고 내보낸 줄 아오? 목적과 사명을 뚜렷이 인식하고 목적을 위해선 수단 방법을 가리지 말란 말이오."

최치열은 눈을 매섭게 부릅뜨고 목적을 위해 수단을 가리지 말기를 거듭 강조하지만 집집마다 없다는 사람을 찾아낼 뾰족한 수를 아무도 생각해내지 못했다.

그들은 그들의 과업, 당시 수령의 주위에 전체 학생들을 강철같이 결속시켜 한 가지 목적으로 움직이는 거대한 힘을 만들려는 사업이 생각보다 어려움을 깨닫고 눈에 띄게 초조해하고 있었고, 진이는 진이대로 이곳 S대 민청에서 자기가 처해 있는 상황에 초조해하지만 그 초조감조차 날로 희미해진다. 그녀는 어느 틈에 유화진이나 현민처럼 목적을 위해 수단을 가리지 않는 일을 순진하게 경악하며 그 일에 몸을 담기를 꺼리게 될수록 그 일에 방관자이기를 바라는 이른바 자유주의 근성이 농후한 몇몇 중의 한 사람이 돼가고 있었다. 결국 그녀는 의당 투쟁경력이 있는 자가 몸담아야 할 열성적인 중추세력으로부터 겉돌고 있었다.

  8월의 첫날 조회 후, 자서전을 쓰라고 서너 장씩의 종이가 배부되었다. 자서전이란 제목이 어마어마해서 망설이고 있는데 출생에서 성장, 현재까지를 환경변화에 따라 소상하고도 간결하게 쓰면 된다는 것이었다.

  나는 인삼으로 유명한 개성의 근교 개풍군의 호젓한 한 촌에서 태어났습니다. 온통 햇빛 넘치는 푸른 들에 삼포의 갈색지붕이 드문드문 섞여 그 푸르름이 더욱 신선한 아름다운 고장이었습니다. 집은 가난한 편이었지만 그곳에서 지낸 어린 시절의 행복, 따숩고 소박한 인간관계는 지금도 잊을 수 없습니다. 지금, 그때의 추억은 거의 동강난 채이지만 나는 동강난 조각들로부터 얼마든지 긴 이야기를 꾸며낼 수도 있습니다.

  진이는 자기의 등 위에 어떤 그림자를 의식하면서도 열심히 여기까지 써내려갔을 때 어깨 너머로 주먹이 뻗어와 탕하고 책상을 때린다. 최치열이었다.

  "지금이 여학교 작문시간인 줄 아오? 누가 이런 센티한 글을 쓰랬소? 적어도 당에서 관심을 가질 만한 개인상황이 있을 게 아뇨? 그래도 모르겠소?"

"모르겠어요. 자서전이라기에……."

"적어도 당은 개인의 개인적인 성장과정 같은 덴 관심 없소. 국가와 관계된 개인, 이를테면 애국하는 일과 관계된 개인상황에 당은 관심이 있는 거요. 알겠소, 하 동무?"

진이가 미처 대답도 하기 전에 최치열은 미간을 잔뜩 찌푸린 채로 다른 곳을 휙 돌아보고 바삐 나갔다. 진이는 문득 애국이란 말이 못 견디게 역겹다. 동시에 그녀 내부에 갇힌 저항감 있는 물체 같기도 하고 푸념 같기도 한 게 몇 장의 백지를 향해 곤두박질치듯이 쏟아지려는 걸 느낀다.

마치 원고지를 만난 창작욕의 분출 같은, 화끈한 쾌감으로 손을 떨며 그녀는 단숨에 백지를 메워갔다.

우선 애국이란 나라를 사랑한다고 정직하게 해석하기로 하겠습니다. 그럼 나라란 무엇일까? 학교에서 배운 대로 한다면 국가란 영토, 국민, 주권의 3요소가 갖춰져야 비로소 존립한다고요. 그렇다면 나는 애국엔 자신이 없습니다. 영토라면 물론 사랑합니다. 내 고향의 땅도, 서울의 땅도, 내가 가본 고장이든, 못 가본 고장이든 내 나라 방방곡곡에 미칠 듯한 애착을 느낍니다. 풍치가 좋으면 좋아서, 헐벗은 곳은 헐벗은 게 측은해서 버릴 수 없습니다. 외국 여행 같은 걸 공상할 때도 여행에의 꿈보다 멀어져가는 우리 고장의 땅과의 석별의 아픔을 미리 실감할 정도로 그렇게 사랑합니다. 고무신 바닥을 통해 전해오는 흙의 감촉에서도 계절을 느끼고 숙명적인 집착을 느낍니다.

그리고 그 흙 위에서 가난만을 상속받은 채 적당히 어리석고, 알맞게 슬기롭고 착하디 착하게 살고 있는 모든 사람들을 사랑합니다. 그러나 그건 향토애나 동포애지 애국은 아닐 겁니다. 아직 주권이 남았기 때문입니다. 나는 한 번도 주권을 사랑한 적이 없습니다. 주권이 없을 때 태어나, 철들고 해방을 맞아 주권을 갖게 된 감동도 잠깐이었습니다. 턱없이 오만하게 군림하여 착하고 가난한 사람을 더욱 가난하게, 부하고 간교한 자를 더욱 부하게 만드는 주권에 곧 증오감조차 느꼈습니다. 만약 나에게 약간이나마 투쟁경력이 있다면, 나의 이런 증오감이 바람을 만난 불처럼 공산주의의 초보적 이론을 만난 결과겠지요. 나는 사랑할 수 있는 주권을 갖고 싶었고, 6·25를 맞자 이제 그런 걸 가지게 되리라 믿었습니다. 그러나 나는 지금도 주권을 사랑하고 있지 않습니다. 인민공화국의 첫인상은 당과 주권이 동일한 의미를 지니고 있다는 데서부터 비롯되었습니다. 당의 위력은 너무나도 도처에 있으면서도 너무도 엄연히 군림하고 있고 당의 이름은 전제군주시대의 왕의 이름처럼 온갖 희생을 타당화시키는 데 남용되고 있습니다.

단숨에 여기까지 쓴 진이는 아까와 똑같은 검은 그림자를 등 뒤에 의식했지만 조금도 개의치 않고 있었다. 어쩌면 그녀는 검은 그림자를 의식하고 나서부터 오히려 더 과격한 문구를 선택하고 있는지도 모를 일이었다. 그녀의 푸념은 아직도 미진하다.

나는 군림하는 주권을 증오합니다. 제아무리 당과 인민이란 이름으로…….

검은 그림자의 손이 뻗어 왔다.
삽시간에 종이는 구겨져 그의 손아귀에서 보이지 않게 뭉쳐져 버렸다. 그림자는 뜻밖에 최치열이 아니라 민준식이었다. 놀란 진이 몸을 일으켰을 때는 벌써 그는 진이 쪽을 보고 있지 않았고 이쪽으로 가까이 오는 최치열과 예사롭게 인사를 하고 있었다. 다만 한쪽 손이 주먹 쥐어져 있다는 것 외에는 별다른 기색도 없이 그는 최치열과 무슨 얘긴지를 심각하게 나누다가 사라졌다. 결국 자서전은 내일까지 내기로 하고 교문을 나섰다. 늘 그렇듯이 순덕은 화진과 동행이 되고 진이는 현민과 동행이 된다. 현민도 집이 돈암동 쪽이었다.
가슴의 어떤 질환을 연상시키는 섬약한 체질을 가진 현민은 허청허청 그림자처럼 진이를 따라 걸을 뿐 통 말이 없었고 그렇다고 무뚝뚝해 뵈지도 않았다. 헤어질 때는 깍듯이 예의바른 인사를 하고 선량한 미소를 잊지 않는 폼이 오빠 열과 흡사하여 진이는 뭔가 뭉클하다. 그리고 좀 딱하다.
해는 오늘도 스스로를 소진시켜버릴 듯이 그 열기와 빛이 광적이다.
곧 미쳐버릴 듯한 더위 펄펄 끓는 땅으로부터 뿜어낸 김으로 푸르름이 자욱하게 막힌 하늘을 폭격기의 편대가 유유히 지나가고 완장을 시큰둥하게 두른 녀석이 발악하듯이 '항공, 항공'을 외친다. 가로수 밑에 납작하게 엎드린 진이는 전쟁이란 미친 지랄이다, 미친 지랄에 장단치느라 배까지 고픈 건 억울하다 싶다.

다시 걷기 시작한 진이는 뜻밖에 또 민준식을 만났다. 그는 옆으로 성큼 다가와 진이를 내려다보는 자세로 한동안 말없이 따라오기만 한다. 진이가 먼저 손을 내,

"아깟 것 돌려줘요. 싱겁게 무슨 장난이죠?"

그는 두 팔을 한껏 벌려 빈 손바닥을 펴 보이며 어깨를 움칠한다.

"좋아요. 더 지독하게 써낼 테니까. 동문 당원이니까 당의 욕을 해줘서 싫은 거죠. 더 지독하게 꼭 해주고야 말걸요."

"제발 그런 철없는 장난은 집어치워요. 머리에 잔뜩 열을 올리고 그런 소릴 써봤댓자 다치는 건 당이 아닐 테니까. 참, 진이는 굉장히 사랑하는 게 많더군. 그런 문장으로 한번 멋진 러브레터를 써보지 그래. 수신인이 없어 곤란하면 내 이름을 써도 좋아."

"뭐라구요? 뻔뻔스럽기가 여전하군요. 한길바닥이 아니면 따귀라도 한 대 올려주고 싶군요."

"한길바닥이 아니라면 여기다 뽀뽀라도 해주고 싶군."

그의 손이 한길바닥에서도 거침없이 진이의 뺨을 꼬집듯이 어루만진다.

"아이 분해. 얻다 대고 그런 징그러운 소릴 함부로……."

진이는 거칠게 발을 구른다.

"고정해요 아가씨. 우린 그런 징그러운 짓을 이미 해봤잖아."

그도 그 화창한 초하의 날의 웅덩이 속같이 가라앉은 숲 속의 자리에서의 일을 잊지 않고 있는 것일까? 그의 눈빛은 개구쟁이처럼 장난스럽지만 거침없이 욕망적이기도 하다. 진이는 전신이 저려온다. 쾌감 같은 걸로.

처음 만났을 때부터 그는 그녀의 감각에 너무도 생생하게 와닿았다. 그가 향아의 약혼자라는 선입관 때문에 좀 더 깊은 곳에 와 닿는 것을 은연중 거부하고 있었기 때문일까. 오직 감각으로만 맞는 그는 너무도 생생하게 성적이어서 진이의 결벽성은 곤혹을 겪는다.

"난 이쪽이야."

양회다리께서 민준식은 미련없이 진이와 반대방향으로 꺾인다.

가지 않고 시장으로 들어선다. 그녀는 그녀의 온몸에 민준식이 묻어 있는 것 같아 집으로 가기를 잠시 미룬다. 시장 속은 별세계같이 생기에 넘쳐 있다. 팔고 사고 바꾸고 악착 같은 흥정과 에누리와 욕설의 악다구니. 상인과 고객이 따로 있는 게 아니라 옷가지와 먹을 것과의 물물교환이 주여서 거래는 한층 영악을 극하고 사람마다 먹을 것을 향한 집념 하나로 체면이고 예절이고 홀랑 벗은 알몸뚱이가 되어 처절한 육박전을 벌인다.

폭격에 대비하는 동작도 거리의 행인들과는 사뭇 다르다. 일제히 흩어져 몸을 감췄다가 다시 모이기가 어찌나 빠르고 일사불란한지 의식적인 행동이라기보다 마치 본능적인 반사기능을 보는 것 같다. 제아무리 8월의 첫 태양이 온누리를 증살하고 말듯 잔인해도 사람들은 좀처럼 패배할 것 같지 않았다. 그런 사람들 틈에 섞이니, 하필 이 더위에도 게다가 살벌하기 짝이 없는 난리통인데도 짓궂게 생동하는 어떤 욕망적인 것이 조금도 부자연스러운 것이 아닌 것으로 받아들여졌다.

집에는 오랜만에 열이 와 있었다. 팔에서 얼굴까지 알맞게 탄 건강한 모습이었으나 어딘지 침착지 못해 보였다.

"오빠, 멋있게 탔는데. 바다에라도 갔다 온 것 같네요."

"들일을 좀 했더니만."

"들일이요?"

"응, 나야 바둑 취미도 없고 가만히 놀기도 무료해서……."

"어째 오셨어요, 쌀 배급?"

마루 끝에 놓인 조그만 쌀자루를 흘긋 보며 묻는다. 쌀자루는 아주 작다.

"응, 그런데 쌀 배급이 이번엔 시원치 않아. 창고의 것은 다 압수당했어. 교장선생님이 자기 집 양식을 조금 나누어 주더군."

"그래요?"

진이는 가슴이 철렁한다. 둘은 한동안 다음 대화를 잊어버리고 마주 바라보고만 있다.

그만 일로 저렇게 참담하게 풀이 죽을 게 뭐람, 바보같이, 하는 생각을 서로서로들 할 뿐, 정작 자기 얼굴이 얼마나 보기 싫게 일그러져 상대방을 더욱 풀이 죽게 만들고 있나는 미처 모른다.

"게다가 나까지 여기 있게 됐어. 이런 땐 한 식구라도 더는 게 순데."

열은 다락방 쪽을 흘긋 보며 목소리를 낮춘다.

"왜요?"

"재교육을 받게 됐어. 교육자로서의 자격이 없다는 거야. 내일부터 삼청동 S국민학교에서. 아마 남반부 해방지구의 중등교사들이 거지반 다 모일 거야."

"지원인가요, 강젠가요?"

"지원이구 강제구 없어. 오늘 아침 명단과 함께 상부로부터의 명령이야. 젊은 선생이 우선적으로 걸린 것 같다. 여태껏은 참 조용했었는데……. 자전거도 없이 쌀자루를 메구 걸어오며 보니까 내가 그렇게 태평하게 한 달을 보낼 수 있었다는 게 도리어 믿어지지 않더군. 거긴 별안간 확 변했어. 기습당한 느낌이야. 별관까지 몽땅 인민군 숙소가 되고 창고 열쇠까지 빼앗겼어."

"그럼 끝내 신선놀음이나 하고 세상을 방관할 수 있을 줄 알았어요?"

진이의 음성이 금속성을 띠고, 입가에 조소가 떠오른다.

"좀 의논성스러울 순 없니? 혹시 내가 없게 되더라도 네가 좀 집안의 힘이 되려니 생각하고 있는데. 너희 올켄 만삭이고 어머닌 노쇠하시고……. 시골서도 그렇더라만 오면서 보자니 여자들의 극성이 눈물겹더라. 그 악착 같은 생활력이 부럽기도 하고. 그렇다고 너보고 당장 뭘 하라는 건 아니지만."

"오빤 하여튼 겁도 많아요. 금세 누가 어디로 오빨 잡아가기라도 한답디까? 그리고 난 뭐 놀고 있는 줄 알아요? 나도 말예요……."

"흥 기껏 학교나 나갔겠지. 난 아무튼 애국심에 넘쳐 나라 걱정에 기가 오른 여자보다 집안 식구하고 살려구 체면이고 나발이고 벗어던지고 억척스럽게 사는 여자가 훨씬 우러러보이더라."

열은 그로서는 드물게 빈정대듯 말하고 여태껏 그런 눈으로 진이를 본 적이 없는 낯선 듯한, 어쩌면 증오일지도 모르는 싸늘한 눈으로 진이를 본다. 그리고 한숨처럼 낮은 소리로 혼잣말처럼 중얼거렸다.

"남자들은 다 어디로 갔는지 길엔 온통 여자들뿐이야. 허다한 여자들이 안하는 게 없더라."

"흥 나도 이제 알아듣겠어요. 시골에까지 바람이 부니까 이젠 또 그런 억척스런 여자 치마폭에 숨어서 세상을 빠끔히 방관하고 싶은 거군요. 그렇겐 안 될걸요."

진이도 지지 않고 응수하며 열의 시선과 맞선다. 둘은 서로 정을 나누기에 몹시 인색하다. 결국 그들은 서로서로를 몹시 마음 상하게 화나게 만들지 않고는 못 배겼고, 그러고 나니 결국 상한 건 자기뿐이라는 참담한 기분에 둘이 똑같이 놓여 있었다.

싸움 끝에 있을 법한 것, 이를테면 서로서로를 어루만지려 드는 시도를 하지 않고 각각 내던져진 듯한 삭막한 외로움 속에 자신을 궁굴리고 있었다. 저녁 후엔 열이, 진이 그리고 철수까지 나란히 장독대 앞에 평상을 놓고 앉아 같이 바람을 쏘이면서도 화제를 찾을 척도 않고 제각기의 깊은 생각에 잠긴 채 마음의 문을 굳게 닫고들 있었다.

열이는 저녁때 진이가 빈정대던 말, 여자의 치마폭에 휩싸이고 싶으냐는 말을 되풀이 생각하고 있었다. 그리고 정말 그렇게라도 하고 싶다고 생각하기 시작한 것이다.

그런 생각이 떠오르기 시작한 것은 어쩌면 오늘 낮쯤이었을 것도 같다. 학교의 자전거까지 압수당해 김 교장이 준 두어 말의 쌀을 짊어지고 구파발까지 왔을 즈음 채소를 받아 이고 서울로 팔러 오는 시골 아낙네들 틈에서 대학시절의 은사 현 선생 사모님을 만났다. 임질이 좀 서툴러 뵈는 것 외에는 촌여자와 똑같은 몽당치마에 억척스러운 거동이 도무지 그 기품 있고 조용하던 사모님이라곤 열도 미처 못 알아봤을 만큼 변해 있었다.

서로 알아보고 나서도 열이 쪽에서 도리어 송구스럽고 민망해 어찌할 바를 몰랐다 뿐 사모님은 조금도 당황하지 않고 전과 다름없는 태도로 열의 염려까지 해주는 것이었다.

"어델 갔다 오우? 함부로 이렇게 나다니면 쓰나?"

열은 어깨에 멘 쌀자루도 있고 해서,

"쌀을 좀 구해 오느라고요. 사모님이야말로……."

"나야 다 늙은 여잔데 상관 있나. 젊은 사람들이 몸조심해야지. 꼼짝 말고 들어앉아 있어요. 이 귀한 외아드님을 어쩌자고 이렇게 내돌리실까? 쯧쯧."

주위의 눈치를 살피더니 목소리를 죽여가며 타이른다.

"저 현 선생님도 안녕하신가요?"

"그럼, 안녕하시게 모시려니 내가 이 모양이 됐지. 어서 가봐요.

난 걸음이 느려서……. 그리고 꼼짝 말고 들어앉아 있어요. 봐요, 길에 어디 젊은 남자 있나……."

하긴 그런 것도 같았다. 남자들은 다 어디 있는 것일까? 여태껏 세상 물정 모르고 너무 편했던 것 같다.

국도의 한복판, 환한 햇볕에 몸을 드러내고 섰다는 게 크게 잘못된 일같이, 그리고 내일부터 교육을 받으러 다녀야 한다는 게 아주 두려운 모험같이 여겨졌다.

그는 별안간 빨리 가야겠다고, 거기 반드시 자기를 가려줄 어둑한 거처가 있을 것이라고 걸음걸이를 서두른다.

한참 만에 뒤를 돌아보았을 땐, 여러 여자들의 한 떼가 꽤 뒤져 보였을 뿐 그중에서 사모님을 가려낼 수는 없었으나 열에게는 그 여인들 하나하나가 어떤 후광을 지닌 듯 거룩한 걸로 보였다. 그리고 전쟁 중의 여인이 지닌 이 새로운 의미에 그 자신의 구원의 길도 마련될 것 같았다.

그러나 그 다음 날, 그는 가방에 노트까지 준비하고 진이보다도 먼저 집을 나서야 했다. 그러면 안 될 것 같은 불길한 예감을 달래가면서까지 그렇게 하지 않을 수 없었다.

한결같이 착하고 무능한 어머니와 아내에 의해 그는 이 끔찍한 난리통에도 집안 식구 먹을 것 걱정 안 시키는 믿음직한 가장이 되어 있었고, 그에겐 그녀들의 이 미련하고 천진스러운 믿음을 뒤엎을 용기는 도저히 없었다. 그런 계기는 자기 자신 아닌 딴 곳에서 암시되어야 했고, 바로 진이야말로 그에게 그런 고마움을 베풀 수도 마런해놓을 수도 있었는데…….

이렇게 제일 기대를 걸었던 진이는 얼마나 그의 마음을 받아들이기에 인색하였던가?

그의 착한 마음에 처음으로 진이에 대한 화끈한 분노가 시원히 발산 안 된 채 무겁게 가라앉는다.

사모님의 놀라운 변모를 보고 무언가 막연히 기대를 걸었던 어떤 변화가 집에는 통 없었고 그는 여전히 가장이고 또 공화국의 인민이라는 고된 의무 속에 있어야만 이 집은 평온한 것이다. 열이 나간 후 진이는 어제 못다 쓴 자서전을 썼다. 당이 원하는 자서전을, 당의 의도에 영합하는 자서전을, 아주 간명하고 그러고도 열렬하게 썼다.

오빠가 6·25 전부터 당원이었다는 것과 그의 영향이 컸다는 것까지……. 그녀의 표현은 거침없이 대담해진다. 그녀는 어제부터의 열의 모호한 태도를 경멸했고, 그런 파렴치는 바로 이렇게 야유해주는 게 제격이다 싶다. 잔인한 쾌감으로 그녀의 문장은 한층 빛났다.

그녀는 어제와 정반대의 글을 쓰면서도 그에 따르는 심중의 모순이나 갈등을 조금도 느끼지 않았다. 다만 어제는 최치열에게 오늘은 열에게 반발하는 데 당이 업혀 들어갔다 뿐이었다.

그녀는 여자였기 때문일까? 감성에 거슬러오는 말초적인 것에만 예민하고 그 깊은 본질엔 비교적 아둔한 편이었다.

설사 그녀가 백지를 앞에 놓고 좀 더 차분하게 심각하게 자기의 처신문제를 생각했다손 치더라도 별수는 없었을 것이다. 한때라도 공산주의의 이념이 차지했던 머리에 당은 비판하기에는 너무도 절대적인 외경 속에 있었고 때로는 신비하기까지 한 존재일 수밖에 없었으니.

8월 초순의 날들은 하루하루가 제가끔 절정의 기록을 빼앗기지 않으려는 안간힘으로 미칠 듯이 달아올랐다.

"하 동무, 내 방으로 좀."

오전의 과업이 끝나고 별볼일 없는 오후면 진이는 유화진, 현민, 순덕 등과 어울려 혁명과업과 상관없는 잡담을 나누는 게 큰 낙이었다.

소리 없이 나타난 그런 진이를 유심히 노려보던 최치열이 그렇게 말하고 앞장섰다.

벽 하나로 인접한 최치열의 방 들창에서도 붉은 칸나는 보였다. 그러나 흰 화칠이 아직도 깨끗한 삼면의 벽에는 너절한 벽보 하나 붙어 있지 않고 다만 정면 높은 곳에 김일성의 사진이 걸려 있을 뿐 책상 위에는 숱 두꺼운 책이 십여 권 정연히 쌓여 있고 여분의 의자도 하나뿐이다. 최치열은 머뭇거리고 있는 진이에게 눈으로 앉기를 권하고는 다시 읽던 책에서 눈을 떼지 않는다.

퍽이나 오랜 동안이 지났다고 느껴졌다. 땀냄새가 시척지근하게 느껴지는 무거운 공기 속에 그녀는 웬일인지 꼼짝할 수 없는 기분으로 앉아 있었다. 최치열이 불쑥,

"당은 동무의 자서전에 비상한 관심을 가지고 주목하고 있소."

당? 당의 날카로운 시선은 어디 있는 것일까? 그녀는 무심코 흰 벽과 갈색의 천장을 두리번거린다. 가슴이 크게 내려앉은 듯하더니

손끝 발끝에 허탈감이 온다.

"저……, 당이 어떻게 제 자서전을 읽었을까요?"

"내가 읽었단 말이오."

"……?"

"당원이 되고 싶지 않소?"

"제가요? 전 정말 자격이 없어요. 정말로요."

"자격은 당이 결정할 문제지 동무가 결정할 문제가 아니오. 하열 동문 잘 있소?"

그를 만난 후 처음 있는 열에 대한 문안이다.

"그러믄요. 시골에 더 일이 많은가 봐요. 통 다니러 나오지도 않는걸요."

진이는 까닭도 없이 열이 집에 와 있다는 걸 감춘다. 최치열도 그 이상 열에 대해 관심을 표명하지 않는다.

"동무의 투쟁경력은 조금도 거짓이 아니란 건 내가 잘 알고 있소. 그렇지만 난 동무의 나타내지 않는 투쟁경력을 더 높이 사고 싶소. 동문 혁명투사를 돕는 데 혁혁했소."

아마 난리 전, 그들이 진이네 집을 아지트로 쓰던 진이의 세심한 보살핌을 과장해서 말함이리라.

"그러니까 오늘부터 내가 동무를 교육시켜 보겠소. 훌륭한 당원으로. 그리고 적당한 시기에 당원으로 추천하지. 영광으로 생각해야 하오."

말씨는 준엄했다. 그리고 또 한동안이 흘렀다. 따로 교육다운 이야기를 할 것 같지도 않으면서 진이를 놓아줄 것 같지도 않은 채 최치열은 책을 읽고 진이는 숨쉬는 것조차 송구스럽게 느낄 만큼 꼼짝 못하고 앉아 있었다.

오랜 침묵, 어쩌면 그것도 훌륭한 교육이었을지도 모른다.

그 무거운 침묵의 동안, 그녀는 그녀의 의자가 마치 고무풍선에 바람이 빠지듯이 그녀에게 쑤욱 빠져나가 버려, 최치열의 쓸모에 맡겨진 어떤 물체로 변해가고 있는 듯한 환각을 느낀다. 아닌 게 아니라 그녀는 그녀가 걸터앉은 의자의 일부가 돼버린 것처럼 꼿꼿이 단정히 앉아 있었다.

"가도 좋소."

겨우 최치열에게 놓여 나왔을 때도 한낮처럼 더웠지만 건너쪽 인민군이 쓰고 있는 3층 건물의 그늘이 길게 백색의 공지를 덮고 있었고, 몇몇 간부들만 남아 있을 뿐 순덕도 현민도 화진도 돌아간 뒤였다. 섭섭함보다도 훨씬 더한 것, 고립감 비슷한 것을 걷잡을 수 없다.

그녀는 피곤한 걸음을 집으로 쫓기듯이 달린다. 맹수에게 쫓기는 작은 짐승처럼 그녀는 아무리 도망쳐도 최치열의 가시권을 못 벗어날 듯싶은 두려움으로 등허리에 식은땀을 흘리면서 허둥댄다.

진이는 우선 당장 열의 어루만지듯이 다정한 시선이 필요하다. 그만이 커다란 두려움에서 그녀를 구할 수 있을 것 같다. 당원이 된다는 게 어떤 의미를 지니게 되는지 그만이 알고 있을 것 같다.

집에는 열이 먼저 돌아와 있었다.

"늦었구나."

"네……, 좀."

열이 교육 받으러 가던 날 이후 이들 남매는 별로 대화 없이 지내는 터였고, 특히 열이 쪽에서 진이에게 의식적으로 무관심한 듯이 보였다. 착하고 다정한 그의 독특한 미소조차 인색한 날이 많았다. 좀 얼빠진 듯이 멍하거나 가끔 깊은 고뇌를 내비치다가도 이내 거둬들이고 평정을 회복해 모든 행동이 겉보기엔 예사로웠다. 그리고 저녁 시간을 다락방의 철수와 같이 보내는 적이 많았다. 오늘도 진이의 호소 어린 절박한 시선에 무관심한 채 철수만 상대했다.

"에이, 날도 너무 더워서 큰 욕보는구나. 웃통을 벗고 있지 않구."

"벗으나 마나예요. 어디 바람구멍이 있어야 말이죠. 형님 오늘 며칠이죠?"

"8월 8일이지 아마, 그런데 왜?"

"그냥 머리 시험을 좀 해봤어요. 혹시 그동안 돌지나 않았나 하고. 아직 돌진 않았나 본데요."

둘은 피식 웃는다.

"형님 내 머리 좀 만져봐요, 세게."

"건 또 왜?"

"돌진 않았어도 아마 그동안에 물렁물렁하게 쪄지긴 했을 것 같아서요. 여긴 꼭 시룹니다, 시루 속요."

둘은 조금 크게 웃는다.

"형님 요새 뭣 하러 다니죠?"

"교육받으러."

"무슨 교육이죠?"

"공화국에서 교육자가 될 수 있는 교육."

"네에."

철수는 알아들었는지 못 알아들었는지 필요 이상으로 고개를 깊게 끄덕이고 나서는,

"진이는요? 걔도 요새 퍽 바쁜가 보던데……."

"……."

"빨갱이 친척 집에 내가 숨어서 무사했다면 이 다음에 아마 우리 아버진 꽤나 놀라실걸요. 아버진 늘 빨갱이들은 부모 형제의 핏줄 따위도 우습게 안다고 그랬었거든요. 가족끼리 고발질도 서슴지 않는다고요. 무슨 비인간적인 악귀들처럼 여기셨어요. 그래서 늘 나하곤 의견충돌이 잦았죠."

"그래, 처음 듣는 얘긴데."

열이는 비로소 약간의 관심을 보인다.

"그렇다니까요. 이래 봬도 아버지보단 진보적이에요. 그저 빨갱이를 덮어놓고 사갈시 말고 이해하고, 그리고……."

"그리곤?"

"그냥 그저……, 선도도 하고 협상도 하고. 동포끼린데 안 될 게 뭐 있어요. 안 그래요, 형님?"

"……."

그러나 열은 대답이 없고 표정조차 헤아릴 길이 없다.

"오빠."

드디어 진이가 다급하게 끼어든다.

"오빠, 오빤 내가 당원이 되는 걸 어떻게 생각해요?"

"축하한다. 네가 바라던 게 아니냐?"

영남 같은 낯선 시선으로 진이를 보며 냉랭하게 말한다.

"그게 아녜요. 난 일껏 의논을 좀 할까 하고 있는데……. 난 지금 조언이 필요해요."

"넌 조언이 필요없을 만큼 강할 텐데. 이 오래빈 조언은커녕 내 앞도 못 가리는 바보야. 너도 알지 않니."

혐오감을 누르려는 듯 얼굴을 밉게 일그러뜨리고 필사적으로 얽혀 오는 동생의 시선을 매정하게 떨군다.

"아, 덥다."

그는 이내 평정을 돌이키고는 딴전을 본다. 진이는 왈칵 야속해진다. 한가닥 기대했던 구원에의 기대는 무너진다.

"좋아요. 누가 쩔쩔매며 오빠의 처분이라도 기다릴 줄 알았어요? 천만에요. 당원도 되고 빨치산도 돼줄 테예요. 내가 오빠처럼 비겁하지 않다는 걸 꼭 보여주고 말걸요."

악을 쓰며 대든다.

"그럼 그렇게 돼야지. 돼야 하고말고."

이어서 철썩철썩 계속해 진이의 뺨에 아픔이 지나간다.

"왜들 이래요? 형님네 싸우는 건 처음 봤는데요. 형님이 다 동생하고 싸우다니. 내가 동생들하고 싸우는 것 이상인데……."

"그럼 이상이고말고. 이건 빨갱이들의 싸움이니까 이상이고말고.

이건 빨갱이들의 참모습이니까 잘 봐둬."

씨근거리며 악을 쓰고 나서는 겨우 숨결을 가라앉히고,

"넌 아마 너희 아버지 말씀이 옳았다고 생각하겠지."

내뱉듯이 말하고 좀 낭패인 듯이 어깨를 늘어뜨리고 나가버린다.

"더위에들 돌았군, 쳇."

진이는 앉은 채로 잠시 울다가 부시시 일어나며,

"그래 맞았어. 더위 때문일 거야. 더위 때문에 확실히 돌았어."

끝내 그녀는 오늘 겪은 삭막한 두려움을 오빠로부터 위로받지 못하고 말았다. 열이는 그의 염려스러운 듯한 착하디 착한 일별을 진이가 꼭 필요할 때 아꼈던 것이다.

아침부터 폭격의 굉음이 유리창을 간단없이 흔들고, 남산 너머에서 치솟던 검은 연기가 노을처럼 불길한 오렌지 빛으로 변하면서 숨막히게 더운 날이 시작된다.

풀포기 하나 없이 사막처럼 무료하게 펼쳐진 드넓은 공간을 사이에 두고 저만치 우뚝 솟은 본관 건물에서 서너 명의 인민군이 뛰어나오더니 이미 폭격을 끝내고 유유히 남쪽으로 기수를 돌린 폭격기의 편대를 향해 각자의 소총을 겨누고는 계속해 쏘아댄다. 무모하고 유치한 행동 같으면서도 그들의 몸짓에는 아무도 웃어넘길 수 없는 격렬함과 날이 선 적의가 노출돼 있다.

진이는 그들의 그런 격렬한 몸짓에서 문득 광기 같은 걸 느낀다. 그리고 지금 저렇게 창공을 향해 겨냥한 광기가 어느 때고 좀 더 저항감 있는 과녁, 이를테면 사람의 가슴팍 같은 걸 겨냥하고 난사될 것을 생각하고 몸서리를 친다.

조회에 나온 최치열은 오늘따라 옷차림이 단정하고 표정이 엄숙했다. 조회의 형식적인 순서가 끝나자 최치열이 전에 없이 거만한 걸음걸이로 단상에 오르더니 어제 발표되었다는 수령의 호소문을 읽는다. 수령의 호소는 비행기 기금 모금운동에 민청 산하 전체 학생들이 총궐기하라는 간단한 것이었으나 그것을 낭독할 동안 최치열은 시종 침범할 수 없는 존대함을 풍기고 있었다. 마치 일제 시 경절날 천황의 칙어를 읽을 때의 시골학교 교장선생의 존대함을 닮은, 절대적인 신성함을 후광 삼았다는 자신에서 오는 비천한 자의 존대함. 그러나 이런 존대함이 회의를 일사불란하게 이끌었다. 환호성과 함께 미제국주의의 야만적 폭격에 대항할 비행기 기금을 민청의 이름으로 마련하자는 굳은 결의가 거듭되고 다시 거듭되고 그리고 되풀이해서 계획의 초과달성의 다짐을 서로서로 주고받았다.

"이제야 여러 동무들에게 과업다운 과업이 생긴 겁니다. 이 기회에 S대의 저주스러운 전통을 씻고 새로운 영광을 찾읍시다. 그동안 모든 과업에 태만했던 동무들도 이 기회에 창의성을 발휘하여 당과 수령이 마련해준 이 명예로운 과업을 초과 달성시킵시다."

우레와 같은 박수와 수령만세가 유리창을 흔들었다. 이어서 폭음이 좀 더 요란하게 유리창을 흔들었다. 전쟁의 광기에 유리창은 간단없이 흔들린다.

곧 하루의 책임액이 정해졌고 거리로 내쫓겼다. 진이는 순덕과 짝이 되어 복중의 한낮의 뙤약볕 속을 비실비실 걸었다.

최치열은 부들부들 떨다시피 노했다. 제일 늦게 돌아온 진이와 순덕의 두 사람 몫의 모금액이 겨우 백 원이었기 때문이다. 학교에서 벌써 각자의 모금액을 비교 경쟁할 그래프가 마련돼 있었고 그래프의 붉은 기둥은 대개 2천 원 안팎을 오르내리고 있었다.

최치열은 여무진 주먹으로 책상을 힘껏 후려치며,

"어디서 뭘 하다 이제 돌아왔소? 당이 가장 미워하는 게 태만이란 걸 모르오? 특히 이번 과업은 우리의 수령께서 직접 내리신 영광된 과업이 아니오? 어찌 일순인들 태만할 수 있단 말이오? 준엄한 자기 비판을 하시오, 자기 비판을."

"태만했던 게 아니라, 하노라고 하기는 했는데 다만 성과가 신통치 않았을 뿐입니다."

"뭐, 뭐라고? 둘이 여태껏 한 집밖에 못 다니고도 태만하지 않았다고?"

"한 집밖에 못 다닌 게 아녜요. 수없이 여러 집을 다녔지만 한 집밖에 못 거둔 거죠."

"뭐, 뭐라고? 그럼 들어갔다 그냥 나왔단 말요? 빈손으로?"

"그럼 어떻게 해요. 집집마다 보태주고 싶도록 사정들이 딱하던걸요."

순덕이 거의 울상이 되며 말한다.

"정말 그랬어요. 부촌만 찾아다녔는데도요."

진이가 거든다.

"뭐, 뭐라고? 부촌만 찾아가서 허탕만 치고 왔다고? 그리고 보태

주고 싶었다고?"

 진이와 순덕의 변명은 더욱 최치열의 분노를 부채질한다. 그는 책상 위의 비품들이 뛰어오르도록 다시 한 번 치더니 벌떡 일어선다. 진이는 뒤로 물러서며,

 "정말이에요. 집집마다 배고파서 척척 늘어진 사람들한테 어떻게 돈을 달래죠? 또 한결같이 사람들은 우리를 아주 미워하고 있었어요. 어떤 사람은 숫제 당장 우릴 잡아먹을 듯이 덤벼드는 통에 말 한마디 못 걸어보고 뺑소니쳐 나오기도 했어요."

 "더욱 좋소. 동무들은 바로 제 구멍으로 잘 찾아 들어갈 제구실을 못했단 말요. 우린 바로 그런 반동의 새끼들의 재물이 필요한 거요. 목적을 위해 수단을 가리지 말란 말 잊었소? 하진 동무는 특히 당원이 될 수도 있는 동무가……"

 "목적을 위해 수단을 가리지 않는 거란 어떻게 하는 거죠? 제가 오늘 한 짓은 충분히 그런 짓이었을 텐데요."

 진이의 말대답이 갑자기 발악하듯 날카로워진다. 그녀는 순덕 앞에서 당원이 되는 이야기를 듣는다는 게 뭔가 견딜 수 없다. 순덕을 친구로 갖는 일과 당원이 되는 일이 서로 용납될 수 없는 일로 여겨지면서 갑자기 순덕을 친구로 갖는 일이 더없이 소중해 거기에 매달리듯이 절박한 심정이 돼온다.

 "좋소."

 최치열의 화난 눈동자가 갑자기 고정된다. 그건 여태껏의 분노의 형상보다 훨씬 두렵고 냉엄하다.

"갑시다. 내가 시범을 보여줄 테니."

앙칼지게 말하고 잠깐 무엇을 생각하는 듯하더니,

"유 동무, 현 동무, 동무들도 따라와요. 동무들에게도 시범을 보여줘야겠어."

진이네들보다 조금 먼저 돌아왔다 뿐 진이네들보다 조금도 나을 것이 없는 모금성과를 올린 유화진과 현민까지 걸려들고 만다. 도대체 어디로 따라오라는 걸까? 진이와 순덕은 서로 시선으로 물었을 뿐, 강한 자석에 이끌리는 쇳가루보다도 더 무력하게 최치열의 움직임을 따를 수밖에 없었다.

최치열의 뒤통수를 바라본 채로 진이는 순덕의 손을 더듬어 찾으니 순덕의 손이 꼬옥 쥐어온다. 이 더위에도 결코 불쾌하지 않은 알맞게 따뜻한 악수, 얼마나 소중한 사람과 사람과의 친화감일까. 고맙고도 아픈 친화감.

뒤를 돌아다보니 화진과 현민이 피곤한 듯 마지못해 뒤따르고 있다. 측은하다. 최치열은 곧장 원남동으로 해서 안국동으로 가는 길로 접어든다.

"저 속에 지금도 백조가 있을까?"

순덕이, 무슨 생각에선지 턱으로 창경원 쪽을 가리키며 뚱딴지 같은 질문을 해온다.

"이 더위에 백조가 있을라구. 아마 타 죽었겠지."

"백조가 더위에 그렇게 약하니?"

"글쎄, 그냥 그럴 것 같아."

우문우답을 나직나직이 주고받으며 진이는 정말 한발로 갈라진 호수 바닥에 새빨갛게 타죽은 백조의 떼를 생생하게 실감한다. 그것은 복중에도 등골이 오싹해지는 공포로운 것이었다.

아름답던 창경원 돌담에 수없는 벽보와 김일성, 스탈린의 초상 등이 뒤섞여 붙어 있고, 그 위론 싱싱한 푸른 수목들이 우거져 담 밖 보도에까지 서늘한 그늘을 드리우고 있다.

푸르다! 진이와 순덕은 약속이나 한 듯이 고개를 젖히고 푸르름을 숨쉰다.

그리고 둘이 똑같이, 이렇게 수목이 푸르른데 백조는 타죽지 않았으리라고, 하늘빛 연못에도 물이 넘치리라고, 그러나 결코 이 돌담 속이 아닌 먼 동화의 나라를 생각하듯이 먼 곳으로 그렇게들 여기고 있었다. 이내 돌담이 끝나고 창덕궁도 지나 상가도 주택가도 아닌 사무실이나 병원 비슷한 건물들이 시작되니 앞장서 가던 최치열은 자주 고개를 두리번거리며 걸음을 늦췄다 빨리했다 하는 폼이 처음부터 뚜렷한 행선지를 정해놓았던 것은 아닌 성싶다.

진이는 조마조마해서 견딜 수 없어진다. 눈을 감아도 훤한 이 길, 6년 동안을 하루도 빼놓지 않고 다닌 이 길 양쪽 건물들은 너무도 그녀와 낯익고 친해서 그중 어떤 건물도 최치열의 목적을 위해 수단을 가리지 않는 일의 실연장實演場으로 내주기는 싫었다.

드디어 크림색 타일을 바른 아담한 3층 건물 앞에서 최치열은 멎었다.

"여기가 좋겠군."

혼자 중얼대더니 흘깃 네 사람을 돌아보고는 거칠게 도어를 밀친다. A치과의원이었다. 도어를 밀고 들어서면 곧 어둑하고 넓은 대합실이었다. 흰 타일 바닥 때문일까, 공기는 이상하리만큼 섬뜩하고 인기척이라곤 느껴지지 않았다.

"누구 없소?"

진료실 문을 발로 차며 최치열의 메마른 목소리가 찡 울린다. 진이는 마치 병원 내부가 섬세하고 얄팍한 유리그릇이어서 최치열의 드높은 목소리에 산산이 금이 가고 있는 것을 보고 있는 듯한 착각에 사로잡힌다. 최치열은 서슴지 않고 테이블 앞 회전의자에 털썩 주저앉더니,

"동무들도 게 앉아요. 이 반동의 새끼들이 어디로 날랐나? 흥."

흰 이를 드러내고 의미 없이 웃는다.

"앉으라니까."

카랑한 목소리가 다시 한 번 쏘아붙인 후에야 그들은 먼지 앉은 장의자에 나란히 겨우 궁둥이만을 붙인다. 최치열은 다시 한 번 웃고는 손뼉을 크게 치며,

"여봐라, 아무도 없니?"

그제서야 안으로 통하는 듯한 한쪽 문이 열리고 정갈한 인상의 중년 신사가 나온다. 빈방에 제멋대로 들어와 오만하게 회전의자를 돌리고 있는 최치열을 보고도 별로 놀라거나 겁내지 않고 심상하게 허리를 구부린다.

"동무가 원장이오?"

"아니올시다. 원장 선생님은 지금 안 계셔서 치료는 못하는뎁쇼."

"치료? 하하하……, 내 이는 반동의 새끼 몇 놈쯤 뼈다귀라도 갈 만큼 튼튼해, 하하하……."

정말 우스운지, 아닌 게 아니라 몹시 단단해 뵈는 이를 과시하려는 속셈인지, 그는 꽤 오래 자지러지게 웃는다. 그러나 중년신사의 표정은 담담하다.

"그럼 동문 누구요?"

별안간 웃음을 거둔 최치열은 언제 웃었더냐 싶게 매섭고 냉엄하다.

"네, 저는 서무 보는 이李올시다."

"서무라? 됐어. 당에서 필요한 건 결국 돈줄이니까. 우린 지금 돈이 필요해. 비행기를 만들 돈이. 미제국주의와 그 앞잡이들의 골통에 퍼부을 비행기를 만들 돈이."

점점 언성을 높여가다가 드디어 와락 고함을 지르며 벌떡 몸을 일으킨다. 그리곤 잠시 뜸을 들여 다시 언성을 누그러뜨리더니 씽긋 웃으며,

"어때, 더럽게 번 돈 유용하게 보람 있게 써보지 않겠소?"

"웬걸 돈이 있나요. 원장 선생님이 안 계셔서 치료도 못 하고 의료기구도 많이 빼앗기고 실은 이 댁에서 밥 얻어먹기도 송구한뎁쇼."

이 서무의 표정은 너무도 담담하다.

"뭐라고, 내가 모를 줄 아나? 이 집이 바로 이승만이 와서 아가리를 벌리고 이 치료 받던 그 A치과렷다."

"네, 대통령께서도 자주 들르셨습니다만."

'대통령께서'를 발음할 때 일순 자랑스러움 같은 것이 무표정한 이 서무의 얼굴을 스친다.

(저이가 실성을 했나? '대통령께서'라니 어느 앞이라고.)

넷은 똑같이 조마조마해 장의자에 붙인 궁둥이가 들썩들썩한다.

"그래 그 돈은 다 뭘 했느냐 말야? 이승만이 금니 넣어주고 받은 돈을 어쨌느냐 말야?"

"글쎄올시다. 제 돈이 아니라서."

이 서무는 여전히 침착하고 표정이 없다.

"뭐라구? 음, 악질 반동의 새끼 같으니라구. 좋아, 의료기구를 압수한다."

"껍데기뿐인걸요."

"그럼 의료기구까지 가지고 도망쳤다, 이 말인가?"

"아니올시다. 여러 기관이란 데서 와서 가지고 갔어요. 혹 쓸 만한 것이 있으시면 가져가시죠."

암만해도 승부는 결정된 것 같고 승리가 최치열의 것인 것 같지는 않다. 최치열은 그것을 느끼는지 눈이 광적으로 번들대더니 드디어 의자를 들어 소독장의 커다란 유리문을 악살로 깨뜨려놓고는 무섭도록 파리해진 얼굴로 이 서무를 노려보며,

"이 반동의 새끼, 너 어디 두고 보자. 꼭 한번 갚아줄 테다. 언제고 맛을 보여주고 말 테다."

이를 갈 듯이 내뱉고 진료실을 나선다. 그러나 역력히 초조해 보

인다.

"안녕히 가십시오."

이 서무는 미처 따라 나서지도 못하고 병신상스럽게 머뭇대는 네 사람에게까지 공손히 허리를 굽혀 인사를 하며 얼굴을 하나하나 새겨두기라도 하려는 듯이 유심히 살핀다.

그의 무표정한 안막에 얼굴이 새겨진다는 것이 웬일인지 두려워서 그들도 황급히 거리로 나온다.

저만치 최치열을 앞세운 채, 네 사람은 서로를 흘금흘금 눈치보지만 서로의 얼굴엔 이미 기대한 분노는 없다. 깊은 체념으로 표정 없이 가면처럼 창백하게 굳어버린 얼굴들. 이 서무의 의연한 태도는 깊은 교양에서라기보다 어쩔 수 없는 체념에서 비롯된 것이라는 짐작이 든다.

이승만 대통령의 단골 치과였다는 이유로 몇 번이고 시달림을 겪고 의료기구를 빼앗기고 하는 사이에 체득한 체념이 준 침착함을 최치열도 끝내 꿰뚫지를 못했던 것이다.

최치열이 날카롭게 뒤돌아본다. 네 사람은 곧 꾸물대기를 멈추고 황망히 최치열을 따른다. 진이는 문득 그의 머리털 부스스한 뒤통수에 이끌려 걷고 있는 이 길은 깊은 나락으로 이어진 듯한 오싹한 두려움으로 몸을 떤다.

구원을 청하고 싶은 절박함은 꿈속처럼 여의치 않고 내부에서만 애타게 몸부림친다. 다시 쳐다본 수목의 푸르름도 이제 아무런 구원의 계시도 되지 못한다.

진이는 나 좀 살려달라고 악을 써서 돌아봐줄 얼굴로 가까스로 오빠 열의 얼굴을 떠올릴 수 있다. 그 순간의 열의 모습은 이상하리만큼 선명하고 다정하다.

그래, 오빠하고 이야기를 해야지. 그것이 어떤 구원의 실마리가 될지도 아니 꼭 거기에만 구원의 가능성이 있을지도 좀 더 일찍 그랬어야 하는 건데 하는 아픈 회한과 함께 그녀의 이런 생각은 일각을 다투는 시급한 일이 되어 그녀를 초조하게 한다.

다행히 최치열은 네 사람을 원남동에서 놔주었다.

그녀는 순덕이나 화진, 현민에게 인사도 하는 둥 마는 둥 혼자 쏜살같이 돈암동 쪽으로 달린다.

지금도 결코 늦지는 않았을 거야. 모두 이야기해야지. 도대체 왜 이렇게 됐나를, 뭐가 잘못돼서 이렇게 되고 말았나를 털어놓고 의논해야지. 도와달래야지. 도와달래야지. 지금도 결코 늦었달 순 없을 거야. 땀을 비오듯이 흘리며 가쁜 숨을 헐떡이며 그녀는 급히 달리고 있었다. 양회다리를 돌아서니 집이 보인다. 8월 초순, 황혼이 깔리기 시작하는 시각은 여덟 시를 좀 못 미쳤을까? 대문 앞에서 이쪽을 향해 움직이지 않고 서 있는 서 여사의 모습이 보인다.

진이는 어떤 예감으로 가슴이 철렁 내려앉는다. 서 여사는 결코 딸을 위해서 대문 밖에 저런 자세로 서 있은 적은 없는 것이다. 다만 아들을 위해서만. 그러면 열이 아직도 돌아오지 않은 게 분명하다.

"오빠, 아직 안 왔수?"

서 여사는 진이를 봤는지 말았는지 건성으로 고개만 끄덕이고 눈은 양회다리께에 못박혀 있다.

집에 들어서니 마루 끝에 시름없이 걸터앉아 있는 혜순의 바가지를 엎어놓은 듯한 만삭의 배가 유난히 크고 답답하게 눈에 들어온다.

혜순은 기다림과 근심으로 눈이 퀭해가지고 진이를 보자 반색을 하며,

"오빠가 여태껏 안 오니 웬일일까요? 교육받는다는 건 말뿐 세 시도 못 돼서 돌아오곤 했었는데. 길에서 의용군으로 잡히지나 않았을까요?"

"설마. 신임장을 갖고 있을 테니 별일이야 있겠어요. 친구라도 만났던가, 참 교육을 특별히 오래 받을 수도 있겠군요. 나도 오늘 교육을 받느라구 이렇게 늦은걸요. 틀림없이 그럴 거예요."

"작은아씨도, 지금이 어느 세상이라고 그런 태평한 소리를 해요. 나가서 안 돌아오면 그만이에요. 며칠 전까지도 으쓱대며 설치던 구멍가게 집 아들도 온다 간다 말 한마디 없이 없어져 버렸죠. 은행집 남자는 숨어 들어앉았다 들켜서 잡혀가더니 그만이죠. 무서운 세상이에요. 어쩌자고 그이를 나다니게 했을까……."

불길하고 절망적인 예감과 어떤 후회로 혜순은 안절부절못한다. 진이는 왠지 이런 혜순이 밉다.

난리통에 주책없이 커다란 배를 안고, 어깨로 숨을 쉬며, 철저하게 무능하고 무력한 걸 무슨 대단한 부덕인 양 난리통에도 잘 지키던 답답한 여인이 이제야 세상 눈치를 좀 차렸나 보다.

"흥, 언니도 무서운 세상인 줄은 알고 있었군요."

"네?"

"언니는 바보예요. 천치 바보······. 왜 세상이 그렇게 무서운 줄 알면서 오빠를 내돌렸죠? 꼭 붙잡고 지키고 왜 치마폭에라도 감싸 주지 못했죠? 오빤 그걸 바랐는데 부부간에 그런 눈치도 모르다니 바보지 뭐예요."

"어쩌면······. 작은아씨가 그런 소릴, 그런 소릴 나한테 할 수 있다니······."

미처 말끝을 못 맺고 혜순은 흑흑 느끼기 시작한다. 마치 오랫동안 울 수 있는 핑계만을 찾고 있었던 듯이 진이를 핑계 삼아 터진 울음은 좀처럼 멎지 않고, 저런 조용한 여인에게 저런 면도 있었나 하고 놀랄 만큼 통곡은 격정적이고도 한없이 길다.

혜순을 덩달아 호곡이라도 하지 않으면 견딜 수 없을 것 같아 진이는 밖으로 뛰어나와 아직도 석상처럼 움직이지 않고 서 있는 서 여사 옆에 선다.

벌써 양회다리께를 돌아오는 사람의 그림자는 드물고 얼굴을 분간 못하게 날도 어두웠다. 회색의 황혼이 흑색으로 옮겨가는 속도가 이렇게 빠를 수가 있을까? 그러나 열만 나타난다면 금세 분간할 수 있게 진이도 서 여사도 눈이 더욱 초롱해진다.

검은 가방을 소탈하게 옆에 끼고 수려하고 반듯한 이마를 보기 싫지 않을 만큼 숙이고 사색에 잠긴 듯한 자세이면서도 걸음나비가 넓게 성큼성큼 걷는 것이 남자다움도 겸한 독특한 열의 걸음걸이는 어떤 칠흑 속에서도 분명히 가려낼 수 있는 것이다.

특히 서 여사는 눈을 감고도 가까워 오는 아들의 걸음의 진동을 전파처럼 포착할 수 있는 예민한 감각을 가지고 있는 것이다.

그러나 열은 끝내 안 돌아오고 말았다. 그가 안 돌아온 밤은 길고도 무더웠다. 뒤늦게야 아직도 밤이 미진한 양 침침하게 어두운 아침이 왔다. 지붕에 닿을 듯이 낮게 두껍게 검은 구름이 덮였고 불쾌한 습기와 한증막 같은 열기가 이제 바야흐로 극한에 달한 듯한 그런 날이었다. 이제 한여름이 극성스럽게 쌓아 올린 열기와 습기를 주체 못해 어쩔 수 없는 붕괴를 앞두고 아직은 그래도 짓궂은 탐욕을 계속하고 있는 것이다. 더 더운 상태란 아예 상상도 할 수 없을 지경이었다.

어제의 통곡 때문일까 또는 체념 때문일까 혜순의 얼굴은 차라리 해맑았다.

"나가보고 오겠어요."

"어딜 덮어놓고……."

"우선 오빠가 교육받고 있던 삼청동 국민학교로 가보겠어요. 설마 무슨 소식을 좀 듣겠죠."

"참, 그렇군요. 저도 같이 가겠어요."

진이는 혜순이와 같이 한증막 같은 무더위를 허덕허덕 헤치며 삼청공원 위쪽에 높직이 자리 잡은 국민학교를 찾았다.

인기척이라곤 없이 고요하기만 하다. 그녀들은 말 붙일 곳도 못 찾은 채, 맥이 풀려 나무 그늘에 털썩 주저앉는다. 뒤로 수목이 울창한 산과 앞으로 맑은 물이 흐르는 계곡을 가진 더할 나위 없이 풍치스러운 고장에 위치한 이 건물에서 이제까지 무슨 일이 있었는지 쉽사리 상상되어 오지 않는다. 풀숲에 발을 뻗으니 나른한 피곤과 함께 어제까지의 일, 전쟁 같은 게 꼭 꿈이었던가 싶다. 운동장을 물통을 든 노인이 천천히 가로지른다. 이럴 땐 혜순이 훨씬 여물고 현실적이다.

"할아버지, 할아버지."

그녀는 노인 쪽으로 날쌔게 달려간다.

"저……, 할아버지, 말씀 좀 여쭤봐도……. 어제까지 이 학교에서 교육받던 사람들 어떻게 되었는지 혹 모르세요?"

"왜 그러슈?"

"아시는군요. 가족이 있어서요."

"그럼 그 사람들도 선생이었소?"

"네, 맞았어요. 그래 그 선생들은 어떻게 된 거죠? 다 어디로 갔죠?"

"어제 모두 딴 데로 데리고 가던데. 뭐 평양으로 교육을 시키러 간다던가? 아마……."

"네? 평양으로요?"

"자세히는 모르지만 그러기도 하고……."

"그러기도 하고 또 뭐죠?"

평양으로 갔다는 소식 말고 좀 더 나은 소식을 기대하며 필사적으로 얽혀오는 여인들의 시선에 노인도 좀 당황해하며,

"글쎄 다 확실한 얘기는 아니래두. 그 사람들 하는 일이야 어디 감

히 물어볼 수가 수, 다 짐작이지. 의용군으로 갔을 거라는 사람도 있더구만. 하긴 끌려가는 당사자들도 자기가 어디로 가고 있는지 모릅디다."

"그럼 할아버지는 끌려가는 것까지 보셨군요."

"보구말구. 인민군들이 사방에서 철통같이 호위를 해서 데려갑디다."

"네……."

어느 정도 사태가 짐작됐지만 모를 때보다 조금도 나을 것이 없다. 드디어 최악의 일이 일어난 것만은 확실했다. 이제야 정신이 번쩍 든 진이는 혜순과 함께 거의 미친듯이 그 근처 인가 빨래터 등을 기웃거리며 같은 말을 몇 번 되풀이해 물어봤지만 조금도 시원할 것은 없었다.

모두 함께 붙들려 갔다거니, 평양으로 더 높은 교육을 받으러 갔다거니…….

그리고 어제는 여기뿐 아니라 각 직장 가두에서 의용군의 대거 강제징집이 있었던 성싶다. 이 근처만 해도 몇 군데 아들이나 남편을 잃은 집이 있어 도시락이나 삶은 계란 따위 먹을 것을 준비하고 있었다.

"어디들 있는지 아시나요?"

"나가 찾아봐야지, 알긴."

"그래도 대강……."

"대개 국민학교에들 잡아 가뒀다가 다시 딴 곳으로 데려갑디다.

십중팔구 찾기는 어려워도 하여튼 봐야 할 게 아뇨?"

찾기를 기약하지 못하면서도 도시락을 싸는 손은 정성스럽다.

"언니, 우리도 집에 가서 뭘 좀 만듭시다, 어서요."

그렇다. 먹을 것이란 가장 치사하면서도 가장 근본적인 것이지. 열 백 가지 석별의 말보다 한 덩어리의 주먹밥을 줘야 한다. 우리는 왜 매사에 이렇게 미욱하고 남에게 뒤지기만 하는 것일까?

집에 돌아와서도 진이는 서둘고 짜증을 내고 부산은 혼자 도맡아 떠는 가운데 혜순과 서 여사는 그래도 차분히 김밥을 싸고 계란을 삶고 해서 묵직한 도시락이 마련되고 서 여사는 이제 아들의 귀가 대신 이 도시락을 아들이 먹을 수 있게 되기를 비는 게 고작이다.

시내를 들어서니 의용군을 수용했다는 국민학교 찾기는 별로 어렵지 않았다. 도시락인 듯한 보따리를 한 손에 든 채 허둥지둥 고꾸라질 듯이 걷고 있는 여인들은 서로 아무 말 없이도 같은 방향으로 움직이는 행렬을 이루고 있었다. 행렬이 도달한 곳은 종로의 C국민학교였다.

교문은 물론 발돋움만 하면 운동장이 들여다보이게 낮은 담 위까지 곳곳에 인민군들이 올라서서 삼엄하게 지키는 가운데 3층의 드넓은 교사 창마다 초조한 남자들의 얼굴이 넘실대지 않는 창이 없고, 운동장은 운동장대로 빽빽하게 운집한 남자들이 단상의 목 쉰 호령에는 전혀 둔감인 채 흘금흘금 담 너머에만 눈을 둔다.

단상의 군관은 혼자만의 호령으로 안 되겠다 싶었던지 군데군데 서 있는 인민군들을 시켜 총대로 궁둥이나 허리를 찌르고 욕설을 퍼

붓게 하여 겨우 운동장 한가운데로 몰아놓으면 금세 슬금슬금 한쪽
으로 흩어지기 시작한다. 소변이라도 보는 것같이, 그냥 우연같이,
그렇게 될 수 있는 대로 담 가까운 쪽으로 몸을 두려 하고 있었다.

 담 밖에서 여자들이 파수 보는 인민군에게 욕설도 얻어먹고, 총
부리로 찔리기도 하면서 끈기 있게 담 가까이로 몰려들어서는 담
안의 그 많은 사람 중에 단 한 사람을 찾기 위해 밀고 밀리며 머리악
을 쓰고 있었다. 그러나 거대한 건물과 넓은 운동장까지를 에워싼
담의 둘레는 너무 길어 어느 담 위에 그 단 한 사람의 시선과 만날
수 있는 공간이 있을 것인지 너무도 막연하다.

 그래서 여자들은 한군데 오래 서 있지를 못하고 이리저리 자리를
옮기느라, 또 운동장만 살필 게 아니라 들창으로 내민 얼굴들까지
빠짐없이 살펴야만 한다는 초조로 움직임이 부산하다.

 가만히 보고 있으려니 그런 부산 중에도 운동장에서는 인솔자별
로 정렬과 점호가 시작되고, 이런 절차가 끝나고 나면 건물 내부로
한 축씩 들여보내고, 또 외부로부터 새로이 도착하는 무리가 있어
무질서한 듯한 가운데서도 뭔가가 어김없이 착착 진행되고 있었다.

 진이는 이런 진행이 눈에 들어오는 건, 이 많은 여인들 중에서 자
기밖에 없구나 싶어 씁쓰레하다.

 "그만 좀 쉽시다."

 혜순이 하는 대로 덩달아 여기저기 담 언저리를 뜀박질하던 진이
는 지친 듯이 말하고 아무 데나 주저앉아버린다.

 "찾아볼 때까진 찾아봐야죠. 작은아씨나 앉아 쉬구려."

"도대체 오빠가 여기 있는지나 알우? 또 혹시 있대도 오빤 저렇게 기웃거리고 지싯대며 담 언저리를 돌진 않을걸요."

"그렇게 잘 알면서 왜 이건 해가지고 왔죠?"

혜순은 제법 앙칼지게 말하며, 도시락 보따리를 진이 앞에 들이댄다.

"난 악착같이 찾을 테야요. 찾으면 놓치지 않고 매달릴 테야요."

나중 말엔 울음이 섞인다. 그러나 말만 그렇게 해놓곤 진이 옆에 덩달아 주저앉고 만다. 다시는 못 일어날 것 같이……. 그러자 진이에게 혜순의 부른 배가 천근의 부담감을 갖고 내려앉는다.

숨이 꽉 막히게 더 이상 더울 수도 없을 만큼 그렇게 덥다.

끈적한 땀이 풀칠하듯 피부에 옷을 발라놓아 그 후텁지근한 불쾌감에 곧 미쳐버릴 것 같다.

아직도 눈앞에서 지칠 줄 모르고 분주하게 뜀박질하는 여자들의 모습과 살기등등한 인민군의 모습, 그런 게 한 덩어리의 미친 지랄이 되어 빙글빙글 선회한다. 그 선회가 하도 눈부셔서 진이는 어지럼을 탄다.

그녀는 눈을 감는다. 간밤의 불면과 심한 피곤으로 안구가 뒤로 당기듯이 아프다. 그녀는 가까스로 어지러움을 달랜다.

"어쩜! 저 여자는 남편을 찾았나 봐요. 어머머……. 저 할머니는 아들을 찾고."

혜순이 선망의 탄성을 지른다. 아닌 게 아니라 아주 드물지만 찾는 이를 찾아낸 다행한 사람도 있다. 그러나 그들은 열렬한 포옹도

애정 짙은 말도 애틋한 석별도 할 줄 모른다. 그저 마련해 온 먹을 것을 불쑥 내밀며 한다는 소리가 기껏,

"먹어라. 먹어. 어서……."

"잡수세요. 빨리."

그리고 쫓겨갈 때까지 그냥 그렇게 마주보며 "먹어라 어서"를 심심치 않을 만큼 되풀이할 따름이다. 가끔 먹을 것 대신 돈을 주는 사람도 있다. 그러나 손바닥에서 땀에 전 꼬깃한 지전을 내밀면서도 역시,

"뭐 좀 사먹어라. 응, 꼭 사먹어."

아득한 원시의 풍경처럼 세련되지 않은 이 미련함. 진이는 자기 무릎 위에 도시락을 꼭 껴안는다. 여인들의 온갖 정성이 담긴 것을 그녀도 열에게 그렇게 건네주고 싶었다.

"잡수세요, 어서" 하며, 기념될 마스코트나 뜨거운 키스 대신 마련한 먹을 것, 목숨의 근원, 소중한 것 위에 가장 소중한 것.

담으로 몰려드는 여인들을 막는 인민군의 극성이 한동안 뜸하자 긴긴 담을 둘러싼 여인들의 떼가 어느 때보다도 많고 이 미련하디 미련한 석별의 광경도 꽤 여러 군데서 벌어진다. 혜순도 다시 진이의 손을 잡아 일으킨다. 그녀들이 여러 사람 사이에 섞여 다시 담 언저리를 서성거리다 문득 담 위로 군데군데 일제히 뛰어오른 인민군을 본 순간,

"이 쌍년들아 뒈져봐라."

뒤이어 땅땅땅 여러 발의 총성과 함께 진이는 혜순의 손을 붙잡고

벌집을 쑤셔놓은 듯이 흩어지는 사람들에 섞여 뛰며 고꾸라지며 또 뛰었다. 제가끔 저주 섞인 비명을 지르며 앞을 다퉈 달리다가 차차 속도를 늦추며 슬그머니 뒤를 돌아다보았을 때는 담 언저리는 깨끗하고 담 위에 높이 선 인민군들이 흰 이를 드러내고 소리내어 웃고 있었다. 하늘에다 대고 쏜 총일까 다행히 상한 사람이 없다는 것을 알자 여자들은 또 슬금슬금 담 언저리로 모여들기 시작한다.

진이만은 그 자리에 못 박힌 듯이 선 채 움직이지 못한다. 뜨거운 것이, 뜨겁고 뜨거운 분노가 뭉클 목구멍까지 치솟는 것을 삼키느라 한동안 괴로운 안간힘을 겪는다.

육체적인 격투를 겪은 뒤와 같은 사지의 무력과 관자놀이의 따가운 아픔만이 남는다.

그런 사이에도 운동장의 남자들은 신속히 정리가 되어 교실로 끌려 들어가고, 끌려 들어가고 하여 이제 한 명도 안 남게 되고 담에 붙어 섰던 여인들도 낙심한 듯이 한두 명씩 흩어지기 시작할 즈음까지 진이는 한자리에 서 있었다.

기어이 비 한 방울 안 뿌리고 검은 하늘이 곧 땅으로 쏟아져 내릴 듯이 급하게 어둠이 덮일 무렵에야 그녀들은 집으로 돌아왔다. 그리고 약간 쉰 듯한 열을 위한 도시락으로 저녁을 먹는다. 불 없는 마루에 말없이 둘러앉아 쉰 김밥을 꿀꺽 삼키고 물을 마시는 일은 암만해도 미련하고 조금쯤은 우습기도 하고 조금쯤은 슬프기도 하고, 그리고 많이 소중했다.

열이 끌려갔다는 걸로 자기의 무사함까지도 민망하게 된 철수는 비실비실 집안 식구 눈치만 살피고 그런 철수를 눙쳐줄 수 있을 만큼 너그러운 사람은 아무도 없다.

진이는 누구와도 말을 안 한 채 곧장 잠자리에 든다. 어둠 속에서도 뚜렷한 인민군의 흰 이. 그러나 다시는 분노도 일지 않는다. 그렇게 격렬하게 꿈틀대던 분노는 지금 어떤 형태로 핏속에 가라앉아 있는 것일까? 자정을 지날 때까지 뜬눈으로 누워 있던 진이는 조심스럽게 문을 흔드는 소리에 마치 깊은 잠에서 깬 듯 비로소 정신이 든다. 당숙모였다.

"뭣들 하고 있어? 에이구 마음 편히 그래 잠이 와?"

문간에서부터 호들갑을 떨더니,

"지금 온통 미아리고개가 미어지게 북쪽으로 끌려가고 있어. 에이 끔찍해."

"뭐, 뭐라고요?"

"뭘 뭐야. 의용군으로 잡아다 논 사람들을 지금 이 밤중에 몰래 이북으로 끌고가고 있다니까. 죽일 놈들."

그리고 그녀는 부랴부랴 다락문을 열고 아들이 무사한 걸 대견한 듯이 확인하고 진이와 혜순을 잡아 끈다.

"어서 가보자. 필연 그중에 열이도 끼었을 거야. 먼발치라도 봐둘 생각들은 안 하고 그래 속 편히 잠이 와? 우리 집이 바로 한길가니까 열이 잠깐 들를지는 모르고, 들르지도 못해도 바라다라도 볼 게 아냐?"

칠흑의 밤이었다. 어둠도 구름장 같고 구름장도 어둠의 덩어리

같은 그런 밤이었다. 심한 등화관제로 집집의 창도 빈집처럼 불빛 하나 없다. 다만 당숙모가 지껄여대는 소리를 따라 앞으로 발을 내디딜 뿐이다. 미아리고개로 뻗은 전찻길까지 당숙모는 줄창 지껄여댄다.

"공로 있는 빨갱이도 몰라보고 잡아가는 도척들, 열이가 너무 용해 빠져서 그렇다니까. 왜 나야말로 묵은 빨갱이요, 찰짜 새빨갱이요 하고 활개를 좀 못 쳤노? 쯧쯧, 허기야 뒷일을 생각하고 그랬겠지만 뒷일이야 우리가 어련히 책임질라구. 그렇지 못하겠거든 꼭 숨어 들어앉았던지……. 형님도 그게 어떤 귀동아들이라고 이 난리통에 함부로 내돌려 이 꼴을 겪노, 쯧쯧."

드디어 한길가로 면한 당숙모네 집 창 밑에 그녀들은 섰다.

어둠 속에서도 더 짙은 어둠의 덩어리가 서서히 미아리고개 쪽으로 연달아 움직이고 있다. 한껏 넓힌 동공은 행렬 군데군데 삐죽이 총을 멘 검은 그림자를 식별할 수 있게 밝아진다.

행렬은 아주 더뎌서 곧 멎은 듯하면서도 여전히 앞으로 움직이고 있다. 너무도 무력해 스스로 멎을 힘조차 잃은 곤비한 행렬은 끝없이 계속된다.

길가에는 소문을 듣고 모여든 여인들이 동공을 활짝 열고 행렬을 응시하건만 행렬 속의 얼굴을 분간해낼 것 같지는 않다. 겨우 희끄무레한 윗도리와 한결같이 지친 걸음걸이를 알 수 있을 뿐.

갑자기 대열 중의 한 사람이 이쪽으로 오고 그 뒤를 총을 겨눈 군인이 따른다.

"여보."

흐느낌과 함께 그의 가슴에 몸을 던진 건 혜순이었다.

"어떻게 여기?"

"당신은 어떻게?"

"오빠!"

"응 너도."

그것뿐이었다. 총을 앞으로 뻗친 그림자는,

"빨리빨리 그만해둬. 좀 봐주려니까 한이 없군."

열의 어깻죽지를 확 잡아채서 뒤로 돌아 세우더니 총부리로 등을 세게 쿡 찌른다. 그리고 두 개의 검은 그림자는 곧 느릿느릿 움직이는 거대한 검은 덩어리 속으로 빨려 들어가고 말았다.

해후는 꿈결처럼 끝났다. 이 짧은 해후를 위해, 아니 열은 해후를 예상 못 했을 터이니 다만 서승환 씨 집 창을 두들겨 자기의 행방을 가족에게 전하기 위해 그는 생전 처음 비굴했을는지도, 어쩌면 애용하던 시계쯤 풀어 주었을는지도 모른다. 진이와 혜순은 꼭 붙안고 느리지만 쉬지 않고 움직이는 행렬을 향해 발을 구를 뿐이다. 얼마나 지났을까, 드디어 행렬의 끝이 왔다. 맨 끝에는 총 멘 군인이 여남은 명이나 따르고 그 뒤를 한 떼의 여인들이 허우적거리며 뒤따르고 있다.

"가지 못할까? 이 독한 계집들."

"얼마나 맛을 봐야 정신을 차리나?"

총부리로 어디를 몹시 찌르는지 날카로운 비명이 들리고 여전히 고꾸라질 듯이 뒤따른다.

그들마저 미아리고개의 어둠 속으로 빨려 들어가자 갑자기 주위에서 깊은 한숨과 애끓는 오열이 시작된다. 거의 미친 듯이 아무런 분별 없이 무턱대고 행렬의 꽁무니를 따르던 여인들이나 여기서 이렇게 우는 여인들이나 다 같이 끌려간 이들의 가족. 그러면 열이 말고도 그렇게 소중한 이들이 그렇게 많이 어디로 갔을까?

한 사람 한 사람의 생명과 거처가 이렇게도 가슴 에이게 소중한데 그것을 마음대로 하는 비정의 거인은 누구일까?

몇 사람의 전사, 그 뒤에 숨겨진 그 몇 배의 사람의 못다 한 사랑과 미칠 듯 아픈 마음.

진이의 이런 두서 없는 생각이 전쟁에 대한 어떤 회의에까지 도달하기 전에 하늘은 마침내 우둑우둑 굵은 비를 뿌리기 시작한다. 포만의 극에 달한 열기와 습기는 드디어 폭발하여 걷잡을 수 없는 빗줄기로 변한다.

그녀에겐 이미 빗소리도 없었고 어디에선가 이 비를 맞으며 걷고 있을 열에 대한 염려도 없다. 더군다나 여러 딴 사람이나 비정한 전쟁 때문일 리도 없는 호곡—그냥 울어야만 하는 울음을 운다.

오랜 열기와 습기의 축적 끝에 오늘 밤하늘이 이런 비를 안 내리지 못했고, 또 이런 비를 위해 그렇게 몇 날을 별렀던 것처럼 그녀도 오늘 이렇게 울기 위해 한 달과 또 몇 날을 살았던 양 봇물처럼 터진 격렬한 호곡에 몸을 맡긴다.

혜순은 밤새 몸을 뒤척였지만 진이는 푹 자고 아침엔 제법 개운한 듯 해맑은 얼굴을 하고 있었다. 간밤의 비로 더위가 한풀 꺾여 성급히 가을을 감촉케 하는 투명한 아침이었다.

그러고 보니 오늘내일쯤이 말복이 될 성도 싶었다.

혜순은 서 여사에게 어젯밤 일을 당분간 숨기자고 했으나, 진이는 조금도 그런 배려를 하려 들지 않았다. 그녀는 차분히 그러나 냉담하고 간결하게 서 여사에게 어젯밤 일을 알렸다.

전쟁이 아닌가. 아무도 응석부리거나 위무받을 수만은 없는 것이다. 자기 몫의 재앙은 조만간 자기 몫이다. 제가끔 정직하게 받아들이고 감당해야 하는 것이다.

서 여사는 가슴을 쥐어뜯으며 슬피 울었으나 진이는 결코 따라 울지 않았을 뿐더러 형식적인 위로의 말도 하려 들지 않았다.

그녀는 자기가 감당해야 할 일이 비탄이나 비탄에의 위무가 아닌 '생활'이란 걸 알고 있었다.

그녀는 재빠르게 냉엄한 생활의 자세를 취했다. 며칠이고 계속해 넋이 빠진 듯이 망연히만 있으려 드는 어머니와 올케를 다그쳐가며 집안일을 야무지게 해나갔다. 집안일이래야 결국 먹는 걸 마련하는 일이었지만.

식구들과 의논해서 당장 입고 벗을 것이 아닌 옷가지들을 시장에 내다가 중간상인들을 통하지 않고 직접 버티고 앉아 팔아서 가장 실속 있고 분한 있는 양식거리를 사 온다든가, 뚝섬에 가서 열무 같은 푸성귀를 사다가 단을 지어서 말아 밑천만 빼고 나머지는 먹는다든가, 이런 일을 몸에 밴 일처럼 능숙하고 억척스럽게 해나갔다. 물론 해산 예정일이 가까운 혜순을 위해 두어 말의 흰 쌀과 미역을 장만하는 일까지도 잊지 않았다.

열이 없는 동안 집안 식구를 굶기지 않아야지 하는 강박관념으로 그녀는 제정신이 아닐 만큼 핏발이 서 있었고 때로는 지나치게 육신을 학대하는 것같이 보였다.

열무도 임질에 능숙한 장사꾼보다도 많은 부피를 여다가 끄떡없이 재빨리 손질해서 파는가 하면 집안 식구들과 같이 해도 좋을 무거운 맷돌질이나 쇠절구에 겉보리를 찧는 일 같은 힘드는 일도 꼭 혼자만 하려 들었다. 약한 몸으론 아무래도 힘겨운 일을 계속해서 해내면서도 그녀는 늘 모자라는 것 같은, 더 심한 일을 하고픈 것 같은 기분이었다.

다락의 철수와 이야기를 나누는 일도 별로 없었다.

가끔 폭격이 심하거나 밤하늘에 불기둥이 보이거나 하면 이제 철수는 거침없이,

"야아 신난다. 어서 우지끈 때려라."

다락 창으로 제법 고개까지 내밀고 신이 나 했다.

"듣기 싫어. 사람도 죽을 텐데 뭐가 신이 나?"

"너, 오빠가 그 모양으로 끌려갔는데도 정신 못 차리는구나. 어서 우지끈 다 죽이고 끝장을 내얄 게 아냐. 빨갱이들은 씨가 말라야 결말나지 별수 없어."

"……"

진이는 대꾸하지 않았다.

빨갱이고 흰둥이고 사람이 죽어간다는 생각은 이상하리만큼 실감 있게 그녀를 괴롭혔으나 그 느낌을 무어라고 설명할 수는 없었다. 도처에 죽음이 예사롭게 널려 있고 스스로의 목숨도 오늘내일을 모르는 살벌한 난리통에 그건 정말 당치도 않은 웃음거리였다.

폭격에 쓰러진 시체를 그녀도 수없이 보았고, 또 그런 시체를 나무토막이나 돌멩이처럼 예사롭게 지나치는 행인들도 함께 보았으나, 그녀는 그렇게 되지를 못했다.

그때, 그 두터운 칠흑의 밤, 열이가 끌려가던 밤, 검고 곤비한 행렬을 총부리와 욕설을 무릅쓰고 미친 듯이 따르던 여인들의 애끓는 통곡이 어떤 죽음에도 딸렸으리라는 생각은 얼마나 노엽고 소름끼치는 것인지 가끔 뜨거운 햇빛 아래서도 오한 같은 걸 느끼곤 했다. 그리고 죽고 죽이는 일이 사뭇만 예사로워지는 게 역겹고 두려워 몰래 진저리를 쳤다.

그러던 어느 날 순덕이 불쑥 찾아왔다.

"어쩐 일이니?"

"애가 꿈을 꾸나. 어쩐 일이라니? 지금이 어느 때라고 집구석에서 태만을 즐기고 있노? 최치열이가 잔뜩 벼르고 있어, 꼭 데리고 나오라고 나한테 호통이 이만저만이 아니잖아?"

순덕도 제법 호통을 치려들지만 타고난 수수한 말씨가 도무지 여물지 못하다.

"그래 그동안 별일은 없고?"

"많이 달라졌어. 학교도 동숭동의 교수관사로 옮기고 식구도 많이 줄고."

"줄다니?"

"한바탕 의용군 대모집이 있었어. 웬만한 애들은 다 끌려갔는걸."

"그럼 미스터 유나 현도?"

"아니. 딴 대학에선 각 부장하고 위원장만 남기고 모조리 지원 여부도 없이 끌려갔다는데 우리 대학은 그래도 지원의 형식을 취하더라. 그날 유하고 현이 최치열의 눈총을 톡톡히 받아가면서 끝끝내 버티던 꼴이라니, 지금 생각해도 진땀이 난다."

"그럼 정말 몇 안 남았겠구나."

"응. 유하고 현, 너, 나, 그리고 각 부 책임자, 또 당원이 될 사람 몇 명뿐이야."

"당원이 될 사람?"

"그래. 요새 6·25 전 당원들을 심사하는 중이래. 당원심사를 받으러 간다고 어디엔지 한동안씩 다녀오고들 하는데, 눈치가 당원심사란 게 보통 까다로운 게 아닌가 보더라. 덕택에 비행기 기금 모금은 만만한 우리 몇 사람 차롄데, 내 참 기가 차서. 비행기가 어린애 자전거쯤인 줄 아는지 온통 환장을 했어."

"오늘 네 과업은 나를 등교시키는 거겠지? 네 과업 완수를 위해 등교해주지."

"너답지 않게 무슨 당치 않은 생색을 내려 드는 거야. 네 알짜 속셈은 아마 당원심사에라도 끼어드는 걸 텐데."

"난 당원이었던 적이 없는걸."

순덕의 빈정거림이 단순한 빈정거림을 지나 적의와 경멸이 담겨진 데 비하여 진이의 변명은 오히려 시들한 쪽이다. 지금의 그녀는 다만 학교에 간다는 일이 다급하다. 서둘러서 좀 나은 옷으로 갈아입은 그녀는 쪽마루에 지친 듯이 앉아 있는 순덕을 재촉해 앞장선다. 등교공작의 입장이 뒤바뀌고 만다.

자기가 몸담았던 일의 막바지를 주시하며 끝장을 함께하고픈 호기심 같기도 하고 집념 같기도 한 맹목의 욕구가 먹을 것을 마련하는 일과는 또 다른 생기를 그녀에게 불어넣는다. 그리고 여태껏 어떠한 육체적인 과로로도 좀처럼 충족시킬 수 없었던 자학의 쾌감을 최치열의 앞에 자기를 세움으로써 맛볼 수 있을 것 같았다. 대지가 꽤 넓은 붉은 벽돌집인 교수 댁은 내부의 문, 다나미가 다 제거되어 황량했으나 손질이 안 된 채로 무성한 여름 화초들과 짙푸른 수목, 넓은 잔디의 정원이 아름다웠다. 이른바 피난 간 반동교수집인 모양이었다. 한낮의 관사촌은 인기척이라곤 없이 고즈넉하기만 한데 가끔 매미소리가 이상하리만큼 처량했다. 진이는 곧 최치열 앞에 불려갔다.

"그동안 집에 무슨 일이라도 있었던 게 아니오?"

"아아뇨."

그녀는 시치미를 딱 뗀다. 별로 그렇게 하리라 미리 작정한 것도 아닌데 그렇게 한다. 열의 일을 최치열에게 절대로 알리지 않음으로써 열을 최치열의 모멸과 회심의 미소로부터 보호하리란 순간적으로 떠오른 생각은 고소하면서도 뭔가 감상적이다.

최치열이 등지고 앉아 있는 흰 벽에는 붉은 지도가 여전히 붙어 있고, 붉은 침윤은 퇴색한 채 낙동강가에 머무르고 있다.

"때로는 우리는 우리의 과업에 회의를 느낄 때도 있지. 안 그래요?"

어쩌자고 이렇게 부드러운 것일까?

"네? 네에, 아아뇨."

"분명히 그럴 거요. 당이 우리에게 과하는 과업이 부당하도록 힘에 겨울 때마다 안일과 나태에의 유혹이 없을 수 없을 거요. 안일과 나태는 그 자신 타기할 부패와 착취 위에 꽃폈을망정 아름답고 유혹적인 자본주의의 꽃이니까. 안 그래요?"

가까운 곳에서 폭격이 있는 듯 꽝, 우르르하는 심한 굉음 끝에 유리창이 곧 박살날 듯이 흔들린다.

"썅 개애새끼들."

별수 없이 본성을 드러내 험악하게 씹어뱉고는 비행기 기금 모금 실적의 그래프가 붙은 벽을 매섭게 노려본다. 그래프의 붉은 기둥의 높이는 사람에 따라 기복이 심하였지만 눈금이 한 눈 두 눈에 오그라붙은 건 화진과 현민, 순덕과 진이뿐이었다. 그러나 모든 그래프의 눈금이 한계점을 넘어 천장을 뚫는다고 하자. 어쩌자는 걸까? 세발자전거가 제트기의 적일 수는 없지 않은가.

한동안 그래프만 노려보던 최치열이 별안간 몸을 일으키더니 격

렬한 어조로,

"비행기 기금 모금의 초과달성에 총력을 기울여야겠소. 모든 과업을 전폐하고 다행히 우리 학교는 여학생이 둘이나 있어서……. 하진 동무는 저 그래프가 부끄럽지도 않소? 동무는 잘하면 당원도 될 수 있단 말요. 당원도……."

진이는 멍청하게 최치열이가 '당원'이란 말을 입에 담을 때의 맛있어 하는 모습을 보고 있었다. 그는 다시 한 번 '당원도'를 거룩하게 뇌까리며 진이의 눈치를 본다. 스스로 당원의 미각을 즐기며 아울러 상대방이 침 흘리기를 기다리듯이.

행동을 같이하자는 순덕을 뿌리치고 진이는 혼자서 허술한 빈촌을 골라 가가호호를 방문했다. 오후 늦게까지 더위와 허기증이 뒤범벅이 되어 몸을 가눌 수 없을 때까지 굳게 닫힌 문을 두들기고 비행기 기금 모금의 취지를 설명하고 협조를 호소하는 일을 되풀이했다. 그리고 단 한 집의 협조도 얻지 못했다.

조소와 경멸, 때로는 노골적인 욕설과 적의를 아무리 받아도 진이는 오히려 미흡했다.

열이 끌려간 밤부터 어쩔 수 없이 그녀의 의식의 표면으로 부상한 공산주의에 대한 반발과 증오가 결코 동기간을 잃은 데서 비롯한 단순한 사감이 아니라는 확증, 즉 많은 사람, 특히 당이 자기들 편이라고 믿고 있는 무산계급도 결코 공화국의 하늘 아래서 행복하지 않다는 확증을 될 수 있는 대로 많이 봐두고 싶었다.

그녀는 또 열을 그렇게 되게끔 내버려두고 도와주지 못한 자기가 미워 견딜 수 없다. 그 미움은 열무 장수라든가 오이 장수, 그 밖에 식구들을 위한 힘에 겨운 노동, 또 뭇사람의 적의와 조소 앞에 자기를 세우는 것쯤으로 도저히 갚아질 것 같지 않게 절실하면서도 그렇게라도 하지 않고는 못 배겼다. 제일 늦게 빈손으로 돌아온 진이는 최치열과의 어떤 대결을 각오했으나 뜻밖에도 그는 민준식과 함께 있었다. 눈이 감길 정도로 활짝 웃으며 민준식과 대하고 있었다.

민준식은 좀 어두운 낯을 하고 시선은 진이의 얼굴을 건너뛰어 그녀 뒤쪽의 창밖을 보는 듯했다.

그러나 그의 눈은 풍경을 보는 것치곤 지나치게 이글거리고 입가는 초조해 보였다.

"동무, 너무 낙심 마오. 조직부장 강 동무도 보류된 것 같던데. 동무야 출신성분이 워낙 좋지 못해서……"

최치열은 아직도 눈이 감길 만큼 표정을 푼 채 민준식을 위로한다. 민준식은 대답 없이 창밖을 응시하고 진이는 마른침을 삼키며 그의 눈을 본다. 그의 열망이 하필 당원이 되는 거였다니…….

걱정해주는 척하면서 뒷구멍으로 맛있어 하는 꼴이라니 잣죽을 핥는 원숭이의 모습보다 착살맞다.

"어떻소? 빨치산이나 의용군으로 지원하는 게 큰 공을 세울 수도 있지 않겠소?"

민준식은 입가를 약간 움직일 듯하더니 그만두고, 최치열은 완전히 승리자 같은, 그러나 잔인함이 곁들인 웃음을 진이에게까지 보낸다.

"하 동문 오늘 좀 성과를 올렸소?"

"오늘도 공쳤어요."

그녀는 장바닥에서 배운 말씀씨를 그대로 내어던지듯이 대꾸한다.

"공쳤다? 내가 장사를 내보낸 줄 아나. 아무튼 좋아요, 좋아."

뭐가 좋다는 건지 좋다는 소리를 몇 번 거듭한다. 하여튼 지금의 그의 기분은 더할 나위 없이 좋았고, 특히 민준식 앞에서 큰사람답게 의젓하니 관대하고 싶은가 보다.

진이는 매끈하였을, 지금은 흙발로 마구 짓밟혀 나무결도 분명치 않은 복도와 어두운 현관과 정원수 밑을 지나 정문까지 나와 갑자기 붉은 저녁 노을을 바라보니 배고픔과 피곤으로 눈앞이 아찔하다.

그녀는 무심결에 인조석의 정문기둥을 양손으로 껴안듯이 붙안는다.

화끈한 열기를 느끼며 처다본 하늘의 선명한 주홍색이 무서워 눈을 감는다. 눈을 감으니 자기의 몸이 심한 비탈길을 미끄러져 자꾸 미끄러져 한없이 나락으로 떨어져가고 있는 듯한 환각을 느낀다.

한참 후에 눈을 떠 보아도 환각의 연속같이 발밑이 허전하고 주위가 너무도 고요하여 사람 사는 고장 아닌 곳에 혼자 던져진 듯 홀가분하면서도 역시 무겁다.

"왜 그러고 있어?"

옆에 선 것은 민준식이었다. 마주 본 민준식의 눈동자 속에 진이, 자기의 모습은 없는 것 같다. 그녀가 짐작할 수도 이해할 수도 없는 불가사의한 열망으로 어둡게 이글대고 있을 뿐이다.

민준식은 조용히 거의 무의식적이지만 능숙하고 다정한 동작으로 비틀대는 진이를 뒤로부터 부축해 걷기 시작한다. 허리에 감긴 팔을 통해 전쟁과는, 더군다나 당과는 아랑곳도 없는 감미롭고 오뇌로운 것이 서서히 되살아옴을 진이는 신기하게 자각한다.

"제법 조용하군."

푸듯이 준식이 말한다.

"벽에 그 흔한 벽보도 안 붙었으니 우선 시각이 편하군."

"어쩌면 담 너머로 빨래 하나 널린 집을 볼 수 없을까요?"

민준식의 팔이 좀 더 허리를 깊이 조여오고 진이 또한 자연스럽게 민준식의 어깨에 고개를 기댄다. 단 둘뿐이라는 생각으로 이들은 잠깐 태초의 남녀처럼 자유롭다.

어느새 관사촌도 끝나고 S대 뒷길로 접어든다. 담 대신 쳐진 가시철망 너머로 잡목이 듬성한 뒤뜰과 잡목 사이에 숨겨진 군용차, 우마차, 입구에 바리케이드가 쳐지고 그 사이로 싸늘한 기관총의 총신이 엿보이는 땅굴들이 보인다. 민준식은 어느 틈에 진이의 허리에 감았던 팔을 풀고, 진이 또한 고개를 꼿꼿이 세우고 다시 공화국의 무거운 공기를 호흡한다.

"저 속에 우리가 맡아논 자리도 엉망이 돼버렸겠군요."

"모든 것이 엉망인걸."

민준식은 어두운 얼굴로 덤덤히 말하고 느릿느릿 걸음을 옮기고 차차 사람들이 움직이고 또 김일성, 스탈린, 모택동의 대문짝만 한 초상화와 여러 가지 선전문구가 빈틈없이 붙은 큰길로 나선다.

진이는 참담한 절망감에 사로잡힌다. 어디로 통하는지 모를, 도저히 되돌아갈 수도 없는 기구한 미로를 어쩔 수 없이 헤매고 있는 것이다. 그곳에도 가끔 반가운 해후는 있으나 곧 다시 혼자일 수밖에 없는 미로. 그녀는 곧 민준식을 놓치게 될 것이다.

삼선교 천변가 큰길로 접어들 때까지도 민준식은 그녀 곁에 있었으나 이제 곧 그와의 갈림길이 있을 것을 그녀는 안다.

"집이 이 근처예요?"

"아니."

"그런데 왜?"

"이모 댁이 있어."

"그럼 집엔?"

"집은 이제 없어. 너무 컸었어. 우린 단 세 식구뿐이었거든."

"마치 지나가버린 옛이야기를 하듯 하는군요?"

"맞았어. 지난 일이야. 지금은 다 없어. 집도 식구도."

"어머나! 안됐어요. 모르고 있었어요."

"뭘?"

"폭격당했죠?"

"당치 않은 소리. 집은 국가기관에서 쓰고 가족은 남으로 피난 갔어. 출신성분의 오욕? 그럴 만도 하잖아?"

민준식의 얼굴에 어둠이 말끔히 가시고 밉살스럽도록 장난스러워진다. 진이는 민준식을 실컷 가여워할 준비가 빗나가 내심 비틀대고, 준식은 준식대로 진이의 동녘의 과녁에서 재빨리 비켜선 게 재미있어 죽겠다.

"난, 난 아무래도 모르겠어요. 유you가 아니 민 동무가 빨갱이인 까닭을."

"유 쪽이 훨씬 나."

"뭐라구요?"

"민 동무보다는 유, 할 때의 진이의 입이 훨씬 섹시하단 말야."

"비겁하게 대답을 회피하지 말아요. 민 동문 왜 그처럼 당원이 되고 싶죠? 왜 최치열에게 어울릴 의상을 무분별하게 탐내죠? 왜?"

"……."

그는 한동안 말이 없는 채로 얼굴이 다시 어두워지며 눈은 다시 그 불가사의한 열망으로 불탄다.

"왜 가만히 있죠? 대답해봐요."

"그걸 지금 말할 필요가 있을까? 진이도 빨갱이였으니 그것쯤은 알텐데. 그 빛나는 이유들을, 그 찬란한 사명감을, 그 빛나는 것들이 파렴치한 배반을 만나, 보기 싫게 퇴색한 이 마당에 다시 공소한 나열을 하란 말인가?"

"거짓말, 거짓말이에요. 어물쩡거리며 나를 속여넘기려 들지 말아요. 조금도 퇴색되지 않았어요. 아직도 민 동무의 눈은 당원이 되고 싶어 시뻘겋게 타고 있어요."

"말해주지. 백 가지 이유가 다 퇴색해도 아직도 생생하고 걷잡을 수 없는 한 가지 이유가 있어. 부잣집 외아들 노릇, 상상으로라도 해본 적 있어?"

"?"

"모든 것이 다 빠짐없이 마련된 고장에 뚝 떨어져 모든 것이 원하기 전에 척척 마련되는 그런 상황 말야. 한 번도 갈증이라든가 노력이 필요 없게시리."

"꿈같은 이야기로군요. 옛날이야길 하려는 거예요?"

"아냐. 내 얘기야. 사내놈이 다 클 때까지 자기 힘으로 아무것도 얻을 필요가 없는 생활, 상상해봐. 예쁜 색시까지도 발정하기 전에 미리 마련돼 있는……."

"심심했겠군요."

"심심한 유가 아냐. 난 뭔가 걷잡을 수 없었어. 내 힘으로 얻을 것이, 가급적이면 부모의 반대를 무릅쓰고 얻을 것이 필요했어. 그런 보람도 없인 정말 살맛이 안 났을 거야."

"고집쟁이 어린애 같군요. 부모의 반대를 무릅쓰고 진창을 찾아 들어가는. 그렇지만 당원이 된다는 게 장난으로 할 수 있는 일인 줄 알아요? 그건 아주 두려운 의미를 지녀요. 씻을 수 있는 진창이 아니란 말예요."

"좋아요, 아가씨. 제발 흥분일랑 하지 말아요. 아직은 노동당원 민준식이 되고 싶으니까. 진창이건 시궁창이건 말야. 아직은 아가씨 만큼으로 변해지진 않을걸. 아가씨야말로 이제 그만 물러나는 게 어때?"

민준식의 시선이 갑자기 부드럽고 진지해진다.

물러난다는 말엔 이상하게 구원의 암시가 있다.

한없이 얽혀들어 온 미로를 어쩌면 그 전으로 되돌아갈 수 있을 것도 같다. 누군가의 인도만 있다면. 그렇다. 민준식과 손을 잡을 수만 있다면, 이 미로를 쉽게 빠져나갈 수 있을 것 같다.

누군가의 부축, 전에도 한 번—한 열흘쯤이었던가—그녀는 누군가의 부축이 필요했고 그 손길을 열에게서 구했었다. 그러나 그때는 이미 늦은 때였다.

열은 가버렸다. 도저히 해후할 수 없는 먼 미로로 얽혀들어 가버린 것이다. 이제 민준식까지 놓칠 수는 없다. 그녀는 어느 틈에 민준식의 손을 꼭 붙들고 있었다. 그리고 민준식과의 갈림길을 피해 엉뚱한 방향의 오솔길을 기어오르고 있었다. 인민군이 서울에 들어오던 날을 보낸 굴이 있는 돌산에는 군데군데 생명력이 모진 아카시아가 좀 무른 바위를 뚫고 뿌리를 뻗고 있을 뿐 나머지는 풀 한 포기 없는 바위가 해진 후에도 후끈후끈 달고 있었다.

"나보고 물러나라고 그랬죠? 같이 물러나요. 제발 그럽시다, 네?"

진이는 제법 크게 자란 아카시아 그늘에서 우뚝 멈추며, 숨돌릴 새도 없이 헐떡이며 말한다.

"네? 말해봐요 승낙하는 거죠? 우리가 여태껏 말한 것만으로도 물러날 이유는 충분해요. 비겁할 건 조금도 없어요. 지금 물러남으로써 여태껏의 우리의 참여 또한 순수하게 되는 거예요."

그러나 민준식은 뜻없이 빙긋빙긋 웃기만 하더니 고개를 좌우로 크게 흔든다.

"미안해, 간청을 못 들어줘서. 쉬 떠날 테야. 빨치산이나 의용군으로……."

"뭐라구요? 왜 무엇 때문에……."

"출신성분의 오욕을 씻어보고 싶어."

"미쳤군요. 정말 그까짓 최치열의 미친 소리를 듣고 그 장단에 춤을 추다니. 곧……, 그래요, 곧, 훌륭한 가문을 자랑하며 살 수 있을 텐데."

민준식은 여전히 희미하게 빙긋댈 뿐 뭔가 딴생각을 골똘히 하고 있다. 진이는 거의 울상이 돼서,

"여봐요. 우리 같이 그만둡시다. 제발 같이 빨갱이짓 그만둡시다. 같이라면 할 수 있어요, 네?"

그녀는 같은 소리를 몇 번이고 웅얼웅얼 되풀이하다가 제풀에 웅얼거림을 그친다. 그가 듣지 않고 있다는 걸 알았기 때문이다. 한참만에야,

"이건 이미 정해진 일이야. 내 몸뚱이가 노동자의 몸뚱이와 어떻게 다른가를 벌거벗고 비교하는 일은 아주 필요한 일이야. 적어도 나에게는. 도저히 거역할 수 없어."

드디어 진이도 그녀 힘으로 그를 어찌할 수 없음을 안다.

"당신은 정말 미쳤군요?"

"맞았어."

그 한마디로 그의 입은 굳게 닫힌다. 지금 그를 어디론지 몰고 가

고 있는 건 사상, 이념, 이런 것하곤 또 다른, 그의 내면 깊숙한, 좀 더 본질적인 것과 결부돼 있음 직하다.

바위 틈서리 아카시아 그늘에는 한 걸음 먼저 황혼이 오는가. 알맞게 어둑하다. 그의 입은 부드럽고도 굳게 여며져 있고 사나이다운 이글이글한 눈이 어두운 열망으로 한층 매력적이고 면도자국이 선명한 뺨에서 턱으로 내려오는 선은 거칠지만 소년처럼 깨끗하고 인정스럽다.

주위는 알맞게 어둡고 너무도 고요하고 둘 사이는 가깝다. 그리고 곧 이별이 있는 것이다.

진이의 감각은 떨고 있다. 그를 감지할 준비로, 그에의 갈구로.

"그럼 떠나버리겠군요."

"응."

"인사해줘요."

"잘 있어."

"그것 말고 있잖아요? 준식 씨가 구면의 여자에게 하는 무례한 인사. 그걸 해줘요. 우린 이제 아주 구면이니까요."

그녀는 눈을 감고 볼을 내밀었다. 잠시 후 그의 입술이 다가온 곳은 볼이 아니라 그녀의 입술 위였다. 둘은 서로 애무하기에 똑같이 격렬했지만 진이는 한층 필사적이었다. 그녀는 자기의 설득이 소용없게 되자 이제 마지막으로 자기가 여자라는 것으로 그를 잡아둘 수 있기를, 그에게 자기가 그만큼 매력적이기를 바랄 수밖에 없었던 것이다.

그러나 길고 긴 입맞춤은 삽시간에 끝나고 아까보다 더 어두워진 곳에 그녀는 혼자 남겨졌다. 그는 가버린 것이다. 이제 그는 없는 것이다. 그녀는 분하고 참담했다. 그를 영 놓치고 만 것이. 그리고 대담하게 과시한 자기의 여자로서의 매력이 그를 붙잡아두기에 미흡했던 것이.

9월

예정일이 훨씬 지났는데도 혜순은 해산기가 없었다. 의지의 힘으로 생리를 누르고 있는지도 모를 일이었다. 그녀는 아비의 생사가 분명치 않은 아기를 밤낮 없는 폭격하에서 낳는 끔찍한 일을 두려워하고 있었다.

배 속의 것이 그대로 삭아 없어질 수는 없는 것일까고 생각하다가 자기의 비정함에 소스라쳐 놀라는 일이 몇 번이고 있었다.

아기는 아기대로 비정하였다. 먹는 것이 부실한 어미의 뼈와 살을 사정없이 깎아 자기를 살찌우며 가끔 배 속을 느리게 선회하기도 하고 때로는 복벽을 힘껏 걷어차기도 하여 자기의 엄연한 존재를 과시했다. 혜순은 형편없이 여위고 얼굴에 기미가 새까맣게 껴서 항상 겁에 질린 퀭한 눈을 하고 커다란 배 뒤에서 느리게 움직이고 있었다. 커다란 배는 식구들에게도 무거운 부담감과 불안감을 주었다.

서 여사는 틈만 있으면 속으로 중얼거리기를,

"그저 하늘이 도와서 순산하고, 하늘이 도와서 애비가 살아오고, 하늘이 도와서 낮에 낳게 하옵소서."

그녀의 여러 가지 소망 중에 유독 낮에 낳게 하옵소서는 두 번, 세 번, 되풀이할 만큼 밤에는 희미한 불빛도 허용되지 않았다.

9월로 접어들자 폭격은 워낙 심하였지만, 어쩌다가 겹겹이 가린 틈서리로 잠깐 비치는 민가의 불빛이 폭격의 대상이 된다고까지는 아무도 생각하려 들지 않았고 정작 두려운 건 불빛으로 적에게 신호를 보낸다는 인민군 측의 생트집이었다. 불은 안 켜는 게 수였다. 어차피 세 끼 먹는 집은 없고, 두 끼 먹을 바에야 일찌거니 알량한 저녁 뚝딱 먹어치우고 자리에 누워 배불리 먹는 꿈이나 청하는 게 수지. 목숨 내걸고까지 불 켤 일이 뭐 있겠는가?

그렇지만 해산구완을 할 일은 좀 달랐다. 혼자 해산구완을 해야 할 일과 불빛 없는 칠흑에서 그것을 해야 할 것을 생각할라 치면 서 여사는 미리 두 다리에 힘이 빠지고 가슴이 두근거릴 뿐 도무지 그 일을 해낼 것 같지가 않았다. "에구 조상도 무심하시지. 이럴 때 하씨댁 장손을 내보낼 게 뭐람" 하는 탄식이 고작이었다. 서 여사도 혜순이도 이렇게 거의 혼이 빠져서 겨우 움직이고만 있을 뿐 실질적인 일은 진이가 도맡아 하게 마련이었다.

아무리 어두운 밤에라도 두 손만 내밀면 닿을 수 있는 곳에 책에서 읽은 대로의 해산 도구를 끓는 물에 잘 소독해서 한 묶음으로 해 놓는 일이라든가 마련해논 흰쌀을 절대로 해산 전에 축내는 일이 없도록 악착같이 하루의 양식을 구하는 일에 부끄러움을 모른다든가, 그녀는 놀랍도록 억척스럽게 집안일을 다스렸다. 문득문득 자신의 끈질긴 생활력에 혐오감 같은 걸 느끼기도 했지만 이 어려운 고비에 식구를 굶기면 어쩌나 하는 강박관념으로 더욱 거칠어 갔다.

학교나 소위 민청사업하는 일도 거르지 않았다.

S대 민청위원회가 동숭동 교수 관사로 이사 온 후 순덕은 한결 싱싱해지고 고향타령도 덜하는 것 같았다. 마당의 수목 사이를 하도 돌아다녀 이제 무성한 잡초 사이에 제법 오솔길이 생기고 창 밑에 심어논 맨드라미나 코스모스 따위 일년초 사이의 잡초도 말끔히 뽑아지고 잘 다듬어졌다.

이제 코스모스가 한두 송이 피기 시작하는 중이고, 한물간 봉숭아는 씨를 받고 뽑아버리는 일까지 끝냈다. 봉숭아씨를 봉지에 담아 응접실이었던 마루방에 걸린 유리 깨진 사진틀 뒤에 얹어 두면서 틀림없이 이집 딸들이 내년 봄에 그것을 꺼내 심을 거라고 그녀는 믿고 있었다. 그녀는 물론 이 집에 딸이 있을 거라는, 봉숭아가 있는 집엔 딸이 있을 거라는 자기의 소박한 추리에 추호의 의심도 없었다.

진이는 순덕의 흰 블라우스가 보이는 나무 사이로 들어간다. 나무 그늘은 우중충하고 지저분한 곳도 있고, 나무 하나하나의 생김새도 별로 신통치 않아 떨어져 바라보는 것만 훨씬 못했다.

순덕은 나무 기둥을 직접 만지고 쳐다보고 그 그늘에 쉬고 하는 것을 즐기는 편이었고 진이는 멀찍감치서 우거진 잎새들이 앞집 붉은 벽돌과 그 위에 푸른 하늘에 그리는 오묘하고 섬세한 녹색의 그림을 보는 것을 즐겼다. 풀을 뽑고 있든지 꽃씨를 받고 있든지 할 줄 알았던 순덕은 옆집과 경계를 이룬 나지막한 담 밑에서 폭넓은 치마를 걷어올리고 흰 인조 속치마를 드러낸 볼썽사나운 꼴로 엉거주춤 서 있었다.

"아……니, 너 거기서 뭘 하고 있니?"

순덕은 좀 창피한 듯 그러나 자랑스럽기도 한 묘한 얼굴을 하고 걷어올린 치마 앞을 펴 보인다. 치마 앞에는 납작한 콩꼬투리가 꽤 많이 담겨 있었다.

"뭐니? 그게."

"먹을 수 있는 거……."

진이의 눈이 번쩍 빛났다. 담에는 이 집 건지, 저 집 건지 분명치 않은 장미덩굴이 얽혀 있고 그 사이에 하트형의 귀여운 잎을 가진 자줏빛 콩덩굴도 뻗어 있었다.

배고픈 천국, 그런 거야말로 저 지옥 밑바닥으로 꺼져라. 전쟁도 아울러. 가시를 무릅쓰고 장미덩굴 속으로 손을 마구 넣어 휘젓고 손등에서 피가 흐르고 종아리가 찢기고, 그까짓 게 뭐 대수냐. '먹을 것' '콩밥'을 얻는 판에. 결국 뿌리까지 본 후에야 그녀들의 일손은 멈췄다.

처참한 몰골들을 하고 있었다. 그녀들은 나무 그늘에 주저앉아

살이 찢어진 곳을 속치맛자락으로 꾹꾹 누르고 서로를 거울 삼아 헝클어진 머리를 쓰다듬었다. 그리고 그녀들의 대견한 수확을 분배했다. 진이가 먼저 콩을 하나 깠다. 워낙 콩꼬투리가 납작해 살찐 콩이 들어 있으리라고는 생각 안 했지만 콩의 형용은 너무도 희미했다.

"아아니 이것도 콩이라구……."

진이는 금세 눈이 튀어나올 듯이 분이 치밀었다. '먹을 것' '콩밥'에의 배반은 순덕의 멱살을 잡고 늘어져도 시원치 않을 만큼 원통하다.

"애, 제발 진정해. 아까 콩 딸 때도 그렇더니만 너 정말 무시무시하구나."

"너 날 놀리는 거야?"

"아냐. 이건 까먹는 콩이 아니라 이대로 껍질째 맛있는 진간장에 설탕을 넉넉히 넣고 달콤하게 푹 졸여서 먹는 거야. 그럼 이 자줏빛 껍질이 가맣고 보들보들해지면서 감칠맛이 있는 반찬이 돼."

반찬이라면 좀 섭섭하지만 아주 못 먹는 것보다는 낫다. 실상 된장 고추장 외의 반찬이란 걸 먹어본 지가 며칠 만일까?

"정말? 너 먹어봤겠지?"

"염려 말어. 우리 시골엔 아주 많이 심었었어. 아마 우리나라 사람보다 일본 사람들이 즐겨 먹는다나 봐."

"됐어. 먹는 거면."

그녀들은 책들이 온통 찢기고 곤두선 채 어수선히 나동그라진,

전에 아마 서재였을 방에서 적당한 크기의 종이를 얻어서 콩을 소중히 싸면서 내내 말이 없었다. 그렇다고 둘 사이가 서먹해진 것은 아니었다. 추태를 부렸다고 뉘우칠 것까지는 없었지만 여태껏 둘을 따로따로 굳게 감싸오던 자존심과 예절, 문득문득 위화감을 일으키던 이념의 차이, 이런 것들을 동댕이친 상태의 노출은 겸연쩍은 대로 둘 사이에 동기간 비슷한 친화감을 일게 했다.

콩보따리를 옆에 낀 진과 순덕이 개선장군처럼 의기양양 문을 나서려는데 최치열의 금속성인 노한 음성이 이 큰 집의 적막을 사정없이 찢는다. 아마 누구를 몹시 나무라고 있는 것 같다.

"인민이 굶주렸다고? 그게 어쨌다는 거요? 그들이 굶주릴수록 우리들의 과업에 유리하다는 걸 왜 모르오. 우리가 굶주리는 건 바로 미제국주의의 야만적 무차별 폭격 때문이라고, 개새끼들이 식량이 반입되는 모든 통로를 밤낮없이 짓부수고 있기 때문이라고 인민들을 일깨우고 그들의 원수들에 대한 적개심에 불을 당기는 거요. 그러면 바로 비행기 기금 모금 운동의 목적을 반 이상 달성한 셈이 되는 거요. 그런데 뭐 동정이 앞서더라고……"

그 다음은 노기가 한층 고조되더니 타기할 자유주의 근성, 인텔리 근성이 번갈아가며 수없이 규탄되고 저주되고 한다. 암만해도 저 광기의 세례를 받고 있는 건 유화진이나 현민일 수밖에 없을 것 같아서 그녀들은 정문가에서 서성대고 있었다. 예상대로 화진과 현민이 찌든 손수건으로 이마를 문지르며 나타난다.

넷은 말없이 걷는다. 거리는 살벌하고 흉흉하다. 곳곳에 잿더미만 남은 폐허가 있고 온전히 서 있는 집들도 사람의 생활이 없는 폐가나 흉가 같다. 드문드문 눈에 띄는 행인들도 한결같이 여자들뿐이고 남자들은, 더구나 청년들은 눈을 씻고 찾아도 없다.

한길로 나오자마자 그들은 검문소에 걸려들었으나 민청의 신임장으로 무사히 놓여난다. 요새로 검문소도 부쩍 늘었거니와 나무 그늘이나 골목 속에 복병처럼 숨어 있다 느닷없이 불쑥 나타나 오래 주린 짐승이 먹이를 덮치듯이 덮쳐 오는 소속기관이 분명치 않은 군복들 때문에 보행은 차단된다. 그러나 이런 불의의 검문에 대처하는 화진과 현민의 태도는 하도 빈틈없어 의젓하고 당당해 최치열에게 끽소리 없이 당하기만 하던 그들이라곤 영 믿어지지 않는다.

착하고 소심한 걸로 늘 불쌍히 여기기까지 해오던 이들의 다른 일면, 기막히게 능숙하고 교활한 난세의 처세술을 엿본 것 같아 진이는 역겹다 못해 징그럽기까지 하다. 혜화동에서 민과 단둘이 되자 진이는 표독스럽게,

"현 동문 참 대단한 걸 가졌군요."

"네?"

"그것 말예요."

집어넣기도 귀찮은지 현민의 손엔 네 절로 접어진 후줄근한 종이 쪽지가 들려진 채다.

"이거 말입니까? 이거야 진이 씨도 있잖아요."

"난 여잔걸요. 그까짓 게 최 동무에게 뱀을 다 빼 바칠 만한 가치를 지니진 않아요. 그렇지만 현 동무는 그렇게 허술하게 가지고 다

녀서야 되겠어요? 가죽주머니라도 장만해서 허리에 차고 다녀야지."

"……"

현민은 착하고 소심한 웃음을 희미하게 띠어 보일 뿐 말이 없다. 그런 웃음엔 묘하게도 열의 모습 같은 게 있다. 진이는 측은해지려는 자기를 가까스로 도사리며,

"그걸 가지고 거리를 쏘다닐 수 있어서 도대체 어쩌자는 거죠? 이 사회가 현 동무 같은 어릿광대를 언제까지 용납해주리라고 생각해요?"

"누가 뭐래도 할 수 없어요. 난 그냥 이것이 필요해요. 이것이 주는 요 정도의 자유가……"

"넷?"

"먹을 것 말예요. 그 소중한 걸 구하러 다닐 만한 자유가 나에겐 필요하단 말예요."

차차 민에 대해 알 수 있을 것 같아진다. 그러자 어떤 분노가, 민의 어머니나 누나가 아무튼 민의 주위에 있는 전쟁을 통해서도 변절할 줄 모르는 답답하고 얌전한 여인들에 대한 분노가 걷잡을 수 없어진다. 그것은 곧 한 달 전 열을 둘러쌌던 얌전하고 답답한 여인들—자기, 혜순, 서 여사—에 대한 분노로 번진다.

저녁때가 다 된 때문일까. 허술한 차림의 여자들이 수건을 깊숙이 내려쓰고 광주리를 이거나 들고서 또는 너절한 보따리를 끼고 걸음이 한결 분주하다. 이런 틈에 민의 남자로서의 희소가치는 절

대적이다. 검문소가 아니라도 누구나 한 번씩은 곁눈질해 본다.

"그랬었군요. 안됐어요. 어쩌면 현 동무 하나를 감싸줄 치마폭이 없다니⋯⋯. 두어 달 전까지만 해도 의젓하고 가냘픈 숙녀였던 여자들이 저렇게들 억세고 악착 같은데. 아마 저 여자들 가운데 숨겨 놓고 먹여야 할 남자를 하나둘 거느리지 않은 여자는 하나도 없을걸요. 그런데 현 동문 그런 치마그늘을 못 얻었군요. 가엾게도⋯⋯."

그녀는 한숨처럼 나직이 내뿜는다.

"네, 아내는 임신 중인걸요."

민은 조금쯤 부끄럼을 탄다.

"아내라고요? 그럼 결혼하셨었군요?"

조금 더 부끄러워하면서 고개만 끄덕여 보인다.

"그랬었군요. 부모님이나 친척은?"

"고향이 부산인걸. 가족은 다 거기 계시고 서울엔 둘이만 있다가 그만 이렇게⋯⋯."

"임신 중이라고 그러셨죠?"

"예. 원체 약질인 데다가 뭐 임신각기라나요. 온통 붓고 기동까지 부자유스러워서 늘 조마조마하죠."

"애기 낳을 달은?"

"아마 내달이라나 봐요."

"미역이나 쌀은 준비했어요?"

"웬걸요. 하루하루 먹기가 다급한걸요."

그녀는 자기 집 항아리에 꼭 봉해둔 흰쌀과 얄팍하지만 몇 조각의 미역을 생각한다. 너무 신통하고 대견해 마구 뽐내고 싶어서 뱃속이 다 근질근질하다. 미역, 흰쌀! 이런 바보 같은 남자, 나는 다 마련했는데.

"아버지께서 손자를 보고 싶으시다고 서둘러서 시키신 결혼이었죠. 전 외아들이거든요. 올해 환갑이신 아버지의 귀중한 첫 손잔데……. 그런데 그 출생의 고비를 이 난리통에 나 혼자서 맞다니."

핏기 없이 창백한 얼굴이 발길로 차던지고 싶게 못나 보이며, 다시 한 번 흰쌀과 미역조각이 눈앞에 떠오른다. 그리고 극히 중대하고도 어려운 결단을 즉석에서 강요당했을 때처럼 심한 곤혹을 겪는다. 그러나 선반 위에 꺾지도 않고 얹어 놓은 미역과 항아리에 소복한 흰쌀을 반으로 나누는 일의 결단은 좀처럼 내려지지 않는다.

안 된다. 안 되고말고. 차라리 한 점의 살을 뜯기는 편이 훨씬 나을 것 같다. 어디서 별안간 엉뚱한 박애심이 우러나서 하마터면 돌이킬 수 없는 큰일을 저지를 뻔했지. 안 된다. 안 되고말고. 남을 위한 동정심 그런 건 아주 망각해버리는 거다. 심장에 굵은 털을 심는 거다. 그래야만 이 통에 나도 내 가족도 살아남을 수 있는 거다.

"혼자선 정말 두려워요. 많은 웃어른 밑에서 자랐거든요. 그 많은 웃어른이 조금씩 거들고 많이 염려해주고 하는 사이에서 우리 애기는 태어날 예정이었는데. 온전히 나 혼자서 아버지 되는 일을 맡다니……."

"애기를 만드는 일도 여러 어른들께서 거들었겠군요."

아주 천박하고 아주 냉담하게 빈정댄다. 그러나 그녀의 마음속에서 다시 한 번 쌀이 반으로 나눠지고 미역 조각이 동강난다. 그런 상상은 몹시 고통스럽고, 그 고통은 순 육체적이다. 마치 살점을 뜯겼을 때처럼.

차츰 나누어 줄 쌀이 반에서 3분의 1로 줄고 또 몇 번 거듭 줄다가 결국은 줄 수 없다는 결론에 도달한다.

"어떡허든지 뭘 좀 마련해야죠. 별안간 일을 당하면 어쩔라고……."

겨우 이 소리를 헐떡이듯이 뒤늦게 한다.

"네? 네…… 그거야 뭐, 어쩌면 기적이. 조만간 기적이 있을 수도 있잖겠어요? 지금 당장은 뭐 맛있는 거나 좀 먹었으면 싶군요."

이 남자는, 이 지지리도 못난 남자는 어쩌자고 나를 괴롭히는 걸까? 뭐 맛있는 거라니…….

진이는 지금 한쪽 손에 든 콩보따리가 불안하게 들먹이는 것을 의식한다. 이것만은 아까 순덕이 일러준 그 희한한 요리법과 함께 이 남자에게 넘겨줘야 할 것 같다. 보들보들하고 감칠맛 있는 별미, 침이 꼴깍 넘어간다.

요새로 부쩍 늙고 수척해진 어머니. 콩보따리를 자랑스럽게 들고 들어갈 일. 참 혜순의 큰 배. 우리 집에도 큰 배가 있는 것을 감쪽같이 빼놓다니. 내가 그를 동정할 입장일 필요가 있을까. 우리 집에도 산더미같이 무거운 배가 있다. 비록 부종이 나지 않았을망정. 그렇게 부종이 안 난 것도 다 내가 악착같이 먹을 것을 댔기 때문인 것이다. 혜순의 배의 연상은 이상하리만큼 쉽사리 그녀를 곤혹에서 구하고, 떳떳한 것으로 자기의 몰인정을 긍정한다. 이 손에서 저 손으로 부산스럽게 바꿔 쥐던 콩꾸러미도 다시 의젓하게 한 손에 든다.

그리고 아주 경험 많고 지긋한 여인의 심정에서 나약하기만 한 민의 옆얼굴을 본다.

"우리 집에도 벌써 출산예정일이 지난 올케가 있어요. 오늘내일하죠. 오빠는 가버렸어요. 의용군으로. 비겁하죠."

열이 정말 비겁하게 여겨진다.

"난 그래도 다 마련했어요. 쌀도 미역도. 그리고 지금의 건강상태도 좋은 것 같아요. 고모 노릇하기도 굉장히 힘들더군요. 하물며 아버지 노릇이 쉽겠어요. 그래도 해봐요. 아버지 노릇을, 혼자서……. 될 거예요. 그 신임장도 십분 활용하고, 온갖 것을 다 먹을 것과 바꿔봐요. 먹을 것과요."

삼선교에서 민과 헤어질 때 그녀는 이미 터끝만큼의 마음의 꺼림도 없었다. 오히려 먹을 것을 무사히 지킨 만족감은 신성한 의무를 완수했을 때의 희열과도 흡사했다.

가로수 밑에 낙엽이 뒹굴기에는 아직 많은 날이 있어야 할 것 같았다. 그러나 바야흐로 천고마비의 계절 하늘은 하루하루 눈이 시리게 높푸르러 갔지만 아무도 하늘을 마음놓고 우러를 수조차 없었다.

추녀 밑에나 가로수 밑을 기듯이 걸어서 정 급한 볼일을 보러 다니는 사람 외에는 길에는 사람들의 모습도 드물었다.

폭격과 기총소사는 쉬 무슨 끝장을 보고야 말듯이 나날이 격해가, 이제 아주 절정에 다다른 듯했고 이에 따른 처참한 주검과 파괴의 참상에 사람들은 익숙다 못해 목석처럼 무심해갔다.

이런 무감동은 비단 남의 일, 이웃의 일이라서가 아닌 것이 금방 자식이 깔려 죽은 폐허에서 양식을 파내어 남은 자식을 위해 죽을 끓이는 어미에게도 이런 무감동은 없었다. 죽음이 도처에 있으면서 상가나 통곡은 없었고, 파괴에 뒤따른 건설이 있을 리 없었다.

사신만이 횡행하는 이 죽음의 도시에 움직임이 아직도 남아 있다면 그것은 먹을 것을 얻기 위한 사람들의 끈덕진 상행위였다.

죽기 직전까지도 먹어야 한다는 것은, 먹다가도 죽어간다는 것은 얼마나 욕된 일일까.

결국 시장만이 마지막까지 남은 사람들의 집단이 되어 폭격과 기총소사의 대상이 되고 때로는 맹타를 당해 순식간에 끔찍한 수라장이 되기도 했지만, 가장 빠르게 불사조처럼 되살아났다. 그러나 여기서 되살아났다 함은 어디까지나 그 명맥을 말함이요, 그 기능은 거의 마비되고 규모도 하루하루 줄었다. 진이도 이제 장바닥에 옷가지를 들고 앉아 파는 일을 태연히 해낼 수는 없었다. 우선 살고 볼 일이 아닌가. 먹을 것을 구하려다 미리 죽는 것도 어리석고 가만히 앉아서 굶어 죽는 것은 더욱 어리석고 폭사도 아사도 않고 식구와 더불어 살아남을 일을 그녀는 곰곰이 생각한다.

드디어 가까운 시골에 친정붙이가 있어 직접 옷가지를 가지고 가서 바꿔 오는 당숙모와 한패가 될 것을 결심한다. 그런데 가지고 갈 것이 문제였다. 웬만한 것은 벌써 다 처분된 후였다. 헌 옷가지는 먹을 것에 비해 너무도 헐값이었으니까.

그녀 혼자의 힘으로 한 달 남짓이나 식구들을 부양했다는 게 얼마나 고된 일이었던가가 새삼 지겹게 느껴진다.

"네가 아주머니하고 덕소엘 간다고? 안 된다, 안 돼. 네 기운으로 될 뻔이나 한 소리냐? 그리고 이제 바꿔 먹을 거라곤 아무것도 없어."

그러나 진이는 말없이 서 여사의 장롱문을 열고 깊숙한 곳에 감추어진 보따리를 끄집어낸다.

"아아니 너 정말 환장을 했니?"

보따리에 전신을 덮어 씌우듯이 매달린 서 여사를 그녀는 힘껏 거칠게 밀어놓고 보따리를 끄른다. 몇 감 안 되지만 곱고 부드러운 비단 옷감들, 진이도 보기는 이번이 처음이지만 눈치로 벌써부터 알고 있었다. 넉넉지 못한 살림 중에도 딸을 위해 유념해 놓은 혼수감.

"이걸 쌀하고 바꾸겠어요."

진이는 냉혹을 지닌 무표정한 얼굴로 그것들을 챙긴다.

"너 정말 너무 그러는구나. 당장 굶어 죽게 된 것도 아닌데, 설마 산 사람 입에 거미줄 칠라고……. 어떻게 되겠지 설마. 여태껏도 그렇게 살아왔는데."

"여태껏도 그렇게 살아왔다구? 마치 여태껏 저절로 살 수 있었던 것 같은 말씀이군요. 기껏 할 짓 못할 짓 안 가리고 극성을 떨어 여태껏 식구들을 굶기지 않고 먹여 살려 놓으니까 이제 와서……. 좋아요. 내가 뭐 공치사를 듣자고 이 지랄을 하는 건 아니니까. 이것이 내 일이니까. 피치 못할 내 일이니 하는 거니까."

금속성인 목소리가 쨍 울리고 서 여사는 아무리 딸이라도 어찌할 수 없음을 안다.

"그럼 이것만이라도……."

서 여사는 소심하게 힐끔거리며 보따리 갈피를 뒤져서 갸름한 상자를 꺼낸다. 진이가 재빨리 낚아채 뚜껑을 여니 은수저가 한 벌 뽀얗게 빛나고 있다. 올봄 진이가 고등학교를 졸업할 때 받은 우등상의 부상이었다.

올봄! 먼 옛날 같다. 그런 때도 있었던가. 사람이 조금쯤은 사람스럽게 살았던 시절의 회상은 아득하지만 또한 생생하다. 진은 도리질까지 해가며 황급히 회상을 떨쳐버리고 은수저마저 보따리 갈피에 끼운다.

"그건 '상'이라는 글씨까지 새겨진 건데. 이 다음에 시집가면 시부모나 남편한테 자랑거리도 될 수 있는 건데. 그것만은 남기지 않고……."

서 여사는 이제 사뭇 애원을 하건만 그녀는 표정 없이 짐을 꾸려가지고 당숙모와 함께 새벽길을 떠난다. 산다는 근원적인 것을 빼먹고 어떻게 미래를 설계하며 무엇 때문에 추억 따위를 되씹으려 드는 것일까? 딱하고 답답했다.

은수저를 포함한 몇 벌의 비단옷과 바꿀 수 있는 건 기껏 서너 말의 보리쌀이었다. 그것도 당숙모의 친척의 각별한 호의로. 시골사람들이 서울사람보다 몇 배 이악하고 교활해져 있었다.

그러나 진이는 흐뭇했다. 열이가 떠난 후 처음 가져보는 많은 양의 양식이었다. 거진 한 달은 살 수 있을 것이다.

한 달은 양식 걱정에 쫓기지 않아도 되다니. 부자가 된 기분이란 얼마나 느긋하고 신나는 것일까? 그러나 서너 말의 보리쌀은 이기에도 메기에도 겨웠다. 하룻밤 자고 새벽녘에 떠난 길은 청량리까지 오니 벌써 저녁나절이었다. 부어오른 어깨를 어루만지며 기진해 쓰러진 진이에게 당숙모는,

"인제 서울이다. 거기서 좀 쉬고 있거라. 내가 짐 내려놓고 곧 돌아올 테니까. 네 악지도 그만하면 무던하다."

진이의 더딘 걸음에 맞추느라 답답해하던 당숙모는 진이를 길가에 남겨논 채 휭 혼자 가버린다. 길가에 혼자 남겨진 그녀는 보릿자루에 몸을 기대고 앉아 어두워가는 하늘을 쳐다본다.

한 되라도 더 쌀을 얻지 못해 안달하는 진이의 귓전에 당숙모가 속삭이던 말,

"그만하면 됐어. 끝장이 며칠 안 남았어. 아마 한 달도 안 걸릴걸. 끝장이."

한 달 후? 어떤 종말? 그녀는 문득 최치열이 등지고 앉았던 벽의 붉은 지도의 낙동강 흐름을 따라 그어진 뚜렷한 붉은 침윤을 생각한다. 한 달 동안에 지워지기에는 너무도 넓게 퍼진 붉은 침윤.

설사 한 달 동안에 끝장이 난다손 치더라도 먹는 일은 죽기 전엔 끝장이 안 날 테고, 먹고 먹이는 책임이란 얼마나 두렵고 고달픈 업고일까?

다음 날 아침나절 순덕이 왔다.

"최 동무가 꽤는 찾았는데, 나만 들볶였어."

"시골서 식량 좀 구해 오느라고."

먼저 양 어깨에 생긴 시뻘건 군살부터 내보이며 그녀는 조금쯤 자랑스럽다.

"네가? 그랬었구나. 그럼 푹 쉬렴. 실은 오늘 우리끼리 마지막으로 한 번 같이 모여볼까 싶었는데."

"우리끼리 마지막이라니 무슨 소리야?"

"민청이 오늘로 당분간 해산하기로 됐어. 최 동무도 강 동무도 권 동무도 민청사업보다 더 시급한 과업이 있다고 당으로 소환됐어."

"그동안에 그랬었구나."

"그동안의 서류들은 정리해서 상부에서 지시한 장소에 갖다 맡기는 일만 남았어."

"나도 거들게."

"괜찮겠어 그래 가지고? 뭐 힘드는 일도 아니긴 하지만."

"그냥 그렇게 흐지부지 헤어질 순 없다 싶어서 그래. 너하고도 그렇지만 유나 현하고도 말야."

"뭔가 좀 우습지? 우리가 S대 민청의 최후의 날을 지킨다는 게. 자유주의자들끼리."

"글쎄 말이야, 반동분자들끼리······."

누구에게나 서슬이 퍼렇게 군림하던 반동분자란 협박이 벌써 퇴색해 조금도 공포롭지 않다.

해방감이, 자유에의 예감이, 그녀들을 턱없이 설레이게 행복하게 조차 한다.

진이는 외출채비를 하며, 말똥 굴러가는 것 보고도 웃음이 터질 듯한 소녀스러움이 아직도 남겨진 자기를, 아주 아귀가, 아주 도척이 돼버리지 않고 남겨진 자기의 일부를 신기하게 의식한다.

관사촌의 정적이 마음속 깊은 곳까지 적시듯이 흘러 들어온다. 이렇게 마음이 푹 놓이는 고요로움은 실로 얼마 만인가. 최치열로부터 교양받던 때도 민준식의 든든한 팔로 부축을 받을 때도 이곳은 이렇게 조용했지만 최치열의 존재와 그가 지배하는 공기의 무게로 해서 마음속엔 늘 당겨진 활시위 같은 불안, 긴장, 공포가 있었다. 마음을 놓는 상태란 얼마나 평안하고도 소중한 상태일까?

책상 위에는 너저분한 서류뭉치들이 되는 대로 쌓여 있고 벽에 붙은 그래프와 붉은 지도도 아직 떼어지지 않은 채다. 핏빛으로 선명하던 붉은 지도의 '원쑤의 가슴팍에 땡크를 굴리자'는 표어도 칙칙한 보랏빛으로 퇴색해 있다. 최치열이 앉았던 회전의자에 비스듬히 앉은 화진도 창가에 선 민도 다만 마음 놓이는 상태만을 소중히 받아들이고 있는 것 같다.

"뭐라고들 좀 그래 봐요. 별안간 말문이 막혀버리다니."

순덕이 속삭이듯이 나직이 말한다.

"너무 조용해 바닷속 같군요."

"그럼 우린 어족? 참 어족엔 언어가 없지."

"어머나. 금세 몸의 무게가 빠지고 둥실 뜨는 것 같네."

"나도…… 둥실."

"하하하……."

"호호호……."

말하는 어족은 급기야 웃기까지 한다.

"그럼 빨리 우리의 과업을 시작합시다."

화진이 먼저 일어서며 제법 정색한다.

"최 동문 아주 갔나요?"

"네 좀 전에 다녀서 아주 갔어요. 하 동무를 못 보고 가 서운하다고요. 그 친구 초조해 보이는 것까지는 이해하겠는데 나중엔 글쎄 막 센티해지려고 하잖아요. 혼났어요."

"어데로 갔을까요?"

"당의 명령이라고만 할 뿐이니 알 수 있나요? 당원들은 다 소환되고 결국 우리가 민청 해산의 뒤치다꺼리를 맡게 됐으니……."

뒤치다꺼리래야 별것 아니었다. 그동안의 서류를 간추려 한 묶음으로 해서 이 뒤 ×호 관사에 갖다 맡기는 것이었다. 먼저 순덕의 손으로 붉은 지도가 떼어졌다. 기어이 붉은 침윤이 미치치 않고 남겨진 김해에다 장난스레 입술을 댄다.

"나도 어지간히 바보지, 붉은 칠을 해 내려가는 것만 생각했지 붉은 칠을 지워 올라올 수도 있다는 가능성엔 아둔했으니……."

진이는 잠자코 책상 위의 것들을 꼼꼼히 챙긴다. 너저분한 것을 정리한다는 기쁨은 언제 어디서나 그녀를 사로잡게 마련이다.

등사가 분명치 않은 꾸깃한 여러 가지 지령문들을 말끔히 펴 챙기고 일지는 일지대로, 여러 종류로 분류된 명단은 명단대로 묶고 최치열이 소중히 끼고 다니던 반동학생 명단도 함께 챙긴다. 맨 나중에 필적이 각각인 자서전 뭉치가 나온다. 그녀는 별안간 가슴에 심한 동계를 느낀다. 최치열이 그녀를 당원감으로까지 지목하게 한 이 자서전은 여기 남아서 차후 무엇을 증언하게 될 것인가?

언젠가 민준식이 쓰다 만 그녀의 자서전을 손아귀에 구겨 넣듯이 그녀도 자신의 것을 꼬깃하게 뭉쳐 쥐고 마당으로 나온다. 가슴의 설레임은 멎지 않고 망설임, 수치심 그런 것이 뒤범벅이 되어서 머리에 땅한 혼돈이 온다.

푸르른 수목 사이는 공기조차 투명하게 푸르러 그야말로 심해 속 같다. 그러나 벌써 그녀는 어족일 수는 없었다. 어족 아닌 인간의 고민으로 그녀의 몸은 둥실 뜨기는커녕, 점점 그녀에겐 겨웁도록 무게를 더해온다.

종말! 너무 조급하게 종말만을 생각하고 종말이 그녀를 과거 몇 달로부터 완전히 자유스럽게 놓아줄 것으로 믿었던 것 같다. 어떤 사건이고 완전한 종말이란 게 있을 수 있을까? 추한 잔해 없는 종말이.

앞뒤 한 장의 시험지만 한 종이는 아주 없애버릴 수도 있다. 실은 그러려고 지금 서성댐이 아닐까. 그러나 그것을 마당 한 귀퉁이에서 어물어물 구겨서 없애버리고 난 자신의 추함, 비열함은 또 어찌 견딜 것인가? 자줏빛 콩을 뜯어내던 담 밑에 몸을 기댄다. 귀란 참 이상한 것이다. 좀 전까지만 해도 완전한 정적을 느끼던 귀에 폭음, 포성, 비행기 소리 등 갖가지 전쟁의 굉음이 시끄럽게 밀려든다. 차차 그러한 소리들은 손바닥의 종이를 뭉개버릴까 말까를 다투는 어지러운 상념 속에 효과음처럼 끼어든다.
"거기서 뭘 해! 혹시 또 콩이나 있을까 하고……, 그때 그렇게 살살이 훑어내고서……."
순덕의 웃는 얼굴이 창에서 소리친다.
"아, 아냐, 골치가 좀 띵해서."
어떻든 그녀는 추하고 비열한 짓을 꾀하는 데서 놓여난 안도감을 느낀다. 그것을 결정한 것이 비록 순수한 자의는 아니었을망정.
그녀는 손바닥의 꼬깃한 걸 다시 잘 펴고 다른 여러 서류와 함께 거뜬히 정리를 끝내 한 묶음으로 만든다. 이제 석 달 동안의 역사는 그것이 무의미했건 저주스러웠건 있는 그대로 펼쳐지길 기다리게 됐고, 그것을 다치지 않을 수 있었던 자기에게 자부 비슷한 걸 느낀다.
넷은 함께 조금도 무겁지 않은 서류 뭉치를 번갈아 들고 ×호 관사로 갔다. 바로 S대 뒤뜰 철조망이 보이는 좀 높직한 축대 위에 자리잡은 2층 벽돌집은 사람 사는 집 같지 않게 조용하였으나 흔드니 미리 연락이 돼 있었던 듯 열댓 살 보이는 계집애가 나와서 아무 말 없이 서류뭉치를 받아들고 들어간다.
그것뿐, 일은 끝난 것이다. 그대로 헤어지기는 아쉽다고 넷은 똑같이 생각한다.
"우리 어디서 좀 쉬었다 가요. 이렇게 조용한데……."
"우리들이 쓰던 집으로 다시 갈까? 조용하긴 거기가 그만이야."

순덕과 화진은 연방 '조용히'를 주고받지만 진이는 깜짝깜짝 놀랄 만큼 가까워진 전쟁의 굉음을 들으며 심중이 사뭇 어수선하다. 그녀는 일행에서 조금 뒤져 걸으며 외로움을 탄다. 다시 한 번 전쟁이 머리 위를 지나고 다시 한 번 세상이 바뀔 때 넷 중 유독 자기만이 당원 후보였다는 영광이 장차 어떤 모습의 곤욕으로 와닿을 것인가.

아무것도 만나지 않은 채 그들이 쓰던 황량한 집으로 되돌아왔다. 화진과 민은 테이블 위에 발을 높이 얹은 자세로 낡아빠진 회전의자에 푹 파묻히고 순덕은 창가에 서서 마당의 나무들을 본다. 그들은 그런 모습으로 정적을, 아니 자유에의 예감을 즐기고 있었고 진이만이 안절부절못하고 방 안을 서성댄다.

"최치열이 별로 나쁜 사람 같지는 않죠?"

순덕이 푸듯이 최치열의 이야길 꺼낸다.

"그러문요. 우릴 이렇게 호젓한 곳에 자유롭게 남겨 놓고 혼자 떠난 것만 해도 어딥니까? 얼마든지 길동무를 골라잡을 수 있었는데."

"그리고 보니 최 동무도 완전히는 무자비하지 못했나 보죠. 완전히 무자비하지는 못한 빨갱이……. 뭔가 비극적 아녜요?"

"글쎄……. 최치열이 우리에게 베푼 것이 과연 자비였을까? 우리가 제물로 바쳐졌다고 생각할 수도 있지 않을까? 장차 기고만장한 승리자는 반드시 제물을 필요로 할걸."

화진의 말은 진이의 막연한 불안에 뚜렷한 형상을 준다. 그녀는 울부짖듯이,

"무서워요. 우선 난 어떻게 될까요?"

"그렇다고 뭐, 미리 그렇게 떨 것까지야……. 승리자는 아주 관대할 수도 있으니까요."

순덕이 웃으며,

"미스터 유 너무 으스대지 말아요. 최치열이 앞에서 절절매던 때가 바로 어제면서……."

"앞으론 용감해지겠어."

"용감해봤댔자죠. 기껏 상아탑 속에 몸을 숨기곤 입만 내밀고 큰소리치려는 거겠죠. 행동 없는 독설, 타기할 인텔리 근성, 자유주의 근성하고 그들이 경멸해 마땅하죠."

"나는 행동을 해보이겠어요. 총도 들 수 있을 것 같아요. 이렇게 마음에 맞는 친구들과 거리낌없이 이야기를 주고받을 수 있는 시간이 무진장 있어서 공기처럼 그 소중한 것조차 미처 모르고 지낼 수 있는 세상을 지키기 위해서라면 총도 들 용의가 충분히 돼 있어요."

"그 말씀 잘 기억해두겠어요."

"남의 말을 그렇게 일일이 기억해두는 것도 곤란한데, 허허허!"

"거 봐요, 자신이 없으니까."

진이는 화진과 순덕이 주고받는 이런 말들을 귓결로 들으며 남쪽 하늘을 짙게 뒤덮은 검은 연기를 지켜본다. 차차 검은 연기 속에 오렌지 빛이 섞이기 시작한다.

늘 봐오던 폭격의 불길이 그녀에게 이상한 암시를 준다. 방금 서류뭉치를 맡기고 온 2층 벽돌집이 화염에 싸일 수 있는 가능성과 그녀가 비열한 수단을 택하지 않음으로 해서 받아야 할 남보다 더 혹독한 시련으로부터 놓여날 수 있는 가능성과의 일치…….

악마와 같은 이기심에 스스로 아연하면서도 좀처럼 가라앉힐 수 없는 흥분을 느낀다.

그녀는 지금 그녀의 마음 속에서 일어난 일을 누구에게 들킬세라 계속 등을 돌린 채 창밖만을 본다. 남쪽 하늘의 오렌지 빛은 장엄한 노을처럼 숨막히는 장관을 보여주고는 다시 검게 퇴색한다. 자유에의 예감보다 한층 명료한 어떤 시련에의 예감으로 진이는 몸을 떤다.

"진이 너 왜 그러고 있니? 어깨를 축 늘어뜨리고, 네 어깨는 늘 90도 각도였는데."

"재미없어서 그래. 살벌한 이야기들만 하니까."

"그럼 어떤 얘기를 해줄까?"

"미소와 축복이 있는 이야기. 이를테면 너와 화진 씨가 사랑하는 사이라든가. 민 씨가 오늘 아침 첫아들을 보았다든가……."

"제발 10년 감수할 소리 작작 하슈. 우리 애긴 좀 더 있다 나와야지. 그놈이 좀 소견 있는 놈이라면 천천히, 서두르지 않을 텐데."

진이가 되는대로 지껄인 소리를 민 또한 우스갯소리로 받아넘기는 데 반하여 화진과 순덕의 당황하는 꼴이라니, 말을 꺼낸 진이에게도 의외였다.

화진은 부옇게 먼지 앉은 허술한 테이블 위에 높이 얹었던 구둣발을 누가 튕긴 듯이 재빨리 제자리로 내려놓고 두 손을 무릎 위에 포개 지나치게 단정한 자세로 꼿꼿이 앉았다가 다시 당황하여 자세를 약간 허물어뜨렸으나 역시 앉음새가 몹시 편치 못하다. 순덕은 얼굴이 금세 붉게 상기하더니 창밖으로 시선을 돌리며 돌아섰으나 짧게 깎은 머리 밑으로 드러난 흰 목덜미에 차츰 고운 장미빛이 번진다.

미소와 축복에 사랑까지 곁들인 풍경은 한동안 풍경인 채로 움직이지 않았다. 실없이 꺼낸 우스갯소리가 당장 눈앞에서 사실로 적중한 데 적이 놀란 진이에게 민이 눈을 찡긋해온다.

순덕이 돌아선 채로 몸을 조금 움직이더니,

"전 현민 씨가 결혼한 것도 몰랐는데?"

딴사람같이 목쉰 소리로 엉뚱한 소리를 한다.

"나도 자네 결혼한 거야 알았지만 벌써 그렇게. 그렇게 쉽게 아버지가 될 줄은 몰랐네. 미안하이."

"자네들은 어떻게 그렇게 둘이 장단이 척척 잘 맞아 들어가나? 슬쩍 관심을 나에게로 돌리려는 솜씨가 희한하네만 누가 그 수에 넘어갈 줄 아나? 나야말로 정말 몰랐는데. 까맣게 몰랐네. 자네들이 사랑하고 있다는 걸. 원 이 시기에 사랑을 시작하다니. 지독한 사람들."

넷은 한바탕 웃고 더할 나위 없이 흐뭇한 기분에 젖고 그리고 헤어졌다.

진이는 아직도 마음속에서 시련에의 예감을 떨어버리지는 못했으나 이미 의기소침해 있지는 않았다. 어깨를 모나게 추스르고 시련을 감내할 태세를 갖춘다. 시련이나 불행이야말로 아무에게나 주어지는 게 아닐 게다. 그것을 감내할 수 있는 자에게나 주어지지.

자기야말로 그것을 감내하고 극복할 수 있는 자라는 자신으로 진이는 다시 오만하게 고개를 곧추세울 수가 있었다.

 밤새도록 계속되는 폭음, 포성, 방 속까지 환하게 비치는 조명탄의 불빛 등으로 잠을 못 이루다 새벽녘에야 막 좀 잠이 들려는 진이를 서 여사가 다급하게 흔들어 깨운다.
 섬뜩하고 부우연 새벽이었다. 얼떨결에 일어나 앉은 진이는 혜순의 짓눌린 듯한 신음소리에 비로소 제정신이 든다.
 "진아 어서 물을 좀 데우렴. 어서."
 미처 마루를 내려서기도 전에,
 "진아 어쩌지? 당숙모라도 좀 부를까 보다. 너 빨리 거기 먼저 다녀 오렴. 그런데 참, 쌀깃이랑 배냇저고리랑 얻다 두었더라. 참, 물을 먼저 데워야지. 아이구 이 일을 어쩔꼬……."
 방 속의 신음은 한결 다급해지는데 서 여사는 점점 갈피를 못 잡고 허둥대기만 한다. 반대로 진이에게는 싸늘한 침착함이 온다. 그녀는 사지를 후들후들 떨며 조그만 마루에서 갈팡질팡 맴을 돌고 있는 서 여사를 끌어다가 혜순의 머리맡에 앉힌다. 혜순은 파리한 이마에 진땀을 흘리며 두 손으로 허공을 내젓고 있었다. 이빨로 아랫입술을 피나게 깨물고 참고 있는 것은 아픔일까. 초점 없이 치켜뜬 눈에 눈물이 가득 고였다간 넘치고 고였다간 넘치고 하였다.
 진이는 허공에 뜬 혜순의 두 손을 모아다가 서 여사의 손과 맞잡아 놓는다.

"꼭 붙들고 있어요. 오빠의 손이 아니라서 안됐지만. 어머니도 제발 진정하시고 이대로 좀 계세요. 그러면 곧 어머니가 하셔야 할 일이 일어나겠죠. 딴 일은 제게 맡기세요."

그녀의 명령은 단호하고 냉엄해서 해산을 미끼로 딴 슬픔까지 되씹어보려던 이 여인들의 감상을 섬뜩하니 식힌다.

그녀는 또 다락의 철수를 깨워서 부엌 아궁이에 불을 지펴 물을 데우는 일을 맡기고 준비했던 해산도구를 혜순의 발치에 정연하게 펴놓고 미역을 담그고 쌀을 씻어 양은솥에 안쳐놓는다.

이런 일은 순식간에 진행되고 집안은 완전히 질서가 잡힌다. 방문을 여니 두 여인은 아까 그녀가 맞잡아 놓은 채로 손을 맞잡고 소리 없이 진통을 견디고 있었다. 꼭 지나치게 어른의 말을 잘 듣는 가련한 어린애를 보는 것 같아 가슴이 뭉클했으나 그녀는 굳은 표정을 애써 허물어뜨리지 않는다. 조금만 틈을 보이면 이 말 잘 듣는 어린애들은 단박 응석을 부리려 들 테니까.

그녀는 혜순의 이마에 솟은 땀방울을 수건으로 차근히 닦아내고,
"아주머니 모셔 올 동안 참을 수 있겠수?"
고개만 크게 끄덕인다.
"어머닌 혹시 그동안 일이 있더라도 너무 서둘지 마시고 잘 해내실 수 있겠죠?"
서 여사 또한 며느리를 닮아 고개만 크게 끄덕인다.
"그럼 후딱 다녀올게요."
집을 나서 골목까지 벗어나고서야 비로소 호흡을 크게 한다. 그

리고 실상 출산이란 엄청난 일에 입회하기를 가장 두려워하고 있었던 것은 자기였다고 깨닫는다.

이제 어떻든 그 자리에서 벗어난 것이다. 이제부터 집에서 일어나는 일은 올케와 어머니의 것이다. 그들은 그것을 감당하겠지.

날은 활짝 밝았건만 거리엔 아무런 움직임이 없고 붓끝이 가볍게 스쳐간 자국 같은 흰 구름이 사뿐히 떠 있는 청자빛 하늘을 아무런 저항도 받지 않고 전투기의 편대들이 독한 금속성 음향을 남기고 북쪽으로 순식간에 사라지는가 하면 정찰기는 후각을 갖춘 큰 새가 무슨 냄새를 탐색하듯 지상을 향해 코를 박고 떠날 줄을 모른다.

살아 움직이는 거라곤 개 한 마리 만나지 못한 채 한길까지 나오니 부상한 인민군의 한 무리가 느릿느릿 미아리고개를 치닫고 있다. 열이 끌려가던 길이다.

자칫 쓰러질 듯이 위태로우면서도 그래도 용케 몸을 가눈 것이 혹 누가 누구를 부축한 것도 같으면서 통 누가 누구에게 의지했는지 분간할 수 없는 핏빛 낭자한 행렬은 한동안 계속되었다.

엄살이나 앙탈에서가 아니라 진심으로 차라리 죽는 것이 훨씬 낫다고 생각해버리고 말 것 같은 상태란 얼마나 참담한 상태일까?

온 집안 식구가 늘 열이를 위해 기원하던 것, 어떠한 일이 있어도 그저 죽음으로부터만은 그를 지켜줍소서 하는 기도는 어쩌면 잘못된 것인지도 모른다. 눈뜨고 보기에는 차라리 죽음보다 더욱 끔찍한 한 무리가 지나가고도 한참만에야 진이는 으스스 몸서리를 치고 나서 한길을 건너 당숙모네 대문을 두드렸다.

"아주머니, 아주머니, 빨리 문 좀."

"어, 왜 무슨 일이?"

당숙모는 마치 문 뒤에 지키고 있었던 것처럼 재빨리 대문을 열고 겁에 질린 눈으로 진이를 살핀다.

"밤새 무슨 일이 났구나. 그렇지?"

"네에."

"아이고……, 기어코……."

진이의 손목을 잡은 손이 경련하듯 와들대더니 입술이 하얗게 바래며 털썩 주저앉았다가 갑자기 용수철처럼 세차게 튕겨 일어나며,

"그래 어데로 붙들려 갔니? 그저 내가 끼고 있어야 하는 건데. 아이고 원통해라."

"아주머니 진정해요. 무슨 소릴 하시는 거예요?"

"철수, 붙들려 간 곳 말야. 며칠 안 남았는데 내 아들을 그 놈들에게 내주고 말다니. 내가 데리고 있었더라면 어림도 없지. 그래 어디로 데려가는 줄도 모르고 남의 자식이라고 호락호락 내주었단 말이냐? 아이고 분해. 내 새끼 내가 끼고 있을걸. 이년이 그만 귀가 여려서……."

눈에 파란 불이 켜지고 희게 바랬던 얼굴에 다시 핏기가 붉게 떠오른다.

"아주머니 진정하시라니까요. 그게 아니래두요. 언니가 지금 애기를 낳으려고 해서……, 그래서 좀 모셔 오라고 어머니가 그러시길래……, 그래서."

당숙모의 기세에 질려 진이도 까닭 없이 말을 더듬거린다.

"아휴…… 방정맞은 것, 십년감수는 좋이 했겠다. 그래 정말 철수는 아무 일 없고? 어젯밤 이 동네를 샅샅이 뒤졌단다. 천장 속까지 뒤져서 하다못해 전에 통장 보던 이까지 끌어다가 뒷산에서 총살시켜 한 구덩이에 파묻고 말았다지 않니? 철수 때문에 밤새 한잠 못 자고 애를 태웠는데 네가 꼭두새벽에 달겨들어 방정을 떠니 내가 안 놀라게 됐니? 휴우……."

"알았어요. 알았으니 어서 좀 가세요."

"가자고? 응 참, 애를 비릇는다고 했지? 그렇지만 나야 해산관을 어디 한 번이나 구경이라도 해봤어야지. 더군다나 지금은 사지가 떨려서 내가 간다고 무슨 도움이 될 것 같지 않구나. 난리통엔 사람까지 천해지는지 제아무리 귀한 사람도 그까짓 애쯤 쌍것들처럼 쑥 빠뜨려버리게 마련이다. 그런데 너희 집은 웬 유난이 그리 심하냐, 쯧쯧."

썩 못마땅한 듯이 혀를 차더니 금세 또 입을 히죽히죽 벌리고 서성댄다. 당숙모는 지금 아들이 무사하다는 기쁨을 음미할수록 벅차 겉으로나마 친척의 큰일을 거드는 척하는 체면조차 지키려 들지 않는다. 진이 또한 그런 당숙모가 별로 노엽지 않다. 그녀는 자기가 지금 굳이 당숙모를 데리러 왔다고 생각지도 않는다. 자기는 다만 비켜났을 뿐이다. 난리통에 난리통답게 해산을 내버려뒀을 뿐이다. 난리통에도 도무지 난리통답게 사는 것을 받아들일 줄 모르는 답답한 사람들에게 그것을 받아들이고 감당할 기회를 줬을 뿐이다.

"그럼 그만두세요. 하긴 그동안에라도 쑥 빠졌을지 모르죠."
"암 그렇고말고. 난리통에 다 순산하게 마련이야. 내 오늘밤 슬그머니 가볼 테니까 섭섭히 알지 말아라. 낮엔 꼭 누가 뒤를 밟는 것 같아서. 요새 그놈들 극성이 암만해도 심상치 않거든. 애, 진이야……."

은근스럽게 불러놓고 표정이 별안간 소심한 애들처럼 변하더니 점점 더 뚜렷이 아첨의 빛을 나타낸다. 진이는 어리둥절해서,
"네?"
"저어 말이다. 나도 말이다. 나도 애를 데리고 너의 집으로 아주 가 있으면 안 될까? 며칠만, 암, 며칠이면 되고말고. 끝장이 며칠 안 남았어. 그런데 고 며칠이 문제구나. 어젯밤 그까짓 통장나부랭이까지 잡아가는 걸 보니 도무지 마음이 놓여야지."
"안 될걸요. 애기 삼칠일이나 지나면 또 모를까……."
"뭐, 뭐라구? 이 난리통에 사, 삼칠일 기휘를 하겠다구?"
얼굴이 붉으락푸르락, 모진 악담을 퍼붓기는 해야겠는데 미처 생각이 들지를 않아 입술만 떠는 당숙모에게 진이는 제법 커다란 웃음을 던지고 재빨리 돌쳐나와 집으로 달린다.

빨간 아기가 누워 있었다. 생각했던 것보다 훨씬 작고 이마에 주름이 잡힌 예쁘지 않은 아기였다.

산실은 벌써 말끔히 치워지고 흰밥에 뜸이 드는 구수한 냄새와 미역국 끓는 비릿한 냄새가 어울려 제법 경사스럽고 태고연한 화평이 느껴진다.

혜순은 한 손을 아기의 가슴께로 얹고 조용히 오열하고 있었다. 진이는 앙상한 혜순의 손을 자기의 한 손으로 꼭 쥐어주고 다른 한 손으로 아기의 푸른 포대기를 들치고 꼭꼭 묶은 쌀깃을 헤치고 다리 살에 손을 넣어 본다. 아주 부드럽고 따뜻한 고추가 뭉클 만져진다.

"아들이군요."

크게 외칠 것 같았으나 목에 걸려 이상하게 쉰 음성밖에 나오지 않는다. 혜순은 울다 말고 미소를 지으며,

"네, 이놈이 이렇게 조그매도 글쎄 힘이 어떻게 센지 내가 아무리 참으려고 안간힘을 써도 당할 수가 있어야죠. 그냥 마구 뛰어나오잖아요. 아마 굉장한 녀석일 거예요. 난 조금도 힘이 안 들었어요. 그냥 제 힘으로 뛰어나온걸요."

"멋있어요. 뛰어나오다니, 쑥 빠지는 것보다 얼마나 멋있어요?"

"쑥 빠지나니요?"

"아아녜요. 나만 아는 소리."

진이는 얼버무리고 나서도 속으로 자꾸 유쾌했다. 쑥 빠진다는 어감에서 느껴지는 모체로부터의 추락보다는 뛰어나온다는 데서 느껴지는 모체로부터의 탈출은 어린 생명의 의지, 생동감 같은 것이 느껴져서 좋았다. 서 여사는 김이 모락모락 나는 흰밥과 미역국을 들여다가 아기 머리맡에 놓고 삼신할머니께 산모와 아기의 건강을 빌고 혜순에게 권한다. 첫국밥을 달게 먹고 난 혜순은 아기 쪽으로 누워 아까 모양, 아기의 가슴에 사뿐히 손을 얹는다. 충족된 기쁨이 얼굴에 넘친다.

진이는 이런 모자에게 까닭 모를 눈부심을 느낀다. 아기는 가끔 울고 재채기하고 발길질하고 그리고 또 많이 잤다.

"언니, 내가 이 아기 이름 지어도 될까?"

"글쎄요?"

"오빠가 돌아올 때까지 부를 이름이라도 좋아요. 어차피 뭐라고 불러야 할 게 아녜요."

"뭐 좋은 이름이라도 생각났어요? 항렬자도 따라야 할 테고 또 여러 가지 보는 것이 많을 텐데."

"항렬이고 뭐고 따질 것 없이 외자로 찬燦 어때요? 이 애를 보고 있으면 눈이 부시거든요. 이 난리통에 무릅쓰고 뛰어나온 극성이니까 장차도 스스로의 힘으로 빛나는 무엇이 되리라는 예감이 들어요."

"찬? 아주 좋군요. 단박 마음에 들고 말았어요. 오빠도 아마 더 좋은 이름은 못 지을 거예요."

그날 밤 당숙모는 아침에 말한 대로 아이들을 달고 살금살금 도둑 고양이처럼 진이네로 달려들었다. 아기를 보자,

"내 뭐라든? 사람 몸뚱이도 다 신체를 따르는 법이야. 이렇게 떡 두꺼비 같은 아들도 끽소리 한마디 못하고 쑥 빠뜨려버리게 마련이거든."

"정말 저희 집에 계실 작정이세요?"

"응 암만해도 너희 집 신세를 져야겠어. 오늘도 내무서 놈들이 눈

에 핏발이 서서 온 집안을 샅샅이 뒤지며 철수를 내놓으라고 발악을 하는 게, 안 내놓으면 당장 우리들이라도 찔러 죽일 기세였어. 하긴 통장나부랭이도 잡아 죽이는 놈들이 적어도 서승환이 처자를 곱게 놔두겠니? 아유 끔찍해. 먹을 건 철수 몫까지 넉넉히 가져 왔으니 염려 말아라. 흥, 제놈들이 기껏 며칠이나 견딜라구······."

별안간 비밀스러운 즐거움 같은 것이 주체할 수 없이 눈에 넘치더니 드디어 못 참겠는지 진이 귀에 입을 바싹 대고 소곤댄다.

"너만 알구 있어. 인천에 미군이 상륙했어. 엎드리면 코 닿을 인천에. 며칠 안 남았어. 그까짓 거 있는 대로 긁어 먹고 우리 같이 며칠만 넘기자구."

당숙모는 진이가 이 놀라운 소식을 듣고도 기대했던 것만큼의 반응을 나타내지 않자 좀 무색한 듯 입을 다물고 있더니,

"네가 철이 없어 그렇지, 우리 식구 감춰주는 것이 장차 너에게 얼마나 이로울 거라고. 빨갱이들이 여태껏 저지른 행패로 봐서 우리 국군만 들어와 봐라. 아마 빨갱이들은 씨도 안 남기고 죽일걸. 그런데 말이다. 너도, 너도 말이다. 아주 빨갱이짓 안 했다고는 감히 못할 테고······."

"아이, 어머니도."

정옥이가 듣다 못해 다음 말을 가로막으며 민망해한다.

"정옥아, 좁지만 내 방을 같이 쓸까?"

"고마워요 언니."

"그렇지만 너희 엄마 흥정에 넘어간 건 아냐. 흥정은 내가 여태껏

철수 오빠를 숨겨준 것만으로도 충분하다고 생각해, 치사하지만. 난 지금 그냥 친절하고파, 누구에게나."

우리 아가의 이름으로 어찌됐든지 그날부터 여러 사람이 함께 모여 있게 된 것은 다행한 일이었다. 찬이 태어난 날을 고비로 폭격은 한층 심해지고 주택가고 어디고 박격포탄이 밤낮없이 날아들기 시작한 것이다. 언제 죽을지 모르는 전전긍긍한 시간을 여럿이 함께 하는 것은 한결 위안도 되고 견디기도 수월하였다.

어둡고 긴 밤, 지축을 흔드는 폭음과 포성, 마치 죽음의 촉수가 목덜미를 스치는 불길감 같은 쌔앵하는 차고 날카로운 박격포탄의 공기를 가르는 긴 여운. 서울은 온갖 최신 화력으로 격렬한 공격을 당하면서도 아직도 모진 집념과 독기 서린 악의의 지배하에 있었고 이 틈바구니에서 사람들은 이래 죽고 저래 죽고, 앉았다가도 죽고 섰다가도 죽고, 폭격에 죽고 포탄에 죽고, 반동이라 죽고 원한을 사 죽고, 이렇게 파리 목숨만도 못하게 명분 없이 죽어가고도 더 많은 사람들은 아직도 살아남아 죽을까 봐 떨며 끈질기게 평화를 기다렸다.

다만 갓난 찬이만이 그런 것에 아랑곳없이 잘 먹고 또 억세게 잘 울었다. 빨갛고 조그만 발바닥에 손을 대면 발버둥의 힘찬 율동이 손바닥을 통해 전신에 전해오고 그럴 때마다 진이는 이 작은 생명에 연민과 외경이란 상반된 감정을 동시에 느꼈다.

아무리 포격과 폭격이 치열해도 지하실에 우그리고 앉았기에는 아쉬운 청명한 달밤이었다.

8월 추석이 내일모레쯤 될 것 같은, 만월이 아니어서 차라리 더욱 정다운 둥그스름한 달이 하늘 한가운데 걸려 있었다. 달빛에도 풀이 잘 선, 옷감이 분명치 않은 흰 치마저고리를 단정히 입은 서 여사가 장독대 위에 소반을 놓고 소반 위에는 흰 사발에 가득 정안수를 떠놓고 중얼거리며 빌고 절하며 중얼거리고 또 빌기를 한없이 되풀이하고 있었다.

서 여사가 지금 섬기고 있는 신의 이름을 진이는 짐작도 못한다. 부처님인지 예수님인지 혹은 열을 이 세상에 점지했다고 서 여사가 굳게 믿고 있는 칠성님인지.

선조의 제사와 차례를 정성껏 받드는 것 외에는 절에도 교회에도 가본 일이 없는, 미신으로 금기하는 것은 통틀어 "사위스럽다"로 잘 지키면서도 무당 판수네 가본 적이 없는 그녀가 지금 대화를 나누고 있는 신의 이름을 진이는 헤아릴 길이 없다.

다만 너무도 절절한 기원의 자세가 보는 이의 옷깃까지 숙연히 여미게 하며 어떠한 냉엄한 신이라도 움직여놓고 말 것이라는 생각을 어쩔 수 없게 한다. 진이도 이끌리듯이 서 여사 뒤에 숨을 죽이고 선다. 시내 쪽 하늘이 온통 붉게 타고 있었다. 장엄한 광경이었다.

서울 장안이 온통 불붙고 있다는, 그리고 많은 사람이 죽어가고 있다는 생각에 따르는 마음 아픔은 여느 때보다도 가볍게 쉽게 지나가고 엉뚱한 소망이 그녀를 사로잡는다.

열의 무고를 비는 어머니의 간절한 기도에 자기의 진심까지 보태고 싶었던 갸륵함을 그녀는 어느 틈에 잊고 저 화염이 아무쪼록 넓게 퍼져 그녀가 서류뭉치를 맡긴 동숭동의 2층 벽돌까지 삼키기를 비는 것이었다. 숨결이 맞닿을 듯이 가까운 거리에 모녀는 각각 엉뚱하게 다른 소망을 한 그릇의 정안수에 걸고 치성을 드리기를 며칠이나 계속했다.

하늘은 매일 밤 더 붉게 더 넓게 타고 진이는 처음엔 좀 꺼림칙한 가책을 느꼈지만 이젠 마치 백 년 묵은 마녀처럼 터놓고 두려움 없이 몇 장의 종잇조각을 태우기 위해 불꽃이 퍼지고 또 퍼지기를 빌었다. 화염이 하늘을 물들이는 동안에도 더 높은 하늘에서는 여전히 별이 빛나고 달이 찼다.

낮에는 낮대로 각종 전쟁의 무기들이 요란스럽게 머리 위를 오가고 지척에서 터지고 무너지고 하느라 고막이 터질 듯한 가운데도 진이는 문득문득 견딜 수 없는 적막감에 사로잡혔다.

도대체 이웃에고 거리에고 인기척이라곤 없기 때문이다. 문틈으로 빠끔히 내다본 한길엔 사람들의 왕래가 며칠째 완전히 끊기고 담 너머론 아기들의 울음소리조차 들리지 않고 해 저문 창엔 등불도 없다. 고도에 유배된 듯한 절실한 고독감 속에서 우리 식구만이 서울에 살아남은 마지막 사람이 아닐까 두려운 회의를 해보지만 그것을 확인할 길 또한 없다.

"끝장이, 끝장이 시간 문젠데 뭘."

당숙모는 툭하면 끝장을 핑계로 죽을 쑬 것을 밥을 짓게 한다든가, 두 끼 먹던 것을 세 끼씩으로 늘린다든가 하는 일을 자못 자신 있게 명령하고 서 여사도 혜순도 군말없이 따랐다. 그녀는 벌써 이 집의 군더더기 식구는커녕 의젓한 '여주인' 행세였고 끝장과 함께 되찾게 될 자기 생활의 구상에 들떠 있었다. 아무도, 서 여사까지도 조상에게 차례를 못 올리는 자괴는커녕 추석이라는 것조차도 까맣게 잊은 채 1년 중 가장 아름다운 달밤도 지났다.

유난히 청량한 아침이었다. 세숫물을 따르다 말고 머리 위를 지나가는 헬리콥터를 진이는 신기하게 쳐다본다. 아주 낮게 떠서 투명한 기체 속의 두 명쯤 되는 사람의 모습까지 똑똑히 식별할 수 있었다. 협소한 마당이라 보이는 하늘도 좁아서 헬리콥터는 순식간에 지나가 버리고 말아 마치 환각을 본 것 같다. 환각일 수밖에. 그런 앙증맞고 장난감 같은 것이 서울의 하늘이 어디라고 나타날 수 있겠는가. 그러나 또 나타나면 멋진 인사라도 해주고 싶게 기다려진다.

"진이야, 오늘 아침은 왜 이렇게 조용하냐? 우당탕 퉁탕이 뜸하니……."

당숙모의 눈빛이 이상하게 빛나더니 껑충 장독대로 뛰어올라 고개를 길게 빼고 사방을 휘두르다 말고,

"아이고 저게, 저게…… 에구구……."

환성인지 비명인지 분간 못할 기성을 지르고 미친 듯이 장독대를 뛰쳐 내려오더니 진이의 덜미를 낚듯이 끌고 다시 장독대로 뛰어오른다.

당숙모가 미처 손가락질하기 전에 그녀의 시야에 제일 먼저 들어온 교회당의 뾰족한 지붕 위에 태극기가 선명하게 휘날리고 있었다. 하늘이 하도 깊게 푸르러 진이는 눈이 시다. 눈이 시어 눈물이 날 것 같다.

진이는 거리로 쏟아져 나온 많은 군중 속에 있었다. 처음엔 철수 남매와 같이 있었는데 어느 틈에 혼자 붐비는 사람들 속에 섞여 있었다.

어디에고 태극기가 휘날리고 사람들은 오랜만에 하늘을 마음껏 우러르며 환호성을 지르는가 하면 덩실덩실 춤을 추는 이도 있다. 국군이든 미군이든 만나는 대로 열띤 박수와 만세를 보내고 태극기를 흔들고 뜻없는 고함을 고래고래 지르고 웃다가 울고, 문자 그대로 광희가 거리거리를 넘쳤다. 아직도 많은 남자들이, 젊은 남자들이 끝없이 거리로 쏟아져 나온다. 하얗게 센 얼굴과 자랄 대로 자란 머리와 턱수염을 깃발처럼 나부끼며 크게 떠들고 마음껏 웃고 친구를 만나면 얼싸안고 거리는 온통 그들의 차지였다.

김일성의 초상과 이승만 도당, 미제국주의를 저주하던 수많은 벽보는 재빨리 뜯기고, 국군 유엔군을 환영 찬양하는 화려하고 감동적인 문구와 계엄사령부의 무시무시한 포고문이 붙어 있는가 하면 급히 손으로 갈겨쓴 무수한 벽보들이 적색분자, 김일성 도당, 소련의 주구를 저주하고 규탄하고 절치부심 복수를 맹세 다짐하고 있었다.

진이의 시야는 점점 어룽어룽해진다. 끝장이 주는 해방감을 만끽하기도 전에 무언가 또 시작되려 하고 있다는 것을 점점 뚜렷이 느낀다. 그것만이 뚜렷했지 다른 것은 자꾸 희미하고 그냥 흥분한 군중의 움직임에 몸을 맡기고 있었다.

누군가가 저놈 잡아라, 저놈이 빨갱이였다고 소리를 친다. 앞으로만 움직이던 군중이 갑자기 한 점을 향한 소용돌이가 되더니 일제히 죽여라, 죽여라, 죽여라, 이를 부득부득 갈고 발을 쾅쾅 구른다. 누군가가, "우리는 빨갱이처럼 사람을 죽여서는 안됩니다. 이성을 잃지 말고 그자를 경찰에 넘깁시다. 함부로 사람을 죽이는 것은 빨갱이나 할 짓입니다" 하고 외친다. 이런 일들이 진이는 다 꿈속 같다. 다시 군중의 움직임에 몸을 맡긴다. 때로는 박수도 치며 만세도 부른다. 그러나 물에 뜬 기름처럼 군중으로부터 소외된 스스로를 느낀다.

 자기는 결코 누구에게도 "죽여라, 죽여라, 죽여라" 할 수는 없는 것이다. 그러나 누군가가 한마디 "저 년이 빨갱이다" 하기만 하면 지금 이렇게 어깨를 나란히 걷고 있는 군중이 일제히 자기에게 "죽여라, 죽여라, 죽여라" 할 수 있는 것이다.

 한동안 그렇게 걷던 진이는 격앙한 수많은 벽보 사이에 희미한 먹글씨로 초라한 모조지에 아무렇게나 갈겨쓴 '자유주의 만세'란 문구를 본다. 그녀는 이끌리듯이 그 앞으로 간다. 피곤 때문일까 후들후들 떨리던 무릎이 힘없이 꺾인다. 눈에서는 뜨거운 것이 한없이 넘친다.

 그녀는 다시 어딘지 모를 큰길의 군중 속에 있었다. 양쪽 상가가 모조리 불타 있었다. 가도 가도 화염에 그을린 빈 껍데기만 해골처럼 서 있는 폐허였다.

 "빨갱이들이······."
 "죽일 놈들이······."
 군중들은 혀를 차고 노하고 또 복수를 맹세하고, 그리고 복수는 이미 도처에서 행해지고 있었다. 무장한 군복들이 평복에 완장 감고 머리털이 많이 자란 햇빛 못 본 파리한 청년들과 합세하여 사람들을, 아니 빨갱이들을 줄줄이 묶어 가고 있었다. 줄줄이, 줄줄이 잡아가고 있었다.

"다 잡아 죽여야 돼. 모조리 잡아 씨를 말려야 돼."

참담한 폐허 앞에 선 군중의 노여움은 잡아가는 것만으로 풀릴 리 만무했다.

진이는 또 한 번 군중 속을 빠져나와 몹시 피곤한 채로 호젓한 주택가를 걷고 있었다. 집집마다 태극기가 휘날리고 기쁨이 넘친 사람들을 자주 만나며 비스듬한 언덕길을 허덕허덕 오르고 있었다. 그녀는 휴식을 목말라하고 있었다. 오늘의 피곤과, 또 여러 날 겹친 심신의 과로를 쉴 아늑한 고장이 필요했다. 그녀는 향아의 방을 생각하고 있었다.

정결한 흰 벽과 크림색 커튼과 그 사이로 내다보이는 차분하고 우중충한 정원, 그리고 향아!

허덕이며 다다른 향아네 육중한 철문은 웬일인지 활짝 열린 채였다.

마당이 하도 침침하고 조용해서 연거푸 잔기침을 하며 디딤돌을 하나하나 조심스레 디디며 탐색하듯 안채로 향하는데 별채의 유리창으로 흰 얼굴이 보였다. 뛰어나온 향아의 손에 진이의 찬 손이 꼬옥 쥐여졌다. 그것뿐으로 오랜만에 만난 스스럼이 가신다.

방 속은 역시 서너 달 전 초여름의 어느 날처럼 잘 정돈되어 있고 단순한 가구에도 부유함이 기름처럼 흐르고 있다. 이런 부유함이 주는 쾌미감은 실로 얼마만인가? 그동안의 세월이나 난리가 꿈이었던 것처럼 이 방은 평안하고 향아는 그늘 없이 아름답다. 달라진 거라곤 그때 장미가 꽂혔던 흰 자기병에 코스모스가 바뀌어 꽂힌 것뿐.

"아무 일 없었니?"

"응, 너도 별일 없었지?"

"아주 없었다고야……. 아버지가 납치당해 가셨어."

"뭐, 뭐라고? 정말?"

진이는 당황하여 앉았던 자리에서 일어나 방 안을 조급히 서성댄다.

"그랬었구나. 미안하다."

그리곤 뜻이 분명치 않은 '미안' 소리를 몇 번이고 입 속에서 우물우물 되풀이한다.

"얘는 미안하긴? 이렇게 제일 먼저 찾아주었으면 그만이지."

향아는 담담하다.

한참 만에야 다시 향아의 맞은편에 털썩 앉아 새삼스럽게 방 안을 휘둘러본다.

"암만해도 믿어지지 않아. 이 방에도 전쟁이 지나갔다고는. 이렇게 그때와 똑같은데."

"우리 집에서도 이 방만이 그전대로야. 나하고 어머니하고 석 달 동안 여기서 지냈었으니까, 안채에서는 쫓겨났더랬어."

"그랬었구나. 어머닌 지금 어데 계시니?"

"외갓집 식구들하고 안채를 치우고 계셔. 인민위원회 사무실로 쓰느라고 엉망을 만들어놨어. 세간은 고사하고 문짝 하나 제대로 달린 것이 없단다."

"미안해."

"왜 네가 미안해하니? 아까부터 너 좀 이상하구나."

"아, 아니 그런 게 아니라 그저……, 너의 집이 이렇게 될 줄은 정말 몰랐어."

"괜찮아. 다행히 아버진 돈을 많이 벌어놓고 가셨으니까 우리 엄만 그렇게 불행하지만은 않을 거야. 지금도 벌써 외갓집 식구들에게 여왕처럼 떠받들어지고 있으니까."

"그래?"

아직도 진이에겐 돈과 행복이 가깝게 와닿지 않았다.

"그럼 너도?"

진이는 망설이듯 묻는다. 향아는 선선히 대답을 안하고 눈을 방바닥으로 떨군다.

한복을 입은 향아는 오늘이 처음이었다. 조젯 비슷한 하늘하늘하고도 부드러운 옷감에 감싸인 나긋한 어깨의 선이 완전히 성숙한 여인을 느끼게 하고, 옷감의 푸르름 때문일까 얼굴이 어떤 시름 같은 것으로 알맞게 그늘져 있다.

"그럼 너도 너의 엄마처럼 변함없이 행복하단 말이지?"

조급하게 다시 묻는 진이의 목소리는 예의 예리한 금속성이다.

진이는 그 해답이 그렇게 궁금하다. 향아는 푸른 치마폭 속에 얌전히 일으켜 세운 한 쪽 무릎 위의 둥근 부분을 화사한 손으로 뜻없이 슬슬 어루만지며 조용히,

"모르겠어 지금은, 지금은 확실히 행복하달 순 없지만……. 준식 씨가 빨갱이였다는 것. 너무 엄청나 처음엔 믿어지지 않았지만 인제 믿고, 그리고 잊어버려야지. 곧, 곧 다시 행복해질 수 있을 거야, 지금 당장은 아니라도."

드디어 진이는 향아로 하여금 먼저 민준식의 이야기를 꺼내게 한 것이다.

"그렇게 쉽게 잊을 수 있을까?"

"너무 꼬치꼬치 따지지는 말아. 내 문제니까."

그리고 화제를 돌린다.

"아버진 모시 고의적삼을 입고 가셨는데."

"우리 오빠도 모시 노타이 바람으로 갔어."

진이도 덩달아 중얼거렸으나 향아에게 들리지 않을 만큼 낮았다.

"향아야, 향아야."

숨차고 호들갑스러운 향아의 어머니 음성이 들리고 문이 왁살스레 열린다.

"아아니, 너 진이 아니냐?"

"네, 안녕하셨어요?"

"뭐, 안녕하냐고? 요런 앙큼한 년이 있나. 어느 낯짝을 들고 우리 집엘 또 왔어! 이 빨갱이 년아. 경찰이고 치안대고 뭣들을 하느라고

이런 년이 백주에 함부로 쏘다니게 둘까! 거 안에 누구 없냐? 이런 년을 당장 데려다가 서에다 처넣고 오래야지."

"어머니."

진이는 어안이벙벙해 말문이 막히고 향아는 너무도 당황한 나머지 우선 어머니의 입을 손으로 틀어막으며 떠밀려 하나 두둑한 팔이 향아를 가볍게 밀친다.

"향아야, 이 쓸개 빠진 년아. 너도 빨갱이한테 아범 빼앗기고 신랑감 빼앗기고, 그러고도 지긋지긋하지도 않냐? 이년 낯짝에 침을 뱉어서 썩 내쫓지 못하고 네 방엘 또 끌어들여."

향아는 필사적으로 어머니의 어깨에 매달리며 입을 막으려다 못해,

"외삼촌, 외삼촌!"

밖에다 대고 구원을 청한다.

서너 명의 장정이 황급히 뛰어나온다.

"엄마 좀 빨리 모셔다 뉘셔야겠어요. 또 고혈압이 도졌나 봐요."

"뭐 혈압이? 이거 야단났군."

장정들에게 끌려가면서도,

"이년, 뻔뻔스러운 년. 그동안에 네가 한 짓이라면 샅샅이 알고 있다. 이 독한 계집년아. 학교 빨갱이 두목과 단짝이 돼서 남학생들을 모조리 의용군으로 뽑아낸 악독한 년. 누가 모를 줄 알구. 그래도 모자라 소련놈의 비행기 살 돈까지 악착같이 뺏으러 쏘다닌 걸 누가 모를 줄 알구. 우린 다 알고 있었다, 이년아."

점점 멀어져 가는 욕설이 점점 아프게 진이의 귓전을 때린다.

"미안해. 진이야, 정말 미안해. 요새는 신경이 날카로워져 저러시니 네가 이해해줘, 응?"

"너도 알고 있었구나. 내가 그동안 협력했었다는걸."

"응, 그야 넌 6·25 전에도 그랬었으니까 조금도 이상할 건 없잖아?"

"알고도 나한테 그렇게 친절할 수 있었니? 반가운 척도 하고……."

"반가운 척이라니 너무하는구나. 난 정말로 네가 반가웠어. 한때나마 좀 언짢게 생각한 적도 있었지만 널 보자마자 그런 건 곧 잊어버렸어. 넌 퍽 낭패해 있었고 지쳐 있기도 했어. 동정하고 위로하고 팠어. 그것뿐이야."

"내가 너의 어머니가 말한 그대로라도?"

"그럴 리는 없어. 네가 모질지 못하다는 건 내가 더 잘 알고 있으니까."

억양 없이 잔잔한 목소리와 가식 없는 눈동자가 진이를 다시 마음 놓이게 했으나 그녀는 마음을 다잡아먹는다. 동정받는 입장이라는 견딜 수 없는 굴욕에서 허우적거리듯이 일어난다. 그녀는 자기 속의 악마가 독사처럼 머리를 드는 것을 꿈틀 의식하며 차게 웃는다.

"고마워, 동정해줘서. 실은 너에게 꼭 이야기할 게 있어."

"뭔데?"

향아는 의아해하며 눈을 깜박인다.

"이런 이야기까지 하려고 온 건 아니었는데, 네가 하도 너그럽고 훌륭해서 모두 이야기해버려야 나도 개운할 것 같아."

"우리 사이에 어떤 머리말이 그렇게 기니, 어서 얘기해봐."

향아는 가볍게 대꾸하려 하면서도 무언가 불안을 감추지 못한다.

"너한테, 못할 짓을 내가 저지르고 만 것 같아. 용서해줘."

"글쎄 무슨 일인지 속시원히 얘기를 해야 용서고 말고 할 게 아냐."

그러나 진이는 의식적으로 난처한 기색을 하며 대답을 미적미적 미룬다.

그녀는 자기가 즉흥적으로 준비한 연극의 클라이맥스를 어디쯤 설정할까를 궁리하며 되도록이면 아직은 그냥 짜릿한 추이만을 음미하려 든다.

"그래서 어쨌다는 거야? 사람 좀 작작 놀리고 얘길 하라니까."

향아는 드디어 짜증이 나고 만다.

"네 피앙세 준식 씨 말야."

"그래 준식 씨가 어쨌다고?"

향아는 완전히 평정을 잃고 목소리가 가늘게 떨린다.

이제 곧, 그래 곧 내가 너를 동정할 차례다. 결코 나는 내가 너로부터 동정받고 있는 동안을 오래 견딜 수는 없는 것이다. 진이는 고개를 든다.

"준식 씨만의 얘기가 아냐. 그와 나의 얘기야. 우린 사랑하고 말았어. 무분별하게 뜨겁게. 그 끔찍한 나날에 더군다나 네 약혼자와 내가 그럴 수 있었다니……. 그러나 어쩔 수 없었어. 용서해줘."

용서를 비는 말투가 너무도 오만하다.

이야기를 듣고 난 향아는 진이 쪽엔 등만 보인 채 고개를 푹 꺾어 잘 닦여진 투명한 유리창에 이마를 댄 자세로 한동안 서 있다.

창밖의 나무들도 으스스 떤다. 향아의 어깨도 조금쯤 떠는 것 같다.

자기 말의 효과가 예상했던 것보다 훨씬 향아에게 치명적이라는 걸 알자 비로소 진이는 잔인한 쾌감을 느낀다. 그리고 마지막 일격을 가하는 것까지 잊지 않는다.

"너 아까 그랬지? 그이를 잊겠다구. 그이를 잊고 다시 행복해질 수 있을 거라구. 한결 마음이 놓여. 내 죄도 좀 가벼워지는 것 같구."

향아가 휙 돌아섰다. 눈물 자국 같은 건 없었다. 의연함을 돌이키고 다만 잠시 추위를 탔던 것처럼 약간 얼굴이 창백해 보일 뿐이다.

"그인 지금 여기 없잖아? 선택은 그이가 할 문제야."

메마르게 갈라진 목소리엔 만만치 않은 뼈가 있었다.

"선택은 행해졌다고 보는데."

진이는 수모를 참지 못해 몸을 떨며 따지듯이 대든다. 향아는 다시 유리창으로 몸을 돌이키고 아까처럼 떨지는 않으려는 듯이 어깨를 모나게 강직시킨 채 혼잣말처럼 중얼거린다.

"그럼 그인 왜 너를 두고 갔을까? 사랑하는 이를 두고 북쪽으로……. 나는 그이가 북으로 갔다는 소식을 들은 후 쭉 그 생각만 했더랬어. 그때는 물론 나를 위해, 그가 나를 사랑하지 않기 때문이려니 괴로웠지. 이제는 너를 위해 똑같은 생각을 하게 되는구나, 나를 위해 그런 생각을 할 때보다 훨씬 가벼운 기분으로 그 생각을 할 수 있다 뿐."

향아의 목소리는 잔잔했으나 진이는 호되게 한 대 얻어맞은 것처럼 아찔했다.

"흥, 넌 몰라 그이를. 그이는 그렇게 하지 않을 수 없었어."

악을 쓰다시피 했으나 공허하게 울렸다. 향아는 그대로 서 있고 우중충한 정원수 사이로 황혼이 기어들기 시작한다.

진이도 으스스 추위를 느꼈다. 변변한 작별인사도 없이 향아의 방을 나온 진이는 정원을 지나 아직 활짝 열린 채인 철문 밖에 선다.

삭막함이 전신을 엄습하고 다시 한 번 온몸을 떤다.

단 하나의 친구를 잃은 서운함은 벌거벗은 것처럼 춥고 허전했다. 그녀는 아까 푸른 저고리 밑에서 향아의 나긋한 어깨가 그렇게 떨던 까닭을 알 것 같았다. 우정을 잃고, 대신 얻은 것은 무엇일까? 사랑? 당치도 않다고 진이는 부인한다. 서로 사랑하는 사이라면 반드시 충족된 영혼의 기쁨이 따르리라고 그녀는 막연히 생각하고 있었다.

그러면 민준식과의 사이에 있었던 것은 무엇이란 말인가? 그 뜨겁고 생생하던 것은 무엇이란 말인가? 그녀는 그가 남긴 감각의 쾌감만을 충실하게 기억하고 있을 뿐 그의 영혼은 풀 수 없는 수학처럼 그녀를 곤혹시킬 뿐이다.

그는 멀다. 죽어버린 것처럼. 예리한 아픔이 깊숙이 찔려온다. 그렇지만 향아로부터도 그는 먼 것이다. 어떤 아픔에도 진정제는 마련돼 있게 마련인가.

한길은 빠르게 어두워지더니 낮 동안의 흥분을 거짓말처럼 감춰 버리고 계엄령하의 삼엄함을 유감없이 떨친다. 통금을 여덟 시로 앞둔 시가는! 민간인의 통행이 뜸하고 무장한 군복과 중장비의 군용차량의 움직임만이 활발하다. 폭격이 없다 뿐, 그리고 포성이 북으로 옮겨졌다 뿐 서울은 아직도 전쟁의 격랑 속에 있었고 낮 동안의 흥분과 환성은 그 격랑의 포말이었던가 싶다.

아직 희미한 어두움 속에 경찰표시가 뚜렷한 누런 지프차가 바로 자기 집 앞에 머물러 있음을 본 진이는 가슴이 철렁 내려앉는다. 드디어 올 것이 온 셈인가. 운전석에 군복을 입은 젊은이가 껌을 짜닥짜닥 씹으며 앉아 있다.

진이는 자기 집 앞을 예사로운 행인처럼 지나쳐 가다가 어두운 곳에서 사방을 돌아보고는 다시 집 앞으로 돌쳐와 결심한 듯 큰기침을 하고 고개를 곧추세우고 문을 연다. 마루에 군복을 입은 덩치 큰 사람이 의젓하게 앉아 있었다. 진이는 도전하듯이 어깨를 모나게 추스르고 그 앞으로 다가간다.

"어딜 이렇게 늦도록 쏘다니니? 더군다나 넌 좀 근신하고 있어야 할 처지가 아니냐?"

의외에도 당숙 서승환 씨의 굵은 목소리였다. 나무라면서도 그는 아주 기분 좋아 보였다.

진이도 추슬렀던 어깨를 내리고,

"어머나, 아저씨였군요. 무사히 돌아오셔서 기뻐요."

"그럼 누군 줄 알았니?"

"난 꼭 날 잡으러 온 줄 알고 대문 밖에서 도망치려다 말고 들어왔어요."

"허허허 계집애도. 그래도 제 죄는 아는 모양이군."

서 여사는 노골적으로 아첨의 웃음을 띠고 서승환 씨 옆에 비실비실 쭈그리고 앉더니,

"실상 진이도 뭐 크게 못된 짓은 안 했네. 처음엔 좀 일도 보는 척했나 보네만 열이까지 붙들려 가고는 그저 집안 식구 굶기지 않으려고 가진 몹쓸 고생 다 하느라 빨갱이짓 할래야 할 새가 있었나. 그러면서도 구미구미 얼마나 극진히 철수를 보살폈다구······."

"누님, 다 알고 있으니 염려 마세요. 제가 있는데 설마 진이 하나 못 봐주겠어요. 그러니 꼭 붙들어 들여앉히세요. 쏘다니다가 길에서 혹시 앙심 먹은 사람이라도 만나서 고발당하면 미처 손쓸 새도 없으니까요. 더군다나 군기관으로 잡혀가기라도 하는 날이면 그날로 목숨이 휙 날아가기 십중팔구죠. 세상은 군인 세상이니까."

"아유 끔찍스러워. 그저 자네만 믿고 있겠네."

"염려 마세요."

그리고 서승환 씨는 미리 준비했던 듯, 돈이 든 듯한 봉투를 서 여사의 무릎 밑에 넌지시 밀어넣으며,

"이번에 저 없는 동안 철수 일로 누님께서 너무 고맙게 해주셔

서……."

"원 별 소릴, 친척 좋다는 게 뭔가?"

고마워 쩔쩔매는 것은 오히려 서 여사 쪽이었고 서승환 씨는 시종 떳떳하고 의젓해 보였다.

대문 밖까지 배웅 나온 서 여사는 사랑스럽게 지프차를 바라보며 운전수에게까지 깊게 고개를 수그리는데 이웃 은행집 할머니가 지나간다. 서 여사는 여봐란 듯이 벌써 올라탄 서승환 씨 옆으로 다가가,

"이렇게 잘돼 돌아와 기쁘지만 피난생활에 얼마나 고생이 많았나? 그저 자네가 있어야 집안내가 든든하이."

필요 이상 크게 말하고 서승환 씨의 군복을 쓱쓱 쓰다듬는다. 은행집 할머니가 어리둥절 보고 섰다가 고개를 갸우뚱하더니 집으로 들어간다.

진이는 처음 본 어머니의 교활한 처세술에 미움과 측은함을 동시에 느낀다.

10월

사람들이 거리를 마음대로 다닐 수 있고 지껄이고 싶은 것을 마음대로 지껄일 수 있는 세상이 돌아왔다. 여자들은 석 달 동안의 궁상 맞고 너절한 탈을 벗고 하루하루 아름다워지고 요즈음 부쩍 는 남자들의 군복과 좋은 대조를 이루었다.

군인도 순경도 청년단원도 종업원도 온통 군복차림으로 자랑스럽게 거리를 누볐다.

군복은 전시의 예복, 남자들은 그런대로 늠름하고 멋이 있었다.

곱게 화장한 여자들의 아름다운 비단옷을 마냥 볼 수 있다는 건 얼마나 큰 즐거움인가? 여자들이 아름다운 거리, 낙엽 지는 가로수 밑에서 애국이 아닌 생각, 자기만의 미래라든가 사사로운 행복의 꿈을 마음껏 펼 수 있다는 것은 또한 얼마나 크나큰 기쁨일까?

정부도 환도했다.

그러나 여자들이 석 달 동안 무자비한 붉은 태양에 거칠게 탄 피부를 불과 며칠 새에 감쪽같이 희고 매끄럽게 매만지는 것 같은 요술을 정부는 부릴 줄 몰랐다. 실상 석 달 동안의 상흔은 쉽게 아물리기에는 너무도 컸지만 붉은 발길에 짓밟힌 갖가지 희생은 착착 드러나고 집계되고 발표되어 그 엄청난 전모에 누구나 경악했다.

국민들은 분노했다.

그러나 그들의 분노가 북괴의 만행을 향하는 데만 그쳤을까? 어쩌면 그 분노에는 그 끔찍한 만행의 발길 아래 무방비의 국민들을 내던진 채 살짝 도망가버린 정부에 대한 원한도 곁들였음 직하건만 정부는 끝내 오만했다.

오만, 다만 승리자만이 걸칠 수 있는 권위 있는 의상. 그러나 관용 또한 승리자만이 띨 수 있는 품위 있는 미소가 아니었을까?

그러나 승리자는 좀처럼 미소를 띠려 들지 않았다.

수도는 철통같이 방위되고 있으니 안심하라는 빈 목소리만 남기고 귀하신 몸들은 걸음아 날 살려라 하고 미리미리 도망쳐버린 비열하고 파렴치한 배신에 대해선 한마디의 사과도 없이 다만 무자비한 복수만을 허용했다. 고발과 복수는 도처에서 횡행하고 경찰서다 헌병대다 특무대다 청년단이다 다 나서서 부역자를 잡아들이고, 심문하기 전에 고문부터 하고, 고문하기 전에 죽이기부터 하는 일이 비일비재인 혼란의 몇 날이 계속되었다. 큰아들을 반동이라고 빨갱이들에게 빼앗긴 집에서 작은아들이 빨갱이라는 이름으로 붙들려

가는 꼴을 보아야 하는 일도 심심찮게 일어났다.

한 형제 중에서 국군과 인민군이 나고 이래서 어머니들은 늘 편치 못했다. 오죽해야 무자식 상팔자라고까지 어머니들은 한숨지으며 생각하는 것일까?

진이의 나날도 바늘방석에 앉은 듯이 불안했다. 아침이고 저녁이 고간에 꼭 하루 한 번쯤은 진이네 집 앞에서 멎는 서승환 씨의 지프차가 요즈음의 진이네 형편으론 가장 큰 빽이었다.

"오늘 아침엔 글쎄 은행집 마나님이 나한테 먼저 인사를 하더라. 그 거만한 마나님이."

서 여사는 입을 벌름대며 좋아했다. 동네서 빨갱이 두목의 집으로 지목되던 진이네가 아직 별고 없음은 서승환 씨의 지프차 덕인 것은 말할 것도 없다.

향나무집 앞에도 지프차가 매일 멎었다. 그 집 둘째아들이 대위라고 했다.

동네 사람들이 눈을 휘둥그렇게 뜰 만큼 그 집 생활은 하루하루 윤택해졌다. 전진을 멀리한 채 오직 이권만을 탐하는 장교들과 그들의 가족이 여기저기 생겨났다.

전쟁도 이 나라의 지병인 부패에 경종이 될 수는 없었다. 장사에 열중한 장교와 총 대신 사모님 부엌 시중들기를 열망하는 사병과, 사치와 특권을 마음껏 누리는 사모님족이 생겼다. 목불인견의 부패상이 도처에 있었으나 그러나 성급히 절망할 것은 아니었다. 왜냐하면 그보다 훨씬 더 많은, 몇천, 몇만 배 더 많은 장병들은 초인적인 용감성을 보여 전선은 신속하게 북상하여 갔기 때문이다.

그들의 가족에게야말로 어떤 특권이라도 주고 싶게 그들은 묵묵히 용감하였다.

남하했다 돌아온 권력층의 뻔뻔스러움도 볼 만했다. 끝내 국민 앞에 한마디의 사과도 없이 남하만을 코에 훈장처럼 걸었다.

아니꼬웠다. 그러나 구토를 달랠 방법은 얼마든지 있었다.

마음에 맞는 사람이 몇 명만 모이면 속시원히 욕해줄 수도 있었고, 점잖게 그들을 타이르는 신문의 사설도 볼 수 있었고, 높고 귀하신 분들이 우스꽝스럽게 풍자된 만화도 볼 수 있었으니까. 높은 분의 근엄한 초상화 대신 엉망으로 찌그러뜨리고 마음껏 우그러뜨려 놓은 만화를 볼 수 있다는 것은 얼마나 시원하고 행복하기조차 한 일일까?

10월의 포도는 스산하기만 했다.

제법 낙엽이 뒹굴기 시작하고 어수선하게 나붙은 벽보가 바람에 찢겨 흔들리는 것이 남루처럼 보기에 딱했다. 그러한 벽보 속엔 각급학교의 등교날짜나 장소 같은 것도 섞여 있었다. 진이는 망설이다 설레이다 침착하지 못했다. 괴뢰군에게 밥해준 식모까지 붙들려 간 후 종적이 묘연한 세상이었다. 진이에게도 마땅히 받아야 할 벌이 마련되어 있을 것이다. 받아야 할 벌을 숙제처럼 남겨놓고 있다는 것은 꺼림칙하기 짝이 없는 노릇이었다.

서승환 씨 말대로 우선 집에 박혀 있는 것이 가장 안전할 것 같았으나 낯선 사람이 밖에서 찾기만 하면 소스라치게 놀라는 습성은 좀처럼 가라앉지 않았다.

"저 여자 여맹에 있었는데……."

길에서 손가락질 한 번으로 젖먹이를 업은 엄마가 애기와 함께 감방 신세를 지는 예도 수두룩했다. 고발당하고 고발하고 이웃의 입은 두려웠다. 노란 무궁화가 몇 개나 달린 서승환 씨가 입을 막아주고 있다는 것에 안심하고 있을 수만은 없는 노릇이었다. 어리석게도 말보다 더 무서운 뚜렷한 증거를 그녀는 남겨놓았으니까.

어느 날 서승환 씨는 요새 바싹 수척해진 진이가 보기에 안됐던지,

"학교나 슬슬 나가 보지 그러니? 학생심사가 한창인가 보던데. 애써 들어간 대학인데 졸업을 해야지."

"오빠도 없는데 무슨 수로 팔자 좋게 대학을 다닐 수 있겠어요."

"오빠가 없을수록 네가 아들 노릇해야지. 학비쯤이야 나라도 어떻게 안될라구."

"학비는 장차의 문제고 당장은 그게 아녜요. 두려워요. 부역학생으로 받아야 할 벌이."

"너야 뭐 신입생이었으니까 학교에 대한 애착으로 그동안 좀 나간 게 되겠지. 인제 좀 질서가 잡혔으니까 마구잡이로 다루는 일은 없을 게다."

"전 당원까지 될 뻔했었는데두요."

"그랬었어?"

서승환 씨의 얼굴이 잠깐 어두워진다.

"언제 당해도 한 번은 당할 거니 부딪혀보려무나. 학교마다 부역

학생 문제로 골친가 보더라만 특별한 경우가 아니면 경찰 신세 안 지고 학교 자체 내에서 훌륭히들 해결짓고 있으니까 크게 떨 건 없어. 넌 또 계집애고……."

특별한 경우, 결국 그것이 문제였다.

서승환 씨는 곧 돌아갔다.

진이는 오랜만에 천변가 큰길을 천천히 거닐어본다. 노랗게 물든 수양버들잎이 지저분한 개천물 위로 떠내려가고 옷깃에 스치는 바람이 완연한 가을이다.

뒤집에서인지 애조 띤 유행가의 가락이 은은히 들려온다. 뭉클하니 슬퍼진다. 슬프고도 감미로운 것, 조금도 정수리에 무게를 주지 않는 투명한 대기, 그러면서도 온갖 사람 사는 재미, 온갖 사람다운 가능성이 용해된 대기, 사람스럽고자 하는 것이 방해받지 않아도 되는 이 기쁨, 이런 것이 자유라는 건가. 개천 건너로 성북서 뒤뜰이 보이고 밧줄 같은 것으로 대여섯 명씩 한데 묶인 여자들이 트럭에 오르고 있는 것도 보인다. 묶여서 동작이 자유롭지 못한 것을 순경이 총대로 찌르며 무어라고 욕설까지 하고 있는 것 같았다.

트럭은 어디론지 떠나고 아직도 많은 여자들이 남겨져 있다. 간혹 아기 업은 여자까지 섞여 있는, 한결같이 볼썽사납고 추레한 채 빨갱이라는 낙인만이 선명한 이들로부터 진이는 황망히 눈길을 돌린다.

지금 누리고 있는 자유가 위태로워 걸음까지 몇 발자국 비틀거린다. 학교를 포기하고 자유를 살 수 있다면 그까짓 대학의 대학이라는 S대쯤 몇 번 모른다 해도 아까울 것이 없을 것 같았다.

그러나 한 번 시련은 그녀가 부딪치지 않아도 어차피 찾아올 것이 뻔했다.

군복과 사복이 섞인 서너 명의 청년이 살기등등한 채 진이를 지나쳐 진이네 집 쪽으로 간다.

그녀는 빳빳이 긴장하고 그들이 아무 일 없이 자기 집을 지나치고 나서야 한숨을 크게 내쉰다.

그러고는 또 괴로운 주저를 되풀이한다. 결국 이렇게 조마조마하게 닥치기를 기다리느니 차라리 부딪치기를 택하리라 마음먹는다.

교사校舍는 미군이 차지하고 있었다.

학생의 등록을 접수하고 심사하는 곳은 역시 동숭동의 어떤 교수 관사였다.

그 일대가 온통 학생투성이었다. 오래간만에 만난 친구끼리 서로 크게 웃으며 무사했던 것을 축하하고, 그동안 겪은 고생담을 늘어놓느라 좀처럼 헤어질 줄을 몰랐다.

집집마다 은행잎이 노랗게 물들고 있었다.

진이는 학생들이 출렁이는 골목을 지나쳐 비스듬한 비탈길을 올라 다시 한 번 2층 벽돌의 ×호 관사 앞에 섰다. 그 집에도 은행잎이 물들고 꼭 한군데 2층 창이 열린 사이로 책을 읽는지 고개를 숙인 채로 움직이지 않는 소녀의 옆얼굴이 보인다. 꼭 은행잎처럼 짙노란 커튼의 풍요한 주름이 창마다 드리워져 있다.

화염에 싸이기를 그렇게 애타게 빌었던 이 집은 이렇게 무사할 뿐

더러 평화롭고 행복해 보인다.

수그렸던 소녀의 얼굴이 창밖으로 돌려지자 진이는 황급히 그 집 앞을 물러났다. 그러고는 어느 담 그늘에 숨어 얼굴 표정을 고치느라 애쓴다.

잔칫집같이 흥겹게 북적대고 기꺼움이 충만한 곳에 어울릴 표정은 좀처럼 지어지지 않은 채 그녀는 오던 길을 천천히 돌쳐가 학생들이 넘실대는 처음 골목으로 들어선다.

쓰랄 때는 아무도 쓰려들지 않던 교모까지 쓴 학생도 섞인 담소의 무리가 정원이며 복도에 충만해 있다.

그녀는 고개를 푹 숙이고 재빨리 등록용지만 받아들고 호젓한 구석을 찾아가서 만년필을 꺼낸다.

철학과 1학년 하진

송구스러워 몸을 움츠리듯이 될 수 있는 대로 작게 쓴 이름자가 채 끝나기도 전에,

"하진? 아니 학생이 바로 하진이란 말요?"

잘 울리는 굵은 음성이 놀란 듯이 소리친다. 얼떨결에 이름자를 두 손으로 감추며 돌아다본 진이의 눈에 놀란 듯이 이쪽을 보고 있는 여러 개의 얼굴이 들어온다.

"감찰부장, 감찰부장, 드디어 하진이가 나타났어."

바로 등 뒤에서 제일 먼저 진이의 이름을 본 굵은 음성은 큰 수훈

이라도 세운 듯이 의기양양 '감찰부장실'이라는 쪽지가 붙은 구석진 방에다 대고 고함을 친다.

이번엔 복도와 홀에 빽빽이 들어섰던 얼굴들이 거의 다 진이에게 쏠린다.

"설마 저 여자애가?"

아주 놀란 듯한, 또는 설마 하고 믿지 않으려는 듯한 얼굴들이 진이의 아래위를 자꾸자꾸 훑어보고 저희끼리 수군거린다. 그제서야 진이는 자기가 얼마나 유명해져 있나를 안다.

재빨리 달려나온 비교적 나이 어린 남학생에게 어깨를 잡힌 채 그녀는 감찰부장실로 끌려 들어갔다. 그곳에서 그녀는 바로 한 달 전 자기가 꼼꼼히 정리해 ×호 관사에 맡겼던 서류들이 샅샅이 펼쳐져 있음을 본다. 수치심으로 전신이 화끈 달더니 관자놀이에 욱신한 아픔이 온다.

그것은, 그 화근덩어리는 바로 자기가 챙긴 거였고 소멸시킬 수도 있었던 것이다.

그러면 그 화근덩어리를 소멸시키기를 삼간 스스로의 저의는 무엇이었을까? 그것들이 훗날 어떤 진상을 증언해야 된다고 생각했던 것일까? 비열하기보다는 차라리 떳떳하게 처벌받기를 택할 용기와 각오가 있었던 것일까? 아니다. 아니다. 그때까지도 난 인민군의 패주를 믿지 않았던 것이다.

감찰부장은 처음 아주 매정스럽게 진이를 노려보다가 별안간 껄껄 호걸 웃음을 웃는다.

"지독한 악녀인 줄 알았는데 기대에 어긋나는데."

"선량한 척, 소심한 척……, 그게 더 무섭다는 걸 알아야지. 자넨 괜히 큰코다치지 말고 사람 잘 다루게."

소파에 비스듬히 앉아서 눈을 가느스름히 뜨고 진이를 바라보던 학생답지 않은 사치한 신사복 차림이 능글거린다.

"그렇지, 옳은 말씀, 인면수심이렷다."

감찰부장은 다시 얼굴을 딱딱하게 굳힌다. 웃을 때와 골났을 때가 대조적인 재미있는 얼굴이었다. 그는 턱으로 진이에게 앉기를 권하고 그녀의 자서전을 대강 훑어보더니,

"과연 대단하구먼 그래. 오빤 지금 어디 있지?"

"의용군으로 끌려갔어요."

"뭐라구? 웃기지 말아요. 우리가 이만큼 인간적으로 나오면 그쪽에서도 생각이 있어야 게 아닌가. 당원 나으리가 끌려가다니 말이 나 돼."

"오빤 끌려갔어요. 난 똑똑히 본 걸요."

"그것 보라니까, 빨갱이하고 어디 인간적 흥정을 잘해보게나."

소파의 신사가 다시 한 번 참견한다.

"여봐 여학생, 난 지금 당장 이 위대한 자서전과 함께 학생을 경찰로 넘길 수도 있어요. 경찰로 넘어가면 어찌 되리라는 것쯤 모르지는 않겠지? 그러니 학원 내의 일에 경찰을 개입시키지 않으려는 우리의 너무나 인간적인 고충을 역이용하려는 그 뻔뻔스러운 태도를 고치는 게 어떨까."

"재미있어. 일급 구경거린걸. '인간적'이 빨갱이에게 애걸하는 폼이."

소파의 신사는 정말 재미있어 죽겠나 보다.

"제발 구경을 하려거든 조용히나 좀 해주게. 그리고 여학생, 빨리 대답을 해줘야지 난 바빠."

진이는 입을 다문 채 대꾸를 안 한다. 어차피 빨갱이인 것을, 결국은 당하는 데까지 당하게 될 것을 구차한 수작으로 소파의 신사복을 점점 더 재미있게 해줄 것까지야 없지 않은가?

"여봐, 사람을 이렇게 깔보기가? 자기 소개를 하지. 난 이런 사람이야."

감찰부장 눈에 반짝 노기가 빛나더니 그 뭉치 속에서 늘 최치열이가 가지고 다니던 반동학생 명단을 꺼내 1급 반동 중에서도 둘째 번 되는 손진섭이란 이름을 가리킨다.

반동명단을 복사해서 각 기관으로 보내는 일은 진이도 꽤 여러 번 하였으므로 거의 다 눈에 익은 이름이고 특히 1급 반동은 외고 있을 정도였다.

"그러세요! 뵙긴 처음이지만 이름에 주소까지 외울 정도로 알고 있었어요."

"찾아다녔나, 날?"

"아아뇨. 그 명단을 수없이 복사했었더랬으니까요."

"왜?"

"여러 상부기간에 보고하느라고요."

"그 외엔 또 무슨 일을 했나?"

"그 서류뭉치 속에 있을 거예요. 지도에 붉은 칠을 한다든가 포스터를 그린다든가……."

"응, 봤어. 그리고 또."

"비행기 기금을 모금하러 다녔어요. 그 실적도 거기 있을 거예요."

"그랬던가."

그는 서류뭉치를 뒤적이더니 그래프를 꺼내 살핀다.

"알겠어. 별로 좋은 협조자도 아니었다는 걸 나에게 보일 속셈인 걸. 그건 그렇고 이 서류뭉치의 내용에 대해 어떻게 그렇게 잘 알고 있지?"

"제가 챙겼어요. ×호 관사에 맡긴 것도 저고요."

"그거 참 아깝게 됐군. 이렇게 될 줄 알았더라면 슬쩍 없애버렸을 것을 그랬지? 그렇지만 아마 그때까지만 해도 영용한 인민 군대의 승리를 확신했겠지."

소파의 신사복이 또 이죽대며 진이 옆자리로 옮겨 와 떨썩 앉더니 큰 소리로 진이의 자서전을 읽는다.

기름진 목소리에 적당한 억양까지 넣어가며 읽어 내려가는 동안 그녀는 대로상에 치부를 드러내놓고 서 있어야 하는 것 이상의 수치심을 간신히 견딘다.

"대단한 게 걸려들었군. 잘 요리해봐요."

다 읽고 난 신사복은 소파에 가서 다시 비스듬히 앉아 담배를 피운다.

자서전을 읽는 동안 미간을 깊게 주름잡고 있던 감찰부장은 주름을 풀지 않은 채,

"최치열의 행방이나 거처를 아나?"

"글쎄요, 월북했으려니 짐작하고 있을 따름이에요."

"그쯤 짐작은 누구나 할 수 있어. 우린 좀 더 구체적인 단서가 필요해."

"전 아무것도 몰라요."

처음으로 감찰부장의 얼굴에 분노와 증오가 잘 취하는 술처럼 확 오른다.

"한 번도 본 적이 없는 나에 대해선 주소까지 외고 있으면서 석 달 동안이나 상전으로 모시던 최치열에 대해선 아무것도 모른다고 일관하긴가?"

"자네 너무 흥분하지 말게. 여성 동무와 흥정을 하자면 그만 일이야 보통이지. 자넨 아직 빨갱이들의 생리를 몰라. 그렇게 물어 보느니 차라리 안 묻는 게 속편하지. 빨갱이들, 더군다나 여성 동무들은 손톱 밑에 말뚝이 박혀도 두어 마디 불까 말간데, 자네의 그 '인간적'으론 어림도 없을걸. 정신 바싹 차리게."

신사복의 말에 진이는 무심코 무릎에 얹었던 손을 들어 손톱을 내려다본다. 좀 멋없이 길기만 한 손가락 끝에 짧게 깎은 타원형의 조그맣고 빈약한 손톱은 자기 육체의 일부가 아닌 듯이 예쁘고 가련하다고 생각하며 내려보다가 고개를 드는데 역시 진이의 손톱을 보고 있던 감찰부장 손진섭의 시선과 맞부딪친다. 어느 틈에 따뜻한

시선이었다.

"빨리빨리 결단을 내리게. 붙들고 있어 봤댔자 자네 실력으론 별 소득이 없을걸세. 제꺽 서로 넘기든지. 그럴 리야 없겠지만 자네의 그 박애주의를 발휘하든지."

잠시, 그러나 진이에게는 퍽 긴 듯한 침묵이 흘렀다.

"박애주의로 결정했네."

장난기와 단호함이 반반씩 섞인 듣기 좋게 쾌활한 음성이었다.

"말뚝을 박기에는 너무도 어린 손톱이야. 눈매가 정직하고."

쾌활함에 약간의 감상을 곁들인다.

"쯧쯧 이래노니. 석달 동안에 모다 조금씩 돌았단 말야. 남하해 갖은 고생 다하고 돌아와 보니 일 처리들 하는 꼴이라니⋯⋯. 피난 고생을 모르고 편히들 있어 나서 정신들이 말짱 썩었단 말야."

"자네 말 좀 삼가게. 빨갱이들 잔혹상에 이가 갈리는 건 남하한 자네들보다 남아서 실제로 겪은 우리들 쪽이 훨씬 더할걸세."

"그래서 그렇게 관대한가?"

"물론 적색분자를 색출 처벌하는 데 준엄해야겠지. 그러기 위해선 한 사람도 억울하게 처벌당하는 자가 없게끔 한층 세심해야 하지 않을까?"

"그 이야기와 이 여성 동무와 무슨 관계가 있나?"

"있지. 아까 이야기한 걸 한 걸음 더 나아가서 생각할 수도 있지 않겠나? 그들에 대한 적개심이 피난 간 자네들보다 붉은 치세를 겪은 우리들이 더하다면, 그 치세 동안 줄창 숨어 산 우리보다 그들과 손을 잡고 속속들이 그들을 안 사람들 중에야말로 이가 갈리게 그들을 미워할 사람이 있다고……."

"흥 어렵군, 복잡하기도 하고."

픽 웃더니 아주 소파에 눕고 만다. 여태껏 밉상을 떤 간으론 길게 언쟁할 것 같지 않게 천하태평의 얼굴이었다.

"그래, 등록은 했나?"

"하다 말았어요."

"저 사람하고 얘기하는 것 들었지? 학생도 내가 말한 그런 케이스이길 바라는데."

진이는 고개만 숙였다.

네 그렇습니다 하고 단숨에 시인하긴 너무도 염치가 없다. 잠깐 꺼내 보인 떡에 허겁지겁 매달리는 것보다 훨씬 더 치사하다고 생각하면서 실상은 내심 허겁지겁하고 있었다.

어떻든 그녀는 아무 일 없이 감찰부장실을 나올 수 있었다. 당분간은 자유로운 공기가 그녀의 것이었다. 그러나 복도의 여러 시선은 차고 날카로워 그녀의 조그만 몸뚱이를 가차없이 찔렀다. 비실비실 한 쪽 구석으로 몸을 웅숭그리고 쓰다가 만 등록용지의 빈칸을 메우려는데 누가 어깨를 툭 친다.

순덕이었다. 눈물이 솟을 만큼 반가웠다.

"왜 이제 나왔니? 매일 혹시나 하고 살폈었는데."

"겁이 나서 매일 벼르기만 했어."

"겁이 무슨? 난 벌써부터 나왔었는데."

"난 너하곤 또 달라."

"하긴 넌 6·25 전 경력 때문에 좀 다르게들 보는 것 같더라만……."

"다르게 보는 정도가 아냐, 아주 유명해졌더군."

진이는 남의 말하듯이 말하며 문득 외로워진다. 순덕은 변함없이 다정했다.

"미스터 유하고 현 만나보지 않을래?"

"보고프긴 하지만……."

"와봐. 마당에들 있을 거야."

그들은 마당 한가운데서 좀 떨어진 충충한 측백나무 밑에 둘이서만 있었다.

넷은 퍽 반갑게 그동안의 안부를 주고받고 오순도순 나무 밑에 둘러섰으나 다른 여러 패들처럼 신명나게 들떠오지 않았다. 서로를 깊이 이해하고 있었다. 서로서로의 우울을 분명히 알고 있었다.

지난 석 달 동안 넷이서 '동무족'에서 겉돌았듯이 지금 넷이서는 회희낙락하는 여럿에서 어쩔 수 없이 겉돌고 있었다. 화진이 여자들의 눈치를, 특히 순덕의 기색을 유심히 살펴가며 입을 연다.

"방금 우리 둘이서 의논하던 건데요. 의논이라기보다는 결단이랄까……. 우리들 군대에 지원할까 하는데요."

"군대요?"

순덕이 진이보다 훨씬 더 놀란다.

"네, 이대로는 암만해도 저들 중의 하나가 될 수 없군요."

화진이 수척한 턱으로 삼삼오오 흩어져 환담하는 학생들을 가리키며 나직이 말한다.

"부러워요, 그럴 수 있는 남자들이……."

진이의 한숨 같은 나직한 속삭임은 분위기를 한층 가라앉게 만든다.

순덕이 이래선 안되겠다 싶었던지 수선스럽게,

"적어도 용맹한 국군아저씨가 되려면 좀 더 그럴싸한 피끓는 동기를 대봐요. 우물우물 기개 없는 뚱딴지 같은 소리 말고요."

"인간축에 끼어들고 싶어서란 동기보다 더 절실한 동기가 있을 수 있을까?"

진이는 또다시 그 한숨같이 나직하고 우울한 영탄을 한다.

은행나무 밑의 한 패가 온 마당이 떠나갈 듯이 박장대소를 한다. 다른 몇 패까지 은행나무 밑으로 합세하여 은행나무 밑의 담소의 무리는 좀 더 커진다. 벨벳치마를 입은 여학생까지 몇 명 섞여 있어 그들의 유쾌한 담소는 좀처럼 끝날 것 같지 않다. 햇볕은 밝고 따습다. 모든 사람이 행복해 보인다. 측백나무 밑의 사람만 빼놓고는.

네 사람의 얼굴에 짙게 서린 건 측백나무 그림잔가, 풀 수 없는 우울인가, 어쩌면 둘 다인가 싶게 착잡하다.

S대의 긴 담벼락에 6·25의 참상을 생생하게 담은 보도사진이 전시되고 있었다. 대부분이 몸서리치는 학살과 파괴의 장면이었다. 쓰레기처럼 한구덩이에 버려진 시체의 무더기를 헤치고 살아 나온

모진 목숨이 있는가 하면 전쟁이 뭔지도 모르는 나이에 파편에 숨진 억울한 어린 주검도 있었다. 엎어지고 자빠지고 포개지고 그런 시체 앞에서,

"천하의 죽일 놈들!"

"빨갱이라면 모조리 잡아 같은 방법으로 죽여야 돼."

"암 죽여야지, 죽여야지. 아주 씨를 말려야지."

주검 앞에 흥분한 군중들은 주검 앞에 다시 죽음을 제물로 바칠 것을 다짐하고 이를 갈고 발을 구른다. 수갑 채운 죄수를 그득 실은 트럭이 뽀얀 먼지를 일으키고 달려간 뒤를 어린 소년이 힘껏 돌팔매질을 하며,

"죽여버려라, 빨갱이들."

'죽' 자의 강한 악센트에 진이는 정신이 든다.

동심에게까지 살의를 도발하는 끔찍하고 소름끼치는 무더기의 주검들, 그 숱한 죽음의 원한은 반드시 또 하나의 무더기 주검만으로 갚아질 것인가?

보도전을 보고 난 사람들의 눈은 하나같이 핏발 선 채 우선 자신의 주위부터 두리번거린다. 혹 아직도 수갑 차지 않은 채 걷고 있는 빨갱이는 없나 하고, 있으면 당장 잡아죽일 듯이.

보도전을 봤대서가 아니라 요즈음의 사람들이 사람을 보는 눈은 남녀의 성별도 용모의 미추도 직업의 귀천도 아니요, 다만 빨갱이냐 흰둥이냐였다. 죄목 중 으뜸가는 것이 빨갱이였고 그 밖의 죄는 어떤 파렴치 죄건 사람들은 관용할 수 있었다.

천태만상의 진열이 끝난 뒤에도 그녀는 한참 동안 숨을 크게 내쉴 수도 없는 죄송함을 주위의 군중에게 느낀다.

이렇게 자유로워서는 안된다는 죄의식을 뚜렷이 느끼면서도 그녀는 자신의 죄명을 빨갱이라고 붙이기만을 망설이고 있었다. 진이는 '저 년이 빨갱이다' 라는 고함이 곧 들려올 듯한 환각에 질겁을 하며 흥분한 군중 속에서 겨우 빠져 나와 혼자가 된다. 진땀이 흐른 등골에 비로소 오한 같은 걸 의식한다.

빨갱이와 흰둥이의 죽고 죽이는 일의 순환에서 벗어날 수 있는 또 하나의 색은 없는 것일까?

설핏한 나뭇가지 사이로 보이는 가을 하늘같이 푸른 색깔은 없는 것일까? 설사 그런 제3의 색이 있다손 치더라도 혼자서 그런 색깔일 수는 없을 것 같다. 외로워서.

주위의 친한 이들이 싫건 좋건 간에 모두 둘 중의 하나의 색을 선명하게 선택하는 일을 이미 끝내고 있지 않은가? 민준식도 민도 화진도. 그리고 열도?

생각이 오빠 열에게 미치자 진이는 그녀의 가장 깊숙한 곳이 까진 피부처럼 쓰려옴을 느낀다.

그녀는 동기간끼리의 직감으로 자기의 방황과 흡사한 또 하나의 방황을 열이 하고 있음을 안다.

그의 방황은 얼마나 위대한가. 그는 싸움터에 있는 것이다. 어디에 대고 총을 쏘아야 할지도 모르는 방향감각이 마비된 바보가 총을 들고 싸움터에 서 있는 것이다.

11월 · 12월

　저만치 태극기와 참전한 우방 국가들의 국기가 꽂힌 독립문이 보이고, 바로 머리 위엔 거대한 그림이 걸려 있는 아래, 진이와 순덕은 주춤 멈춰 섰다.
　물통으로 압록강의 물을 긷고 있는 병사의 그림이었다. 극적인 그림은 터무니없이 졸렬했지만 충분히 감동적이었다.
　흐뭇한 승전의 기쁨이 충만한 거리를 또 웬 끔찍한 남루의 행렬이 끝없이 영천 쪽으로 치닫고 있었다. 오라를 진 죄수의 행렬은 간간이 섞인 순경들의 날카로운 감시를 받아가며 한없이 오래 계속되었다. 재판을 받고 형무소로 돌아가는 부역자의 무리들이었다. 공포로운 즉결처분이나 청년단체의 임의의 보복행위의 무서운 서슬도 가시고 그들에겐 재판받을 수 있는, 공정한 재판에 의해서만 벌받을 수 있는 권리가 주어졌다.

그러나 부역자의 수효와 부역에 따른 사연은 너무도 많았다……. 일일이 정당한 심판을 내리기에는…… 인간의 힘으로 심판하기에는. 그리고 아직도 행인들은 이를 갈며,

"아유, 저 빨갱이들 좀 봐 모조리 죽이지 않고서……."

젖먹이 어린애까지 무서운 짐승을 보듯 몸을 부르르 떨었다.

남루의 행렬이 아주 보이지 않게 될 때까지 섰던 진이와 순덕은 이유가 분명치 않은 한숨을 나직이 내몰아 쉰다. 그녀들도 오늘 심판받고 오는 길이었다. 전번에 교수들이 한 학생심사의 발표가 오늘 있었으나 그녀들은 물론 떨어졌다. 현민도 유화진도.

2차 심사가 곧 있을 거라지만 현민과 유화진은 군대지원의 수속을 이미 끝마치고 입대하고 순덕은 내일쯤 그리던 고향으로 떠날 모양이었다.

심사에 떨어진 것쯤 아무렇지도 않았다. 2차 심사가 있대서가 아니라 아직 자유가 있었으므로 그녀들은, 특히 진이는 자유만을 아주 분에 넘치게 과분한 것으로 허겁지겁 받아들이고 있었다.

내일쯤 고향으로 떠난다는 순덕이 서운해 그녀들은 같이 걷고 또 걷고 여기까지 왔다 뿐이었다.

"저 물, 굉장한 선물이 되겠지."

순덕이 추운 듯이 고개를 움츠리며 압록강의 물을 긷는 그림을 멍하니 쳐다본다.

"미스터 유도 너한테 저런 멋진 선물 가져올까?"

"글쎄, 요 다음 차례는 만주 벌판의 흙쯤 되겠지."

"너 사랑한다고 그랬니?"

"아아니."

"왜? 내가 일껏 일러줬는데……."

"애껴뒀어."

"딴 사람을 위해서? 아니면 딴 기회를 위해서?"

"아직 모르겠어."

고운 장미빛 스웨터가 따뜻해 보이고 그것을 반영한 주근깨 많은 얼굴이 애잔하다. 불 같은 사랑을 잉태하기엔 아직 어리다고 진이는 마치 자기가 순덕보다 10년쯤 더 산 듯이 그런 생각을 한다.

"시골은 지금 좋은 때겠지. 추수도 끝나서 먹을 것도 많고."

진이는 순덕을 위해 시골 이야기를 꺼냈으나 기대했던 것만큼 순덕은 들떠오지 않는다.

"너 전엔 향수병이 대단하더니 이젠 그렇지도 않은가 보지?"

"이젠 자유롭게 갈 수 있으니까. 저긴 무척 춥겠지."

턱으로 압록강의 물을 긷는 병사의 그림을 다시 한 번 가리킨다.

"그렇겠지."

"그래도 저 사람은 떨지도 않고 늠름도 해."

"그림이 어떻게 떠니? 얼빠진 소리 작작해라."

"저 사람들 어디까지 쳐들어갔을까? 너무 빨리 쳐들어가는 것 같아서 나는 괜히 무서워. 너무 운이 좋은 게 두려워. 무슨 딴 일이나 나면 어쩌나 하고……."

깊은 수심과 두려움이 순덕이의 주근깨 많은 얼굴에 어둡게 서린다.

말끔히 잎을 떨군 가로수의 앙상한 몸뚱이를 흔드는 늦가을의 저녁 바람이 하도 차가워 진이는 순덕의 포근한 스웨터를 감싸듯이 몸을 기대며 듬직하게 살찐 팔을 자기 팔로 감는다. 그리고 갑자기 민준식을 생각한다.

갑자기라기보다는 어쩔 수 없이, 별수 없이 마치 몰이꾼에게 몰린 짐승처럼 그녀의 상념이 어쩔 수 없이 몰린 곳은 민준식이란 허망한 고장이었던 것이다. 미칠 듯한 아쉬움과 형언할 수 없는 아픔이 깊게 찔려온다. 어쩌자고 그는 멀리서도 오히려 더욱 깊숙이 와 닿는 것일까?

붙들 수 있는, 악을 써 붙들 수 있는, 하다못해 소문이라도 들려올 수 있는 거리 저 너머에 그가 있다는 생각을 견뎌야 하다니. 그녀는 자기가 그것을 얌전히 견뎌야 하는 것에 심하게 화가 났다. 그녀는 꼭 꼈던 순덕의 팔을 거칠게 뿌리치고,

"그만 헤어질까? 여기서."

독립문의 부우연 색깔이 한층 어둡게 보이며 현저동 일대의 높은 지대에 불빛이 보이기 시작한다.

"아까는 집까지 바래다주마더니 그새 마음이 변했어? 매정도 하지. 언제 또 만나게 될지도 모르는데."

결코 강요하지 않으면서도 알맞게 정감적인 그녀의 음성은 진이를 좀 누그러뜨린다.

"집이 어디쯤이지? 이모집이랬지?"

"저, 저 꼭대기 선바위 밑이야. 물이 퍽 귀한 빈촌이야. 그 일대가 홀라당 타고 우리 이모집만 오뚝 남았다나. 너한테 그 모양 보여주고 싶었는데."

"나 불탄 자리 보는 건 질색인데."

"누가 타버린 자국을 보랬어? 남은 우리 이모집을 보랬지. 우리 이모, 아이들이 조랑조랑 달린 과부지만 법 없이도 살 수 있는 착한 이야. 너무너무 착해 늘 손해만 보고 살았지만 이번엔 아마 착한 덕이 내렸나 보다고 사람들이 모두 그러더군. 나도 그렇게 생각하구."

"너의 이모집이 불타지 않은 게 착한 덕이라구?"

진이의 음성이 예의 따지는 듯한 쇳소리로 되돌아간다.

"글쎄 가보면 너도 수긍이 갈걸. 똑같은 하꼬방들이 다닥다닥 붙었는데 우리 이모집만 살짝 빼놓고 불길이 가다니 누구든지 신기해하는걸."

"네 말대로 하면 집을 불태운 사람은 모두 악한 사람이 되는구나!."

"그야 그렇진 않겠지만 난 우리 이모집이 더 중요하고 따라서 난 우리 이모의 경우만 생각하면 되지 않을까?"

"편하구나. 마치 점을 쳐놓고 맞는 것만 골라서 생각하면 점쟁이마다 용한 점쟁이가 안 될래야 안 될 수 없는 것처럼."

"그럼 하필 안 맞는 것만 골라서 생각할 필요는 또 어디 있니?"

"그만해두자."

그녀들은 어느 틈에 현저동 비탈길을 오르고 있었고 가다가다 넓은 운동장만큼이나 폐허가 된 곳을 지나면서도 화제가 끊긴 채 손만 마주잡고 있었다.

"저 집이야, 바로."

목구멍의 침이 다 마른 듯이 목이 탈 때까지 올라와서야 순덕이 멎는다.

불탄 자리 한 귀퉁이에 기역자형의 양기와집이 내부를 드러낸 채서 있었다. 마당을 둘러싼 이웃집이 모조리 불타버려 벌거벗은 듯이 마루며 부엌의 너절한 살림이 노출된 채다.

어둑한 마루에 우루루 몰려나와 진이를 신기한 듯이 바라보는 아이들은 모두 고만고만한 조무래기들이고 찌그러진 양은대접에 물을 떠 주는 순덕의 이모는 아닌 게 아니라 어수룩하디 어수룩해 보였다. 진이는 새삼스럽게 순덕의 손을 잡고,

"그럼 내일 즐거운 여행을. 가면 곧 편지하고."

정중하고 형식적인, 이를테면 조금도 친하지 않은 사이끼리의 작별인사를 한다. 조금도 섭섭하지 않다. 다만 조금 외로워진다. 비탈을 내려오면서 벌써 진이는 순덕을 생각하고 있지 않았다.

폐허에서 밥을 짓는 여인들이, 결코 순덕이 이모보다 덜 선량해 보이지는 않는다고 맞지 않는 점괘를 꼽듯이 그런 생각이나 하는 게 고작이었다.

전차를 갈아타고 하여 돈암동 천변가로 접어들었을 때는 아주 어두웠다. 밤이 되자 기온이 급히 내려가 개천 바람에 뺨이 아리도록

찼다.

진이 쪽으로 두 남녀가 걸어오고 있었다.

남자의 한쪽 팔에 상반신을 대담하게 파묻은 여자의 목소리는 경박하게 높았다. 막 지나치려는데,

"진이 아니니?"

남자는 철수였다.

"오빠 웬일이야?"

말은 철수와 주고받으며 눈은 여자를 천착한다. 마침 목욕탕의 외등 아래라 실컷 여자를 살필 수 있었다.

"너희 집 갔다 오는 길이야."

"왜?"

"앨 소개하려구. 영자라고……, 자 인사해. 진이라고 내 친척 동생이지만 내가 친동생보다도 더 좋아하는 애야. 친하게들 지내."

"알구 있어요. 또 그 소리. 인제 열 번도 더 들은걸."

영자는 진이 쪽엔 고개만 간략하게 까딱하고는 정이 뚝뚝 배인 눈으로 철수를 지켜보며 까닭 모를 앙탈을 한다. 진이는 냉담하게 이 둘을 지켜보며 영자라는 이름부터가 천박하다고 속으로 트집을 잡는다. 앞을 터놓은 까만 반코트 사이로 진홍빛 스웨터가 보이고 스웨터 밑의 젖가슴이 두드러지게 높다. 진이는 무심중 자기의 얄팍한 가슴과 견주며 너도 필경 머리통은 비었을 게라고 자위와 경멸을 동시에 하려 든다.

"아무튼 나 없는 동안에 둘이서 친하게 지내줘."

"없는 동안이라뇨? 오빠 어디 가게?"

"해병대에 입대한다나요. 지원했어요."

철수가 대답하기 전에 영자가 말한다.

얄팍한 입술엔 천성인 양 교태가 넘친다. 어려 보이는 깐으론 화장이 짙고 대담하지만, 교태는 그런대로 신선해 직업적인 어떤 낌새는 없다. 진이는 영자의 정체를 종잡을 수 없는 채로 못마땅하기는 여전하다.

"해병대 멋있죠? 안 그래요?"

해병대란 말에 진이가 덤덤한 것이 섭섭했던지, 영자가 다그쳐 묻고는 자랑스러운 듯이 철수를 본다.

인천 상륙 이후 해병대라면 삼척동자도 가슴을 두근대는 현대의 영웅이었다. 철수가 해병대에 지원했다는 것만으로도 영자에게는 그가 영웅이었고, 영자 앞에 철수 또한 영웅이 된 기분이었다.

둘은 사랑과 영웅에 취할 대로 취해 있었다. 여자에게 무용담을 들려주기 위해 전쟁이란 얼마나 필요한 거냐고, 또 무용담에 한두 개의 훈장까지 곁들일 수 있다면 얼마나 신날 것인가 하고 철수는 생각하고 있었다.

"해병대?"

그들의 속을 빤히 들여다보면서 진이는 공소하게 되뇌인다.

진이의 이런 얼빠진 반문에 진이가 너무 놀란 때문인 것으로 알았던지 철수는 넓은 가슴을 한층 넓게 펴고 영자는 진이 앞인데도 스스럼없이 남자의 가슴에 몸을 파묻는다.

"그럼 오빠, 무운을 빌겠어요."

진이는 정중하고 딱딱하게 인삿말을 한다. 좀 전에 순덕에게 한 작별인사가 그랬듯이 조금도 정이 섞이지 않은 공손하고 찬 인사였다.

"으응, 그럼 잘 부탁한다."

이런 진이의 태도가 기대에 어긋났음인지 철수는 섭섭함을 감추지 못하며 무엇을 부탁하는 건지 분명치 않은 애매한 부탁을 우물우물한다. 그러고도 좀 더 할 말이 있었던 것 같은 개운치 않은 기분이었으나 자기 가슴으로 파고드는 따뜻한, 향긋한 살덩이로써 곧 그것을 잊는다.

둘은 불빛을 벗어나 어두운 데로 빨려 들어간다.

집 앞에 와서 되돌아본 진이는 저만치 어두운 나무 그늘에서 검은 두 개의 그림자가 하나로 얽히는 것을 지켜보다가 그들이 다시 떨어지는 것을 보지 못한 채 집으로 들어갔다.

영자. 아무리 생각해도 경박하고 메스껍다.

그렇지. 썩 잘못된 이름이야. '여자+0' 여자, 즉 암컷이라는 것 외에는 아무것도 가진 것이 없는 여자. 진이는 자기의 이름 풀이가 스스로도 신통해서 만족해한다.

그러나 그녀 역시 집으로 들어가 어린 찬을 어르고 안아주고, 혜순과 서 여사의 눈치를 살피는 일을 대강 끝내고 군대나 고향으로 떠난 친구들을 잠깐 생각하고 나서, 완전히 혼자가 되면 거침없이 하나의 여자가 되어 남자를, 민준식을 갈구하는 것이었다. 누구보다도 암컷답게. 어쩔 수 없다. 그가 그녀에게 남긴 거라곤 그녀의 암컷을 일깨워준 기억밖에 없었으니까.

 압록강의 물을 긷는 병사의 그림과 평양시민의 열광 속에 입성하는 국군의 사진이 걸린 번화가를 신문팔이 소년이 신나게 달리고 있었다. 오늘은 신문이 유난히 잘 팔린다고 좋아하면서.
 그도 그럴 것이 그들은 한국전에 중공군이 개입했다는 큼직한 활자를 가졌으니까.
 처음엔 그저 신문이 잘 팔릴 정도의 관심에서 하루하루 승전의 도취가 깨지고, 점점 뚜렷한 불안을 느끼기 시작했다. 이런 불안을 부채질하듯 전선은 다시 쾌속도로 남하해 오고 용맹한 전사들의 엄청난 희생의 보도는 어버이나 친지들을 울리고 누구나를 전전긍긍하게 했다. 그런 중에도 후방에서 자기 가족의 안전만을 지키기에 여념이 없는 얌체장교들은 여전히 있었고, 이들이 제일 먼저 피난 보따리를 쌈으로써 이웃의 불안을 부채질했다.
 "남하해야지."
 "피난 가야지, 우리도."
 모든 화제의 시작도 결말도 남하, 피난이었고 하루하루의 생활은 건성건성 되는대로 해치우고 있었다. 진이도 주저와 흥분이 뒤죽박죽된 종잡을 수 없는 상태에 있었다.
 그녀도 피난을 가고 싶었다. 피난 가지 않으면 안 되게끔 전세가 악화된 것이 차라리 잘된 일이다 싶을 만큼 피난이 그녀에겐 딴사람들의 경우와는 딴 의미를 지녔다.

사람들의 생활이 뿌리째 뽑혀 이동하고 뒤섞이고 하는 틈서리에 끼어듦으로써 부역자로서의 고독과 자격지심에서 구제될 수 있게 되기를 바랐다.

사람축에 끼고 싶어 유화진이나 현민이 군대를 지원했듯이 그녀는 피난을 가고 싶은 것이다.

'피난' '남하' 진이에겐 조금도 고생의 의미를 지녀오지 않았다. 여느 사람들과 똑같은 사람 중의 하나로 행세할 수 있는 절호의 계기일 뿐이었다.

늘 뒤통수에서 손가락질 받고 있는 것 같은, 정면에서 고발당할 것 같은, 여느 사람들 축에서 겉돌고 있는 것 같은 소외감에서 벗어나 여느 사람들과 똑같은 사람 중의 하나이고 싶었다.

자꾸만 이웃이 줄어갔다. 먼저 고급장교 가족, 고관의 가족, 돈 있는 집들이 아쉬운 것 없이 챙겨가지고 트럭으로 지프차로 떠났다. 남은 사람들도 보따리를 챙기고 아직 보따리를 못 챙긴 사람들도 마음은 다 남쪽으로 달리고들 있었다.

첫눈이 내리고 날씨가 본격적으로 추워지며 전세는 더욱 불리해지고 사람들은 한층 초조하게 남쪽으로 떠날 채비를 후조候鳥처럼 서둘렀다. 그런 중에도 북쪽 하늘을 향한 서 여사의 간절하고 지극한 정성은 계속되고 있었다.

"어머니 우리도 피난 갈 준비를 해야 할 게 아녜요?"

"피난? 오래비도 안 돌아왔는데."

"오빤 오빠구 남은 사람들이나 살아얄 게 아녜요. 중공군은 인민군 몇 배 포악하대요. 어린애를 마구 찔러 죽이고 부녀자를 닥치는 대로 욕보이구."

그러나 서 여사는 까딱도 안 한다.

"느이 오래비가 돌아와서 집이 비었어 봐라. 몇 달 만에 돌아와서 오죽이나 서운할까."

"이제 올 사람은 다 왔어요. 요샌 어디 의용군 갔다 도망쳐왔단 소리 들어보셨어요?"

"하여튼 돌아온다. 도망 못 쳤으면 인민군이 되어서라도 돌아온다."

"네? 어머니, 기껏 인민군이 되어서 돌아오라고 하셨어요?"

"나는 돌아오라고만 빌었어. 딴 욕심은 안 부렸어."

이야긴 꼭 이 모양으로 끝나게 마련이었다.

진이는 오빠와의 재회, 그렇다고 확실한 보장이 있는 것도 아닌 재회를 위해 다시 숨막히는 붉은 하늘 아래 자기를 세우고 싶지는 않았다.

그녀는 행복하고 싶었다. 행복과 결부되어 불가불 생각하게 되는 민준식, 민준식과의 재회의 가능성도 그녀를 북쪽 하늘에 붙잡지는 못했다. 그녀는 오붓하게 행복하고 싶었다. 애국하는 일, 당을 위하는 일, 또 전체 인민을 위하는 일, 이런 거창한 일을 사나이를 사랑하고 오붓이 행복해지려는 일에 앞세워야 하는 세상에서 민준식을 얻는다는 게 뭐 그리 탐탁하랴 싶었다. 적어도 행복해질 수 있는 가능성 권내에나마 있고 싶었다. 서승환 씨네 김칫독이 진이네로 실려 왔다. 먹다 남은 쌀가마니도 함께 실려 온 것이 그들도 곧 떠날 모양이었다. 벌써부터 짐을 싸놓고 마땅한 차편이 없어 떠나는 게 며칠 늦었다 뿐인 건 알고 있었지만 막상 실려 온 김칫독을 보니 진이는 가슴이 내려앉았다. 혹시나 같이 떠나자고 하지 않을까. 그녀는 은근히 기다렸다.

진이 자기만이라도 데리고 가준다면 가족도 다 버리고 거리낌없이 떠날 판이었다. 적어도 가족 중 자기의 행복만은 열이하고 아무런 상관이 없으니까.

그러나 리어카 뒤에 따라온 당숙모는 그런 내색은 비치지도 않고,

"그래도 올겨울 먹고살 줄 알고 김장을 이렇게 분수없이 많이 담갔더니만, 원 귀찮아서. 그래도 너희가 남아 있어 먹게 되니 다행이지 하마터면 중국 오랑캐놈들 좋은 일 할 뻔했지."

"우리보고 남아서 먹으라구요?"

"암 먹으라니까. 쌀도 한 가마 끄른 지 며칠 안 되는 거지만 받아둬라. 그놈들 세상에서 제일 귀한 건 뭐니뭐니해도 먹을 거니까 헤프게 굴지 말고 잘 간수해둬. 가끔 우리 집도 좀 가봐 주구……."

"아저씨도 같이 떠나세요?"

"웬걸, 아저씨야 맨 마지막에 후퇴하겠지. 높은 사람들이야 다 그럴 수밖에 없는 게 아니냐. 그렇지만 아저씨 너희 집에 들르실 새는 없을 게야. 서 일이 워낙 바빠 놔서."

야속한 생각과 아니꼬운 생각이 뒤범벅이 되어 와락 서러워진다.

그런 중에서도 그녀는 마지막 매달리는 기분으로 흠뻑 비굴해진다."

"저어 아주머니, 나도, 피난 가고파. 나도, 우리도."

"뭐 피난? 아아니 피난을 한두 푼 들여서 가는 줄 아니? 떼거지 날려구. 그리고 말이야 바른 대로 말하지, 너희야 뭐 땜에 피난을 가냐? 인민군 가족이겠다, 너도 이를테면……, 이를테면 말이다, 공산당이겠다……."

"그만, 알았어요, 아주머니."

홍정은 어처구니없이 빨리 끝나고 만다. 당숙모도 자기의 나중 말이 너무 지나쳤다 싶었는지 씽긋 누그러지며,

"난리통엔 제가끔 저 살기도 바쁜데 남의 덕 바라게 됐니? 여북해야 돈 없이 길 떠난 사람들은 도중에서 제 속으로 난 새끼도 팽개치고 간다더라. 누구든 극도에 달하면 눈이 뒤집히고 간덩이도 뒤집히는 법이야. 그러니 너희 형편으론 그저 죽치고 들어앉았는 게 상책이니라. 우리도 그렇지, 이만했으면 6·25 때 신세는 갚은 셈 아니냐. 이런 땐 너희 식구 살리고 너도 살리려면 수단을 부릴 줄 알아야 하느니. 우리 집에 전에 세들었던 집의 고미애란 년 있잖니? 년이 난 아직 어린앤 줄 알았더니, 고년이 글쎄 홍청대는 군인 장교하고 눈이 맞아 들락거린다는 소문이 자자하더니 그 장교 덕으로 우리보다 먼저 피난을 갔단다. 열 식구 가까운 식구를 다 차에다 싣고 제법 호기 있게 떠났어. 너도 좀 수단을 부려 보렴. 우리만 바랄 게 아니라. 요즈음은 그저 군인 판이라니까."

"더 할 말은 없수?"

"내가 뭐 못할 소리 했니? 나이 찬 계집애더러 신랑감 고르라는데."

기댈 곳은 아무 데도 없었다. 서승환 씨가 자기네 짐을 좀 덜 싣고서라도 진이네 식구를, 서 여사가 미처 거부할 새도 없이 얼떨결에 실어줄 것 같은 기대는 결국 허망한 꿈이었던 것이다.

차만 오면 언제 떠날지 모르니 잘들 있으라는 어수선한 인사에 곁들여 집 좀 잘 봐달라는 당부를 몇 번씩 하고 당숙모는 갔다.

진이는 조그만 자기 방을 거칠게 맴돌며 혼자만이라도 남쪽으로 떠나는 일을 진지하게 궁리한다. 그러나 노쇠할 대로 노쇠한 어머니와 갓난 조카와 허탈상태의 올케를 버려두고 떠날 비정의 순간을 감당하기엔 그녀는 아직도 덜 모질다.

한길에는 온통 피난 봇짐투성이였다. 외숙모가 귀띔해준 대로 세도 부리는 장교나 한 사람 유혹할 수 있었으면…….

줄이 잘 선 즈봉에 유엔잠바까지 입은 군인이 저만치서 온다. 장교인 듯싶다고 진이는 짐작한다.

일순, 추파를 던져야겠다고 마음먹는다. 그녀로선 제법 농후한 추파를 던졌다고 생각했으나 장교는 무심히 그녀 옆을 지나쳐가고만다.

그까짓 장교가 너뿐일까 보냐고, 만나는 군복마다 장교 같고, 추파를 던졌다고 생각하고, 번번이 허탕쳤다고 생각하고, 그녀는 갈팡질팡 길을 헤맨다. 군복이 눈에 안 띄는 호젓한 골목길로 접어들었다고 생각하면서도 여전히 허기진 듯 군복을 찾고 있다.

 길이 과히 가파르지 않은 비탈길로 변하며 저만치 낯익은 육중한 철문이 보인다.

 향아네 집이었다. 순전히 무의식중에 예까지 온 것을 신기해하며 문득 향아의 우정이 비굴하도록 간절한 마지막 기대를 걸어본다. 높직한 철문에 달린 작은 출입문이 소리 없이 열린다.

 안채까지의 긴 길을 조심해 걷는다. 날은 이미 어둡기 시작한 뒤였지만 정원수 사이에는 한층 짙은 어둠이 들어서고 바람이 차다.

 "누구요?"

 미처 안채까지 다다르기도 전에 정원수 사이에서 비를 든 여인네가 불쑥 나타난다.

 "저어 향아 친군데요. 아주 친한……."

 '아주 친한'에 악센트를 주며 비굴하게 웃는다.

 "이 집 식구는 다 피난 가고 없는걸요. 난 집 보는 사람이에요."

 "네에 어쩌면, 몰랐어요."

 진이는 낭패하여 웅얼웅얼 중얼대며 그 자리에서 움직일 줄 모른다. 가길 바라고 지키고 섰던 여인은 좀 수상쩍다 싶었는지, 진이 쪽으로 쓱쓱 비질을 해 먼지를 날려 보내며,

 "아주 친하다며 어째 그것도 몰랐수? 피난 가기 전에 웬만한 데는 다 찾아다니며 인사를 하고 떠나던데."

 "네, 그랬었군요."

 진이는 들릴락 말락 입을 들썩이고 비실비실 돌아나온다.

곧 주저앉고 싶게 다리에 맥이 빠졌다. 길고 호젓한 길 저만치 가로등이 하나 촉광이 낮은 듯 불그스름하게 켜진 것이 자꾸만 어룽져온다. 마치 흠뻑 비가 들이친 유리창을 통해서 보는 것처럼. 유리창을 닦듯이 눈을 비비면 제대로 보이다가도 곧 다시 어룽져온다.

그녀는 그런 꼴로 한길로 나가기가 싫어 공연히 골목을 서성댄다.

"누구네 집을 찾으십니까?"

경쾌한 음성이 등 뒤에서 들린다. 돌아다본 진이의 눈엔 우선 날씬한 군복부터 먼저 들어온다.

"누구 집을 찾는지 도와드리죠."

얄팍하게 웃더니 대뜸 한 손을 진이의 허리께로 돌린다. 체취가 역겹다. 그러나 그녀는 지그시 참는다. 장교일는지도 모르니까. 당숙모가 말한 온 집안 식구를 차로 편안히 피난시켜줄 장교를 놓칠 수는 없으니까.

사나이는 수작을 거는 게 분명했고 그녀도 장단을 제법 맞춘다.

"저, 김××라고, 이 근처라고 들었는데, 도무지."

"김××라, 들은 이름 같기도 하고 못 들은 이름 같기도 하고. 하여튼 찾아봅시다. 이것만 가지면……."

사나이는 한 손으론 진이의 허리를 조이며 한 손으로 꽁무니에 찼던 플래시를 쑥 뽑아서 불을 켜고 허공에다 대고 크게 원을 그려 보이곤 진이의 얼굴에 들이댄다.

눈부심과 모욕감으로 눈을 깜빡거리고 얼굴을 찡그린다.

"시, 실례예요."

"미안, 미안. 나에겐 집 찾는 일보다 우선 관상이 더 중요하니까. 예쁜데."

예쁘다고?

그녀는 우선 안심한다. 중요한 1차관문이 이렇게 까다롭지 않게 통과되는 걸 보니 일은 어쩌면 아주 어처구니없이 쉽게 돼갈 것도 같았다. 피난 보따리와 군용차와 그런 것이 눈앞에 선하다.

사나이는 아주 으스대며 플래시로 집집의 문패를 비추며 큰소리로 읽기까지 한다. 사나이의 치기가 자꾸만 그녀 눈에 거슬려온다. 그래도 꾹 참는다.

문패의 한자가 터무니없는 엉터리로 읽혀지기도 하나 그녀는 엉터리를 시정하지 않고 참아야 하는 고통도 잘 견딘다. 골목을 돌아 가로등이 없는 후미진 곳으로 들어선다. 별안간 사나이는 전신주로 진이를 밀어 세우더니 플래시를 끈 채 어둠 속에서 진이의 얼굴을 찬찬히 살핀다.

"여봐, 우리 집찾기 연극은 이제 그만 집어치우자구."

진이는 문득 가로수 밑에서 한 덩이로 엉키던 철수와 영자의 모습을 생각하며 영자 같은 높다란 젖가슴이 자기에게 없음을 사나이에게 미안해한다.

그녀는 전신주에 몸을 기대고 가슴을 될 수 있는 대로 크게 내민 자세로 사나이를 기다린다. 그녀의 몸이 전신주와 사나이 사이에 꼼짝 못하게 끼고 드디어 사나이의 얼굴이 다가오자 눈을 감는다.

가슴이 크게 울렁댄다. 장교, 피난 보따리, 군용차, 그런 것들로.

먼저 목덜미에 사나이의 치끈한 입술을 느끼며 못 견디게 역겨운 체취를 맡는다. 반사적으로 사나이를 밀치며 크게 뜬 눈 속에 공교롭게 사나이의 모자의 계급장이 들어온다. V자 모양이 세 개 겹쳐 있었다.

그녀는 더욱 거칠게 사나이를 밀친다.

"왜 이래? 곧잘 나가다가."

초조와 노여움으로 사나이의 모양이 보기 싫게 일그러진다.

"싫어요. 놓으세요. 장교인 줄 알았어요."

"뭐, 뭐라고 순진한 줄 알았더니 갈보년이었구나. 재수 없다, 썅."

사나이의 손이 진이의 뺨에서 두어 번 울리고 먼저 사나이가 갔다. 뺨의 아픔은 진이를 어처구니없는 망집에서 일깨우고 찬 겨울 바람은 역겨운 사나이의 체취를 날렸다.

"오래비가 돌아왔단다."

대문을 열자마자 서 여사는 떨리는 소리로 말하는 뜻을 진이는 이해할 수 없었다. 그렇게도 기다리던 아들을 맞는 어머니로서는 너무도 어두운 얼굴을 하고 있었기 때문이다. 부엌에서 저녁 준비를 하고 있는 혜순도 조금도 기뻐 뵈지 않을 뿐더러 겁에 질린 것같이조차 보였다.

안방에 열은 길게 누워 있었다. 그가 돌아온 것은 틀림없는 사실이었던 것이다.

"오빠."

"대문이나 잘 걸었니?"

의외의 답변에 진이는 당황한다. 그래도 또 한 번,

"오빠."

저도 모르게 울먹이며 열의 한 손을 끌어다가 꼭 쥐어본다. 귀공자처럼 섬세하던 손이 몹시 마르고 거칠어져 있었다. 딴 사람의 것 같았다. 손뿐일까, 집의 집주인이 바뀌듯이 그의 허물을 딴 낯선 사람이 바꿔 쓰고 누워 있는 것 같았다. 거센 바람이 요란스럽게 차양을 흔들고 대문을 두드린다. 물건처럼 누워 있던 열이 별안간 용수철처럼 튕겨 일어나더니 방 귀퉁이에 몸을 오그리며,

"너 정말 대문 잘 걸었겠지?"

지저분한 수염에 덮인 얼굴에서 눈만이 광기에 가까운 엄청난 불안으로 곧 튀어나올 듯이 보인다. 그것이 더욱 그를 딴사람같이 만들고 있었다.

"그까짓 대문 아무려면 어때서 그래요. 오빤 어엿한 자기 집에 돌아온 거예요. 안심하고 전처럼 웃어봐요, 네 오빠."

"제발 대문이나 좀 걸고. 난 시, 시민증도 없단다."

"그까짓 시민증 금방 받을 수 있어요, 서에 가서 자수만 하면. 의용군 갔다 도망쳐 온 사람이 어디 오빠 하나인 줄 아세요?"

"난, 난 싫다. 자수라니?"

"왜요 오빠? 떳떳치 못할 거 하나 없대두요."

"글쎄 싫다니까. 날 좀 이대로 내버려두렴. 대문이나 잘 잠그고."

"그렇게 하세요. 오빠. 여긴 오빠 집인걸요. 마음 푹 놓고 며칠 쉬

면 건강도 훨씬 좋아질 거예요. 그때 가서 자수도 하고 피난도 갑시다, 오빠."

"피난? 어떻게 내가. 시민증도 없다니까."

열은 심한 피해망상에 사로잡혀 있어 자주 놀라고 까닭 없이 불안해하고 오랜만에 만난 식구들에겐 서먹서먹하고 냉담했다. 자기 없는 사이에 태어난 찬이에게조차 전혀 무관심했다. 하다못해 아들인가 딸인가조차도 물으려 들지 않았다. 이것이 가장 혜순을 슬프게도 놀라게도 했다. 아내에게조차 그는 낯선 타인일 따름이었다. 늘 깊은 우수에 잠긴 듯하면서 착하고 다정하던 눈매는 이유 모를 불안으로 핏발 섰다가는 조그만 소리에도 곧 튀어나올 듯이 퉁그러졌다.

서 여사와 혜순이 정성을 들여 만든 저녁을 열은 게 눈 감추듯 해치웠다. 그러나 맛있게 먹었다는 것과는 달랐다. 미각을 의식하고 먹는지조차 의심스럽게, 마치 빈 자루에 물건을 도둑질해서 처넣듯이 황망히 상 위의 음식을 닥치는 대로 휘몰아 넣는 것이었다. 고단할 테니 빨리 자는 것이 좋겠다는 식구들의 권유를 순순히 받아들이고 그는 건넌방으로 건너갔다.

진이는 좀처럼 잠이 오지 않았다. 건넌방에는 벌써 불이 꺼지고 별로 이야기 소리도 들리지 않았지만 열이 오랜만에 혜순을 흐뭇하게 애무하고 있으리라고는 생각되지 않았다. 그렇다고 그 튀어나올 듯한 눈망울이 숙면으로 감겼으리라고도. 열이 깨어 있다는 낌새가 진이의 신경을 끈덕지게 갉죽거려 눈이 점점 더 말똥거려 온다. 그리고 자기에게 매달린 짐이 좀 더, 아니 몇 배나 무거워진 것을 양 어깨에 생생하게 실감한다. 건넌방 미닫이 열리는 소리를 듣고 진이도 마루로 나선다. 혜순이였다.

"오빠가 암만해도 이상해요. 어쩌면 좋죠?"

"왜 언니?"

"통 잠을 못 자고 뒤척이고 어디서 바스락 소리만 나도 방구석에 찰싹 달라붙어서 오들오들 떠니 암만해도 성한 사람은 아녜요. 어서 날이나 밝아야 병원에라도 가볼 텐데."

문득 진이는 열이 전에도 가끔 불면증으로 고생하던 것이 생각났다.

"언니, 혹시 전에 오빠가 먹던 수면제 남은 거 없을까?"

"있을 거예요. 그거라도 먹여볼까요?"

"그래 봐요. 우선 푹 잠만 재울 수 있으면 어느 정도 낙관해도 될 거예요. 오빠의 병은 틀림없이 오래 잠을 못 잤기 때문일 거예요. 틀림없어요."

혜순을 위로시키려고 한 말로 진이는 자기 자신까지 안심하려 든다. 날만 밝아도, 바람만 좀 자도 모든 게 조금씩 나아질 것을 믿으며 진이도 잠이 좀 든다.

부엌에선 아침을 짓는 혜순의 얼굴이 한결 밝아 보였다.

"오빠 잘 잤수?"

혜순은 고개를 끄덕이며 조용히 하라는 듯이 손을 입에 갖다 댄다.

그래도 궁금해 진이는 소리 안 나게 건넌방 미닫이를 열어 본다.

열은 깨어 있었다. 방금 깬 듯 엎드려서 잠든 찬을 유심히 들여다보고 있었다.

"안녕히 주무셨어요, 오빠?"

진이는 될 수 있는 대로 예사롭게 말하며 눈으론 날카롭게 살핀다.

"응, 오랜만에 아주 잘 잤다. 머리가 거뜬한걸."

찬의 잠든 얼굴에서 시선을 떼지 않은 채 비교적 차분히 말한다. 진이도 찬의 곁에 가 앉는다. 모든 것이 정상적인 것 같았다.

그러면 순전히 불면증의 탓이었을까? 요 몇 달, 불행한 사태를 받아들이게끔만 길들여진 그녀의 정신구조는 열의 빠른 회복에 오히려 맥 빠진다.

"오빠 그동안 고생 많았죠?"

"응, 좀."

"전세가 역전돼서 요샌 의용군 갔다 도망쳐 오는 이가 거의 없던데 오빤 어떻게 용케 도망칠 수 있었군요."

"나도 도망친 지야 오래지."

"그럼 왜 이렇게 늦었어요?"

심한 육체적인 고통을 참는 듯한 안간힘이 열의 얼굴에 역력해진다. 눈망울이 솟으며 허둥지둥 초점이 없어진다.

"그럴 거예요. 요새는 인민군이 승승장구하고 있으니까 도망치기에는 여러 가지로 마땅치 않은 시길 거예요. 제일 심리적으로도. 그럼 오빤 그동안 어디서 무얼 하다 이제 돌아왔다는 거죠?"

"넌 그 따지는 성미가 여전하구나. 날 좀 내버려두지 않고."

"오빤 지금 집에 돌아와 있는 거예요. 조금도 두려워하거나 감출 필요가 없는 거예요."

"난 한참 놈들이 무질서하게 후퇴할 때 도망쳤어. 별로 어렵잖게 산줄기를 타고 남으로 남으로 내려왔지. 어느 날 드디어 태극기가 꽂힌 마을을 보았지. 이제 살았구나 하고 울었지. 마구. 그런데 곧 못 볼 것을 보고 말았어."

이마에 진땀이 솟으며 창백해진다.

"못 볼 것을요? 뭔데요."

진이는 속삭이듯 다정하게 꼬이며 속으로는 상당히 초조하게 어떤 환부의 노출을 기다린다.

"바로 내가 있던 산골짜기에 시체가 무더기로 쌓여 있지 않겠니. 군인 아닌 민간인의 시체가 총에 맞고 칼에 찔리고, 차마 눈뜨고 볼 수 없는 모습으로, 놈들이 후퇴하며 저질러놓은 끔찍한 짓이었어."

"오빠두 참, 어디서나 있었던 일인데 그까짓 일로 그렇게 몹시 마음을 앓을 게 뭐람."

"그뿐인 줄 아니. 그 시체의 더미 앞에서 또 하나의 대량학살이 행해지는 걸 보았거든. 이번엔 빨갱이라 불리는 사람들이 죽어가는 차례더군. 김일성 만세를 부르며 죽어가는 이도 간혹 있었지만 대부분은 빨갱이가 아니라고 제발 한 번만 살려달라고 애걸하는 부녀자와 빨갱이가 되기에는 너무도 어린, 이념은커녕 말도 못 배웠을 어린이에게까지 총이 그렇게 난사되다니. 총에 맞고 나서도 급소를 맞지 않은 이는 살려달라고 단말마의 안간힘을 쓰는데 또 한 번의 난사로 그 안간힘을 끊다니……."

"처참한 이야기군요. 그렇지만 흔한 이야기예요. 잊으세요."

진이의 말씨에 모멸이 담긴다. 그러나 열은 그것을 눈치채지 못한 채 몹시 흥분해 있다.

"잊으라구? 어떻게? 난 그 후 산 사람이라곤 한 사람도 만난 일이 없이 여기까지, 집에까지 왔어. 밤에만 조금씩 산 속을 걸었지, 한번도 제대로 잠들어보지 못했어. 그래서 이렇게 늦은 거야. 알아내서 속이 시원하니!"

"시원하고말고요. 오빠의 병의 원인을 알았으니까요."

"내가 병이라구? 쓸데없는 소리. 설사 병이라도 난, 난 병원엔 안 갈 테다."

"병원엔 안 가더라도 사람들을 좀 만나는 게 좋을 거예요. 너무 오래 오빤 혼자였던 것 같아요. 친절한 사람들을 만나면 오빠의 병도 자연히 나을 거예요."

"친절한 사람? 흥, 나에게 누가 친절해. 빨갱이였던, 인민군이었던 나에게 어느 얼빠진 놈이 친절해. 총이나 안 들이대면 감지덕지지."

버럭 악을 쓰며 안면을 흉악하게 일그러뜨린다.

그래도 열의 증세는 많이 나아진 셈이었다. 아침상에서 김치맛을 감개 깊은 듯이 음미하며 잠시 숟가락을 멈출 만큼 정상으로 돌아와 있었다. 하룻밤의 숙면이 주는 현저한 증세의 변화는 진이에게 용기와 자신을 주었다. 남은 일은 친절하고 따뜻한 사람들을 조금

씩 만나게 하는 일, 시민증을 얻는 일들일 게라고 그녀는 속셈으로
착착 계획을 세운다.

사실이지 그녀는 초조했다. 어서 피난을 떠나야지 하는 생각으로.

그녀는 마치 즐거운 여행 계획이라도 세우듯이 들뜬 기분으로 여러 가지 궁리와 계획을 짰다. 찬을 업고 짐을 이고 갈 것인가, 조그만 손구루마라도 만들어 찬과 짐을 실을 것인가. 그런 궁리가 조금도 서글프지 않았다. 물론 차 같은 건 이제 필요도 없다. 어엿한 남자가, 가장이 있지 않은가? 서 여사도 혜순도 틀림없이 잘 걸을 것이다. 진이는 어젯밤의 암담했던 기분에 비해 이제는 모든 것을 낙관한다. 수면제의 뚜렷한 효과로 그녀는 자기의 처방에 자신을 갖는다. 문제는 얼마나 '빠르게'일 뿐이다. 그녀는 될 수 있는 대로 신속히 자기의 계획을 진행하기로 한다.

"언니, 언니가 오늘 곧 N중학까지 다녀와야겠어요."

"N중학은 왜요?"

"오빠 있던 학교 선생님들은 모두 좋은 분들이었잖아요. 특히 서무의 하 선생하곤 언니도 꽤 친하게 지냈잖아요? 우선 하 선생을 모셔 오는 거예요."

"하 선생을요? 왜요?"

"오빠에겐 친절한 사람의 도움이 필요해요. 시민증도 잘하면 거기서 낼 수 있을 테고. 참 거긴 도민증이지."

"왜 여기선 어려울까요?"

"여기서도 되기야 되겠지만 심사니 뭐니 끌려다닐 테고, 물론 마

구 딱딱거리고 넘겨짚고 하는 고비를 겪어얄 텐데 오빠에겐 아직 무리예요. 지금 당장 그런 일을 당하면 아마 아주 돌아버릴걸요."

"아이구 끔찍한 소리 작작해요. 곧 갔다올게요."

혜순은 질겁을 하며 부랴부랴 떠날 채비를 한다. 진이는 자세하게 거듭해서 하 선생에게 이를 말, 이를테면 열의 증세, 그 원인, 어떻게 도와주면 좋겠다는 부탁 등을 혜순에게 가르친다.

혜순이 떠난 후 진이는 백일이 막 지나 한참 보기 좋게 살이 찐 찬을 환하게 씻겨서 열 앞에 누이고 어르며, 이놈이 그 무서운 난리통에 얼마나 힘 안 들이고 엄마 배 속에서 이 세상으로 뛰어나왔나를 우습고 재미있게 엮어 이야기한다.

"찬이란 이름 내가 막 진 건데 어때요? 불만이면 얼마든지 고치세요."

"찬? 괜찮구나."

드디어 열의 얼굴에도 기탄없는 웃음이 번진다. 그래도 한낮쯤 되니 틈틈이 불안해하는가 하면 엉뚱한 소리를 하곤 했다.

"얘, 그 시민증이란 거 어떻게 본인 없이 살 수는 없을까?"

"오빠도 그까짓 시민증 따위에 신경 쓰지 말라니까요. 참 그동안 한 번도 사람을 안 만났다면서 시민증 소리는 어디서 얻어 듣고서."

"안 만났다 뿐이지 아주 사람을 못 본 것은 아냐. 만난다는 건 대면, 이를테면 서로 마주치는 것 아니겠니. 나는 내 모습을 남에게 안 보이게 숨겼다 뿐이지 사람도 보고 간간이 소문도 듣고 신문까지 봤는걸."

"재미있네요. 오빠의 모험담. 좀 더 들려줘요."

그러나 열은 안색이 담담해지며 완강히 입을 다문다. 그래도 오후쯤 찬이 잠든 옆에 등을 대더니 스스로 잠이 드는 것이었다. 수면제 없이 잠이 든 열을 진이는 대견한 듯 지켜보고 나서 부엌에 나가 술상 준비를 하는 것을 잊지 않는다. 날이 어둡고 돼지고기를 넉넉히 썰어 넣은 김치찌개 냄새가 구수하게 퍼질 때쯤에야 열은 부시시 일어났다.

"야, 그 냄새 근사하구나. 술 생각이 나는데."

"술을 혼자 무슨 맛으로 드세요. 친구들과 어울려야 제맛이 나죠."

"너는 계집애가 모르는 게 없구나. 그렇지만 내게 친구라니? 흥 친구?"

대문이 삐걱 열리고 혜순이 앞장서 우르르 사람들이 몰려든다.

작달막한 김 교장이 앞장서고 서무의 하 씨는 물론 머리가 허연 허 선생까지 N중학의 거의 온 식구가 동원된 것 같았다. 미처 열이 놀라고 겁내고 할 새도 없었다.

김 교장이 열을 와락 끌어안더니,

"살아 와서 기쁘네. 살아 와서 기쁘네 기뻐. 자네를 놈들 소굴에 교육받으라고 보내다니, 미안하네, 미안하이."

열의 고개가 푹 김 교장 가슴으로 꺾이더니 어깨가 들먹인다. 옆에서 지켜보던 진이도 흐뭇하면서 콧날이 시큰해온다.

"술상을, 빨리 술상을 차려요. 이런 때 안 마시고 언제 마시리."

"술은 얼마든지 있으니 빨리 깍두기 보시기라도 들여와요."

누군지 양손에 정종 병을 높이 쳐들어 만세를 부르는 시늉을 한다.

진이는 갈팡질팡 작은 냄비에 끓이던 김치찌개를 큰 냄비에 옮겨 담고 김치를 듬뿍 더 썰어 넣어서 숯불에 올려 놓으며,

"언니 수단이 보통이 아닌데. 어떻게 김 교장까지……."

"모두 좋은 분들이더군요. 특히 김 교장은 어찌나 수선을 떨며 서두르는지. 게다가 또 알은체는 어찌나 하시는지 우스워서 혼이 났어요. 오빠 증세를 얘기했더니 그까짓 병 단숨에 문제없이 고쳐 놓겠다나요. 편작扁鵲 났다고 허 선생이 뒷전에서 입을 삐죽대더군요."

오래간만에 혜순의 웃음이 그늘 없이 화사하다. 점점 술들이 취하고 주흥이 무르익어 김 교장의 육자배기가 질그릇 깨지는 소리를 낸 지도 몇 번째다. 어느 틈에 열도 제법 주석의 주인답게 큰소리로 부엌에다 대고 안주를 청하고 김 교장은 긴 젓가락으로 김치찌개를 휘저으며 투덜거리기를 잊지 않는다.

"아, 이놈의 배추밭에 꿀꿀이란 놈이 어디로 숨었어."

모든 것이 너무도 잘돼가서 진이는 오히려 불안하다.

밤이 깊고 그들이 하나 둘 코를 골고 곯아떨어진 것을 진이와 혜순이 대강 베개를 베어주고 이불을 덮어준다.

다음 날, 어젯밤의 과음으로 모두 얼굴들이 지저분하고 푸석푸석했다.

열의 눈도 약간은 핏발이 서 있었으나 수줍은 듯이 웃는 입모습하

며, 식구나 동료들을 보는 눈, 하다못해 집안의 세간살이를 바라보는 눈까지 천성의 선량함과 다정함을 거의 회복하고 있었다.

그래도 아침상에서 해장국을 훌쩍거리다 말고 열은 어두운 얼굴로 김 교장에게,

"저, 선생님, 암만해도 시민증을 해야겠는데요. 피난도 가고 당장 길에라도 나가려면."

"뭐, 시민증? 에이 여보게, 자네가 시민증이 아랑곳인가. 자넨 어디로 보나 도민증감일세, 도민증감."

와아들 웃고 열도 얼떨결에 따라 웃는다. 좌석을 웃겨놓고야 김 교장은 정색을 하고,

"그런 건 걱정 말고 우리하고 함께 가세. 도민증쯤 문제 있겠나. 그 고장에선 그래도 내가 유지 아닌가. 그저 세상이나 제발 잘 돌아 이번엔 어떻게 놈들에게 서울을 안 내놔야 살겠는데. 훈장 신세에 새끼들은 조랑조랑 달리고 보니 피난 갈 엄두도 안 나고 그렇다고 앉아 죽잘 수도 없고."

그러고는 가라앉은 목소리로 시국 이야기들을 하고 자식 많은 한탄, 돈 없는 한탄들을 하는 것이었다. 해가 퍼진 후에 그들은 열을 호위하다시피 둘러싸고 떠났다. 모든 것은 계획대로 잘될 터이고 이제 남은 일은 피난 보따리를 싸는 일뿐이었다.

다음다음 날, 일이 순조롭게 되면 오늘쯤 열이 돌아올 듯싶은데 날은 그냥 어두웠다.

일이 순조로운 것에 오히려 익숙지 못한 진이의 생리는 이미 어떤

불행 같은 것을 예감하기 시작하고 있었다. 그것은 스스로도 어쩔 수 없는 막연하지만 거의 확신에 가까운 것이었다.

(이제 곧 액신이 넘겨다볼 차례다. 무슨 방정맞은 생각을······. 남들은 다 나보다 행복하다. 난리통에 가족이나 애인을 잃은 일도 없고 부유하고 안일하고 건강하고, 그리고 차 타고 피난도 가고 그래도 지극히 당연해하는데 나만은 왜 요쯤의 다행도 과분해하고 두려워하는 것일까? 바보다. 바보.)

막 저녁상을 받으려는데 누가 요란하게 대문을 흔든다. 진이는 숟갈을 내던지고 벌떡 일어섰으나 움직이지를 못한다. 왔구나! 액신이. 대문을 대뜸 떠오른 이런 생각을 쉽사리 문대버릴 수가 없어서. 문을 흔든 건 서무의 하 씨였다.

"저 하 선생이, 하열 씨가, 진정하세요. 생명엔 절대 관계없으니까. 하 선생이 총에 맞았어요."

"네? 누가 우리 그일 누가, 누가?"

"쏜 게 아니라 오발 사건이었어요. 우, 운수가 나빴다고밖에 달리 드릴 말씀이······."

삽시간에 집안이 울음바다로 변하고 진이만이 정신이 해맑아온다. 모든 것이 삽시간에 뒤죽박죽이 되고 이 혼란을 갈피잡을 이는 바로 자기밖에 없다는 자각은 엄연하고도 가혹했다.

"어디죠, 맞은 곳은?"

"다리예요. 우측 정강이."

"어느 정도?"

"관통했어요. 출혈도 심했고요."

"어디서 어쩌다가?"

"여기서 간 다음 날 도민증은 곧 되고요, 마침 그날 밤이 크리스마스이브라 한판 놀려고 하 선생을 붙들었죠. 하 선생은 그날로 오려고 하는 것을 특히 제가 많이 붙들었나 봅니다. 용서하세요. 기숙사방에서 깡소주를 마시며 진탕 놀았죠. 모두 조금씩 울적한 판에 마구 퍼마시며 기염을 토하는데 군인이 몇 명 끼어들었죠. 우리 학교엔 제2국민병으로 응소한 장정들이 잔뜩 수용돼 있는데 그들을 인솔하는 방위군 장교들이었죠. 새벽녘에야 모두 곯아떨어졌다 느지막이 일어나서 자기 둘레를 수습하고 벗어놓은 옷가지를 챙기려는데 어떤 군인이 머리맡의 자기총을 들고 들여다보는가 했더니 땅하고 나갔어요. 하 선생이 악하고 쓰러지고 다리에서 피가 흐르더군요. 순간적인 일이었어요."

"그럼 그 방엔 아주 여럿이 있었겠군요?"

"그럼요, 콩나물시루 같았는걸요."

"그런데 하필 우리 오빠에게!"

그런 말을 주고받으면서도 진이는 옷을 주워입고 혜순에게도 떠날 채비를 하게끔 눈짓을 한다.

그 근처엔 마땅한 병원이 없어 구파발까지 나와 조그만 병원에 입원시켰다는 것이었다.

별수 없이 찬은 업어야 했다. 영천까지는 그래도 전차가 있었지만 거기서부터는 걸어야 했다.

홍제원고개를 넘어서 양쪽에 허허한 겨울 벌판이 펼쳐 있고 겨울 벌판은 어둠 속에서도 활발히 움직이고 있었다.

망망한 벌판을 시야가 닿는 데까지 펼쳐진 야영하는 텐트, 괴수처럼 웅크리고 있는 군용차량들, 곳곳에 이글거리는 화톳불, 어둠을 찌르는 갖가지 금속성 소음, 준엄하고 빈번한 검문. 바로 전쟁터를 횡단하고 있다는 실감은 소름끼치는 것이었다.

"그새 전선이 더 남으로 내려왔나 보죠? 이렇게 온 벌판에 군인 천지니."

"까딱하단 올해도 못 넘길 것 같으니 우린 피난 가긴 다 틀렸죠?"

관통상과 도보피난……. 진이는 자조한다.

바로 국도연변의 허술한 선술집과 나란히. 선술집과 똑같은 유리문에 '십자의원'이란 붉은 페인트 글씨만 없다면 하릴없이 시골의 선술집 아니면 잡화상 같은 히름한 집 앞에서 하씨는 멎었다. 진이와 혜순은 별안간 가슴에 심한 동계를 느낀다.

"작은아씨."

혜순은 뜻없이 외치고 진이의 한쪽 팔에 매달리듯이 자기의 체중을 싣는다. 하 씨의 빠른 걸음을 따라 단숨에 여기까지 온 그녀들은 전신이 땀에 흥건히 젖었음을 그제서야 깨닫는다.

10촉이나 될까 말까 한 침침한 전등불 밑에 열은 조용히 누워 있었다. 얼굴이 백지장처럼 창백하고 고통을 참느라 미간이 깊게 주름져 있었으나 진이와 혜순을 바라보는 눈은 평온하고 선량했다.

"앉지들 그래. 놀랐지? 괜히."

희미하게 웃기까지 한다. 괜히라니? 그 꼴을 하고서, 모든 것을 한꺼번에 망쳐놓고도 괜히라니. 진이는 속이 뒤집히도록 열의 그런 태도가 역겹다.

혜순은 아기를 업은 채로 고꾸라지듯이 열의 가슴에 얼굴을 묻더니 왈칵 울음을 터뜨리고 열은 별로 말리거나 언짢아하는 기색도 없이 자기 가슴에서 격하게 율동하는 혜순의 헝클어진 머리를 조용히 쓰다듬고 진이는 이런 광경을 장승처럼 선 채 냉랭하게 지켜본다. 찬이 혜순의 등에서 거북한 듯이 칭얼대기 시작하니까 혜순도 가까스로 울음을 멈추고 찬을 내려서 젖을 빨린다.

"아 고놈, 배가 꽤 고팠나 보군."

열은 다시 손을 뻗쳐 찬의 머리를 쓰다듬기 시작한다.

진이는 발치로 가서 이불을 거칠게 들친다. 붕대로 감긴 다리가 나무토막처럼 누워 있다. 아무리 이들 부부가 평정과 단란을 가장해도 관통된 다리는 이불 속에 천 근의 무게로 누워 있는 것이다. 열은 부시럭대며 머리맡에서 뭔가 찾는 눈치더니 아직도 관통된 다리를 굽어보고 있는 진이에게 내민다. 마치 못된 짓을 저질러놓고 대신 백 점 받은 시험지라도 내밀어 부모의 노여움을 달래보려는 아이들 같은 겸연쩍음과 치기가 뒤섞인 웃음을 비실비실 웃으며,

"이것 봐라, 도민증. 시민증보다도 못하지 않지?"

난리를 겪으면서 사람 살기는 좀 더 거추장스러워졌다. 우선 사람 행세하는 데도 타고난 인두겁이면 족하던 것이 시민증이니 도민증이니 하는 명함만 한 종이쪽지가 필요불가결하게 되었다. 그렇더

라도 그것을 얻기 위해 열은 얼마나 엄청난 대가를 지불한 것일까?

열의 고통은 하루하루 조금씩 덜해가는 듯했으나 물론 걷기까지는 많은 날이 있어야 할 것 같았다. 국도가에 있는 이 병원집은 낮이나 밤이나 조용치 못했다.

낮에는 피난민의 왁자지껄한 행렬이 길을 메웠고 밤에는 후퇴하는 중장비의 군차량의 육중한 차바퀴 소리가 구들장까지 울렸다.

매일 문병 오던 N농업학교의 동료들의 수도 하나둘씩 줄었다. 그들도 어쩔 수 없이 피난길을 떠났고, 제 자식도 힘에 겨운 그들로선 열을 어떻게 해보겠다는 엄두도 낼 수 없었다.

1월

 새해가 되자마자 십자병원 의사도 식구를 데리고 피난길을 떠났다. 한아름의 탈지면과 붕대 뭉치와 머큐로크롬, 이름 모를 연고 한 통을 간단한 치료법과 함께 남겨놓고.
 의사도 없는 텅 빈 병원에 누워 남으로 향한 간단없는 소음을 듣는 고통도 열은 잘 견디었다.
 아들에 대한 걱정과 텅 빈 동네에 혼자 남아서 빈집을 지켜야 하는 외로움을 견디기 어려웠던지 서 여사도 집을 비워놓은 채 구파발로 옮겨와 식구가 좀 늘긴 했어도 온 세상에서 버림받은 듯한 고적감은 마찬가지였다.
 밤새도록 육중한 차량의 소음이 멎는 순간이 없이 연달아 계속되고, 사람들의 움직임이 밤새도록 창문 밖을 지나는 유난히도 소란

한 밤이 지난 후 드디어 마지막 후퇴령이 내렸다.

행여나 하고 끝까지 남았던 사람들이 한꺼번에 쏟아져 나와 국도를 총총히 달렸다.

차를 탈 수 있는 행복한 사람이 여태껏 남았을 리는 만무하고 걸어서 가는 피난길은 너절하고 혼잡했다. 그래도 진이는 뛰어들고 싶었다. 남으로 한없이 잇따른 인파 속의 한 사람이고 싶었다. 정교한 모양의 꽃을 피운 병원 유리창의 성에를 입김으로 녹이며 그녀는 유리창에서 떠날 줄을 모른다.

뛰쳐나가고픈 충동을 억누르느라 전신을 빳빳이 경직시킨 채 이마에 솟은 끈적한 진땀을 닦는다.

"진이야, 너라도 떠나렴. 너라면 혼자서도 넉넉히 갈 수 있을 게다."

흠칫 놀라 돌아다보니 열이 애처로운 듯, 미안한 듯 묘한 표정을 하고 있다. 여전히 착한 시선은 진이의 마음을 속속들이 들여다보고 있는 것 같으면서도 결코 날카롭지 않고 부드러웠다.

측은한 아픔, 어쩔 수 없는 핏줄의 잡아당김, 그런 것들로부터 결코 자유로울 수는 없다는 체념에 뒤이어 전혀 예기치 않았던 무분별한 용기가 불끈 치솟는 것을 느낀다.

"같이 떠나요. 오빠도, 식구들 다."

"너, 나를 업을 기운이라도 있나 보구나."

"손수레가 있어요. 이 집 안마당에. 이 집 식구가 피난 갈 때 쓰려고 만든 건데 바퀴가 신통치 않다고 새로 만들어서 가지고 갔거든요. 거기에 오빠를 실을 수 있을 거예요."

"신기만 하면 저절로 가니?"

"내가 밀죠. 오빠는 내가 밀고 언니는 찬을 업고 어머니는 약간의 짐을 이고, 어때요?"

그녀는 갑자기 생동하는 스스로를 느낀다. 영감을 얻은 예술가처럼.

그렇지만 몇 가지의 짐을 챙기고 겨울옷을 몇 겹씩 껴입은 열을 손수레에 싣고 난 것은 저녁나절이었다. 여러 사람 속에 섞여 같은 방향으로 움직인다는 것은 얼마나 큰 즐거움일까? 그러나 마치 거대한 매스게임의 한 멤버가 된 듯한, 타인과의 일치감이 주는 순수한 기쁨으로 바퀴도 시원치 않은 손수레를 마냥 끌 수 있는 것은 아니었다.

곧 진이네 일행은 사람의 물결에서 뒤지기 시작했다. 어두운 길 양쪽 벌판에는 이미 야영하는 텐트도 이글거리는 화톳불도 보이지 않고 무인의 벌판만이 황량 그대로 펼쳐져 있었다.

손수레의 열의 무게와 진이의 필사적인 안간힘과의 대결은 그래도 영천형무소 앞까지 계속되었다.

그녀는 아무런 예고도 없이 별안간 손수레를 멈추고 썩은 나무둥치처럼 땅바닥에 쓰러졌다.

문자 그대로 혼신의 힘을 다했고 이젠 더 움직일 힘은커녕 무어라고 말할 힘조차 그녀 자신을 위해 남아 있지 않았다.

몇 시쯤일까. 달 없는 칠흑의 밤을 아직도 드문드문이나마 피난민의 무리가 줄달음질쳐 지나갔다.

진이는 힘을 남김 없이 짜낸 허탈상태에서도 단신으로 달려가는 그들이 부럽고 까만 하늘의 영롱한 별들이 아름답기조차 하다. 목구멍이 갈라지는 듯한 갈증을 축이고자 입맛을 다셔도 침조차 솟지 않는다. 몸의 수분도 힘과 함께 다 짜내버린 느낌이었다. 손수레의 널빤지에 기대듯이 비스듬히 누워 있는 진이에게 열의 손이 서서히 뻗어와 머리를 일으켜 자기 가슴에 기대게 한다.

 열의 얼굴을 똑바로 쳐다보는 자세로 몸을 기댄 진이의 얼굴에 뜨거운 액체가 연달아 떨어져 온다. 진이의 눈에서도 똑같은 게 화끈 넘친다. 오열을 동반하지 않은 조용한 눈물은 그 원천이 마치 진이의 육체 밖 딴 곳에 있는 듯이 풍부하다.

 형무소 옆 큰길을 한 떼의 피난민이 떠들썩 내려오고 이 한 떼를 인솔하는 듯 앞에 선 사나이가 플래시를 흔들다가 문득 열의 얼굴에서 멎는다.

 "아 아니, 하 선생 아뇨?"

 수레 앞으로 와락 달겨든 사나이는 N농업학교에서 국어를 가르치던 정 선생이었다.

 "어떻게 예까지? 안정하고 누워 있지 않고……."

 정 선생이 걸머진 커다란 류색 속에서 두 개의 까만 머리가 남실대며 키득거린다.

 "정 선생은 어쩐 일로 이렇게 늦게. 어제 떠나신 걸로 알고 있었는데."

 "요 위 큰댁 식구들과 합세하느라고. 어머니께서 안 떠나시겠다는 걸 설득시키고 하느라 그만 이렇게……."

정 씨는 설명을 더하는 대신 자기 뒤에 멈춰 선 적지 않은 식구들을 돌아다본다. 과연 꺼먼 오버를 들쓰고 머리를 털목도리로 감은 노인네가 지팡이에 꼬부라진 몸을 기대고 서 있었다. 주체스러운 노인, 그래도 다리에 관통상은 없다……. 진이는 그런 생각을 하며 덤덤히 앉아 있다.

정 씨의 플래시가 다시 한 번 진이와 아기를 업은 혜순과 짐을 인 서 여사를 번갈아 비추더니 입맛을 쩍쩍 다시는 눈치가 차마 발길이 안 돌아서는가 보다.

"어디 그 모양으로야 돈암동까지 가겠소? 그냥 그 병원에 누워 있으면 어때서. 하 선생도 결벽이 지나쳐서."

아직도 정 씨는 이 일행이 돈암동 집이 아니라 한강 너머로 피난 길을 가고 있다고는 짐작도 못한다.

"좋은 수가 있어요. 요 뒤가 바로 지금 우리가 떠나온 큰댁인데 거기 가서 계시구려. 어치피 빈집이겠다. 방도 아직 뜨뜻할 테고 저녁밥 지어놓은 거랑 그냥 다 있으니까."

"그렇게까지 신세를 질 수야."

열이 모호하게 머뭇거리는데 진이가 별안간 나선다.

"고마워요. 선생님, 그렇게 하겠어요."

진이는 번개처럼 떠오른 어떤 생각과 함께 싱싱한 힘이 다시 한 번 솟는 것을 의식하고 스스로도 놀란다. 아직도 자기에게 여력이 남아 있었다는 걸로.

"그렇게까지 신세를 질 수야."

열은 아까와 똑같은 말을 이번엔 진이에게 한다.

그녀는 대꾸 없이 벌써 손수레의 밧줄을 끌며,

"어디쯤이죠? 대강만 가르쳐 주세요."

"그렇게 가시려고? 비탈길인걸요. 그렇겐 안 될걸요."

정 선생은 류색을 조심스럽게 내려놓더니 열을 반항할 틈도 없이 업는다.

"자 갑시다. 업어다 드리고라도 가야 마음이 편하지. 우린 어차피 늦은걸."

류색 속의 두 어린것이 땅 위에선 더욱 신나라고 키득댄다. 열을 업고 성큼성큼 앞서가는 정 선생을 따라가며 진이는 땅에 닿을 듯이 축 늘어진 열의 관통된 다리에 몸서리치는 미움을 느낀다.

형무소 뒷담을 낀 길을 따라 가노라면 길이 기역 자로 꺾이며 가파른 비탈로 변하여 산 쪽으로 치뻗고 있다. 이 비탈길에서도 맨 끝의 집이 정 선생네 큰댁이었다. 그러니까 이 집 다음부터는 여름에는 제법 나무도 무성했을 듯한 산이었다.

대문 밖에 바로 우물이 있고 안마당에는 산의 일부인 커다란 바위가 돌출돼 있고 바위 밑은 굴을 이루고 있었다. 정 선생은 안방 아랫목에 이불까지 펴게 하고 열을 눕히고 돌아갔다.

"오늘 밤 일은 암만해도 너무 염치없었던 것 같다. 내일이라도 우리 집으로 가자. 암만해도 구파발에서 여기 오기보다야 수월할 게 아니냐?"

"안 돼요."

"안 되다니? 참 너 아까부터 좀 이상하구나."

열은 정 씨가 깔아놓은 요 위에 거북하게 앉아 암만해도 개운치 않은 눈치다.

"할 수 없잖아요. 난 오빠, 가짜 피난이라도, 거짓 남하라도 하고 싶었는걸요."

"가짜 피난?"

"네, 가짜 피난요. 우리 이 집에서 꼼짝 말고 지내다가 또 한 번 난리를 치르고 서울이 다시 수복되거든 그때나 돈암동 집으로 돌아갑시다. 피난 갔던 사람들이 한창 돌아올 무렵 우리도 의젓하게 돌아가면 되잖아요. 우리도 남쪽으로 피난 갔다 돌아오는 것처럼 떳떳하게 우리 동네로 돌아가요. 아무도 우리를 의심하거나 빨갱이라고 뒷손질은 못할 거예요. 우리는 그때부터 다시 떳떳이 살 수 있을 거예요. 절대로 그래요, 절대로. 거기 들어앉아서 피난 갔다 돌아오는 이웃들을 맞을 순 없어요. 다시 뒷손질을 받고 살 수는 없어요. 뒷손질뿐이면 또 약과죠. 끌려가서 시달릴지도 몰라요. 오빠, 이젠 내가 여기 있겠다는 이유를 아시겠어요?"

"가엾은 것, 그런 생각까지."

진이는 열의 눈에서 아까 어둠 속에서 자기 얼굴에 떨어지던 그런 액체가 솟는 것을 볼 것 같아 부랴부랴 부엌으로 나가 저녁상을 챙긴다.

후퇴령이 내린 지 며칠, 진이와 혜순은 매일 아침 집 앞 우물에서 물을 긷고 굴뚝에선 하루 두 번씩 연기가 오르고 하였지만 여태껏 사람이라곤 먼발치로라도 본 적이 없었다. 지금 그들이 인민군 치하에 있는지 대한민국의 하늘 아래 있는지조차 알아낼 길이 없었다.

우물 앞에 서면 영천에서 독립문까지 한길이 굽어보이고 바로 맞은편에는 순덕의 이모님이 있는 현저동 일대의 불탄 자리와 간혹 남아 있는 허술한 판잣집이 빤히 보였다.

그러나 사람의 그림자는 어디에고 없었다. 전쟁이 휩쓸고 지나간 거리는 분명히 아니었다.

전쟁이 지나갔다면 패자의 잔해와 호곡이 있어야 할 게 아닌가? 또 승자의 함성과 횡포도 있어야 할 게 아닌가?

이것은 분명히 전설에나 나오는 끔찍한 전염병이 휩쓸고 지나간 거리인 것이다.

역신疫神이 지배하는 거리. 그러면 진이네는 무엇이란 말인가? 전염병을 면할 수 있었던 행운아들? 아니다. 역신조차 외면하는, 지옥으로 가는 축에서조차 따돌림을 당한 저주받은 족속인 것이다. 설사 살아남은 것이 신의 은총을 거부하고라도 여럿이 함께 지옥으로 떨어져 가고 싶은 것이다. 진정코 지옥 속에서라도 여럿이 함께 있고 싶은 것이다. 사람 그리움, 혼자라는 두려움, 이런 것은 밤일수록 더했고, 가족끼리 이런 외로움에 서로 조금치의 도움도 될 수 없었다.

등화관제니 공습경보니 하는 것이 있을 리는 없었지만 낮이나 밤이나 심심찮게 내습해 오는 비행기는 이 무인無人의 도시의 유일한 방문객이었고 따라서 누가 뭐라지 않아도 스스로 밤에 불을 켜기를 삼가고 있었다.

진이네는 그렇다 치더라도 딴 집에야 사람이 살고 있지 않으니 무슨 불빛이 비칠 리 있겠는가?

저녁이면 돌아올 식구를 기다리는 뜨뜻한 불빛이 없는 집들. 하루의 피로를 풀 단란의 고장을 향해 발걸음을 빨리하는 사람들이 지나가지 않는 칠흑의 골목들…….

잠 안 오는 밤이면 이 칠흑의 밤이 영원히 밝지 않고 계속되는 것이 아닌가 오싹 식은땀을 흘리며, 눈을 뜬 채 가위눌리듯 어둠이 주는 무서움에 전신을 짓눌렀다.

그래도 어김없이 아침은 밝아왔다. 사람들의 생활이 없는 고장에도 해는 떴다. 아침이면 혜순은 정성껏 열의 다리의 붕대를 끄르고 관통된 구멍에서 심을 빼내고 새로운 헝겊에 연고를 묻혀 구멍에 집어 넣고 빨아놓은 새 붕대로 다시 다리를 감는다. 혜순은 이런 일을 제법 능숙하고 침착하게 매일 되풀이했다. 경과는 좋달 것도 나쁘달 것도 없었다. 심에 피나 고름이 묻어나는 것도 아니고 특별한 악취가 풍기는 것도 아니었지만 구멍의 넓이가 별로 좁아지지도, 심으로 들어가는 헝겊의 길이가 줄어가지도 않았다. 관통된 구멍은 보송보송 깨끗한 채 악마가 파놓은 함정의 입구처럼 무한한 깊이로 어둡게 뚫려 있었다.

혜순이 상처를 치료하는 동안 진이는 될 수 있는 대로 외면을 하고 생각까지도 딴생각을 하려 애를 쓴다. 그녀는 아직도 그 상처가 열의 육체의 일부가 아닌 것처럼 치가 떨리게 싫었다. 그런 혐오의 순간을 예사롭게 넘기는 고통 또한 이만저만이 아니었다. 또 하나 밤이 가고 아침이 오는 규칙적인 순환이 가져다준 사람들의 습관, 자고 깨면 먹어야만 한다는 문제는 한층 더 심각하고 두려웠다. 밥알보다는 김치 우거지가 훨씬 더 많은 김치죽을 훌훌 불며 혜순이,

"그래도 김치가 많아 다행이에요. 쌀은 오늘로 다지만 총각김치도 있고 깍두기도 많고 김치는 몇 독인지도 모르게 많아요. 김치 먹고 물마시면 죽지는 않을 거예요. 그렇죠? 죽는 건 아주 굶어야 죽는 거죠? 곡식 안 먹어도 문제없이 살긴 살 거예요. 그렇죠?"

혜순은 더듬거리기까지 하며 열심히 집안 식구 중의 누구의 동의라도 구하려 든다.

"그까짓 곡식을 내가 조금 구했는데 언니는 안 줄까 봐. 그까짓 곡식."

"네!"

혜순의 낯이 금세 환해진다.

"어, 어디서요?"

"이 집 애들 베개를 만져보니 암만해도 묵직한 게 메밀깍지 같지 않길래 뜯어보니 좁쌀이던데. 어때요. 근사하죠?"

"베갯속이면 많지는 않겠군요?"

"그런 올망졸망한 베개가 아마 댓 개는 되나 봐요. 당분간은 양식 걱정 안 해도 되겠죠?"

"다행이에요. 도둑질을 안 하게 됐으니 얼마나 다행이에요."

"도둑질요?"

"네, 도둑질이라도 하려고 마음먹었어요. 우린 몰라도 오빠야 차마 어떻게 김치만 먹여요. 그렇게 많이 피를 흘렸는데. 피가 되고 살이 될 좋은 것을 흠뻑 먹이지는 못하나 어떻게 김치만······. 그래서 도둑질을 몰래 결심했었어요. 빈집뿐이니까 문제없을 거라고. 그렇지만 역시 도둑질을 안 하게 된 게 기뻐요."

"언니, 언제고 도둑질을 하게 될 거예요. 그렇지만 언니 혼자 그 짓을 하게 내버려두지는 않을 테예요."

"아무튼 베개 속의 좁쌀을 될 수 있는 대로 오래 먹도록 해보겠어요."

"먹는 것은 바라보는 것하곤 달라요. 다르고말고요, 사뭇."

진이는 먹어 들어가는 속도와 뒤대어 먹을 것을 마련하는 속도와의 지겨운 경쟁의 고달픔을 누구보다도 잘 알고 있다고 생각한다.

이제 그 경쟁을 혜순이 도와주려고, 아니 주도권을 쥐려 하고 있다고 느끼자 그녀는 속으로 빙그레 웃는다. 홀가분하면서도 한편 안심찮은 그런 기분이었다.

고소하고 노란 죽을 먹은 날 밤 많은 눈이 내렸다. 이 겨울 들어 몇 번 눈이 내리긴 했어도 이렇게 흐뭇하게 내리긴 처음이었다. 사락사락 눈 내리는 소리가 역력히 귀에 잡히는 적요도 진이는 난생처음이었다.

눈은 사람을 한층 깊이 잠재워주나 보다. 그녀는 이리로 온 후 처음으로 푸근히 자고 깼다.

볼썽사납게 마당에 돌출했던 바위와 그 바위 위에 비스듬히 마당을 향해 나 있던 소나무가 눈에 덮여 절경을 이루고 있었다.

열은 안방 미닫이를 활짝 열고 창백한 얼굴에 엷은 미소를 띤 채 이런 설경을 감상하고 혜순은 피난 보따리에서 붉은 모본단 저고리까지 꺼내 입고 소녀처럼 들떠 있었다.

세상사로부터 완전히 고립 단절된 생활에, 기후의 변화로부터나마 단절되지는 않았다는 증거로 내려준 눈이 그들에겐 그렇게 반가웠다.

혜순은 노란 좁쌀을 씻고 진이는 아궁이에 불을 사른다. 잘게 툭툭 쪼갠 널빤지 쪽을 아궁이의 철판 위에 수북이 성기게 쌓고 나무 사이에 신문지를 꼬깃꼬깃해 불을 당겨놓으면 널빤지 쪽에 쉽사리 불이 붙고, 미리 물이 되직하게 개놓았던 분탄을 손바닥만 하게 뚝뚝 떠서 불붙은 나무 위에 얹고 철판 밑 공기 구멍으로 부채질을 한다.

그때까지가 큰 일이다. 손이 빠지는 듯한 추위를 입김으로 녹이며 부채질을 한층 빨리 놀리면 개 얹은 분탄에 불이 붙고 물솥에 물이 끓고 드디어 부엌 속이 후끈해진다.

"지난 여름에 언니 옷 다 팔아먹지 않고 좀 남겨 놓기 잘했어요. 빨간 저고리가 아주 잘 받네요."

진이는 다시 한 번 혜순의 붉은 모본단 저고리와 좀 거추장스럽지만 우아한 남치마를 부러운 듯이 바라보며 말한다.

"마땅한 입을 게 없어서……."

혜순은 기쁜 듯 그러나 자기의 화려한 꾸밈새를 진이에게 좀 미안해한다.

"오빠를 위해서도 그런 옷 남겨 놓기 잘했지 뭐예요. 예쁜 새댁이 들락거리는 집. 나도 그런 집을 좋아하지만 오빠는 더할 거예요. 갖은 위험을 무릅쓰고 도망 온 보람이 있다 싶을걸요. 유감이 있다면 예쁜 새댁이 입쌀을 씻지 못하고 좁쌀을 씻는 게 안됐지만."

몸이 완전히 녹자 그녀들은 물통을 들고 대문 밖 우물로 물을 길러 나간다.

우물 앞에서 내려다본 설경은 광활하고 장엄했다.

그러나 움직이는 거라곤 없는, 움직이는 것에 의해 침식당하거나 오염당한 자취라곤 없는 설경이란 숨막히도록 허허할 뿐이었다. 발자국이 없는 한길, 썰매 타는 아이들이 없는 비탈, 소년들의 희희낙락한 눈싸움이 벌어지지 않는 너른 마당, 다만 백색에 또 백색일 뿐, 미칠 듯한 백색일 뿐. 그녀들은 좀 전까지만 해도 눈 때문에 들떴던 것을 까맣게 잊고 막막하고 공허하게 펼쳐진 백색 앞에 아연히 서 있었다.

"작은아씨, 저 아래 움직이는 게 있어요!"

혜순의 목소리가 탁 튕겨온다.

"어디? 움직이는 게?"

진이는 가슴만 두근댈 뿐 한동안을 그 움직인다는 걸 분별해내지 못한다. 눈 위에서 움직이는 것 역시 온통 흰빛이었으니까. 면사포를 쓰듯이 머리 끝서부터 발끝까지 흰 것을 두른 사람이 하나도 아니요 대여섯 명이나 곧장 올라오고 있었다.

가까워짐에 따라 자세히 살펴보니 얼굴만 빠끔히 내놓고 흰 홑이불로 전신을 휩싸고 있었다.

그녀들은 그제서야 붉은 모본단 저고리로 눈 위에 무슨 표적처럼 서 있었다는 걸 뉘우친다. 사람 그리움에 잇따른 당연한 순서인 사람 반가움이 통 일지 않은 채 그녀들은 얼어붙은 듯이 서 있었다. 흰 홑이불들은 드디어 말소리까지 들릴 만큼 가까워진다.

"내 뭐랬어. 틀림없이 젊은 여자랬잖아. 늙은이가 빨간 저고리라니 당치도 않지."

"어쩌다 눈에 띄는 거라곤 기껏 다 죽어가는 늙은이들뿐이더니. 호오? 저런 젊은 여자가 남아 있었다니."

앞서 오던 사람이 놀라움을 호들갑스럽게 나타내며, 흰 홑이불을 앞가슴께에서 꼭 여며쥐었던 손으로 진이네들을 손가락질하려는데 마침 강한 바람이 눈보라를 일으키며 그들 쪽으로 불어 간다.

그 서슬에 들썼던 홑이불이 흰 날개처럼 멋들어지게 뒤로 날리며 진이는 재빠르게 두둑하게 누빈 군복과 어깨에 단 인민군의 울긋불긋한 계급장을 본다. 잠깐 동안의 일이었다.

그러나 진이는 매섭게 찬 눈보라 속에 서서 그 지긋지긋하게 무겁고 긴 지난 여름의 나날, 그녀를 꼼짝달싹 못하게 짓누르던 잔혹한 어떤 열기를 정수리에 따갑게 실감한다.

마치 한발 속의 한여름 같은 잔혹한 열기는 다시 한 번 모든 것을 말려버릴 것이 뻔했다. 온갖 사사로운 행복에의 꿈도 젊은이의 꽃다운 야망도 사랑하고픈 애절한 소망도.

그녀는 두려움과 혐오로 몸을 떨면서도 오히려 자세는 오만하게 도사린다.

"여성 동무 반갑소."

앞서 온 사나이가 장갑 낀 손을 내민다. 진이는 역겨움을 지그시 누르고 손을 마주 내민다.

"참 반갑소. 그런데 어째 동무들은 후퇴를 안 했소? 인민공화국을 지지하기 때문이오?"

사나이의 눈이 차게 번뜩이고 진이는 분수없이 반발한다.

"아아뇨."

"뭐라구? 아니라구? 하하하 이거 재미있구만. 젊은 동문 이렇게 솔직해서 좋거든. 그럼 어째 남았소?"

어디까지나 소탈한 듯 관대한 듯하면서도 목적에서 멀리는 빗나가지 않으려는 주도함이 있었다.

오히려 자기가 한 말도 수습하지 못하는 건 진이였다.

"가다가 도로 왔어요. 힘이 모자라서요."

"으하하하 놀리지 말아요. 이렇게 젊고 건강한 아가씨들이 힘이 모자라다니. 괜히 어름어름하면 재미없어. 곡절을 바른 대로 대요."

차차 본성을 나타내며 얼굴에서 소탈한 웃음을 싹 거둔다.

"정말이에요. 갓난애기가 딸린 데다가 오빠까지 끌구 가려니."

오빠 소리에 혜순이 뒤에서 진이의 옷자락을 살까지 겹쳐 강하게 잡아당긴다. 아차 싶었으나 수습할 수 없는 실수는 이미 저지른 뒤였다.

진이의 얼굴이 엉망으로 구겨진 데 반해 앞장선 사나이는 자못 긴장하며 눈이 번쩍인다.

"오빠가? 동무 오빠면 젊은 남자겠군. 젊은 남자가 남아 있다? 거 재미있군. 그런데 참, 끌고 다녔다고 했겠다. 왜 다리라도 부러졌나?"

"아아뇨. 아니래두요."

필요 이상 강하게 부인하고,

"오빤 폐병이에요. 아주 나빠요. 아마 3기도 넘었을 거예요."

"그래? 하여튼 구경 좀 합시다. 젊은 남자는 귀하니까. 비록 폐병쟁이긴 하지만."

그들은 흘끗 검은 연기가 탐스럽게 오르고 있는 진이네 굴뚝을 쳐다보더니, 서슴지 않고 우르르 대문 안으로 몰려들어간다. 진이는 허겁지겁 따라 들어가며 열에게 들으라는 듯 큰 소리로,

"폐병은 옮는 건데. 3기도 더 돼 4기쯤 됐을 텐데. 될 수 있는 대로 가까이는 가지 마세요."

"염려 마오. 우리 영용한 인민군대가 그까짓 폐병쯤 두려워할 줄 아오."

열도 진이의 뜻하는 바를 짐작했는지 콜록콜록 밭은기침을 하더니 앓는 소리까지 낸다. 그러나 미닫이는 사정없이 거칠게 열려졌다.

오발사건 때의 심한 출혈과 그 후의 영양실조로 열은 아닌 게 아

니라 결핵환자 뺨치게 수척하였다. 우락부락 거칠고 혈기왕성한 그들과 대조되어 더욱 창백해 보이는 열을 다시 한 번 뼈저린 연민으로 바라본다.

"정말 형편없군. 사람이 저렇게 못쓰게 될 때까지 치료를 안 하고 내버려두다니……."

"우린 가난하니까요."

진이는 의식적으로 그들에게 선전의 기회를 주기로 한다.

그녀는 아까 사나이가 '다리가 부러졌나?' 했을 때 나타낸 강한 의혹을 두렵게 되새긴다.

총상 입은 다리를 그들이 알아차린다면 어떤 오해를 입을지 뻔하면서도 미처 생각 못했던 일로 일은 이미 저질러진 뒤였다.

부상한 국군, 아니면 낙오한 국군……. 진이는 자기의 순간적인 경박 때문에 일어날지도 모를 엄청난 사태를 어떡하든 무마시키려 든다.

"우린 가난하니까요. 대한민국이야 돈 없으면 죽는 세상 아녜요."

사람 좋아 보이고 늙수그레한 병사가 진이의 뜻하는 바를 쉽사리 호응해온다.

"우리 북반부에선 이런 사람은 모조리 국비로 고텨두디요. 돈이 없어 사람이 듀거 가다니."

그러나 줄줄이 계속될 줄 알았던 그들의 득의의 선전은 잇는 사람이 없어 싱겁게 그친다.

이제 그녀는 어찌할 바를 모른다. 당초의 계획, 그들에게 실컷 선전을 시키고, 적당히 맞장구를 쳐서 그들을 기쁘게 안심시켜놓고 이 난관을 어름어름 넘겨보려던 작정이 빗나갔기 때문이다.

줄창 앞장섰던 사나이는 진이의 가난하다는 푸념을 싸늘하게 외면한 채 혜순의 붉은 모본단 저고리와 남색 뉴똥 치마를 의미 있게 노려보고 나서 열의 명주 바지저고리와 양단 마고자에 가서는 입가에 야릇한 미소가 떠오른다.

"잘 알았소. 앞으로 종종 들르리다. 하여튼 젊고 재미있는 여성 동무를 만나서 유쾌하기 짝이 없소. 그럼 안녕히."

장갑 낀 손이 다시 한 번 진이의 손을 잡는다. 그리고 소탈한 홍소를 한바탕 터뜨린다.

그들은 오래간만에 골목에 왁자지껄한 인간의 소리를 남기고 어디론지 사라져갔다.

오늘 아침이라고 행여 조죽이나마 넉넉할 리 만무였지만 식구들은 모두 조죽을 남겼고, 아무런 이야기도 주고받음이 없이 아침을 끝냈다. 각자의 불안을 애써 아무렇지도 않은 듯 감추며, 서로 남의 불안만을 조심스럽게 엿보고들 있었다. 날씨는 맑았으나 매섭게 차고 가끔 심한 회오리바람이 뽀얀 눈보라를 어지럽게 몰아왔다. 아담한 소품처럼 빈틈없는 구도를 보여주던 마당의 바위와 소나무가 이룬 설경도 여지없이 허물어져 갔다.

바위는 군데군데 검은 살을 볼품없이 드러내고 소나무도 눈을 떨구고 푸르게 떨고 있다. 겨울의 상록수는 차라리 낙엽수만도 못하다. 눈 속의 푸르름은 뭔가 청승맞고 외로워 보기에 민망할 뿐이다.

아침 설거지를 마치고 들어온 혜순은 아랫목에서 잠깐 녹이더니 붉은 저고리와 남치마를 조용히 벗어 다시 보따리에 찌르고 피난 간 이집 식구가 아무렇게나 벗어 던지고 간 옷 중에서도 제일 초라한 옷으로 갈아입는다. 누런 담요로 만든 구럭 같은 몸빼와 몇 가지 칙칙한 색깔만 모아서 짠 헌 스웨터를 들쓰고 나서 혜순은 쓸쓸히 웃는다.

"역시 비단 저고리 같은 건 안 남겨 놓을 걸 그랬나 봐요."

"여자가 아름다울 필요가 없는 세상이 지나갈 때까지 그래도 잘 간직해 두는 거예요."

"그 고비를 또 어떻게 넘기죠? 세상이 바뀌는 그 지긋지긋한 고비를……."

"걱정할 것 없어요. 우리가 고비를 넘기는 게 아니라 고비가 우리를 넘길 테니까요. 우리는 조금도 우리의 힘이나 의사, 소망을 걸지 않아도 고비는 저절로 우리를 넘겨줄 거예요."

"그러니까 걱정이죠. 난, 아니 우리 모두 고스란히 다치지 않고 또 한 번의 고비를 넘고 싶단 말예요."

혜순은 열이 쪽을 흘끗 보며 발악하듯이 악을 쓴다.

"너무들 지레 겁을 먹지 말아요. 보아하니 군인들이던데 한 군데 오래 머물러 있을 것도 아니고, 오늘 일은 오늘 일로서 끝난 걸로 칩시다."

관통된 다리로 꼼짝 못하고 앉았는 주제에 그래도 남자라고 남자 행세를 하려 든다. 여자들을 달래고 대범한 척하고.

그러나 그들은 결코 지나가다 들른 길손은 아니었다. 그들은 떼를 지어서, 또 제가끔 느닷없이 진이네를 찾곤 했다. 더구나 첫날 앞장섰던 소탈한 사나이를 보위군관 동무라고들 부르는 것을 이내 알 수 있었다. 혹한이 계속되는 어느 날도 그는,

"에이 추워, 뜨뜻한 구들장에 좀 지질까."

마치 무관한 친구집에 들어오듯이 친숙하게, 어찌 보면 방약무인하게 곧장 안방으로 들어와 열이 깔고 있는 요의 발치를 난폭하게 헤치고 엉덩이를 들이민다. 수선스럽고 무례하나 결코 밉지 않은 동작이다. 그러나 고의인지 아닌지 열의 아픈 다리를 난폭하게 건드려 열은 아픔을 소리없이 참느라 한참 애를 쓰는 것이었다.

그는 또 혜순의 돌변한 옷차림을 보자 거리낌 없이 호탕하게 웃으며,

"거, 여성 동무들 참 되게 인색하구먼. 눈요기라도 좀 실컷 시켜주면 어때서. 하여튼 우리 인민군대는 군기가 엄해서 국방군놈의 새끼들이나 양놈의 새끼들처럼 계집에 미쳐나진 않는단 말요."

서글서글하게 농처럼 지껄이는 대화 속에서 뼈는 반드시 있다. 그는 또 찬을 높이 쳐들어 안아주고, 어깨에 무등을 태우고 온 집안을 토끼처럼 모두걸음으로 뛰어다녀 찬을 숨이 막힐 만큼 웃기고 자기도 별 딴 뜻 없이 다만 가정이란 분위기를 아끼고 즐기고 있는 것같이 보였다.

그러나 암만해도 그가 안 오는 날이 훨씬 편했다. 그가 다녀간 후면 집안 식구가 다 한결같이 심한 피로를 느꼈다.

"아유 피곤해. 보위군관 대접이야말로 조죽 먹고는 못할 중노동인데……."

"인제 그 조죽거리나마 다 떨어졌어요. 어떡허죠?"

혜순은 사뭇 울상이었으나 보위군관으로부터 놓여난 해방감 때문인지 진이는 태연하다.

"도둑질을 나갑시다. 오늘밤에라도."

"도둑질 늦었어요. 저 아래 웬만한 집들은 인민군들이 벌써 다 해먹은걸요. 집집마다 대문이 활짝 열리고 온통 난장판을 만들어 놨어요. 그놈들이 눈 온 날이면 들쓰고 다니는 홑이불도 다 그렇게 남의 집 이불 홑청 뜯어낸 건데요? 뭐 먹을 것이 남았을 게 뭐예요. 녀석들 지껄이는 소리 못 들었어요? 도둑질을 뭐라드라……. 응, 보급공작이라고. 내 기가 막혀서. 보급공작 나갑시다 하고 떼로 몰려다니며 도둑질을 해댄 끝에 웬 우리 먹을 게 남았을라구요."

"보급공작? 근사한데요. 같은 값이면 다홍치마라고 이름이라도 그럴듯하게 붙이고 볼 거예요. 도둑질보다 훨씬 듣기에 편하군요. 그럼 우리도 떳떳이 보급공작 나갑시다."

"글쎄 할 만한 집이 없대두요. 진작 했으면 몰라도……."

"별수 있수. 그놈들이 남겨 논 거나 해먹을 수밖에……."

"남겨 논 거라뇨?"

"이 산 위에도 집이 있습니다. 형편없는 판잣집들이 꽤 많이 다닥다닥 붙었던데. 올라가기가 망한 게 험이지만."

"그까짓 하꼬방에 무슨 먹을 게 남아 있겠다고."

"모르는 소리예요. 웬만큼 사는 집들은 미리 서둘러 계획을 세워 피난을 갔으니까 양식은 남겨 놨을 리가 없어요. 그렇지만 하루 벌어 하루 먹는 이들이야 어떡허든 피난을 안 가고 버텨볼까 하다가 후퇴령이 내리고 나서 엉겁결에 떠났을 게 아녜요? 하다못해 잡곡이라도 있을 거예요."

"그러고 보니 그럴 것 같군요. 그렇지만 하루 벌어 하루 먹는 이들이 뭘 얼마나 남겨 놨겠어요?"

"그건 가봐야 알죠. 앉아서 어떻게 알아요?"

진이는 혜순을 야무지게 핀잔준다.

열은 자는 듯이 드러누워 있었으나 숨결이 고르지 못하고 미간이 어둡게 찌푸려지더니 길게 한숨을 내뿜고 돌아눕는다. 아내와 누이의 도둑질 모의를 못 들은 척 넘길 수밖에 없는 난처함을 그도 괴로워하고 있는 것 같았다. 마지막 조죽으로 저녁을 치르고 나서도 열은 줄곧 말이 없었고 이러한 남편의 발치에 우그리고 앉아 혜순은 꼼짝도 하려 들지 않았다.

불을 안 켜도 방 안 사람들의 표정까지 눈에 잡히게 달 밝은 밤이었다.

진이는 초조하게 어떤 일을 눈으로 재촉해오고, 혜순은 진이의 이런 눈이 두려워 자꾸만 열의 자리 밑으로 파고들며 구원이라도 청하듯이 열의 아프지 않은 쪽 다리의 발목을 은근히 잡아당긴다. 이런 혜순의 커다란 눈은 한층 퀭하니 깊게 들어가고 이마에 진땀이 솟는다. 그래도 열은 눈도 안 뜨고 잠잠히 누워 있다. 이들 셋의 말없는 갈등은 숨막히게 오래 계속됐다.

드디어 진이 발딱 일어섰다.

"나 혼자 다녀오겠어요, 보급공작을."

혜순은 울상을 지으면서도 엉거주춤 몸을 반쯤 일으키고,

"조금만, 며칠만 참아요. 며칠 굶어보지도 않고 도둑질부터 하면 못써요. 제발 며칠만……."

"눈 위에 달, 이런 도둑질하기에 안성맞춤인 달밤을 어물어물 놓칠 순 없어요."

"달이 밝은 게 어떻게 도둑질의 변명이 될 수 있어요. 며칠 굶어야 돼요. 최소한도 도둑질할 수밖에 없었던 변명이라도 마련하기 위해 며칠 굶어야 해요."

"거짓말쟁이. 오빠나 찬이를 한 끼도 굶기고 싶지 않으면서……. 도둑질의 궁리를 먼저 해낸 것은 누군데 마지막 고비에 가선 혼자 착한 척하려 들다니……. 좋아요. 혼자 가죠."

열이 천천히 돌아눕는다.

"당신도 따라가구료."

산동네 판자촌으로 향한 길은 변변히 길다운 길도 아닌 것이 가파르고 험했다.

사람이 다닌 자국이 없는 길은 발목이 빠지게 눈이 깊은데도 별로 미끄럽지 않아서 다행이었다.

그래도 혜순은 자꾸 미끄러지고 넘어지고 하여 진이의 부축을 받아야만 했다. 자연히 둘은 손을 꼭 서로 맞잡고 걸었다. 양쪽에 울

툽불퉁한 바위들과 그 사이에 키 작은 나무들이 듬성듬성 나 있는 가파른 비탈길을 오르고 나니 경사가 완만한 너른 마당 같은 곳이 나서고 나지막한 판잣집들이 다닥다닥 너른 마당을 굽어보듯이 붙어 있는 동네가 나선다.

진이는 그중 제일 좀 커보이는 집 앞에서 발을 멈춘다. 조그만 널빤지문은 오리목으로 X자로 못박아 놓은 채다.

진이는 서슴지 않고 가지고 간 장도리로 못을 빼 젖힌다. 그녀는 어디선지 불끈불끈 힘이 솟는 것을 느낀다. 용기와는 또 다른 이 힘은 그녀의 일손을 거칠게 그러나 능숙하게 재빠르게 한다.

도중에 한 번 몹시 손가락을 찧어서 혜순이 질겁을 하며 만져보려 들었으나 그녀는 매섭게 뿌리친다. 실상 그녀는 도통 아픔 같은 건 느끼지도 않는다.

좁은 마당엔 눈이 홑이불을 펴놓은 것처럼 희게 쌓여 있다. 그 위에 발자국이 없다 뿐이지 어디로 보나 빈집 같지 않다. 개구쟁이가 벗어 던진 듯한 고무신짝이 아무렇게나 댓돌에 나동그라졌고 마당 구석에 썰매와 송곳 달린 막대기가 흩어져 있다. 꼭 방안에 어린 놈들이 곤히 잠자고 있을 것 같다. 혜순은 완전히 겁을 먹고 진이에게 매달린 손이 가늘게 떨며 눈치 봐가며 조금씩 진이를 뒤로 끌어내려 든다.

진이는 그런 혜순에 상관 안하고 마루도 없이 직접 마당으로 난 여닫이 방문을 힘껏 잡아당긴다. 하도 힘없이 열리는 바람에 진이와 진이에게 매달리다시피 한 혜순의 두 몸뚱이는 마당에 엉덩방아를 찧을 뻔하며 뒤로 비틀댄다. 그 서슬에 진이는 킬킬 웃고 혜순은 비명을 지른다. 방 속은 캄캄했다. 진이는 잠시 귀를 기울인 후 스웨터 주머니에 미리 준비해 갖고 온 초와 성냥을 꺼내 불을 켠다.

　벽에는 옷가지들이 주렁주렁 걸려 있고 윗목에 궤짝이 두 개 포개 놓여 있는 위에 이불이 맵시도 없이 둘둘 뭉쳐 얹혀 있다.

　두루마기 입은 이승만 대통령의 상반신이 무궁화로 싸여 있는 사진 밑에, 열두 달 치가 한꺼번에 박혀 있는 한 장짜리 달력이 누런 벽지 위에 붙어 있는 게 이 방의 유일한 장식품이었다.

　장지문을 사이에 둔 윗방으로 촛불을 비추니 동그란 소반이 방금 사람들이 밥을 먹다 일어선 것처럼 어수선하게 펼쳐져 있다. 밥그릇은 대여섯 개 있는데 밥은 모두 먹다 만 것처럼 반나마 남아 있고 어떤 그릇은 숟가락이 꽂힌 채다.

　진이가 촛불을 들이대고 본, 가장 작은 어린애 밥그릇에도 조그만 숟가락이 꽂힌 채고 밥 위에는 반쯤 깨문 총각김치가 무청을 단 채 나동그라져 있다.

　도대체 무엇이 어린것으로 하여금 이 조그만 무토막을 마저 삼키지도 못할 만큼 급하게 하였던가? 그러나 진이는 설불리 감상 따위에 잠기지는 않았다. 재빨리 방 구석까지 촛불을 비춰보고 보따리들을 만져보고 궤짝문을 열어보고 다락을 뒤졌다. 먹을 거라곤 없었다. 부엌으로 내려간다. 부엌도 마치 게으른 주부가 밥하다 말고 잠깐 마실을 나간 것처럼 어수선했다. 그러나 반쯤 열린 밥솥에 부어진 숭늉은 꽁꽁 얼어붙어 있다. 아무것도 먹을 것을 찾아낼 순 없었다. 맥이 빠져 돌아나오면서 헛간 같은 곳에서 촛불을 끄려다 말고 혹시나 하고 그곳까지 구석구석 촛불을 비춘다.

한쪽 구석에 바퀴가 달리고 휘장이 쳐진 구루마 같은 게 있었다.

구루마 속에는 화덕 같은 게 들어앉아 있고 화덕 위에는 움푹한 무쇠로 된 기름가마가 얹혀 있다. 기름이 반나마 고여 있고 동그스름하게 빚은 밀가루 덩어리가 노랗게 익다 말고 서너 개 그 속에 잠겨 있고 화덕 옆 양재기엔 반죽해놓은 밀가루가 많다. 게다가 구루마 밑에는 반나마 남아 있는 밀가루 자루까지 나동그라져 있지 않은가.

수확은 의외로 오붓했다. 진이는 밀가루 자루를 메고 혜순은 반죽해놓은 양재기를 들었다.

"기름솥도 아주 겹쳐 들어요."

진이는 명령하듯 말한다.

"기름까지요? 뭣 하러?"

"지방 보충해야 돼요. 이 기회에. 특히 오빠에겐 이게 필요해요."

혜순은 고분고분 밀가루 반죽 위에 종이를 덮고 기름솥도 겹쳐 들었다.

비탈을 내려오기는 올라갈 때보다 더욱 힘들었지만, 진이는 한 손으로 어깨에 멘 밀가루 자루를 부여잡고 한 손으로 혜순을 잘 부축했다. 혜순은 올라갈 때보다 좀 더 발이 위태롭고 마치 탈진한 사람 같았다. 밀가루 자루와 기름솥은 부엌에 내려놓고 반죽은 방으로 들여다가 아랫목에 묻었다. 얼어붙은 것을 녹이기 위해서였다.

창으로 들어온 달빛이 마침 열의 얼굴에 와 있었다. 살아 있는 것 같지 않게 창백했다.

좀 떨어져 서 여사가 찬과 나란히 누워 있고 이들은 모두 잠들고 있지도 않으면서 잠든 척하고들 있었다. 혜순이 스러지듯이 열의 옆에 눕고 진이도 서 여사 곁에 눕는다.

온 방이 고루 잘 더워서 언 몸은 쉽게 녹고, 이어 꿈같이 단잠이 온다. 꿈에 썰매 탄 아이들과 총각김치와 그런 것을 본 것 같았으나 꿈자리가 어수선한 건 아니었다.

한밤중에 잠깐 잠을 깨니 열의 얼굴에 머물렀던 달빛은 지나가고 없었으나 방 안은 어슴푸레 밝았다. 열도 혜순도 아직 깨어 있는 것 같았다. 열의 손이 혜순의 한쪽 어깨를 감싸고 이쪽으로 희게 늘어져 있다. 진이는 열에게 하는 건지 혼잣말인지,

"빵 장수 집이었어요. 어쩌면 도나스 장수 같기도 하고……. 애들도 몇 있나 봐요. 다 피난 갔지만."

그리고 이내 다시 깊은 잠에 빠졌다.

다음 날 밤에도 진이는 도둑질을 나섰다. 어떻게 밀가루만 먹고 사느냐면서. 혜순은 따라나서지 않았다. 그것이 오히려 진이에겐 마음 편했다. 장도리와 초와 성냥을 가지고 그녀는 매일 밤 집을 나섰다. 하룻밤에 한 집, 어떤 날은 두서너 집까지도 뒤졌다. 엿장수 집도, 미장이 집도, 목수 집도 있었다. 물론 무엇을 해 먹고 살았는지 분명치 않은 집이 더 많았고, 애들이 여럿 있었던 것 같은 집도 그렇지 않은 집도 있었다. 그러나 한결같이 사람 없는 빈집이면서

도 이상하리만큼 생생한 사람들의 생활의 모습이 있었다.

 사람들은 잠깐 외출을 하려고 벗어놓은 양말짝을 구석으로 감추고 갈아입은 때 묻은 속옷을 뭉쳐놓는 등 될 수 있는 대로 자기의 자취를 감춘다. 그것이 또한 깔끔한 걸로 돼 있다. 그러나 이곳 판자촌의 부재중은 그런 깔끔한 부재중이 못 되었다. 얼마나들 서둘렀으면 갖가지 모습의 적나라한 생활의 단면을 그대로 한 겹 빈지문 속에 펼쳐 놓은 채 그들은 부재중이었다.

 진이는 매일 밤 도깨비에 홀린 듯이 이런 사람들의 생활의 모습에 이끌려 집을 나섰다.

 그녀는 훨씬 덜 외로워지고 명랑해졌다. 많은 친구를 가까운 곳에 가지고 있는 듯한 착각은 착각이라기엔 너무도 흐뭇했다. 밀가루도, 밀도, 보리쌀도, 쌀까지도 생겼다. 이제 더 이상 도둑질을 나설 아무런 명분도 없었다. 그래도 여전히 밤 그맘때가 되면 진이는 설레고, 흘금흘금 눈치를 보다가 집을 빠져나오고 마는 것이었다.

 곧 어떤 순박한 서민의 숨소리가 들릴 듯한 방이나, 부엌, 살던 그대로의 모습에 조그만치의 위장도 가하지 않은 생생한 생활의 모습들을 보고픈 갈망으로 먹을 것을 구하려는 당초의 목적은 점점 잊어버려 가고 있었다. 당초의 그녀가 핑계 삼던 보름달도 점점 기울어 거의 칠흑의 밤이 돼도 그녀는 그 일을 끊지 못했고, 산으로 올라가는 비탈엔 완전히 길이 생겼다.

 보위군관 황黃 소좌는 여전히 가끔 놀러 왔고, 그와 동반하는 군인들만이 낯이 익을 만하면 갈렸다.

형무소 뒤 H동 골짜기는 알고 보니 커다란 병사였다. 폭격을 극도로 두려워한 그들은 이제 결코 커다란 공공 건물을 병사로 쓰지 않고 빈 민가를 쓰고 있었다. 이동도 쥐도 새도 모르게 심야에 행해졌다. 낮에는 죽은 듯이 민가에 들어 엎드려 있다가 정 나돌아다닐 일이 있을 때는 흰 홑이불을 들쓰고 다녔다. 큰눈이 내린 후 줄창 혹한으로, 서울 장안은 백색 일색이었으므로 흰 홑이불은 더할 나위 없는 위장이었다.

황 소좌 외에도 간혹 낯이 익고 친하게 되는 군인도 생겼으나 이동했는지 곧 눈에 띄지 않게 되고 황 소좌만이 오래 진이네 주변을 맴돌았다. 가끔 진이네 집까지 한밤중에 군인이 달겨들어 빈방을 모조리 내주고 불을 때주고 하면 하루 이틀, 오래 걸려야 사날이면 밤중에 인사도 없이 어디론지 떠났다. 표면상으로 편안한 동면에 잠긴 듯이 보이는 도시가 안으론 몸부림을 치고 있었다.

점점 성한 집이 없어져 갔다. 세간은 부서져서 아궁이로 들어가고 반반한 옷가지들은 아무런 쓸모도 없이, 다만 악의에 의해 갈가리 찢겨 내동댕이쳐졌다. 마루도 방도 험한 흙발이 지나가고 좀 사치스러운 듯한 세간은 저주와 악담으로 짓부서졌다.

꼭꼭 닫혔던 문들이 활짝활짝 열린 채 오장육부를 드러낸 썩은 시체처럼 난장판이 된 세간살이들을 노출하고 있었다.

진이는 이런 이웃집들을 볼 때마다 형언할 수 없는 분노를 느끼면서도 그녀 자신의 밤의 행동에 대해선 손톱만큼의 가책도 느낄 줄 몰랐다.

2월

 음력 정월 초하루가 돌아왔다. 오래간만에 흰밥이 지어졌다.

 소복하게 담은 윤이 흐르는 흰밥과 갓 썰어 논 통김치와의 단조로우면서도 빈틈없는 조화는 오랜 악식에 시달린 진이네 식구들에겐 식욕을 유발하기에 앞서 눈부시기조차 한 것이었다.

 "어쩐 쌀밥을?"

 열의 눈도 번쩍 빛났다.

 "오늘이 벌써 음력 설날 아뉴? 떡국 대신이에요."

 "누가 초하루인 것을 몰라서 묻나? 이렇게 밥을 지을 쌀이 어떻게 어디서 났느냐 그 말이오."

 혜순은 흘끗 진이를 곁눈질해 보는 것으로 대답을 대신하고는 찬을 받아 안고 어르는 시늉을 하며 어름어름 난처한 대답을 피하려

든다. 그걸 그래 몰라서 묻나? 이왕 모르는 척 시치미를 떼려거든 끝까지 뗄 일이지 뭐하러 지금 와서 위엄을 부려보는 걸까? 진은 열의 속이 빤히 들여다보이는 호통이 가소롭다 못해 아니꼽다.

그러나 열의 추궁은 의외로 까다롭다.

"진이가 마련한 것은 알고 있소. 인두겁을 쓰고 차마 못할 짓을 해서 마련한 걸로 우리가 하루하루 목구멍에 뭐라도 넘기고 있다는 걸 왜 모르겠소. 내 말은 그런 쌀로 밥을 지을 수 있느냐 그 말이오. 인제 진이가 그런 짓을 안 해도 되게 죽지만 않을 만큼 죽물을 끓여 연명할 생각은 안 하고 뭐 명절을 차리다니, 언어도단도 분수가 있지. 그래 당신 정신이 있소 없소?"

"언닌 상관도 없어요. 제가 밥을 짓자고 그랬어요. 기구만 있으면 흰떡도 했을 거예요. 오래간만에 오빠나 엄마에게 쌀밥을 대접해드리고 싶었어요. 이제 그럴 수 있을 만큼 여유도 생겼고, 그러니 기분 좋게 드세요."

"여유가 생겼다고?"

"그러믄요. 쌀도 꽤 많이 비축했고 잡곡도 이것저것 없는 것 없이 다 있어요. 밀가루도 있고. 그러니 오빤 아무 걱정 말고 많이 잡숫고 어서어서 상처가 낫고 기운 차리고 할 생각이나 해요."

진이는 열을 위로도 할 겸 조금쯤은 뽐내고도 싶어 술술 이렇게 이야기를 해버렸다.

열의 표정은 착잡했다. 처음 진이가 도둑질 나가는 것을 묵인한 날 밤처럼 얼굴에 핏기가 가시고, 미간을 잔뜩 찌푸린 채 밥도 몇 술

갈 뜨는 둥 마는 둥 하더니,

"그동안 그렇게 도둑질을 많이 해 쌓았다 이 말이지. 그럼 다시는 네가 밤에 나가는 걸 보지 않아도 되겠구나, 그렇지 진이야?"

열의 음성은 부드러웠으나 꼭 어떤 다짐을 받아두려는 뼈 같은 게 느껴진 진이는 고분고분 고개를 끄덕이고 말았다.

그러나 밤이 되고 그 시간이 되니 진이는 안절부절을 못하고 설레기 시작한다.

서 여사와 혜순은 깊이 잠든 것인지 자는 척하는 것인지 꿈틀도 안 하고 누워 있는데 열이만이 눈을 험하게 뜨고 진이 자기를 지켜보고 있겠거니 하는 것을 진이는 피부로 따갑게 느꼈다.

둘의 보이지 않는 싸움은 어두운 공간에서 소리 없이 맞부딪치고 주춤 물러나고 하면서 지칠 줄 모르고 계속됐다. 가슴이 견딜 수 없이 답답해 벌떡 일어나 앉았던 진이는 어둠 속에서 이쪽을 매섭게 꿰뚫고 있는 열의 시선에 질려 다시 드러눕고 만다.

한참 동안을 자는 척 고른 숨소리를 내면서 스웨터 주머니에 넣어둔 성냥과 초를 만지작거려본다.

환한 빛 속에 펼쳐질 어떤 식구들의 생활의 단면, 갓 잘라낸 나무의 단면에서 싱그러운 수액이 흐르듯이 인간들의 생활의 냄새를 짙게 풍기는 선명한 단면들, 그녀는 벌써 먹을 것을 구하는 일 따위는 생각하고 있지 않았다. 사람 없는 산 위, 판잣집 촌은 향수와도 같은, 아니 그것보다도 훨씬 더 집요한 그리움으로 그녀를 고혹하고 손짓했다. 마침내 그녀는 벌떡 다시 일어났다. 거의 동시에 열도 벌떡 일어나 마주앉는다. 진이는 조금도 굴하지 않고 먼저 선수를 친다.
"다녀오겠어요."
"어디를?"
"몰라서 물어요? 매일 밤 가는 데 말이죠. 먹을 걸 구하러 간다고 구구하게 변명하거나 공치사를 하진 않겠어요. 하여튼 못 배기겠어요. 도둑질이 아주 인이 박혀버렸나 봐요. 그러니 제발 내버려둬 줘요."

그녀는 누가 다시 말릴 새도 없이 뛰쳐나와 산을 휘더듬어 올라간다. 달이 없어도 이제 길은 충분히 익숙했다. 단숨에 너른 마당까지 올라와 잠깐 숨을 돌렸다. 정다운 동네가 눈앞에 즐거운 비밀을 간직한 채 조용히 누워 있다. 어떤 비밀이고 다 그녀의 것일 수 있는 것이다.

은밀한 즐거움을 앞두고 가벼운 흥분으로 가슴이 두근댄다. 이런 즐거움을 한꺼번에 헤프게 낭비할 순 없다. 하루 한 집씩만 조금씩 조금씩 아껴서 비밀을 음미하는 즐거움을 갖자. 산동네의 판잣집은 하늘의 별만큼이나 많아 보이지 않는가, 그녀는 흐뭇한 미소를 짓는다.

오늘은 좀 방향을 바꿔서 너른 마당에서 바른쪽으로 꺾이는 한창 가파르고 빈촌인 곳으로 향한다. 비탈 위 첫째 집에서 잠시 머뭇거린다. 매일 밤 겪는 일이면서도 역시 잠깐의 주저와 두려움은 있었다. 문을 더듬어본다. 열쇠도 채워 있지 않고 못박혀 있지도 않았다. 문은 소리 없이 스스로 열렸다. 열자마자 방문이 있고 방문 앞은

좁다란 쪽마루였다. 그녀는 언제나와 마찬가지로 두어 번 잔기침을 하고 촛불을 켜려는데,

"거 누구 왔소?"

땅 속으로 곧 잦아들 듯한 노인네의 목소리에 그녀는 그만 머리끝이 쭈뼛하며 초와 성냥을 마룻바닥에 떨어뜨리고 만다.

"정말 누가 왔나?"

이번에는 앳된 소녀의 목소리가 나며 방문이 방싯 열린다. 문을 열자 우뚝 선 검은 그림자를 본 소녀는 질겁을 해 뒤로 나자빠지며,

"에구머니나, 도둑이, 할머니, 도둑이 들어왔어요."

"뭐? 도둑이? 그러게 문을 잘 잠그라니까. 아무튼 들어오시라고 하렴. 다 보여드려. 아무것도 없다는 걸."

노인네도 손주딸 앞에서 침착하려고 무척 애를 쓰나 역시 떨고 있었다. 그제서야 진이도 겨우 정신을 차리고,

"도 도둑은 아닙니다. 아 안심하셔요. 요 아랫동네에서 왔어요."

"어머나 여자예요, 할머니. 도둑은 아닌가 봐요."

소녀는 쉽사리 기뻐하며 부랴부랴 조그만 등잔에 불을 켠다. 동그란 불 속에서 서로의 얼굴을 한참씩 들여다보고 나서 둘은 금세 안심하고 그리고 친해졌다. 아랫목엔 누더기 이불이 펴 있고 거기 누운 노인네는 진이를 보고도 일어날 척도 안 하는 것이 매우 편찮아 보였다. 헝클어진 회색 머리칼이 주름투성이 이마를 뒤덮었고 두 눈이 구멍처럼 광채 없이 패여 있다.

"어떻게 여기를 알고 찾아오셨소?"

노인네의 목소리는 힘없이 헐떡인다.

"네, 그냥 하도 사람이 그리워……. 행여 사람이 남아 있는 집이 없나 하고 찾다가 그만 이렇게……."

진이는 더듬거리면서도 용케 주워대다 보니 차차 어색하지 않은 거짓말이 마련되며 점점 대담해진다. 그리고 무엇보다도 사람을 만났다는 게 기뻤다. 소녀는 진이보다 훨씬 어리고 귀염성이 있었다. 사귐성도 좋아 보이는 소녀는 이름을 갑희甲姬라 했다. 갑희는 순식간에 진이를 친언니처럼 따랐다.

"어쩜 언니 같은 사람도 피난을 안 가고 남았었네, 어쩜!"

갑희는 턱으로 아랫목에 누운 할머니를 가리킨다. 누덕누덕 기워 입은 내복 사이로 드러난 속살은 누런 가죽뿐으로 겹겹이 주름져 있어, 흔들리는 흐릿한 등잔불 밑에서 그로테스크한 모습을 하고 있었다.

"편찮으셔? 많이?"

"네 많이……."

"그럼 딴 식구는?"

"우린 원래 두 식구뿐인걸요. 할머니하고 나하고……."

"저런 가엾어라. 그래 그동안 무얼 먹고 어떻게 지냈니?"

진이는 뜯어져 늘어진 벽지와 반자지의 무늬가 등잔불에 괴기하게 흐느적대고 주렁주렁 못에 걸린 누더기와 두어 개의 사과궤짝이 세간살이의 전부인 방안을 휘둘러보며, 그들이 살아 있다는 게, 그리고 소녀가 제법 소녀답게 싱싱하기조차 한 게 마치 귀신에 홀린 것처럼 수상쩍다.

"장사를 했어요, 내가."

"장사를 네가……, 어떻게 무슨 장사를 했니?"

"김밥 장사도 하고 빵 장사도 하고 닥치는대로 했죠 뭐. 겨우겨우 먹을 것은 그래도 떨어졌었는데."

"그렇지만 장사를 하려면 사고 파는 사람도 있어얄 테고 시장도 있어얄 텐데. 이 무인지경에서 누구를 상대로 어떻게 장사를 했단 말이냐?"

갑희는 재미있다는 듯이 까르르 웃기까지 한다.

"언닌 아직도 시장도 못 가봤나 보지? 그전같이 북적대진 않아도 장수도 있고 사는 사람도 있어요. 그렇지만 언니 같은 젊은 여잘 보긴 나도 오늘이 처음이에요."

갑희는 귀염성스럽게 웃으며 진이의 스웨터 자락을 붙임성 있게 어루만진다.

"나도 마찬가지야. 후퇴를 하고 나서 우리 식구 외에 민간인을 보기는 네가 처음이야. 늙은이들이 남아 있는 집이 몇 있다고 인민군들한테 듣긴 했지만, 이제야 널 만나다니. 우리 집 앞으로 지나다니기도 했으련만."

"언니 집은 어딘데?"

"바로 아랫동네, 아랫동네에서는 제일 꼭대기집. 왜 앞마당에 우물이 있는 집 있잖니?"

"그래그래. 그 집 굴뚝에서 연기 나는 것을 본 것 같아요. 그렇지만 요새 난 통 안 나갔어요. 장살 못 하게 돼버렸거든요. 밑천을 들어먹었어요."

"밑천을 들어먹다니?"

"저번 날 김밥이랑 빵이랑 한꺼번에 인민군한테 홀딱 팔았는데 돈을 빨강 돈으로 주지 않겠어요. 어쩔 수 없었어요. 안 받았다간 반동으로 몰리거든요. 그래 울며 겨자 먹기로 받긴 받았어요. 그 돈으로 물건을 살 수 있어야죠. 보리쌀하고 밀기울을 사야 다음 날 팔 김밥과 빵을 만들 수 있는데 아무도 빨강 돈으론 물건을 팔지 않아요. 그래서 단박에 빈털터리가 돼버렸어요."

"그래 안됐구나 정말."

진이는 건성 대답하며, 속으론 시장을 생각하고 가슴이 울렁댄다. 사람들이 웅성대고, 이해관계와 경쟁, 드높은 아귀다툼이 작열하는 곳이, 죽은 도시에 아직도 그런 산 구석이 있는 것이다.

"나도 시장엘 한번 가봤으면."

"호호호! 언니 내가 시장이라니까 정말 그전 같은 시장을 생각하나봐. 추녀 밑에 나 같은 애나 늙은이들이 몇 명 우그리고 앉았다 뿐이에요. 보리밥을 뭉친 김밥이나, 밀기울이나 겨로 만든 형편없는 빵 따위를 가지고, 그나마도 빨강 돈 때문에 해먹기가 어려워요. 우선 나도 그렇고, 어쩌면 다 그만뒀을지도 몰라요. 실상 장사는 바보나 하거든요. 그 따위를 사먹는 이들도 바보고! 언니, 장사보다는……"

갑희는 별안간 목소리를 낮추더니 아랫목 할머니 쪽을 흘끗 살피

고는 진이 귀에 입을 대고,

"장사보다는 빈집을 터는 쪽이 훨씬 낫대요. 톡톡히 재미들을 보나봐요."

인기척도 없이 송장처럼 누워 있던 할머니가 눈을 부옇게 뜨고는,

"안 된다, 안 돼. 굶어 죽어도 도둑질은 안 돼. 네 에미 애비가 널 어떻게 키웠다고……. 으음, 이 할미가 이렇게 시퍼렇게 살아서 으으음, 널 도둑질까지 시킬 수야. 으음 안 되고말고."

아까만 해도 죽어가는 듯한 목소리였는데 갑자기 안간힘 같은 힘이 느껴진다. 진이는 속으로 움찔하면서도 키득대고 싶을 만큼 우습기도 하다.

거무죽죽하고 퀴퀴한 누더기 속에 역시 거무죽죽하면서도 누르께한 살가죽이 몹시 헐렁한 옷처럼 주름살을 주체 못한 채 앙상한 뼈를 감싸고 있는 몰골이 시퍼렇게 살았다는 표현과 너무도 이질적인 모습을 하고 있어서였다.

"글쎄 저렇다니까요. 정말은……, 정말은 저, 우린 오늘로 사흘째나 김칫국만 먹었는데……."

"저런, 내 먹을 것을 좀 나누어 주지."

진인 별로 깊이 생각도 안 하고 선선히 말한다.

"정말? 언니넨 먹을 게 그렇게 있어요? 나누어 줄 만큼이나."

"그럼. 많이 있단다. 쌀도 있고 잡곡도 있고 밀가루도 있고."

"어머나, 그럼 언니넨 부자죠? 그렇죠? 그런데 왜 부자가 피난을 안 갔어요? 설마 빨갱이?"

"우리도 아픈 사람이 있어서. 꼼짝 못하게 아픈 사람이 별안간 생겼단다."

할머니가 다시 꿈틀댄다.

그녀는 조금만 더 있다가 가라는 갑희의 만류를 뿌리치고 비탈길을 성난 듯이 빠른 걸음으로 내려왔다. 그러나 집에 와 자리에 눕고 보니 마음이 흐뭇하게 누그러지며 갑희는 귀여운 애라고, 도와주어도 아깝지 않을 만큼 귀여운 애라고 능쳐 생각하게 되는 것이었다. 다음 날부터 갑희는 진이네의 즐거운 방문객이 되었다. 그녀는 도움을 받는 것만큼 무엇이고 진이네를 거들려고 애썼다. 몸도 잽싸고, 입도 잽싸고, 쉬지 않고 움직이며 쉬지 않고 참새처럼 지껄였다.

피난 못 가고 남아 있는 사람들 이야기도 갑희를 통해 심심치 않게 들을 수 있었다. 대개 노인네들이나 병자나 지독하게 가난한 사람들 이야기였지만 가까운 지붕 밑에 그래도 사람이 있겠거니 하는 생각은 한결 위로가 되었다.

추운 날과 푸근한 날은 알맞게 엇갈려서 전형적인 삼한사온의 날씨 속에 겨울은 깊어가고, 눈도 가끔 푸짐하게 내려 홑이불로 전신을 위장한 인민군들이 대낮에도 큰길을 활보하게 했다.

진이는 갑희를 알고 나서부터 지겹게 외롭던 서울살이도 훨씬 견디기 수월해졌다. 차츰 밤에 나가는 습성도 잊어버려 갔다.

갑희를 통해 남아 있는 이웃도, 노인네들뿐이긴 하나 몇몇 알게 되었다. 이웃이라야 말이 이웃이지 전 같으면 서로 낯도 모를 만큼 떨어진 곳에 띄엄띄엄 흩어져 있었지만.

 H동 골짜기에 집결한 인민군들의 수효도 점점 더 느는 것 같았다. 진이네는 워낙 지대가 높아 방을 그들에게 내놓아야 했다. 그러나 그들은 미처 얼굴도 익히기 전에 떠나버렸고, 그들 나름으로의 엄격한 규율에 폐를 끼치는 일도 덕을 입히는 일도 있을 수 없었다.

 황 소좌는 여전히 매일 아니면 하루 걸러, 볼일이 있으나 없으나 진이네를 찾아왔다. 갑희와도 친해져 어느새 붙임성 있는 갑희는 그를 '군관 아저씨'라 부르며 따랐다.

 "나도 너만 한 여동생이 있는데……. 오빠라고 부르렴."

 그럴 때의 황 소좌는 제법 센티해지기조차 한다.

 "싫어요. 아저씨가 제일 부르기 편해요. 장사할 때부터 아저씨 소린 많이 해봤어도 오빠 소린 해본 적 없는 걸요."

 "그러고 보니 아주 값싼 아저씨로구나. 난 그것도 모르고 좋아했지."

 "값싸지 않아요. 군관 아저씬걸요."

 "그럼 국군 아저씨하고 군관 아저씨, 어느 쪽이 더 비쌀까?"

 "야비하군요. 어린애를 데리고……."

 난처해하는 갑희를 가로막고 진이가 야무지게 핀잔을 준다.

 "진이 동문 나하고 왜 그렇게 못 사귀었소? 나도 그렇게 나쁜 놈은 아닌데."

 그는 못난 척 머리를 긁으며 약간 둔감한 듯 소탈하게 웃는다. 황 소좌뿐 아니라 그들의 모두가 확실히 여름의 그들하곤 달랐다. 함부로 '무자비한' '목적을 위해 수단을 가리지 않는' 투쟁이나 숙청을 앞세우지 않았다. 어색한 말씨로나마 노인들을 공대하고 아이들을 귀여워하며, 이른바 인심을 얻기에 애쓰는 꼴이 때로는 보기에 딱할 지경이었다. 얼마만큼의 땅덩어리를 얻고 잃었나 하는 것보다 훨씬 더 다급하고 중요한 문제가 얼마만큼 인심을 얻고 잃었나 하는 데 있다는 것을 텅 빈 서울에 들어와 보고 비로소 깨달았음인지.

그러나 부드러운 듯한 말씨 속에도, 관대한 웃음 속에도, 예리한 가시와 날이 선 적의와 일사불란한 목적의식이 숨겨져 있음을 진이는 문득문득 느낀다. 황 소좌는 아주 예사로운, 마치 이 집 식구 같은 얼굴을 하고 찬을 간지럽히고 무등을 태우고 하다가,

"갑희, 극장 구경하고 싶지 않아? 노래하고 춤추고 하는 구경 말야."

"어머나 구경? 군관 아저씨도 거짓말. 지금 극장이 어디 있다고."

"왜 없어. 여긴 인민공화국이야. 인민공화국에 예술이 없대서야 말이 되나. 갑희만 좋다면 오늘 밤 기막히게 좋은 구경을 시켜주지. 그 대신 진이 언니하고 같이 가야 돼."

황 소좌의 정작 과녁은 갑희가 아니라 진이라는 걸 진이는 단박 알았으나 그녀는 구태여 그의 과녁에서 비켜나려고 앙탈하지는 않는다. 도리어 어떤 호기심이 그녀를 강하게 사로잡는다.

초사흘 달은 어둡자 이내 져버리고, 지척을 분간 못할 두터운 어둠에, 다만 앞서가는 황 소좌의 휘파람 소리만이 유일한 길잡이였

다. 그의 휘파람 소리는 제법 청아하고 또 흔한 어떤 인민가요의 곡조하고도 달라 뒤따르는 진이와 갑희의 두려움을 가라앉히고 구경을 가고 있다는 철없는 흥겨움 같은 걸 자극했다.

독립문이 저만치 바라뵈는 한길 어귀에서 그들은 주춤 멎었다. 진이네 집 앞 우물가에서 곧장 내려다뵈는 이 길은 언제 보아도 사람 하나 없이 무료하게 뻗어 있더랬는데 이게 어찌된 일일까? 차도고 인도고 할 것 없이 온통 오물오물 움직이는 사람으로 뒤덮여 있지 않은가. 암호가 교환되고, 그들은 황 소좌를 따라 빽빽한 사람 사이를 헤치고 조금씩 앞으로 나갈 수 있었다.

누비옷과 털모자를 쓰고 총을 삐죽이 멘 군인들로 된 이 엄청난 사람의 떼는 길에 주저앉아 쉬는 패가 있었으나, 움직여 어디로 가고 있는 것 같지는 않았다.

쉬는 것인지 점호를 받고 있는 것인지 다만 빈틈없이 빽빽이 길을 뒤덮고 있었다.

어두운 지 별로 오래된 것 같지도 않은데 도대체 이들은 어디서 온 것일까? 혹시 이들은 사람이 아니라 밤에만 솟았다가 내일 아침 해에 스러질 버섯 같은 거나 아닌지. 어쩌면 한겨울 밤의 환상이나 악몽은 아닌지. 진이는 문자 그대로 인해人海에 다만 아연할 따름이다. 그것은 어둠 속에서도 충분히 충격적일 수 있는 장관을 이루고 있었다.

서대문 네거리까지도 이 끔찍한 인해는 계속되었다. 진이네 일행은 가끔 앉아 있는 이들의 어깨도 짚어야 했고 때로는 서 있는 이의 발도 밟는 수가 있었다. 그러나 이들은 정말 버섯처럼, 인간들이 아닌 것처럼 한밤중의 젊은 여자들에게 무관심했다. 네거리에서 다시 한 번 암호가 교환되고, 진이는 네거리 한복판에서 사방을 다 휘둘러보아도 역시 망망한 사람의 물결이었다. 진이는 앞서가는 황 소좌의 회심의 미소 같은 걸 그의 뒤통수에서 본다.

드디어 황 소좌가 오른쪽으로 꺾었다. 진이 생각으론 연초공장이었던 곳 같았으나 어둡고 더군다나 건물은 여름철 난리에 파괴되고 벽돌 더미만 뒹구는 폐허여서 확실한 지점을 분간할 수는 없었다. 황 소좌는 돌기둥 벽돌벽 그런 사이를 익숙하게 서슴지 않고 지나치고 꼬부라지고 하였다.

갑희의 두 팔이 진이의 팔을 매달리듯 꼭 껴안는다. 바로 팔꿈치께로 가슴의 고동을 느낄 수 있었다. 철없이 구경이라고 좋아 날뛰던 그녀도 차차 두려워하고 있다는 것을 알 수 있었다.

별안간 지하실인 듯싶은 계단이 나타나고 황 소좌는 그곳으로 빨려들어갔다. 여태껏 어둠에 익어온 눈에도 그 속은 먹물 속 같았다. 그것을 아는지 다시 경쾌한 휘파람을 불고 그녀들은 그 소리를 따라 조심조심 계단을 내디뎠다. 차츰 공기가 후텁지근해지고 긴 계단은 끝났다. 발밑이 매끄러운 콘크리트 바닥으로 변하더니 걷기가 아까보다 훨씬 편해졌으나 바로 옆 사람의 얼굴의 윤곽도 안 보일 만큼 어둡기는 매한가지였다. 길이 몇 번 꼬부라지는 듯하더니 삐이걱하고 육중한 문이 열리는 소리가 나고 검고 부드러운 휘장이 획 얼굴에 감겨오는 것을 반사적으로 헤치니 별안간 휘황한 불빛 속에 그들은 서 있었다.

 거의 한 시간나마 먹물 같은 어둠에 익은 눈에 그 불빛은 너무도 강렬하고 휘황했다.

 한동안 눈을 비비고 끔벅이고, 겨우 빛에 좀 익숙해지고 나서야 자세히 보니 휘황한 불빛은 전면에 마련된 무대 위에 켜진 여남은 개나 됨직한 칸델라의 불빛이었다. 색동저고리를 입은 아이들이 노래를 부르고 있었다. 김일성 장군의 노래였다. 갑희는 입을 반쯤 벌리고 신기해하고 있었다. 노래가 끝나자 박수를 누구보다도 오래 치며, 언니 멋있지? 예쁘지?를 연발한다. 그녀를 매혹시킨 건 노래가 아니라 오래간만에 보는 고운 옷인 것 같았다. 얼마나 오랫동안 흰색과 회색과 흑색으로만 시각을 학대했던가.

 비단의 윤택과 원색의 찬란함이 주는 쾌감은 오랫동안 잊었던 여성다운 정감을 불러일으킨다. 진이는 자기의 어깨에 기댄 갑희의 머리를 살짝 어루만지고 끌어다가 가슴에 기대게 하고 자기는 뒤에서 갑희를 부드럽게 끌어안는다. 양손에 막 부풀기 시작하는 가슴이 뭉클 만져진다. 갑희도 자기가 너무도 젊다는 생각이 감미로운 선율처럼 그러나 극히 짧게 지나가고, 이 난리통에 젊다는 데 대한 연민이 찌꺼기처럼 가라앉는다.

 오륙십 평이나 됨 직한 이 지하실을 반도 채우지 못한 관중은 군인과 민간인이 거의 반반씩인데 민간인 중 진이 또래의 젊은이는 아무리 살펴보아도 눈에 안 띄었다.

 비슷한 프로가 몇 번씩 바뀌었다. 처음의 황홀함도 차츰 깨고 단조로운 프로에 염증이 나기 시작했다. 콘크리트 바닥은 울퉁불퉁하고 군데군데 삐죽삐죽 돌멩이가 내밀고 헌 거적때기나마 모자라는지 앞자리 쪽에만 깔려 있었다. 칸델라의 푸른 불이 춤추는 대로 구경꾼의 그림자가 몇 명씩 흐느적댔다. 처량한 광경이었다.

갑자기 박수소리가 커지고, 여태껏 묵묵히 구경만 하고 있던 황소좌가 회심의 미소를 짓더니 진이에게로 얼굴을 바싹 들이대고 나직이 속삭인다.

"아까운 프로를 놓친 줄 알았더니 인제부터군요. 운이 좋아요. 이런 걸 보게 되다니⋯⋯."

"뭔데요? 최승희라도 나오나요?"

"최승흰 아니라도, 최승희의 수제자들이 출연하는 겁니다. 방소 예술단들의 출연이오. 북조선에서 손꼽히는 예술가들을 구경하는 셈이죠."

그의 말씨는 한층 나긋나긋하고 친절했다. 박수소리가 계속되는 속에 양쪽에서 한 명씩 두 소녀가 춤을 추며 등장한다. 제목은 '승리'라는 것이었다. 한 소녀는 작업복에 장화를 신고 손에 해머를 쥐고 붉은 수건으로 머리를 동여맸고, 한 소녀는 투명한 분홍 옷으로 발끝까지 감싸고 분홍 화관을 쓰고 손에는 하프 비슷하게 생긴 조그만 악기를 들고 서로 숨바꼭질하듯 춤을 춘다.

치졸한 상징이었다. 예상대로 분홍빛 소녀는 시종 쫓기기만 하다가 무대 한복판에 쓰러지고 작업복의 투박한 장화가 쓰러진 소녀의 허리를 억세게 밟고 해머 든 손을 높이 쳐들고 음악이 고조되고 무용은 끝났다. 요란한 박수가 일어났다. 늘 앞장서 박수를 치고 제일 늦게까지 치던 갑희가 이번에만은 석연치 않은 듯 멍하니 있다 한숨을 푹 쉰다.

"언니, 뭐 저 따위가 있어? 이왕이면 예쁜 애가 이기게 하지 않구……. 무용이라도 돼먹지 않았어."

"하하하…… 갑흰 아직 어려서 모르는군. 정의가 이긴 거야. 알겠어?"

"몰라요. 예쁜 애가 이겨야 하는건데……. 가엾어라."

아직도 못마땅한 듯 투덜대며 무대를 바라본다. 그러나 이 무용 순서가 클라이맥스이자 피날레였다. 또 엄청난 수효의 군인의 물결을 헤치고 밟고 하며 더듬더듬 오던 길을 거슬러 겨우 한길을 벗어나 사람이 깔리지 않은 호젓한 골목으로 접어들었을 때는 밤도 훨씬 깊어 어쩌면 그 다음 날로 접어들었을지도 모를 시각이었다

비행기가 지나가고 조명탄의 불꽃이 찬란히 하늘에 꽃피었다 꺼졌다. 앞서가던 황 소좌가 갑자기 걸음을 늦춘다.

"어떻소, 진이 동무? 미제美帝의 비행기 따위가 아무리 발악적으로 날뛰어도 우리의 영용한 인민군대도 우리의 빛나는 예술도 건재하다는 것을 똑똑히 보았겠지."

진이는 대답 없이 짧게 웃는다.

"왜 웃소?"

"군관 동무가 갑자기 좋아졌어요."

"내가 좋아졌다니 무슨 의미지?"

"의미는요. 그냥 순진해서 좋아요. 남조선 남자들을 통틀어 찾아도 아마 군관 동무만큼 순진한 남자는 없을 거예요."

"난 도대체 그런 알쏭달쏭한 소린 못 알아듣겠소. 동문 늘 배배 틀기만 하고 솔직하질 못하단 말야. 그게 남조선 여자들의 특징이기도 하지만."

"미안하군요. 인민공화국의 예술만큼이나 솔직했더라면 좋았을 걸."

"아무튼 내가 순진하지만 않다는 건 꼭 한 번 보여주고 말겠소."

"기대하겠어요."

대답은 그렇게 하면서도 황 소좌의 나중 말에 박힌 못을 진이들 안 느낄 수 없다.

피곤해서 단숨에 잠이 오려는데 아래채가 웅성웅성하더니 대문이 열리고 골목이 떠들썩하더니 며칠 전에 진이네에 든 군인들이 떠나는 모양이었다. 아직 깊은 밤이었다. 그러나 그들에게 밤이 어디 있으랴. 진이는 방금 지나온 한길에 무수히 깔렸던 군인들을 생각하고 으스스 한기 같은 것을 느낀다.

날이 밝자마자 진이는 뛰쳐 일어나 대문 밖 우물 앞에 서서 독립문이 서 있는, 서대문으로 뻗은 한길을 내려다본다. 여느 때와 다름없이 사람 하나, 차 하나 안 다니는 옛 폐허의 일부 같은 황량한 거리와 집들이 보일 뿐이었다. 어젯밤의 일, 캄캄한 길을 뒤덮은 두더지 떼 같은 군인들이나 지하실 속의 예술제 같은 일들이 마치 뒤숭

숭한 악몽 같을 뿐 도무지 실제로 있었던 일 같질 않다. 그러나 다른 날보다 일찍 마을을 내려온 갑희는 쉬지 않고 어젯밤의 구경 이야기를 지껄여대고 마지막 장면에 쓰러진 분홍빛 소녀를 여태껏 안타까워하고 있었다.

진이는 별 대꾸 없이 갑희의 수다를 듣기만 하면서 갑희와 함께 군인들이 떠나간 방들을 말끔히 치워냈다.

이 집 저 집에서 주워온 책, 화장품, 심지어는 줄이 간 여자의 스타킹까지 너저분하게 흩어져 있었다. 늘 겪는 일이면서 한데 쓸어 모아 놓은 이런 물건들은 치가 떨리도록 강렬한 혐오감을 진이에게 일으켰다.

"마당에 내다 불살라라. 어서, 뭘 꾸물대."

진이는 몹시 징그러운 거라도 대하듯 손도 대기 싫어 갑희에게 그것들을 불사를 것을 신경질적으로 명령한다. 그러나 갑희는 쓸어모은 물건을 가지고 나가려 들지 않고 요것 조것 뒤적인다.

"뭘 찾니? 빨리 내가지 않고, 아무리 찾아도 먹을 건 없어."

"언니두, 누가 먹을 것 찾나? 뭐 이쁜 것 없나 하구 봤지."

"이쁜 것? 안 돼. 진주가 굴러도 손대면 못써. 먹을 거나 있으면 또 모를까."

"후후후…… 언니넨 먹을 게 그렇게 많으면서도 먹을 거밖엔 모르더라. 그럼 먹을 건 도둑질해도 괜찮겠네."

"그럼."

"어째서?"

"커단 게 그것도 몰라서 묻니? 먹어야만 살 수 있으니까 그렇지. 우선 살아야 할 게 아냐. 살아야 좋은 일이든 나쁜 일이든 우리에게 생길 수 있잖아? 굶어 죽어봐라. 이대로 끝장야? 이대로 우리가 끝장나버리다니……. 아이 억울해. 넌 그게 안 억울하니?"

"그래도 언니, 나 이거 하나만은 가질래, 응."

갑희는 헝겊 보따리를 쳐들고 있었다. 붉고 푸른 각색 헝겊 조각이 차곡차곡 뭉쳐진 조각보 보따리였다. 고운 헝겊을 탐내는 계집애의 본능은 덮어놓고 윽박지르기에는 너무도 가련하고 미소로웠다. 진이는 고개를 끄덕여줄 수밖에 없었다. 갑희는 하루 종일 헝겊 조각을 쏙닥거리더니 저녁나절 두 개의 호사스런 소좌의 견장이 만들어졌다.

"아아니 너 그건 뭘 하려고……."

"군관 아저씨한테 선물하려고……. 괜찮지, 언니? 그 아저씨가 어제 우리 구경시켜준 것을 이걸로 갚아줄라고……."

공것을 모르고 자라온 때문일까. 지나친 보답 의식은 차라리 얄미웠다. 그러나 갑희의 이 기발한 선물은 황 소좌를 더할 나위 없이 기쁘게 했다. 그는 그 자리에서 벌린 입을 못 다물고 싱글벙글대며, 찌그러지고 퇴색한 견장을 떼어서 동댕이치고 새것으로 갈아 달았다. 값진 비단으로 된 견장은 황 소좌를 순식간에 딴사람같이 보이게 했다. 마치 여자가 한복의 동정을 갈아 단 것처럼 산뜻해졌.

황 소좌는 몇 번이고 거울 앞에 자기를 비춰 보고 만족해서 어쩔 줄을 몰랐다.

"고것 귀여운 것! 넌 이 다음에 훌륭한 군관 부인이 될 수 있을 게다."

"어머머……. 난 군관 남편은 싫은데. 군관 아저씨로 족해요."

"그래그래, 깜찍한 것."

그는 갑희를 찬이 들듯이 가볍게 안아 올릴 기세였으나 도중에서 내려놓고,

"그것 제법 묵직한데. 몇 살이냐?"

"으응, 설쇠고 열다섯."

"으응, 열다섯. 좋아 좋아."

그는 옆에서 보기에 민망할 만큼 싱글거리며 좋아했다. 뼈가 있을 듯한 말, 목적이 있을 듯한 농담, 그런 것까지 잊어버리고 그는 우쭐대며 갔다.

그날은 그뿐이었으나 진짜 큰일은 그 다음 날부터 시작되었다. 아침부터 헝겊 보따리를 든 인민군들이 들이닥치기 시작했다. 그리고 가지각색의 견장을 만드는 일을 부탁해왔다. 싫건 좋건 진이도 거들지 않을 수 없었다. 양단이나 모본단 조각은 만들기도 편하거니와 만들어 놓으면 윤택과 빛이 이를 데 없이 호사스러웠다. 그들의 견장은 군관의 것이든 사병의 것이든 울긋불긋 요란했기 때문이다. 어느 훈장을 받은들 이렇게 좋아하랴 싶게 그들은 새로 만든 견장을 좋아했다. 처음엔 마지못해 하던 일에 진이도 차차 기쁨 비슷한 걸 느끼고 있었다. 우락부락하고 무지막지한 사나이들의 곱고 사치스러운 것에 대한 동경과 허영을 넘겨다보는 일은 확실히 재미

있는 일이었다. 더구나 그것이 사치와 허영을 가장 타기할, 가장 반동적인 것으로 손꼽는 인민군대라는 데 홍미는 더했다.

어디서인지 재봉틀까지 날라왔다. 고운 헝겊이 보따리보따리 쌓였다. 견장을 부탁하고 찾아가지도 못하고 이동해 가는 이들도 많았다.

차차 군복의 떨어진 단추를 다는 일이라든가 내복을 깁는 일, 심지어는 양말을 깁는 일까지 부탁해오고 진이네들은 그것을 차마 거절 못하는 새에 하루하루 더 바쁘게 많은 일 사이에 파묻히게 되었다. 황 소좌는 여전히 하루에 한두 번은 와서 바쁜 그녀들을 만족한 듯이 바라보고 가끔 격려의 말도 던졌다.

"수고들 하오. 여성동무들 수고가 참으로 많소. 진심으로 감사를 드리오."

이런 연설조의 딱딱한 인사치레를 하는가 하면,

"바느질 솜씨들이 그만인데. 남조선 색시들도 다시 봐야겠어."

어느 날 아침결에 언제나와 마찬가지로 진이네로 내려온 갑희가 미처 대문도 들어오기 전부터 영문 모를 수다를 떤다.

"어머나! 이게 뭐야? 언니 언니."

"쟤 수다가 오늘은 대문 밖에서부터 시작이니, 오늘 하루 귀청이 또 먹먹하겠군."

"언니, 빨리 좀 나와봐요. 큰일났어요, 큰일."

마지못해 나간 진이는 대문 밖에서 못박힌 듯이 움직이지를 못한다. 매끈하게 대패질한 송판에 먹글씨로 선명하게, 제법 달필로 H동여성동맹 간판이 진이네 대문 기둥목에 거창하게 걸려 있었다.

"아아니 누가 함부로, 누구 승낙을 받고……."

진이는 온몸의 피가 거꾸로 치솟는 걸 느낀다.

"군관 동무가 했을 거예요. 황 소좌 말예요. 군관 동문 그런 일 아주 잘해요. 저 아래로 요새 새로 인민위원회가 생겼는데, 황 소좌가 만든 거라나 봐요. 6·25때 빨갱이질하다가 감옥살이하고 나온 사람들 데려다 위원장 만들고 또 간판도 근사하게 만들어서 걸어주고 그랬다나 봐요. 후후후. 아마 언니가 여맹위원장이 되려나 보지."

"듣기 싫어. 조동아리 좀 작작 놀리지 못해."

악을 빽 쓰는 바람에 갑희는 움칠하고 진이는 주체할 수 없는 분노와 치욕으로 몸을 떤다.

그녀는 미친 듯이 장도리를 가지고 나와 간판에 박은 못을 빼 젖히려는데,

"왜? 간판 건 자리가 위원장 동무 마음에 들지 않소?"

푹 내려쓴 털모자 밑에서 음침한 눈이 발작적으로 할딱거리는 진이를 지그시 노려보며 입귀퉁이로 약간 웃고 있는 것은 황 소좌였다.

"역시 동무였군요. 이따위 비열한 장난을 친 것은……."

"장난? 비상시의 여맹사업이 장난이라니?"

"어떻든 떼겠어요. 난 지금도 충분히 바빠요. 여맹 일 같은 걸 볼 틈이 없단 말예요."

장도리를 든 손이 다시 간판에 닿기도 전에 황 소좌의 마디 굵은 투박한 손아귀에 진이의 두 손이 한꺼번에 잡히고 만다. 그는 한 손

으로 진이의 손을 잡고 한 손으론 그녀의 등을 거칠게 떠다밀어 도로 울긋불긋한 헝겊 보따리 속에 앉힌다.

"겁낼 것은 없어. 여태껏 하던 일만 하면 되니까. 후방에서 인민군대의 사기를 돋우는 일도 훌륭한 여맹사업이 아니겠소. 동문 훌륭한 여맹사업을 했고 난 거기 보답하는 의미로 위원장으로 추천했다 뿐이오."

"추천했다구요? 동문 도대체 뭐죠? 누구죠? 군복을 입었으면 싸움터로나 갈 것이지 왜 민가를 빌빌대며, 무슨 권리로 인민위원회니 여성동맹이니 총찰하는 거죠?"

"내가 누군지 궁금하오? 좋소. 동무의 호기심과 내 호기심을 흥정하지 않겠소?"

"도대체 무슨 소릴 하려는 거예요? 못 알아듣겠어요."

그는 한껏 어리석은 듯 얼빠진 웃음을 웃으며 손으로 머리까지 긁적거리며,

"난 워낙 못된 버릇이 있어 놔서. 가끔 쓸데없는 호기심이 동하면 그만 걷잡지를 못한단 말야."

말끝을 흐리고 잠시 딴전을 보다가,

"이를테면 안방에 줄창 누워 있는 폐 나쁜 젊은이는 누구일까? 또 아픈 곳은 정말 폐일까? 아니면 다리일까 등등, 그런 것 말요. 실상 아무짝에도 쓸데없는 어린애 같은 나잇값도 못하는 호기심……. 어떻소? 홍정하겠소?"

그는 이런 말을 찬과 장난치듯이 아무렇지도 않게 서성대며 농지

거리처럼 헤프게 지껄이는 것 같았으나 음침한 눈은 시종 당황하고 창백해지고 다시 재빠르게 평정을 가장하는 진이를 날카롭게 지켜보고 있었다.

"무 무슨 소리를 하시는지 통 못 알아듣겠어요."

"못 알아들었으면 홍정은 틀렸구먼. 하여튼 충고하고픈 것은 동무 오빠 가슴의 결핵균이 다리로 옮겨가지 않기 위해서라도 여맹의 간판은 필요하다는 것만 잊지 마시오."

진이는 대답을 잊고 굴욕적인 패배감으로 온몸의 피가 정수리로 치솟는 듯한 분노와 현기眩氣를 느낀다.

"설마 아직도 못 알아들었다고 시치미 떼진 않겠지?"

"비겁해요."

"언제는 순진하다더니 또 비겁이야. 그 다음은 무얼까? 바로 그 다음이 중요하다는 걸 잊지 말아요, 여맹위원장 동무."

그는 갔다. 그리고 그날 온종일 누구로부터나 여맹위원장 동무로 불렸다. 그녀는 장도리로 간판을 떼지도 못했고, 인민군의 바느질을 거부도 못 했고, 여맹위원장이라는 치욕적인 호칭을 묵묵히 잘 견디었다. 자주 바늘에 손이 찔리고 헝겊을 잘못 오리고 하긴 하였지만 저녁때는 완전히 표면상의 평정을 돌이키고 있었다.

집이 바로 산 밑이라 일찍 황혼이 왔다. 견장을 만드는 일보다는 단추를 달고 내복을 깁고 하는 일을 더 많이 한 하루였다. 따뜻한 날이 며칠 계속된 탓으로 마당의 눈은 말끔히 녹고 앞마당 쪽으로 비스듬히 굽은 한 그루 소나무의 푸르름은 청승맞다.

인민공화국의 하늘 아래 여맹의 간판……. 아무리 발버둥 쳐도 허사인 것이다. 황량한 무인의 도시에도 조직의 미로는 촘촘하고 단단하게 건재하고 그녀는 다시 걸려든 것이다.

진이는 나직이 한숨짓고 그리고 쓸쓸히 체념한다.

(모든 것이 될 대로밖엔 안 되겠지. 너무 여러 가지를 생각지 말기로 하자. 한 가지 생각만 하면 되는 것이다. 살아남는다는 것만. 요컨대 살고 볼 것이 아닌가. 나도 내 식구도 우선 살고 볼 것이 아닌가.)

온갖 것을 체념해도 목숨에 대한 집착만은 줄기차다.

너저분한 것을 챙기고 갑희도 막 가려는데 허술한 차림의 인민군 두 명이 들어선다. 앞서 들어온 나이 지긋한 이가 자기 어깨의 견장을 가리키며,

"이런 것 좀 부탁합시다. 여성 동무들 솜씨가 대단하다며?"

"오늘은 벌써 어두워서 내일 하시면 안 되겠어요?"

"내일까지 우리가 여기 있을지 알 게 뭐요. 어서 더 어둡기 전에 부탁합시다."

갑희가 재빠르게 헝겊 보따리를 끄르고 마분지를 오린다. 진이는 손으로 턱을 고인 채 멍하니 바라볼 뿐이다. 모든 게 피곤하고 귀찮았다.

"이런 것쯤 금세 만들 수 있어요. 별로 없으니까요. 이건 뭐라는 계급이죠?"

갑희는 견본으로 떼놓은 T자 모양을 가리키며 묻는다.

"특무장, 어때? 무섭지?"

장난스레 부릅뜬다.

"애개개, 그래도 군관보다는 아래죠? 별도 없고 시시하네요."

"까불지 말고 어서 해."

갑희는 움찔하고 일을 계속했다. 그들에겐 공통으로 어떤 선이 있어 그 선 안으로 섣불리 사람을 넣는 법이 없었다. 사귐성 좋은 갑희도 늘 그 선에 부딪쳐 움찔할 뿐 한 번도 그 선을 돌파한 적이 없었다. 진이는 턱을 고인 자세로 마당의 소나무를 응시한다.

그들의 대화에는 별 흥미가 없었다. 그들은 대개 그들의 견장처럼 조금씩 다르지만 많이 비슷비슷한, 개성을 깊이 감춘 인민군일 따름이었으니까. 특무장이라 자칭한 사나이가 혼자 수선을 떠는 데 반하여 같이 온 사나이는 통 말이 없었다. 그렇다고 무슨 부탁을 하러 온 것 같지도 않았다. 그도 진이가 바라보는 소나무를 망연히 보고 있을 뿐이었다. 진이 옆에 앉아서.

어느 틈엔지 진이는 그의 시선이 자기 얼굴의 살갗을 어루만지고 있는 것처럼 느낀다. 그것은 순전히 느낌이면서도 싫지 않았을 뿐더러 즐겁기조차 했다. 서서히 그러나 망설이지 않고 그의 손이 진이의 무릎 위에 단정히 놓인 그녀의 손 위에 겹쳐온다. 여태껏 그녀가 악수해 본 어떤 인민군의 손하고도 닮지 않은, 그러면서도 아주 낯익은 손이었다. 어디서 보았더라. 이 더없이 든든하고 잘생긴 손을. 감촉은 따뜻하고 묵직했다.

그녀는 턱을 고였던 다른 한 손을 그의 손 위에 포갠다. 이 떨림,

이 즐거움. 그러나 이런 느낌은 결코 처음이 아니다. 진이는 그의 얼굴을 처음으로 정면으로 쳐다본다. 허술한 방한모 밑 어두운 그늘에 우울하게 빛나는 눈. 그는 바로 민준식이 아닌가.

"오오!"

진이는 짧게 신음하고 그의 가슴에 자기를 던지려는데 그의 또 한 손이 그녀의 어깨를 지그시 밀치고 그 자리에 눌러 앉힌다.

"아는 사이인가?"

특무장의 눈이 번쩍번쩍 빛나며 이쪽으로 다가온다.

"아아뇨."

처음으로 민준식이 입을 열고, 진이의 양손 사이에서 자기의 손을 뺀다. 특무장의 견장은 갑희의 능숙한 솜씨로 너무 빠르게 완성되고 그들은 갔다. 극히 짧은 동안에 이런 일이 있었고, 그녀는 아직도 양손에 생생한 오뇌로운 어떤 감각을 주체 못한다.

"내일까지 우리가 여기 있을지 알 게 뭐요."

저녁때, 특무장이 견장을 재촉하며 한 말이 자꾸만 귀에 징하고 두렵다. 그녀는 어두운 잠자리에서도 이 한마디 때문에 거의 미칠 것 같다. 그녀는 여름보다 성장했고 따라서 민준식에 대한 그녀의 갈구는 좀 더 구체성을 띠고 좀 더 대담해진다. 내일을 모르는 오늘, 이따가를 모르는 지금. 그런 지금이 민준식을 바로 지척에 둔 채 헛되이 가고 있다니.

(사랑하고프다. 사랑하고프다. 어떡하든 그가 떠나기 전에 흠뻑 사랑하고프다. 한꺼번에 다 사랑해버리고 말 테다. 그까짓 것 한꺼

번에 다 살아버리고 말 테다.)

그러나 그뿐 그녀는 어찌할 바를 모른다. 그녀는 일어나 창에 뜨거운 볼을 대고 하늘을 본다. 밤새 날이 추워졌는지 볼이 너무 뜨거웠던지 유리창의 감촉은 아프도록 찼다.

(별 하나. 별 둘……, 아니 별자리를 찾자. 북두칠성을 찾고, 그 다음엔 북극성을. 그리고 또 뭐가 있더라…….)

그녀는 다시 자리로 돌아와 쓰러진다. 잊을 수 없는 것이다. 식힐 수 없는 것이다. 별을 헤는 일쯤으로 그를 잊을 수는 도저히 없는 것이다. 유리창의 차가움이 그녀의 뜨거운 피를 식힐 수는 도저히 없는 것이다.

(어떡하지? 어쩌면 좋지?)

그녀는 이번엔 베개에 얼굴을 파묻고 양손으로 귀를 막고 하나둘을 세다가 귀를 막았던 손을 가슴에 모으고 어처구니없이 하느님을 불러본다.

(하느님 도와주세요. 제가 왜 이럴까요? 도와주세요. 도와주세요.)

곧 그것도 그만둔다. 물으나 마나. 혹시 하느님이 있다손 치더라도 하느님의 대답은 뻔할 게 아닌가. 차라리 악마의 도움을! 악마의 조언을 듣자.

그녀는 어둠 속에서 옷을 주워 입는다. 허사인 줄 뻔히 알면서도 다시 창가에 가서 볼을 식히고 별을 헤는 일을 시도해본다. 그리고 몇 번 어떡하나를 반복하고 드디어 마루로 나온다.

바위와 소나무가 묵화처럼 고즈넉이 서 있었다. 담담한 동양화의 영원한 소재. 그러나 그런 것들도 그녀의 애욕을 식히지는 못한다. 다만 이 분별없는 애욕의 종국이 어쩌면 어이없이 허망한 것일지도 모른다는 극히 잔잔한 허무감이 잠깐 스쳤을 따름이었다.

댓돌에 내려서서 신을 찾아 신고 대문을 나서려다 말고 마당을 한 바퀴 빠르게 맴돌고 아까 방에서 한 일, 별을 헤는 일, 수를 세는 일, 하느님을 부르는 일을 되풀이해보고 어쩔 수 없다고, 정말로 자기도 어쩔 수 없다고 변명을 한 후에야 대문을 나선다.

우물 앞에 검은 그림자가 우뚝 서 있었다.

그녀는 그것을 예기했던 것처럼 조금도 놀라지 않고 그에게 몸을 던지고 여태껏의 두려움도 자기 몸의 무게까지도 이미 느끼고 있지 않았다. 당장 밖으로 뛰어나올 듯이 거칠게 뛰는 심장을 지그시 눌러오는 넓은 가슴과 허리를 조이는 든든한 팔, 더할 나위 없는 평안감······.

"나와주었군. 기어이 나와주었군!"

귓전을 간지럽히는 감미로운 속삭임과 목덜미를 누르는 입술의 더운 감촉. 서로 만났다는 벅찬 감동. 그들은 별안간 서로의 허리를 서로의 팔로 꽉 휘감은 채 비탈길을 줄달음치기 시작했다.

밤사이에 기온이 내린 비탈길은 유리처럼 미끄럽고 지척을 분간할 수 없을 만큼 어두웠으나 진이는 조금도 발밑 같은 걸 조심하려 들지 않았다. 어디로 가는지 물으려 들지도 않았고 생각하려 들지도 않았다. 그저 요람의 애기처럼 그의 든든한 팔 속에서 편안하고 천진하게 행복했다.

 비탈은 끝났다. 골목으로 접어들었다. 차츰 걸음이 늦어지고 진이는 민준식의 거센 숨소리와 심장의 뛰는 소리를 함께 듣는다. 드디어 대문이 활짝 열린 어떤 집 앞에서 우뚝 멈춰 서더니 잠깐 망설이는 듯하다가 와락 진이를 안아 올려 대문을 지나 중문을 들어서며,

 "괜찮겠지? 진이. 괜찮겠지?"

 그녀는 깊은 신뢰와 감동으로 몸을 떨며 크게 고개만 끄덕인다. 어둠에 익숙해진 눈에 빈집의 넓은 뜰 안과 대청에 어수선하게 흩어진 것은 짚인 성싶었다. 인민군에게 점거됐던 비교적 넓은 민가였다.

 드디어 그녀는 폭신한 짚 위에 사뿐히 내려놓이고 자기의 상반신을 안고 떠는 사나이의 열기를 숨가쁘게 느낀다. 격렬하게 고동하는 것이 사나이의 심장인지 자기의 심장인지 분간 못할 몇 순이 흐르고 그녀는 자기의 상반신이 서서히 뒤로 기우는 것을 느낀다. 아주 쓰러지려는 찰나 본능적으로 상반신을 좀 더 버티려고 팔을 뒤로 돌려 짚이 깔린 마룻바닥을 짚는데, 두 몸뚱이의 체중이 실린 손바닥에 따가운 아픔이 온다.

 "아, 아파요."

 지푸라기 속에 곤두섰던 뾰족한 막대기에 찔린 것이다. 민준식은 흠칫 놀라며 그녀가 내민 손바닥을 어루만지고 입김을 불어넣고 다시 자기 뺨에 댄다. 그 동작은 그지없이 부드럽고 정성스러워 다시 한 번 진이에게 깊은 감동을 준다. 그러나 그들은 이미 단숨에 그들

을 여기까지 몰고온 숨가쁘고 격렬하고 무분별한 욕망의 달음질에서 일단 비켜 나 있었다.
"미안해 진이, 이런 곳에 진이를 눕히려 들었다니. 얼마 전까지만해도 뙤놈들이 짐승처럼 뒹굴던 곳에 진이 너를 눕히려 들다니."
그는 다시 진이를 소중히 안고 손으로 더듬어가며 옷에 붙은 지푸라기를 하나하나 뜯어내기 시작한다. 짚을 말짱하게 뜯어내고는 비로소 진이를 꼬옥 격정적으로 끌어안는다. 그리고 뜨거운 입맞춤이 진이의 이곳저곳을 열병처럼 지나간다.
"사랑해 진이. 오오 가엾은 진이. 하필이면 이 무서운 전쟁통에 사랑을 하다니. 귀여운, 가엾은 나의 신부!"
입맞춤의 사이사이 그런 소리가 헐떡이듯 되풀이되었으나 진이는 다만 그 다정하고 감미로운 목소리를 즐겼을 뿐 그 뜻은 통 이해하려 들지 않았다. 드디어 그의 뺨이 오래 포개진 채 움직이지 않더니 따뜻한 액체가 진이의 뺨을 적셔왔다. 그녀는 깜짝 놀라며 뒤늦게 그의 말을 귓전에 되새기고 차츰 그 뜻을 이해한다.
"사랑한다고, 분명 사랑한다고 그러셨죠?"
그런 말을 되묻는 그녀는 바보스러우리만큼 겁에 질려 있다.
대답 없이 그의 팔이 한층 힘 있게 그녀의 가냘픈 몸뚱이를 조이고 다시 한 번 길고 뜨거운 입맞춤이 덮쳐 온다.
"사랑하고말고, 오늘 밤 진이를 소유하지 않고는 못 배길 만큼. 그렇지만 안 되겠어. 내 소중한 신부를 뙤놈이 뒹굴던 더러운 자리에 함부로 눕힐 순 도저히 없군. 사랑하기 때문이야."

그녀는 너무도 육신의 갈구에만 쫓기고 있어 그의 영혼을 소유하는 일 따위는 처음부터 생각해본 바 없는 일이다. 그것은 그를 안 시초가 향아의 약혼자로서였기 때문에, 그와의 만남을 어디까지나 피부적인 접촉으로 끝내보려는, 이를테면 그를 그녀의 내부 깊숙이 수용하는 것을 거부해보려는 그녀 나름의 도의심 같은 것에서 비롯된 것이었다.

(이이가 나를 사랑한다고…… 그랬겠다?)

그의 육신을 탐하기에 앞서 그의 영혼까지를 곁들여 가질 수 있다고 깨달았을 때의 의외로움과 기쁨 그것은 차라리 법열이었다.

이러한 법열은 도리어 그녀의 불타 오르던 육신의 갈구에 편안한 휴식을 준다.

"미안해 진이, 기다려주겠지!"

그녀는 고개를 어린애처럼 크게 끄덕이고 그의 가슴에 조용히 얼굴을 묻고 편안함을 아주 흡족한 편안함을 마음껏 누린다.

"많이 아팠었어? 가엾게시리……."

민준식은 다시 한 번 망가지기 쉬운 귀중품을 다루듯이 아까 찔린 진이의 손을 잡고 가만가만 어루만진다.

"아아뇨, 다 나았어요."

"가냘픈 손가락이군. 아주 보드랍고. 어머니의 빨간 반지가 꼭 들어 맞을 손이야."

"빨간 반지라뇨?"

"응, 이 손에 꼭 끼워주고 싶은 예쁜 반지였어. 내 옛날얘기 하나 해줄까? 옛날도 아니지. 사실은 1년 전쯤인데 먼먼 옛날 같군."

 민준식의 목소리가 갑자기 심란하게 가라앉으며 어떤 감상에 잠긴다.

 "어머니가 안방에 앉아 계셨었어. 옥색 옷을 입고 깊은 시름을 담고, 우리 어머닌 늘 그랬었어. 조용하고 기품이 있고 우수가 있고……."

 "사랑했군요, 부모님을."

 "아니, 어머니만. 그때 어머닌 화류 상자 속을 뒤적이고 있었는데 패물상자였던 것 같아. 우리 어머닌 몸에 패물을 지니기를 좋아 안 했지만 가지고 있긴 꽤 가지고 있었나 봐. 그때 노란 장판 위로 빨간 반지가 떼구르르 굴러 왔어. 난 냉큼 집어서 내 손에 끼어 보았지. 다 안 들어가고 겨우 새끼손가락도 마디를 못 넘길 정도였어."

 "그래서요?"

 "난 그 빨간 반지를 새끼손가락에 반만 걸친 채 이게 누구거냐고 그랬지. 어머니는 활짝 웃으시면서, '이 다음에 네 색시 줄 거다' 하시잖아. 난 '그럼 내 색신 빼빼 마른 색시여야 하게, 난 마른 여잔 싫은데' 했지."

 "그랬더니?"

 "그랬더니 우리 어머닌 빙그레 웃으시면서 반지를 달래서 당신 손에 끼어보이시더군. 글쎄 매끈하게 들어가지 않아? 어머니 손은 아주 보드랍고도 이뻐서 다 커서도 일부러 가끔 만져볼 정도였는데. 난 그때 물론 그것으로 만족했지. 우리 어머닌 화사한 분이지만 말라깽이는 아니었거든."

"어머니가 그립군요?"

"옛날이야기야. 그냥 옛날이야기. 의식 같은 거, 이를테면 결혼식이라든가 그런 게 번거롭고 쑥스럽다고 예전엔 생각했었는데 어쩌면 아주 필요한 건지도 몰라. 진이를 자랑하고 축복받고 싶군. 많은 사람의 축복을. 특히 부모님의 축복을."

"우리에게도 축복이 있는 미래가 있을까요?"

"글쎄……."

둘은 암담해지고 만다. 철딱서니 없이 미래라니? 이 미친 전쟁에. 세상이 온통 죽고 죽이는 일에 미쳐 돌아가는 이 난리통에 미래라니?

진이는 발삭적으로 민준식의 품에서 몸을 빼내 그 앞에 무릎을 꿇는다.

"도망가요, 네. 오늘 밤, 지금 곧, 우리들이 감쪽같이 숨을 수 있는 집은 얼마든지 있어요. 다시는 준식 씰 놓칠 순 없어요."

"안 돼. 특무장이 눈치채고 있어. 우리가 없어지면 진이네 식구가 무사할 것 같아?"

"상관없어요. 우리 식군 될 대로 되라죠 뭐. 그런 걱정 말고 도망갑시다, 제발."

진이는 완전히 제정신이 아니다.

"그럴 순 없어."

"우리 식구는 염려 말래두요. 설마 죽이기야 하겠어요."

"진이네 식구 때문만은 아냐."

민준식의 말씨가 좀 더 단호해진다.

"이 더러운 동족상잔의 전쟁에 어차피 남자는 어느 편이고 선명하게 선택할 수밖에 없고, 인민군대는 내가 선택한 내 편이야. 자기 편 선택이 선명치 못하고 갈팡질팡하다가는 진이 오빠 꼴이 되고 마는 거야."

"맙소사, 나를 사랑한다더니, 신부니 빨간 반지니 축복이니 다 거짓말이었군요."

진이는 처참하게 울부짖는다.

"진정해. 적어도 남자가 자기가 선택한 자기편을 배반할 땐 여자와의 사랑이라든가, 어머니가 보고 싶어서라든가, 이를테면 세속적인 행복에의 욕구 말고 좀 더 결정적인 것을 증언할 수 있어야 하지 않을까. 내 선택이 어째서 그릇됐나를 누구에게고 떳떳하게 증언할 수 있을 때 나는 비로소 내 편을 배반할 수 있을 거야. 지금 진이 때문에 또는 동상 걸린 발가락의 아픔 때문에 내 편을 배반할 순 없어."

"바보같이……. 빨갱이가 나쁘다는 건 온 세상이 다 아는 건데 뭣 때문에 준식 씨가 그것을 다시 증언해야 하는 거죠?"

진이는 꿇어앉은 채 절망적으로 민준식의 무릎을 안는다. 그녀는 지난여름 그를 놓쳤듯이 이제 곧 다시 그를 놓치고 말 것을 안다. 그녀의 등을 민준식의 손길이 부드럽게 어루만진다. 그녀는 다시 그가 좋다. 뜨겁고 부드럽고 알싸하고 슬픈 것이 가슴에서 주체할 수 없이 넘친다.

"아까 뭐라고 그랬죠? 발이 동상에 걸렸다고, 정말이에요?"

"응, 올겨울 추위는 대단치도 않았는데 지독한 동상에 걸리고 말았어."

"그래요 아주 많이? 그럼 몹시 아프겠네요?"

진이는 꿇어앉은 채 그의 발에서 헝겊으로 된 구두 모양의 두툼한 신을 조심조심 벗긴다. 다음은 해진 얽은 양말을 벗기고 두 손으로 발을 감싼다. 수북이 부어오른 발등과 뭉크러진 발가락을 가만가만 어루만지다가 화끈화끈 체온 이상의 열로 달고 있는 발등에 볼을 비빈다. 그의 발의 아픔이 그녀의 가슴 한복판으로 화살처럼 와 박힌다. 정녕 아프다. 자기의 육신인들 어찌 이보다 더 아플 수 있으랴.

"아파요? 많이?"

"아아니 아주 편하군. 진이 손은 약손인가 봐. 다 나은 것 같아. 사랑해 진이. 아무리 되풀이해도 모자랄 만큼."

그녀는 잠자코 양말을 신기고, 자기가 신고 있던 두툼한 남자용 털양말을 벗어 그위에 덧신긴다. 그는 구태여 사양하려 들지 않고 그녀 하는 대로 순순히 몸을 맡긴다.

"봄이 와야겠어요 빨리."

"봄은 지금도 오고 있을걸 뭐."

"우리들의 미래도 오고 있겠군요."

민준식은 다시 한 번 진이를 세차게 끌어안고 볼을 비비며 밝아오는 새벽 하늘을 본다.

"너무, 너무 밤이 짧군."

짓눌린 듯 목쉰 음성에 진이도 퍼뜩 정신이 들며 하늘을 본다. 부연 하늘에서 별이 하나둘 빛을 잃어가고 있었다. 진이는 앞으로 극히 짧은 동안에 준식과 기약도 없이 헤어지게 되리라는 것을 안다. 그리고 그 짧은 동안에 사랑과 이별의 기쁨, 슬픔, 짜릿함, 달콤함, 떨림, 아픔, 아름다움을 농축한 지독스레 비극적인 것을 누리기 바란다.

그러나 민준식은 진이가 당연한 절차로 바라고 있는 그런 진한 시간을 도대체 마련하려 들지 않을 뿐더러 난데없이 멍청하게 혜식은 얼굴을 하고 킬킬킬 웃기까지 하며 엉뚱한 수작을 하기 시작했다. 외박하고 돌아온 다음 날 자기 아버지가 자기 어머니에게 얼마나 쩔쩔맸나를, 그 기품이 넘친다는 어머니가 또 얼마나 천박스럽고 앙칼지게 아버지에게 주릿대 안겼나를 허풍스럽게 시늉까지 해가며 장황하게 늘어놓는가 했더니 어느 틈에 화제를 향아네로 비약시켜 향아네 아버지 어머니는 이런 경우 한술 더 떠서 육박전으로 서로 부상을 입고 입히고, 서로의 욕설이 걸고 풍성해 구경하던 하인배들을 포복절도시킨 이야기를 자기도 포복절도를 해가며 하는 게 아닌가. 마치 사랑과 관심이 식어 간 지 오래인 남녀가 타성으로 만나고 만났는데 할 소린 없고 가만히 있자니 환장할 것 같아 덮어놓고 지껄여대는 권태롭고도 약간 신경질적인 입놀림 같은 수작을 말이다.

그러더니 또 자기네와 향아네 따위, 소위 행세깨나 한다는 점잖은 집안의 '고상한 체'의 내용물인 속악과 거짓과 파렴치와 탐욕을 입에 거품을 물어 가며 매도하기 시작했다. 상소리에 곁들여 '엣 퉤 퉤퉤' 하고 침까지 뱉아가며. 그러면서도 그는 진이를 멀찌감치 밀어 놓고 옷의 지푸라기를 뜯어주기도 하고 자기 옷의 지푸라기도 뜯어내고 모자도 쓰고 지카다빈지 농구환지 모를 이상한 모양의 헝겊신의 끈도 매고, 이를테면 갈 준비를 하는 것이었다.

"내가 먼저 갈까, 진이가 먼저 갈까. 하여튼 누구든지 먼저 휙 나가버리자구, 밝기 전에."

하더니 미처 진이의 대답도 기다리지 않고 자기가 먼저 가버리려 든다.

진이는 별수 없이 애걸을 한다.

"이대로 헤어질 순 없어요. 하다못해 조그만 약속이라도 해줘요. 준식 씬 안 지켜도 좋으니까······."

"기약 없는 이별이란 말도 못 들었어?"

"제발 농담은 좀 그만해둬요. 언제까지 돌아온다든가 어디서 만나자든가 그런 약속을 해줘요. 준식 씬 안 지켜도 좋으니까 그냥 해봐요, 제발."

민준식이 조금씩 부드럽고 다정해지고 있는 것같이 진이는 느낀다. 그러나 그 다정함, 부드러움을 몹시 아끼고 있다는 것도 아울러 느낀다.

"글쎄 이 통에 무슨 약속을 할 수 있을까? 옳지, 죽지 말자고, 어떠한 일이 있더라도 죽지 말자고 그거나 약속하지. 어때? 됐어? 그럼 가자구. 어서. 골목 밖까지 같이 갈까?"

그는 먼저 휘적휘적 걸어간다. 새벽빛 속에 그의 모습이 부옇다.

"누비옷이 우습군요. 전엔 멋쟁이였는데……."

"자, 여기서부터 혼자 가. 뒤돌아보지 말구. 괜히 미끄러지거나 할 테니. 발 조심해."

길은 아직 어둡고 비탈길은 미끄러웠다. 진이는 자꾸 미끄러질 듯 미끄러질 듯 발을 헛디뎠다.

민준식이 달려와서 부축해주길 은근히 바라면서. 그러나 그는 달려와 주지 않았다. 도대체 눈으로라도 배웅이나 하고 있는지도 모를 일이었다. 그녀도 악물고 돌아보지 않는다.

겨울 새벽은 맨발로 걷기에는 너무도 춥다. 발의 감각이 점점 무뎌가며 점점 더 발밑이 위태롭다. 그래도 털양말을 벗어준 것만은 참 잘한 일이라고 내심 흐뭇하다.

고꾸라졌다 다시 일어서고 비틀거리다 다시 몸을 가누고 하기를 몇 번 거듭해도 비탈길은 한없이 길게 뻗어 있다. 겨우 우물 앞까지 올 수 있었다. 곧 쓰러질 것 같아 우물의 시멘트 통을 두 손으로 짚고 몸을 기댄다. 지금이라도 돌아다보고 싶다. 돌아다보고 마음껏 악을 쓰며 비탈길을 단숨에 뛰어내려 민준식에게 달려가고 싶다. 그것을 참기는 참 어렵다.

그녀는 부연 하늘을 배경으로 자기의 윤곽이 검게 비치는 동그란 우물 속을 들여다본다.

시멘트 통의 감촉은 손이 아릿하도록 찼지만 그녀는 손을 짚은 채 우물에 비친 하늘이 점점 물빛으로 밝아오고 검은 그림자에 뚜렷한 이목구비가 생길 때까지 지켜본다.

그리고 비로소 돌아본다. 비탈 아래 길과, 온 동네와 희게 뻗은 넓은 한길과, 한길 한가운데를 달리는 검은 평행선 전차의 궤도가 한눈에 선명하게 들어온다.

여전히 움직이는 거라곤, 살아 있는 거라곤 하나도 눈에 띄지 않는 세상……. 그녀는 몸서리를 치면서 집으로 뛰어들어간다.

3월

 마주 보이는 인왕산에 눈은 그대로이지만 군데군데 양지바른 곳은 검게 벗겨지고 그 근처에서 아물대는 게 아지랑이가 아닌가도 싶은 건 아마 봄에의 성급한 갈망에서 오는 착각인지도 모르겠다.
 그건 그렇고, 요새로 부쩍 포 소리가 가까이 들리는데, 지난 가을의 경험으로 봐서 꼭 함포사격의 포 소리같이 들리는 것은 웬일일까?
 지금쯤 전선은 어디메쯤인지, 어느 편이 이기고 어느 편이 지고 있는지, 신문이나 라디오는커녕 난리통이면 으레 시끌시끌 떠돌아다니게 마련인 유언비어에서조차 단절된 완전 고립의 생활에서 다만 청각만이 예민해질 대로 예민해져가지고 은은한 포 소리에 신경을 곤두세운다.

그러던 어느 날, 서울에 남아 있는 기동할 수 있는 사람은 모조리 북으로 피난을 떠나라는 명령이 날벼락처럼 내렸다. 부랴부랴 주민들의 실태가 조사되고 여태껏 간판만 걸어놓고 할 일이 없어서 비실비실하던 인민위원회가 갑자기 그 존재가치를 발휘하기 시작했다.

모든 것이 일사천리로 신속하게 진행되었다. 한 사람도 빠짐 없는 정확한 H동 주민들의 명단이 작성되고 피난 갈 수 있는 자의 명단은 따로 마련되었다. 그런 일들이 신속할 뿐만 아니라 정확하게 끝났다. 아주 유능한 원장, 그러나 그것은 겉치레요, 배후에는 보위군관 황 소좌의 두고두고 마련한 면밀한 계획이 있었다. 그는 미리부터 그 동네의 누구와도 친한 사이였고 어느 빈집이고 그의 눈이 미치지 않은 집이 없었다. 실상 명단은 이미 황 소좌의 머릿속에서 짜진 거나 마찬가지였다. 젊은이들이 셋씩이나 있는 집, 진이네는 물론 피난 가야 할 집에 속했다.

"고향이 개성이랬지? 거 참 잘됐군. 북반부 어디서나 남반부 인민들은 환영받겠지만 이왕이면 연고지가 더욱 좋지. 친척들도 있을 게 아닌가."

"갈 수 없는 걸 번연히 아시면서도 괜히 그러세요."

"갈 수 없다니, 왜?"

그는 시치미를 딱 떼며 눈을 부릅뜬다.

"오빠 병세가 요샌 더욱 나빠진 것 같아요. 그것뿐이에요. 남으로 갈 수 없었던 거와 똑같은 이유예요."

"하하하. 공평을 기하자는 심산가. 그렇지만 병이 더하면 더할수록 안전한 곳으로 피난을 시켜야 할 게 아닌가? 더구나 우리 북조선은 남조선과 달라서 돈 없는 사람도 훌륭한 치료를 받을 수 있으니 가족들은 이런 기회를 수령님께 감사하면서 병자를 북으로 피난시키는 길이 병자를 살리는 유일한 길이 아닐까?"

"그건 그렇지만 우선 걸을 수 있어야 길을 떠날 게 아녜요?"

"그러니까 남보다 좀 미리 떠나라고 내가 이렇게 서두르는 게 아니오. 그까짓 개성쯤 남이 사흘에 갈 것 넉넉잡고 닷새나 일주일쯤 걸리면 설마 못 닿겠소. 원 다리에 총구멍이라도 뚫렸기 전에야 젊은 사람이 저렇게 기동을 못하고 엄살을 떨 수가 있나……"

그는 나중 말을 아주 소탈하고 익살스럽게 했으나 눈이 깊은 곳에서 날카롭게 빛나며 진이의 눈치를 살피는 바람에 진이는 그만 등허리에 식은땀까지 흘린다. 더 이상 폐병쟁이일 수는 없는 파국이 다가오고 있었다. 진이는 열과, 그의 총상 입은 다리가 밉다. 어쩌자고 사지가 멀쩡한 사람이 눈치 빠르게 날뛰어도 살아 남기 힘든 난리통에 빙충맞게 하필이면 다리를 다쳐 앉은뱅이가 돼 죽치고 앉아서 온 식구의 짐이 되는 것일까? 아무리 밉고 주체스러워도 내던질 수조차 없는 난처한 짐, 가족 핏줄이라는 것, 황 소좌에게도 가족이 있을까. 문득 그런 생각을 해본다. 우선 그를 인민군관 황 소좌가 아닌 누구집 아들이라든가 누구의 아버지라든가 그런 것이 되게 하고 그의 자비심에 호소할 수 있는 길 같은 것을 궁리해본다.

다음 날 그는 다시 왔다.

"어떻게들 보따리를 좀 쌌나?"

"아직……. 정말 어떻게 좀 안 되겠어요? 어떻게 좀……."

"어떻게라니?"

"우리 집 사정은 잘 아시면서……."

"그렇지 않아도 그 동안 나도 생각한 것이 좀 있기는 있소."

그는 소탈하고 무던하게 웃으며 종이쪽지를 내민다. 인민위원회의 네모난 도장이 찍힌 피난민증이었다. 행선지는 개성으로, 그러나 가족란은 빈칸으로 남겨져 있다.

"동무네만 안 찾아갔다길래 내가 오는 길에 가져왔지. 가족란은 빈칸으로 남겨놔 달라고 특별히 인민위원회 위원장에게 부탁을 했죠. 그러니 동무 마음대로 적당히 써넣구료. 내 성의요."

"무슨 뜻인지……?"

"온 가족의 피난을 강요하진 않겠소."

"그럼 아주 한 사람도 안 써넣을 순 없단 말씀이군?"

"동무, 나를 너무 얕잡지 말기를 충고하오."

서 여사의 어머니로서의 본능이 심상치 않은 것을 느꼈는지 얼굴에 핏기가 가시면서,

"얘 진이야, 뭐라고 말씀하시는 거냐?"

감히 황 소좌에게 묻지 못하고 진이에게 묻는다.

"아무것도 아녜요."

진이는 미간을 찌푸리고 톡 쏜다. 노인네란 얼마나 귀찮은 거냐고 버럭 짜증이 난다.

"할머닌 자식이 몇이나 되우?"

황 소좌가 불쑥, 귀에 거슬리게 버릇없이 묻는다.

"몇이라뇨? 웬걸요. 단지 이것들 남매뿐인걸요."

"처음부터 남매뿐이오?"

"에구 무슨 말씀이신지? 자식이라곤 이것들 남매뿐이라니까요."

"낳길 남매만 낳았소? 지금 남아 있는 것이 남매뿐이오? 어느 쪽이오?"

"단지 남매를 낳아서 길렀죠. 손바닥의 구슬같이 불면 꺼질세라 놓치면 깨질세라……."

서 여사의 푸념은 민망하도록 길 것 같다. 그래서 진이는 가로막지 않는다. 행여나 노인네의 하소연이 황 소좌의 측은지심을 불러일으키지나 않을까 하고.

"쳇, 할머닌 복도 많구료. 이 전쟁통에 자식 죽는 꼴도 안 봤으니……. 너무 욕심이 많으면 못쓰오."

불손하기 한량없는 태도다. 당초의 무던한 듯 소탈한 듯한 태도가 빠르게 변모하여 이유 모를 초조로 온몸이 핏발 서 있다. 그래도 진이는 행여나 하고 초조하게 그의 자비심 동정심이 그의 내부에서 순탄하게 풀려나가기를 궁리한다.

"가족이 있으시겠죠? 어쩌면 애기도."

"왜 묻소, 그런 건?"

표정이 조금도 누그러지지 않는다.

"궁금해서요. 염려해주는 육친이나, 그 밖에 사랑하는 이를 가졌다는 건 큰 복이 아니겠어요. 그런 분은 남 보기에도 더 소중해 보이고…….."

"누굴, 누굴 놀릴 셈이오?"

움푹하던 눈망울이 금세 튀어나올 듯이 핏발 선 채 솟아오르며 벌떡 일어나 방바닥을 구르듯이 거칠게 왔다 갔다 한다. 이 의외의 변화에 진이는 다만 아연할 따름이다.

그는 서성거리던 걸음을 멈추고 비상한 증오와 적의를 담은 눈으로 서 여사와 열이, 그리고 혜순, 진이까지를 차례차례 노려보곤,

"다 죽였단 말요, 우리 식굴. 반동의 새끼들이."

이런 경우 진이네가 할 수 있는 길이란 될 수 있는 대로 숨을 죽이는 일밖에 없었다. 공연한 벌집은 이미 쑤셔놓은 거고 그 다음에 떨어질 것을 조용히 기다리는 수밖에.

"설마 그럴 리가……."

한참 만에야 눈치봐가며 한다는 소리가 겨우 그뿐이었다.

"설마라니? 그럼 국방군놈의 새끼들이 군관 가족을 살려냈단 말이오? 온동네를 잿더미로 만들고 살아 있는 거라곤 눈먼 개새끼 한 마리 안 남겨 놓은 잔인무도한 놈들이. 온 동네 사람들을 무차별 학살해 한구덩이에 묻었다는 피비린내 나는 현장이 지금까지 보존되고 있소. 아마 영구보존돼 우리 인민들에게 원수들에 대한 적개심을 두고두고 불멸의 것으로 불태워줄 거요."

"아무튼 가족들의 시체를 직접 확인하신 건 아니잖아요?"

"그래 그게 어쨌다는 거요. 시체를 찾을 새도 없었소. 남으로 남으로 원수를 무찔러 내려와야 했으니까."

"제 생각으론, 어쩌면 그분네들은 안전한 곳으로 피난을 했는지도 모르잖아요? 전 북쪽에서 내려오는 숱한 피난민들을 보아왔거든요. 아무튼 죽지는 않았을 거예요."

"살았다구? 내 식구가, 군관 가족이? 안전한 곳? 안전한 곳이 어디요?"

"남하했겠죠. 그분네들도 어쩔 수 없었을 거예요. 지금 우리만 해도 북으로 가기를 강요받고 있잖아요."

그의 눈에 분노가 지나 광기까지 서린다.

"뭐라구? 군관 가족이 남하? 살았다구?"

고함을 치며 찬의 소변을 누일 때 쓰는 깡통을 집어 아래쪽으로 던지더니, 한 번 몸을 부르르 떨고는 주먹으로 안방 미닫이를 힘껏 내리쳐 우지끈하고 몇 개의 문설주가 힘없이 물러난다.

그를 어떻게든 위로하고 무마해보려던 시도가 이렇게 되고 보니 진이도 어찌할 바를 몰라 구석에 웅크리고 섰을 뿐이다.

차차 그도 제풀에 광란을 억제하고, 다만 어깨로 씨근대며 숨을 쉬는 것으로 제 분노를 대신한다.

"내 아내가, 내 누이가 남쪽에 살아 있을지도 모른다? 여자만의 식구들이란 차라리 죽는 게 낫지. 죽었어야 옳지. 살아서 국방군놈의 첩이 되거나 양갈보가 되느니 차라리 죽었어야 옳지."

크게 출렁이던 어깨도 차츰 가라앉는다. 튀어나올 듯이 솟았던 눈망울이 아까보다는 한층 깊고 우중충하게 가라앉고 입가의 그 독특한 위엄도 회복한다.

"우리 식군 죽었소. 군관 가족답게 떳떳이 몰살을 당했소. 내 어린것까지. 그렇지만 우리 인민군대는 무고한 양민들을 학살하진 않겠소. 자비를 베풀겠소. 설사 이 방에 국방군 놈의 새끼가 앉아 있다손 치더라도 살려두겠소."

그의 움푹한 눈이 열의 얼굴 위에 오래 머문다.

"그렇지만 피를 보지 않기 위해선 조건이 있소."

음산한 시선이 열로부터 서 여사에게로 옮겨 갔다.

"이 난리통에 자식을 하나도 잃지 않고 고스란히 가지고 있다는 게 과람하지도 않소?"

"남들처럼 많은 자식도 아닌걸요. 단지 남매뿐인걸입쇼."

서 여사는 떨고 있었다.

"우리가 필요로 하는 건 썩은 송장이 아니라 산 일꾼이오. 젊고 유능한 일꾼. 딸과 며느리를 피난 보내지 않겠소?"

"옛? 딸과 며느리라뇨? 설마 며느리까지 말씀하시는 건 아니죠?"

"그것도 자비요. 폐병엔 부부가 별거하는 게 으뜸가는 치료법이라지 않소. 그렇지만 별거는 그렇게 오래 걸리진 않을 거요. 우리 영용한 인민군대는 곧 남조선 전역을 해방시키고 말 테니까."

"너무, 너무하십니다."

서 여사가 와들와들 떨면서 방바닥에 주저앉는다. 진이는 서 여사를 부축하면서 제법 단호하게,

"그렇겐, 절대로 못 하겠어요."

"못 하겠다고? 동무도 어지간히 남의 말을 못 알아듣는군. 나는

아까도 말했지만 피를 보고 싶지 않다고 했는데……."

 그의 음산한 주린 듯한 눈이 다시 한 번 열에게 오래오래 머물고 진이는 그의 그런 눈에서 자기네 식구들이 떨어져 들어갈 깊이 모를 나락을 느낀다. 그는 곧 아무 일 없었던 것처럼 찬을 쳐들고 볼을 비비며 소탈하게 웃고,

 "찬인 어떡할까? 엄마 따라 저어기 머언데 갈까? 아버지하고 할머니하고 집에 있을까?"

 어린애를 어르는 데도 빈틈 없는 목적의식에 부합되게 어른다.

 "하하하……."

 그는 돌연 즐거워서 죽겠다는 듯이 호탕하게 웃어젖히고는,

 "난 말이오, 난 예감, 육감 그런 걸 믿거든. 유물론자답지 않게. 그놈의 육감이란 게 이게 용한 무당 뺨쳐먹게 잘 들어맞거든. 이번에도 말이오. 저 폐병쟁이를 보자 단박 내 육감이 똑똑 나에게 신호를 보내잖아. 저건 틀림없이 총상 입은 국방군 아니면 인민군의 도망병이거나 둘 중에 하나라고……. 어떠우? 내 육감의 명중율이, 하하하……. 왜 그렇게들 놀라지? 놀랄 것 없어요, 빨리 피난 준비나 하면 되는 거니까."

 그는 언제나와 마찬가지로 찬이에게만 인사를 획하고 사라져갔다.

 진이는 황 소좌가 남기고 간 피난증을 꼬깃꼬깃 뭉쳤다가 다시 갈기갈기 찢어버린다.

 "흥, 공갈친다고 누가 갈 줄 알구. 언니, 우리 끝까지 버텨요."

그러나 벌써부터 창백하게 질려 있던 혜순은 동의해오지 않고 고개만 깊게 떨어뜨린다.

식사는 집안 식구가 다 한결같이 뜨다 말았다. 목에 무엇이 콱 가로걸린 것처럼 넘어가지가 않았다. 자리를 깔고 누워서도 통 잠을 이룰 수가 없었다.

"여보, 혹시 담배 한 까치 없을까?"

열은 좋아하던 담배를 총상을 입은 후는 쭉 못 태우고 있었다. 담배가 상처에 이롭다거나 해롭다거나보다도 담배를 구할 방도가 없었고, 예전 기호나 습성쯤이 괴롭게 거치적댈 만큼 한가로운 상황도 아니었기 때문이다. 그런 열의 담배 찾는 소리는 신음처럼 듣기에 괴로웠다.

"잔다란 꽁초가 몇 개 있긴 있는데."

혜순이 선뜻 내주지 않고 꺼림칙한 듯 망설인다.

"그거라도 주구려."

"저어 인민군들이 피다 버린 걸 주워둔 건데요."

"그래? 그럼 그만두구려."

열이 부시시 돌아눕는다. 아무도 잠들지 않은 채 방 속의 어둠만이 두텁다.

"여보, 그거라도 주구려."

신음 같은 음성이 한결 더 절박해진다. 혜순이 부시시 일어나 다락을 뒤적이더니 잠시 후 성냥불이 켜지고 어둠 속에 빨간 불이 둥실 뜬다. 빨간 불은 들이마실 적마다 희미한 빛을 둘레에 던져 열의 창백한 손과 얼굴 모습을 드러내기를 몇 번 거듭하고는 아주 꺼졌다. 희미한 빛 속에 잠깐 본 열의 얼굴이 무엇인가를 열심히 진이에게 호소하고 있음을 진이는 안다. 그러나 그대로 되어줄 수는 도저히 없는 것이다. 진이는 자기에게 집중된 식구들의 시선을 떨쳐버리듯이 몇 번 헛기침을 하고 이불을 푹 쓰고 양손으로 귀를 막는다. 아무것도 듣기 싫다. 다만 한 소리만 들으면 되는 것이다.
 귀를 막아도 또렷이 들리는 다정한 음성,
 "사랑해 진이, 가엾은 나의 신부."
 얼마나 감미롭고 풍부한 연상을 끌어내는 한마디일까? '가엾은'만 뺀다면. 어떡하든 남아 있어야 한다. 남아서 그를 맞아 가엾지 않은, 행복한 신부가 되어야 한다. 그가 그날 밤 내 말대로 도망쳐주었다면 오늘 이런 곤경엔 안 빠지는 건데. 그렇지만 그가 나와 도망쳐주지 않은 건 우리 식구의 안전이란 이유도 있었다. 어쩌면 그것이 전부이고 그가 급히 둘러댄 딴 이유는 남자들이 여자 앞에서 흔히 해 보이는 심각한 척에 불과한 것이었으리라. 그러고 보니 난 그날 밤 이미 우리 식구를 위해 한 번 희생을 한 셈인데, 우리 식구는 지금 나에게 또 한 번의 희생을 강요하고 있다. 그렇게는 안 될걸. 이불 속에서의 진이의 생각은 이렇게 앙칼지고 다부지다.
 "진이야. 개성엔 고모도 있을 테고, 고모님이 널 오죽 반가워하시겠니."
 아득한 곳에서처럼 열의 목소리가 들린다. 진이는 이불을 젖히고 열이 쪽을 본다. 빨간 불을 또 하나 입에 물고 깊이깊이 들이마시고 있었다. 오랫동안 깎지 않아 무성한 턱수염 사이에서 빨간 불이 빛을 발했다. 어두워졌다 몇 번 안 하고 다시 아주 꺼졌다.
"서울서 개성이야 지척 아니냐. 잠깐만 헤어져 있으면 될 거야. 국군이 서울만 탈환하면야 개성인들 버려두겠니. 더군다나 개성은 삼팔선 이남, 엄연한 대한민국 영톤데……."
열의 말이 점점 길어진다.
"어수룩한 소리 좀 작작하세요. 그들은 사람들을 몰고 올라가려는 거예요. 만주벌판까지라도 쓸 만한 사람들은 모조리……."
"고모님은 너희들을 숨겨줄 거다. 고모님이 우리들을 얼마나 애껴줬었다구."
"아무튼 난 못 가요."
진이는 어둠 속에서도 눈을 감고 딱 잘라 어려운 말을 해버린다.
혜순이 용수철에 튕긴 듯이 일어나 앉는다.
"작은아씨 갑시다. 어쩌겠요. 오빠를 살리는 길은 그 길밖에 없이 다 꾸며진 걸."
"황 소좌 그 자식 괜히 공갈치는 걸 가지고 뭘 그래요. 우리가 벌벌 떠니까 재미가 나서 우릴 놀려먹는 거예요. 제까짓 자식이 설마 우릴 어쩌겠요? 무슨 증거가 있다고."
"작은아씨도, 이 무법천지에 증거는 또 무슨 증거예요. 아까 그 눈 못 봤어요? 아무래도 무슨 끔찍한 일을 저지르고 말 거예요. 소름끼쳐요."
혜순은 정말 오들오들 떨고 있다.

"저러니까 그 녀석이 우릴 넘보고 맘대로 희롱하지 뭐예요. 조금도 두려워할 거 없어요. 설마 죄 없는 사람을 어쩌진 못할 거예요. 한번 마음 모질게 먹고 견딜 때까지 견뎌봅시다. 그 녀석 공갈에 쉽사리 넘어갈 거야 없잖아요."

"그럴까?"

진이의 자신 있는 강한 어조에 혜순도 솔깃해진다. 이 거센 전쟁의 소용돌이 속에서 겨우 붙든 남편의 손을 다시 놓치고 싶은 여자가 어디 있으랴. 더구나 남편은 성한 몸도 아닌데. 죽든 살든 같이 있고 싶으면서도 아까 황 소좌가 뚜렷이 암시한 어떤 참변을 두려워하고 있을 따름이었다. 이런 혜순의 심리를 빠안히 들여다보며 교묘하게 이끈다.

"언니, 말이 개성이지 우릴 어디까지 몰고 갈지 알 게 뭐예요. 그것들 서두는 꼴이 곧 서울은 포기할 모양이고, 우린 자꾸자꾸 북으로 끌려갈 테고, 그럼 어떻게 되겠어요. 우리 식군 삼팔선 나뉘듯이 둘로 나뉜 채 영 이별이 되고 말걸요. 황 소좌의 계획도 바로 그걸 거예요, 그자는 우리 식구의 단란함을 시새우고 있는 거예요. 그 수에 넘어가 그의 뜻대로 돼버릴 순 없잖아요. 우린 강해야 돼요."

"작은아씨만 믿겠어요."

진이의 자신 있는 태도에 혜순도 별수 없이 의지해온다. 그러나 열은 그렇지 못했다. 연신 꽁초를 갈아 피우다 다 없어진 후에도 마음을 잡지 못하는 듯 몸을 뒤채고 있었다.

다음 날, 아침이 채 밝기도 전에 문 흔드는 소리에 집안 식구가 모두 소스라쳐 일어났다.

잠은 제대로 못 잤으면서도 제각기 깊은 생각에 잠겨 있었으므로 문 흔드는 소리는 잠에서 일깨우듯 그들을 단박 현실로 돌아오게 했다. 탐스럽지 못한 먼지 같은 눈이 시름시름 날리고 있는 속에 허리 굽은 노파가 담요를 들쓰고 떨고 있었다.

"누구시죠? 이렇게 이른 새벽에."

"갑희 할민뎁쇼. 어젯밤 갑희가 안 들어와서 밤새도록 기다리다가 혹시 여기서 잤나 하고."

그 송장같이 누워 있던 노인네가 아무리 갑희 때문이기로소니 여기까지 이렇게 걸어올 수 있었다니. 진이는 우선 그것이 놀랍다.

"네, 그러세요. 몰라봤어요. 어제 아침나절 잠깐 들렀다가 다시 안 왔는데요. 웬일일까요?"

진이도 통 짐작이 가지 않았다. 불길한 생각이 어둡게 스친다.

노파는 추위 때문인지 두려움 때문인지 몹시 떨고 있었다. 밤에 한 번 보았을 적보다 더 많은 주름살이 덮인 얼굴에 생기 없는 눈동자가 지저분하게 젖어 있었다.

우선 방에 들여앉히고 더운 물을 먹이고 적당한 위로의 말을 찾으려다 만다. 어떠한 말로도 위로될 것 같지 않은, 그녀의 생애에 단 한 번이라도 기쁨이라는 것이 있었을까. 있었다면 도대체 어떤 표정을 지을 수 있었을까. 짐작도 할 수 없는 얼굴이었다. 뜨뜻한 아랫목에서 습성처럼 덜덜 떨다가 비실비실 일어섰다.

"에구구 허리야. 에구구 원수 같은 늙은 목숨이야. 이러구 앉아만 있으면 어쩌나, 또 찾아봐야지. 에유, 무심한 것. 어디로 가서 이렇게 할미 애간장을 태우나."

"길도 미끄러운데 어딜 찾아간다 그러세요. 어디서 혹시 잤더라도 좀 있으면 오겠죠. 아직도 이른 새벽이에요."

그러나 노파는 부득부득 눈 속을 나선다. 부우연 눈보라 속에 노파의 누런 담요가 점점 멀어져 간다. 염려한 것보다는 정정한 걸음걸이에, 생각보다는 고집깨나 있는 노파였다.

갑희는 사귐성이 좋아서 진이네 말고도 여러 군데 아는 집이 있어 어디서 잘 잤겠지 하면서도 무언가 좀 꺼림칙하다. 곧 참새처럼 재잘대며 나타날 것도 같아 자꾸 대문간으로만 정신이 갔으나 해가 높다랄 때까지 갑희도 노파도 나타나지 않았다. 갑희의 행방을 수소문하러 나가봐야지 하고 마음만 조급했지 진이는 소위 여맹사업이란 고달픈 사업에서 온종일 헤어날 수 없었다.

오늘따라 연달아 군인들이 일거리를 갖고 들이닥쳤다. 전세가 저들에게 불리해지고 피난 소동이 한창인 요즈음은 고운 헝겊으로 견장을 만들어달라는 부탁보다는 떨어진 단추를 달아달라든가 해진 내복 깁기, 양말 깁기 등 지저분한 일거리의 부탁이 많다.

"딴 동무들도 이 여성 동무에게 부탁할 게 있으면 빨리빨리 하라구 좀 전해. 이 여성 동문 곧 북쪽으로 피난을 떠나게 돼 있으니까."

어느 틈에 나타났는지 황 소좌가 마당에서 눈을 뭉치면서 이런 소리를 했다. 먼지같이 가는 눈이 마치 흙바람처럼 자욱하니 시야를 막고 있을 뿐 좀처럼 푸근히 쌓이질 않아 억지로 주위 모은 눈뭉치는 흙과 뒤섞여 아주 지저분한 눈사람이 만들어졌다.

황 소좌는 그것을 장독대 위에 얹고는 호탕하게 웃으며,

"더럽게 못생긴 게 영락없이 국방군놈의 새끼로구나. 그렇지 찬아? 어디 이것 좀 던져서 저 놈의 목을 떨어뜨려 보렴."

건강하게 잘 자라 병실대는 거하며 살오른 거하며 꼭 천사 같은 찬에게 황 소좌가 막대기를 쥐여주며 하는 소리다. 찬이 알아들을 리 없어 막대기를 아무 데나 떨구자 자기가 대신 막대기로 눈사람을 겨눈다. 다시 한 번 그의 눈에 그 독특한 살기가 번뜩이고 막대기는 정확하게 눈사람의 모가지를 떨어뜨린다.

일순의 휴식도 없는 끈덕진 투쟁의식, 애국과 적의, 천사에게도 살의를 일깨워놓고 말 듯한 사무친 원한, 그런 것이 보는 사람에게 공포롭다 못해 차라리 측은하다.

갑희보다는 훨씬 바느질이 서툰 진이가 혼자 쩔쩔매는 것을 빤히 보면서도 황 소좌는 갑희의 행방에 대하여 아무것도 물으려 들지 않았다.

황 소좌가 돌아간 후에도 진이는 그것이 자꾸만 수상쩍게 여겨졌다. 갑희의 실종이 황 소좌와 관계 있다면 그것은 아주 암담하고 불길한 여러 가지 가능성을 연상시킨다.

나가서 좀 알아봐야지, 어둡기 전에. 혼자 속으로 조바심을 하며 일손을 빨리 놀리느라 애썼으나 일손을 거뒀을 때는 언제나와 마찬가지로 어두운 후였다. 누런 담요에 싸인 노파가 대문을 밀면서 그대로 중문간에 쓰러진다. 가슴이 성한 사람보다 훨씬 거세게 기복

하는데도 전체적인 모습은 꼭 송장 같다.

"어머나, 갑희 할머니 아니세요? 그럼 아침부터 여태껏 갑희 찾아다니셨나 보군요? 어쩌자고 할머니, 기력도 좀 생각하셔야지요. 길에서 돌아가실 뻔했잖아요? 그래 무슨 좋은 소식이라도 들으셨어요?"

노파는 가쁜 숨을 진정하지 못하고 중문 문지방에 고개를 떨어뜨린 채 열심히 도리질만 한다.

"괜히 고생만 하셨군요. 제가 좀 나가 알아볼 테니 할머닌 저희 집에 들어가 좀 누워 계세요. 시장도 하실 텐데."

그래도 노파는 도리질만 한다. 자세히 보니 깊은 주름 고랑으로 지적지적 눈물이 흐르고 있는 것 같다.

"너무 염려 마시래두요. 아직 어린앤데 별일이야 있겠어요."

"에이구…… 이 늙은것이 혼자 어찌 살라고……, 에구구…… 저만 잘살려고 가다니 에구구……."

"무슨 말씀이세요? 갑희가 어디로 갔다구요?"

"에이구 이 몹쓸 년, 이 늙은일 혼자 놔두고 저만 살러 가? 에구구…… 몹쓸 년, 이 늙은 걸 혼자 두구……."

노파는 비로소 말문이 열리고 넋두리가 쏟아져 나왔지만 무엇 때문인지 몹시 흥분하고 있어서 같은 소리만 수없이 되풀이할 뿐이다. 노파의 넋두리로 노파가 오늘 혼자 알아낸 일을 짐작해낼 수는 없었다. 가까스로 노파를 안방으로 데려다 언 몸을 녹이고 더운 음식으로 요기를 시키고 어린애 달래듯이 참을성 있게 달래서 알아낸 것은 아주 좋지 못한 소식이었다.

 노파는 자기도 놀랄 만큼 극성맞게 갑희가 갈 만한 곳을 모조리 찾아다니고, 요새도 사람들이 좀 모인다는 장터 같은 데까지 샅샅이 헤매며 이 사람 저 사람 닥치는 대로 묻고 애걸하여 갑희 말고도 그 또래의 소년 소녀들이 어디론지 잡혀갔다는 걸 알고는 잡혀가 있는 곳까지도 기를 쓰고 알아냈다는 것이었다. 그러나 거기까지 찾아간 노파가 들을 수 있었던 것은 겨우 먹을 것 입을 것 걱정 없는 살기 좋은 곳으로 공부하러 갔으니 조금도 걱정하지 말라는 말뿐. 갑희가 정말 그곳에 있는지 만나보기는커녕 아예 인기척조차 맡아보지 못했다는 것이었다. 이래저래 사태는 알 만한 지경이었다.

 "에구구…… 우리 갑희를 여태껏 친동생같이 생각해준 고마운 색시, 제발 나하고 한 번만 더 가봅시다. 그래서 내 대신 말 좀 해줘요. 우리 갑희를 돌려주든지 이 늙은것도 그 살기 좋은 고장으로 같이 데려다주든지 해달라고 부탁도 좀 해줘요. 에구구…… 이 늙은게 왜 진작 죽지 못하고……. 에구구 이 늙은 게 갑희 없이 어찌 사나……."

 노파는 진작 못 죽은 걸 한탄하면서도 살 궁리 또한 태산 같다.

 진이는 별수 없이 노파에게 끌려 아직도 눈이 흩날리는 을씨년스런 저녁나절의 비탈길을 나선다.

 노파는 몇 번인가 넘어질 뻔하더니 아주 진이에게 몸을 실어버린다. 아침나절보다 근력이 폭 준 것도 같고 어쩌면 진이에게 응석부리려 드는 것도 같았다.

진이는 울컥울컥 치미는 혐오감으로 얼굴을 일그러뜨릴 만큼 노파가 싫었다. 늙음과 가난에 무지몽매까지 겹친 추함이란 얼마나 견디기 어려운 추함일까?

"난 어떻게 살라고 혼자만 갔을까? 에구구…… 그 몹쓸 것이 저만 잘살아보겠다고……, 내 생전 남에게 못할 짓 한번 변변히 해본 적 없는데 다 늙게 하나밖에 없는 손주딸마저 잃고 혼자가 되다니, 에구구…… 내 팔자야. 난 어찌 살라고, 난 어찌 살라고, 고년이 저만 잘살려고……."

 그칠 듯 끊어질 듯 힘없이 그러나 결코 그침이 없이 면면히 계속되는 노파의 푸념은 곧 그녀의 살겠다는 끈덕진 의지의 발로였고, 진이는 그게 소름끼치도록 징그러웠다.

 진이는 자기 팔목을 아프도록 휘잡고 있는 노파의 괴물같이 추한 손을 매정스레 뿌리쳐 노파의 몸뚱이를 언 땅바닥에 내동댕이치고픈 충동과 아울러 노파가 지금 악착같이 매달리고 있는 삶으로부터도 노파를 떼어내고픈 충동을 가까스로 억제하고 있었다.

 갑희가 있다는 건물은 서대문 네거리 다 가서 적십자병원 뒤쪽의 회색의 네모난 건물이었다. 과히 크지는 않은데 공장의 건물이었던 듯 널찍한 운동장까지 끼고 있었다.

 현관문도 창도 굳게 닫혀 있고 인기척이라곤 없어서 빈 건물 같았다. 자세히 보니 현관 옆 향나무 밑에서 한결같이 추레한 노인들이 대여섯 명 웅크리고 있었다. 진이는 문득 자기만이 젊다는 게 송구스러워 목에 돌렸던 어머니의 잿빛 털목도리로 머리를 친친 감고 눈만 빠끔히 내놓는다.

눈은 아직도 계속 내려, 달도 별도 없이 하늘은 침침한데 날은 더 어두워지지도 않고 하늘과 같은 빛깔로 암회색으로 침침하고 우울할 뿐이었다. 누군가가,

"아이고 불쌍한 것, 고생만 하다가……. 남과 같이 학교 한번 못 가보고……. 아이고 아이고."

청승맞은 통곡이 시작되고, 순식간에 딴 노인들도 따라 울기 시작했다.

"아이고 아이고…… 아이고 아이고."

참혹한 광경이었다. 너무 참혹해 그런지 진이에겐 도무지 현실감이 오지 않았다. 불길하도록 우울하고 침침한 날씨하며 누추하고 수척하고 끔찍스럽고 밉기가 영락없이 귀신 같은 노파들하며, 꼭 악몽 속 같았다. 메마르고 힘없는 통곡은 한없이 오래 계속됐다. 도대체 이 지옥과 같은 풍경에 좀처럼 어떤 변모가 일어날 것 같지를 않았다.

진이는 억울하게 끼어든 이 지옥으로부터 도망치고 싶어 미칠 지경이었다. 그러나 여의치 않았다. 아직도 그녀의 팔에는 노파가 악착같이 매달리고 있었다. 진이는 만일 이 몸서리치는 풍경에 조금치의 변모라도 가져올 수 있는 일이라면 지금보다 몇 배 더 나쁜 일이 일어나도 좋을 것 같았다.

이윽고 변모가 왔다. 안으로부터 굳게 닫혔던 현관문이 열리고 누런 캡을 깊숙이 눌러쓴 사나이가 천천히 나타났다. 메마르고 단

조롭던 곡성이 갑자기 한 옥타브 올라가더니 윤기, 호소력이 담겼다. 군복 같기도 하고 사복 같기도 한 누런 옷을 입고 무릎까지 올라가는 까만 가죽장화를 신은 이 중년의 사나이는 노파들과는 다른 의미로 진이에게 충격적인 인상을 주었다. 그는 진이가 여태껏 봐온 어떤 인민군 군관이나 무슨무슨 기관원, 당원 등등의 열렬한 공산주의자들하고 결코 닮지 않았으면서도 그들 모두를 한꺼번에 강렬하게 부각시켜냈다고나 할까 어떠한 인간적인 것도 완전하게 거부할 수 있는 차고 단단한 담벼락을 연상시켰다.

공산주의가 마침내 만들어낸 회심의 일품逸品 완제품. 진이는 대뜸 그런 생각을 하며 현관 앞 돌층계 위에 우뚝 선 그를 두렵게 쳐다본다. 그는 통곡하는 노파들을 담담하게 훑어보곤 공중에서 어수선하게 맴도는 눈송이를 바라본다. 아무런 감회도 드러냄이 없이 무표정에 흔히 깃들기 쉬운 권태조차 엿뵈지 않고.

그의 출현으로 일시 높아졌던 곡성이 점점 위축되더니 드디어 멎고, 노파들은 숨조차 제대로 못 쉴 만큼 두려움에 떨고 있는 것을 진이는 느낀다. 실상은 그녀도 그가 두려워 숨을 죽이고 떨고 있었다.

"나으리, 우린 달래 온 게 아닙니다. 마지막으로 나으리, 얼굴이라도 한 번 볼까 하고……. 딴생각은 추호도 없습니다. 나으리, 소원입니다. 마지막으로 얼굴이라도……."

노파 중에서 가장 정정하고 용기 있는 노파가 제법 조리 있는 소리를 한다.

"벌써 떠나고 여긴 없소. 차를 태워 편히 보냈으니까 지금쯤 거진 평양까지 갔을 거요."

 정감이 담기지 않은 메마른 목소리는 낮은 데로 멀리까지 잘 들렸다. 누군가가 또 아이고 아이고를 시작하자 여럿이 다시 합세한다.

 "울음을 멈추시오. 여러분의 손자들은 영특하게도 인민공화국의 인민이 되는 영광을 택한 것이오. 울 하등의 이유도 없소."

 울음은 거짓말처럼 일순에 멎었다. 울 이유가 용납되지 않는다는 사실을, 그것보다도 어떤 애소도 어떤 엄살도 저 돌층계 위 우뚝 선 사나이의 피부를 뚫지는 못하리라는 사실을 이상하도록 빠르게 이 미욱한 노인네들이 납득한 것이다. 그가 다시 안으로 들어가려고 막 현관문을 밀려는데 불빛 하나 없이 굳게 닫힌 건물 안에서 때아닌 합창이 흘러나왔다.

 '원수와 더불어 싸워서 죽은 우리의 죽음을 슬퍼 말아라……'

 가사도 곡조도 흔한 인민 가요였으나 흐느끼는 듯 울부짖는 듯 그러면서도 고즈넉한 합창은 진이가 여태껏 들어본 어떤 엘레지보다 폐부에 사무쳐왔다.

 앳된 목소리들은 목메어 부르고 있었다. 인민항쟁가를, 김일성 장군의 노래를, 빨치산의 노래를. 속에 갇힌 노파의 손자들이 생각해낸 깜짝하고 슬기로운 실로 기상천외의 외부와의 연락 방법이었다. 목메인 노래는 온갖 피맺힌 사연—고별의 설움, 어른들의 미친 지랄인 전쟁에의 저주, 닥쳐올 일에의 두려움—을 미처 하소연하지 못한 채 가는 흐느낌으로 변하고 다시 숙연한 침묵이 왔다.

 "나으리, 아직 안 갔죠? 네? 나으리. 지금 분명히 들었는뎁쇼. 나으리, 마지막으로 한 번만 보게 해주십시오."

좀 전의 그 정정한 노파가 엎드려 그의 장화를 잡으며 애걸을 한다. 그는 장화를 잡은 노파의 손을 검부러기 떨구듯이 가볍게 발을 굴려 떨구고는,

"그들은 갔소. 내가 갔다면 간 거요."

그는 짧게 말하고 짧게 웃었다. 그 웃음은 희로애락 어느 것하고도 관계가 없는, 이를 보였다는 것 외에는 아무런 뜻도 지니지 않은 모양만의 웃음이었다. 진이는 다시 한 번 저거야말로 공산주의 완제품이라고 깊이 전율한다. 그에게 비하면 다른 열렬한 공산주의자들, 이를테면 S대의 최치열의 초조와 안달, 황 소좌의 적의와 집념이 모두 귀여운 치기로 회상된다.

현관문이 소리 없이 열리고, 그는 그 내부의 깊은 암흑의 일부인 양 암흑 속으로 빨려들어 갔다. 그리고 다시는 아무 소리도 들리지 않아 이 네모난 건물은 빈집처럼 조용해졌다. 진이는 다시 노파를 부축이고 비탈길을 오르지 않으면 안 되었다. 그러나 아까 내려갈 때같이 주체스러움이나 혐오감을 느낄 겨를도 미처 없었다.

그녀는 골똘히 그녀 자신의 문제를 생각하고 있었다. 피난 안 가고 버티는 일이 얼마나 어려운 일인가를 새삼 깨닫는다. 이미 그물에 걸린 고기인 것이다. 그들은 다만 잡아당기기만 하면 그만인 것이다. 아무리 몸부림쳐봤댔자 그물 안에서의 일인 것이다.

그들은 이미 그녀의 가정이 지불해야 할 희생을 요구해왔고, 그들이 요구한 이상 그것은 반드시 지불되어야 할 것이다. 천명에 순

응하듯 실로 순수한 체념이었다.

　그녀는 우물 앞까지 와서 노파에게 대접상으로 오늘은 우리 집에서 쉬었다 가라고 붙잡았으나 노파는 말없이 여태껏 의지해온 팔을 뿌리치고 엉금엉금 기어 올라가는 것이었다. 노파도 이제부터 혼자 살아야 한다는 것을 순순히 받아들인 모양이다. 그녀도 구태여 더 붙들지는 않는다. 실상 같이 데리고 들어가서 달래고 위로하고 할 만한 타인을 위한 마음의 여유 같은 게 지금의 그녀에게 있을 리 없었다. 그녀는 우물가 시멘트 통에 기대서서 어두운 동네를 내려다본다.

　낯설고 궁상맞은 빈촌, 낮에도 보이는 거라곤 형무소의 붉은 담뿐인 기분 나쁜 동네, 황 소좌 같은 작자를 만난 재수 나쁜 골짜기, 인민군과 중공군의 병사였던 지붕 낮은 기와집들. 왜 하필 이런 동네를 찾아들게 된 것일까? 그렇지, 민준식과의 기적 같은 해후를 마련해놓고 운명의 줄은 나를 이 동네로 잡아당겼을 게다. 민준식을 만난다는 것만으로 이 동네의 온갖 재수 나쁜 일들은 이미 갚아진 것이다.

　지금 민준식은 어디 있는 것일까. 동상으로 뭉그러진 발가락의 열기를 자기의 볼로 어루만질 때의 그 형용할 수 없는 아픔이 그녀의 전신을 엄습한다. 그 아픔은 눈발 속에서도 오히려 뜨겁다. 어쩌자고 그를 다시 놓치고 만 것일까? 그녀는 깊은 회한과 함께 지금부터 그녀가 하려는 일, 북으로 가는 일이 민준식에게로 가까워지는 길인지 멀어져가는 길인지를 분간할 수 없어 답답하고 궁금하기가 가슴이라도 쥐어뜯고 싶다.

전쟁이 마련한 뒤죽박죽의 이산 중에도 사랑하는 이끼리만은 갈 곳의 방향을 일치시키고픈 애달픈 바람이었다. 그런데 그게 도무지 종잡을 수 없지 않은가. 민준식은 얼마나 알쏭달쏭한 수작만을 남기고 떠난 것일까.

그는 끝내 인민군이려는 것일까? 어느 시기까지만 인민군이려는 것일까? 그가 인민군을 배반하기 위해 증언코자 하는 것은 도대체 무엇일까? 고향 부모 애인에게로 돌아가고픈 자연스러운 사람의 마음씨 말고 또 다른 변명, 증언이 왜 필요하단 말인가? 만약 그가 그의 배반을 떳떳한 것으로 하기 위한 증언을 할 수 있는 시기가 돌아와 용기 있는 도망을 치고 있다면, 그리고 나는 그를 거슬러 북으로 가고 있다면? 상상만으로도 그녀는 과격한 분통을 이기지 못해 쓰고 있던 잿빛 털목도리를 벗어 던지고 머리털을 쥐어뜯는다.

(무슨 빌어먹을 놈의 전쟁이 이렇담. 식구끼리, 애인끼리 서로 누가 어느 편인지도 모를 전쟁이 어디 있담.)

날은 완전히 어둡고 온 동네에 인기척이라곤 없는데 포성만이 더욱 가깝게 더욱 기승스럽게 들린다. 어떡하든 이곳에서 살아남을 수만 있다면 곧 또 한 번 세상이 바뀌는 꼴을, 사람들이 들끓는 꼴을 볼 수 있겠거늘.

진이는 문득 후퇴 마지막 날 서울시민이 홀딱 강건너로 밀려 나가던 날 밤의 일을 회상한다. 영천 종점에서 N농업학교의 정 씨를 만나 정 씨 등에 업혀 이곳까지 올라오는 열의 뒤를 따르며 생각하던 일. 남들처럼 남하하기가 그른 바에야 이 H동 골짜기에 숨어 살다가 다시 국군이 들어오거든 슬쩍 돈암동 집으로 돌아가 남쪽으로 피난 갔다 온 양 꾸밀 것을 계획하던 일을.

그녀는 재빠르게 생기와 희망을 회복한다.

(또 한 번 가짜 피난을 가자. 이곳이 남으로의 가짜 피난처였다면 북으로의 가짜 피난처인들 없으랴. 황 소좌에겐 개성으로 가는 척 무악재고개를 넘자. 북으로 조금씩 가다가 임진강만 넘지 말고 어디메고 숨자. 어디메고 빈집이야 많을 테니까. 임진강만 넘지 않으면……, 임진강만 넘지 않을 수 있으면…….)

갑자기 그녀에게 임진강이란 강이 굵은 선이 되어 운명적인 기로를 마련한 듯이 여겨진다. 그녀는 우물 앞에서 더 이상 주춤대지 않고 집으로 뛰어들어 갔다. 식구들은 저녁도 먹지 않고 기다리고들 있었다. 그녀는 왕성한 식욕과 솟구치는 의욕을 함께 느끼며 많이 먹고 찬을 어르고 딴사람같이 들떠 있었다.

"좋은 일이 있었니? 아마 갑희를 찾은 게로구나."

"아뇨, 걔는 지금 갇혀 있어요. 곧 북으로 끌려갈 건가 봐요."

"저런 쯧쯧, 결국 다 끌려가게 되겠구나. 이 노릇을 어쩌지? 그런데 넌 뭬 좋아서 그렇게 수선을 떠니? 무슨 경황에 밥은 그렇게 잘 들어가고?"

"먹어둬야죠. 그래야 기운이 나서 나도 피난을 가죠."

"피난을? 그래 주겠니?"

열의 음성이 별안간 생기를 띤다.

"가겠어요. 또 한 번 가짜 피난을……."

"가짜 피난이라니?"

"가는 척하고 임진강 못 미처 어느 마을에 숨어 있다가 세상이 바뀌면 돌아오겠어요. 잠깐이면 될걸요 뭐. 설마 우리 몸뚱이 숨길 으슥한 곳이 없겠어요."

"그렇지만 생판 모르는 곳은 더 위험하지 않겠니? 그래도 고모집이 낫지. 더군다나 개성은 우리 고향이니 고모집 말고도 의탁할 곳이 아쉽지는 않을 텐데."

"그렇지만 개성은 임진강 너머인걸요."

"상관 있니, 남한땅인데."

진이는 더 이상 대꾸할 말이 없었다. 그렇지만 한 번 그녀의 머리에 운명적인 선으로 그어진 임진강이란 선은 좀처럼 지워지지 않는다. 그녀는 밤중에 분주히 피난짐을 꾸렸다. 식량과 바꿀 수 있음직한 짤짤한 옷가지는 가뿐하게 한 꾸러미로 해서 혜순이 몫으로 하고 잡곡을 이것저것 섞은 양식은 진이가 짊어질 수 있도록 튼튼한 멜빵을 단 륙색이 만들어졌다. 이런 것을 하는 것은 순전히 진이 혼잣손이었고 서 여사도 혜순도 넋나간 듯 망연히 보고만 있었다. 그들은 다시 불가피하게 된 이산離散에 떨고 있었다.

"어떻게 안 가고 버텨볼 수 없을까요?"

남편의 안전을 위해 피난 가기를 진이에게 조른 적이 있는 혜순이 막상 진이가 피난짐을 싸니까 딴전을 피며 좋지 않은 얼굴로 망설인다.

"버틸 수도 있겠죠. 오빠의 피를 볼 각오라면. 알아듣겠어요?"

"설마……. 아무리 그들이기로소니 설마."

"그 어수룩한 소리 좀 작작해요. 그들은 우리에게 희생을 요구해 왔고 희생은 반드시 바쳐져야 할 거예요. 다만 우리는 그들이 요구한 두 가지 희생 중 자유롭게 어느 하나만 골라잡으면 된다는 걸 다행으로 여길 수밖에 없는 거예요."

"그들의 속셈이 하나가 아니고 둘일지 알 게 뭐예요."

별안간 혜순이 악을 쓴다.

"언니 그게 무슨 소리유?"

"그들이 우릴 보내 놓고도 저이를 가만 놔둘지 누가 아느냐 말예요? 안 그래요?"

혜순은 치를 떤다. 딴은 그럴 수도 있겠다 싶다. 진이는 노파와 함께 갑희를 찾아가서 본 캡을 쓴 사나이를 생각한다. 그 사나이라면 넉넉히 그럴 수도 있을 것이다. 그렇지만 황 소좌는 그렇게까지 악랄하지는 못할 것 같다. 황 소좌에게는 그래도 그 사나이에게 없는 허점, 사람스러움이 있다.

이른 아침 혜순은 다른 날보다 한층 정성스럽게 열의 다리의 총구멍을 치료한다. 남아 있을 서 여사에게 일일이 치료하는 순서를 가르쳐가며 애정과 성의를 손끝에 모은 모양은 아름답고도 애처로웠다.

"찬은 어떻게 할까?"

치료를 끝내자 밤새 몰라보게 수척해진 얼굴에 쓸쓸한 미소를 띠고 열과 진을 번갈아보며 혜순이 묻는다.

"글쎄 어떡하면 좋을까?"

열도 찬을 보내는 게 옳은가 데리고 있는 게 옳은가 좀처럼 결단을 못 내린다.

"참 언니도 오빠도 똑같구려. 황 소좌, 그 자식이 찬이까지 어떻게 해라 분별을 해주었더라면 좋았을 뻔했군. 지금 이 마당에 어느 쪽이 더 안전할 것인가는 생각 말기로 해요. 편하고 쉬운 대로 합시다. 찬이는 아직 젖먹이니까 엄마가 데리고 다니는 게 순리 아니겠어요. 안 그래요?"

"네 생각은 늘 옳고 빠르다, 부러울 정도로."

열이 씁쓰레 웃는다.

"오빠, 무슨 소리예요. 칭찬치고는 좀 개운치 않은 칭찬인데요."

"어차피 그렇게 될 수밖에 없는 것을 빠안히 알면서도 망설이고 거듭 생각하고. 네겐 우습게만 뵈겠지만 말이다. 부부간에 어쩌면 오랜 이별이 될지도, 어쩌면 생사의 기로가 될지도 모르는 이 마당에서 혈통을 이을 외아들을 놓고 이래 볼까 저래 볼까 부질없는 생각을 해보는 것도 또한 사람의 순리가 아니겠니?"

혈통 좋아한다고 진이는 생각한다. 진이가 지금 생각하는 목숨이란 그렇게 대를 잇는 유장한 것이 아니다. 좀 더 숨이 짧다.

열이 다시 한 번 찬을 무릎에 앉히고 볼을 비비고 이런 남편을 지켜보는 혜순의 눈에 눈물이 글썽하다. 이래서 이별은 어렵게 마련이었다.

진이는 잠깐 그들에게 오붓한 시간을 주기로 하고 서 여사에게 여러가지 뒷일을 이르고 부탁하기를 잊지 않는다.

국군이 다시 서울로 돌아오려면 또 한 번 그 지긋지긋한 폭격과 포격을 겪어야 할 테니 그때는 마당 바위 밑 굴로 살림을 옮기라는 말, 황 소좌를 덧들이지 말라는 경고, 황 소좌에게 어떠한 일이 있어도 열의 상처를 보이지 말아야 한다는 당부. 그녀는 꼼꼼하고 침착하게 같은 말을 되풀이해 이르건만 서 여사는 알아들은 것 같지도 않게 건성 고개만 끄덕인다. 서 여사는 도무지 앞일이 난감할 뿐이다. 며느리, 딸, 손자를 다 정처없이 떠나 보내고 성치 않은 아들과 단 둘이 이 무시무시한 고장에 남게 되다니. 어찌할꼬. 어찌할꼬.

그러나 이런 시간도 길지 못했다. 황 소좌가 나타난 것이다. 진이는 차라리 그들의 이별 사이에 황 소좌가 끼어들게 된 것이 잘된 일이라고 생각한다. 울고 짜는 일이 얼름덜름 생각되겠기에 말이다.

"마침 잘 왔구만. 내 좀 바래다줄까? 보따리도 들어줄 겸. 무악재 고개 너머까지라도."

그는 득의의 기색을 감추지 못하고 벙실대는 찬을 번쩍 치켜들더니,

"이 녀석은 아빠 편인가 엄마 편인가?"

마치 악의 없는 부부싸움에 끼어든 유쾌한 구경꾼 같은 말투다.

"엄마 편······."

진이가 가볍게 대꾸한다.

"그럼 이놈이나 좀 업어다줘야겠군. 어디 아저씨 어부바."

찬에게 널따란 등을 들이댄다. 혜순이 까닭없이 질겁을 하며 찬

을 부둥켜안는다. 찬이 대신 무거운 곡식 보따리를 어깨에 메고 황 소좌가 성큼성큼 비탈길을 앞장서 내려가고 서 여사가 대문간에 정신나간 듯이 서 있는 사이에 혜순과 진이는 비교적 예사롭게 비탈길을 걸어 내려간다.

"저 사람 재미있죠?"

혜순은 뒤를 돌아보며 울먹이려는 것을 진이가 가볍게 방해한다.

"누구 말예요?"

"누군 누구 저 작자 말이지."

진이는 앞장서 우쭐대며 가는 황 소좌를 턱으로 가리키며 일부러 명랑하게 말한다.

"전 무섭기만 해요. 치가 떨리게."

진이네 말고도 북으로의 피난민은 드문드문 있었다. 무슨 기관원인듯싶은 일가가 달구지를 타고 지나가기도 했다. 진이와 혜순이는 가까스로 앞으로 걷고 있었다. 누가 뒤통수를 세게 잡아당기는 것같아 한 발 한 발이 마음 모질게 먹고 떼어놓은 어려운 이들의 행보를 길바닥으로 내동댕이칠 듯이 모진 바람이 사정없이 불어제쳤다. 그녀들은 고개 마루턱에서 다시 한 번 뒤돌아본다. 남으로 밀려가고 북으로 밀려가고 이제 정말 텅텅 빈 무인의 도시가 돼버린 서울 장안을, 다시는 올똥말똥한 고장을.

황 소좌는 저만치 성큼성큼 가다가는 돌아보고 기다렸다간 또 앞서가고 하면서 무악재고개를 넘기까지 그녀들을 바래다주고 나서,

"그럼 잘들 가시오. 언제고 또 만날 날도 있겠지."

"저어 우리 오빠를 부탁해도 되겠지요. 암만해도 마음이 걸려서……."

진이는 결코 그럴 작정은 아니었는데 울먹이며 그런 소리를 하고 말았다. 말을 하고 나니 한층 아릿해오며 자기가 얼마나 깊이 열을 걱정하고 있었나를 새삼 절감한다.

"부탁한다니 무슨 소리요?"

"우리가 이렇게 북으로 가는 것과 오빠의 생명의 안전과는 이미 끝낸 흥정 아녜요? 비열한 배반이 없기를 부탁해요. 혹시 우리만 보내놓고 다시 오빠를 괴롭히기 시작한다든가, 그런 일이 없기를 부탁이 아니라 빌겠어요."

"하하하…… 동문 언젠가 나를 순진하다고 비꼬았겠다. 그동안 많이 순진치 못한 짓도 했지만 그만큼은 순진할 테니 염려 말아요."

"고마워요. 그리고 한 가지만 더 믿어줘요. 그냥 병자예요. 동무가 그것을 믿어주지 않는 한 도저히 우리 발걸음이 잘 내키지 않는군요."

"염려 말고 어서 가요."

진이는 황 소좌의 체온이 남아 있는 륙색을 그가 메주는 대로 순순히 두 팔을 뒤로 뻗어 받아 메고 터벅터벅 앞서가고, 혜순은 아직도 뒤에서 몇 번이고 뒤만 돌아보다가 결심한 듯 진이 옆으로 다가와 걸음을 나란히 한다.

4월

보리밭 사이에서 냉이를 캐는 일은 별로 신통치 않았다. 요새로 부쩍 심해진 폭격 때문에 소쿠리를 던지고 나무 밑이나 도랑 속으로 뛰어드는 일이 잦아 냉이 캐는 일보다 더 소중한 일, 유연히 전원의 초봄을 즐기려는 일이 망쳐지기 일쑤였다.

차라리 산이 낫다. 산나물은 아직 일렀지만 소나무 그늘에 몸을 숨기고 아지랑이 피는 앞산과 아직 키가 작은 대로 귀엽게 물결치는 푸른 보리밭 이랑을 마음놓고 마냥 바라볼 수 있었기 때문이다.

어려서 고향을 떠난 후는 방학 때라야 다니러 갔었으므로 시골의 봄은 생소한 대로 신기했다.

할미꽃이나 진달래가 피기에는 아직 여러 날이 있어야 할 것 같았다. 피리 소리도 들려오지 않는다. 기껏해야 양지쪽에 달래가 돋아

나기 시작했다 뿐이었다. 그러나 봄기운은 완연했다. 향긋한 솔내음을 실어오는 바람은 부드러웠고 등에 쪼이는 볕은 졸음을 청하기에 알맞을 만큼 따습다.

먼지같이 가늘고 찬 눈이 흩날리던 다음 날, 서울을 떠나서 걸어서 사흘, 이곳 파주 산골짜기 외딴 마을을 찾아들어서 또 보름이 채 못되었을까, 그 사이에 날씨는 이렇게 사뭇 달라진 것이다. 그래서 더군다나 진이는 서울을 떠난 것이 아주 오래 전 일같이 착각을 하곤 하는 것이었다.

지금 진이네가 들어 있는 빈집에는 달력이 없다. 그녀는 자고 깨면 곧 벽에 동그라미를 그리고 그 동그라미가 열 개를 채우고도 2, 3일이 또 된 것이다.

이곳에서의 생활은 무료한 대로 평온했다. 터를 잘 잡았다고 지금도 진이는 자부하고 있다.

그녀들은 사흘을 걷는 동안 별로 검문이나 취조 같은 걸 받지 않았고, 하루만 더 걸으면 임진강이란 걸 알았을 때 국도를 벗어나 후미진 오솔길로 접어드는 걸 아무에게도 들키지 않았다.

마을은 자주 있었다. 군데군데 장독대만 서 있는 잿더미의 마을도 있었고, 오붓하고 부유해 보이는 제법 인기척이 있는 마을도 있었다.

임진강을 넘지 않는 일은 생각보다 더 수월했다. 그녀들은 아무의 간섭도 받지 않았다. 이를테면 그들의 조직망이 6·25 때처럼 시골 속속들이까지 쳐져 있지를 못했다. 그래도 그녀들은 선뜻 아무

데나 짐을 풀 결심이 서지를 않았다.

　아주 사람 없는 빈 동네는 너무 적적해서 두려웠고 사람이 남아 있는 동네는 사람의 눈이 두려웠다. 특히 서울서 북쪽으로 올라가는 피난민을 마을 사람들이 어떤 눈으로 볼 것인가가 두려웠다. 빨갱이라는 따돌림, 그 맹목적이고도 잔학한 편견, 소위 민심이라고 하는 완강한 사람들의 고집이 얼마나 무서운 것인지를 진이는 6·25, 9·28을 통해 너무도 잘 알고 있었다.

　이래서 동족상잔의 이념의 싸움은 무기로 살상되는 수효보다는 혓바닥으로 살상되는 희생자의 수효가 더 많게 마련이었고, 무사히 이 난리통을 넘기자니 총탄을 피하기보다는 남의 눈치를 살피고 재빨리 영합하기에 한층 신경을 쓰게 마련이었다.

　이 마을은 산으로 첩첩이 둘러싸여 있어 농토는 넓지 않았으나 양지바르고 남아 있는 몇 채의 농가에는 인기척도 있었다. 우선 시냇물에 빨래하는 여인이 둘이나 있었다. 그리고 그 여인네들이 진이네를 조금도 이상스레 쳐다보지 않고, 예사롭게 봐넘기는 게 더욱 마음에 들었다.

　이래서 이 마을에 정착하기로 하고 빈집에 짐을 푼 지 어언 보름이 된 것이다. 여남은 채 되는 집에 서너 가구가 살고 있었고 나머지는 빈집이었다. 서너 가구도 원주민은 한두 집이나 될까 나머지 한두 집은 남하하다 낙오한 북으로부터의 피난민이었다.

　그러나 이 많지 않은 이웃끼리는 결코 친하지를 못했다. 친하기는커녕 서로 마주칠까 봐 꺼리는 듯 흘금흘금 피했다. 서로의 뱃속,

서로의 빛깔을 모르기 때문이었다. 사람이 피부빛깔 말고 굳이 마음에까지 빛깔을 지녀야 한다는 것은 불편하기 이를 데 없었다.

하다못해 찬의 기저귀를 빨러 시냇가로 나가려다가도 누가 먼저 자리를 잡고 있으면 말동무가 생겼다고 반가워하기는커녕 주춤하고 집으로 돌쳐와 울타리구멍으로 엿보다가 상대방이 빨래를 다하고 돌아간 후에 나가서 역시 누가 또 올까 봐 대강대강 빨아가지고 돌아왔다. 대화를 나누다가 섣불리 빛깔을 드러낼까 두려워서였다.

어떻게 된 게 삼면이 산으로 둘러싸인 우묵한 삼태기 같은 이 마을은 산너머에서만 매일 포성들이 들릴 뿐 도대체 인민군도 국군도 얼씬거리지 않았고, 덩달아 우쭐대는 민간단체의 성화도 없었다. 처음에는 그것이 참 다행이다 싶었지만 그래서 더욱 이웃을 사귀기가 두려운 것이었다.

섣불리 무슨 말끝에라도 빨갱이인 듯한 짐작을 상대방에게 줬다가 곧 이 마을을 점령할 군인이 국군이면 어쩐담. 섣불리 흰둥이인 척했다가 이 다음에 나타날 점령군이 인민군이면 어쩐담. 이런 치사한 생각으로 사람이 그리우면서도 사람을 피해야만 했다.

피는 물보다 진하다가 아니라 이념은 피보다 진한 셈인가, 제기랄 하고 집구석에서 시누이, 올케끼리 마주보고 앉았자니 답답하고 싱겁기가 이를 데 없었다. 도대체 사람과 사람과의 관계 중 시누이, 올케 사이처럼 재미없는 사이가 또 있을까.

진이는 문득 미칠 것 같다. 전쟁은 이 삼태기 속을 살짝 빠뜨리고 이미 지나간 것일까. 아직 못 미친 것일까? 그녀는 다시 줄달음쳐 산에 오른다.

그리고 망대에 오른 파수꾼처럼 눈을 빛내며 사방을 살피고 여러 가지 전쟁의 소음에 귀를 모은다. 어제보다 훨씬 가깝게 들린다. 이미 아득한 소음이 아니라 바로 산너머에서 들리는 굉음이다. B29의 편대가 유유히 지나가는가 했더니 남쪽 산너머에서 여름철 소나기 구름같이 탐스러운 연기가 치솟는다. 폭격을 당하고 있는 곳이 남쪽인 걸 보니 전쟁이 가까워오고 있을 뿐 아직 지나지는 않은 모양이다. 그렇지만 서울을 지난 것은 틀림없을 것 같다. 이번 전쟁은 또 어떤 모습으로 서울을 지났을까?

그 황량한 폐허의 거리에 다시 한 번 포탄과 폭탄이 우박처럼 퍼부어졌을까? 그 얼마 남지 않은 가엾은 사람들에게도 다시 한 번 패주자의 잔학한 발악과 개선군의 오만한 횡포가 가해졌을까? 제발 우리 식구가 무사하기를, 제발 우리 식구만은 다치지 않고 전쟁이 서울을 넘어섰기를, 그들은 별로 약지도 악하지도 못합니다. 그들은 좀 더 살아서 조금쯤 더 행복을 맛볼 권리가 있습니다.

그녀는 어느 틈에 두 손을 모으고 하느님을 부르려다 만다. 암만해도 우습고 어색하다. 이 나이에 벌써 하느님을 부르려 들다니. 그녀에게는 하느님이란 늙은이들의 신음소리 같은 거였다. '아이고'라든가 '에구구……' 라든가와 마찬가지인.

소나무 밑에 앉은 그녀의 머릿 속에서 전쟁은 무사히 서울을 넘고 이곳 삼태기 같은 마을을 지나 임진강을 넘는다. 그리고 그 다음에

올 미래에서 민준식을 빼놓을 수가 없다. 그의 신부일 수 없는 미래란 상상도 하기 싫다.

(준식은 멋진 약속을 하고 갔어. 죽지만 말자고, 어떻든 살아남고 보자고 했겠다. 제발 준식이 그 약속을 지킬 수 있도록 제발 전쟁이 준식을 다치지 말고 지나가 주기를, 제발 전쟁이 준식을 하루바삐 놓아주기를⋯⋯.)

그녀는 다시 뜻하지 않게 부처님을 부르려다 만다.

암만해도 우습고 어색하다. 그렇지만 안 부르고 어쩔 것인가? 먼 곳에 있는 그를 위해 뜨거운 불더미 속에 던져진 듯한 위험 속에 있는 그의 무사를 위해 다른 무엇을 할 수 있단 말인가?

그녀는 발작적으로 솔잎을 한 움큼 쥐어뜯는다. 눈을 감고 잠시 망설이다가 드디어 어떤 결단을 내린다.

솔잎이 짝수면 준식은 무사한 거고 만약 홀수면⋯⋯.

불길한 나중 말은 삼킨다. 그리고 가슴을 조이며 솔잎을 센다. 짝수였다. 딱 짝이 맞아떨어진 솔잎을 볼에 비비고 싱긋한 솔잎 냄새를 즐긴다.

행복하다. 그는 무사한 것이다.

사랑하는 진이, 나의 신부⋯⋯, 민준식의 뜨겁고 감미로운 속삭임이 귓전에 생생하다.

너무나도 행복하다. 그의 사랑을 차지할 수 있었다니, 그의 권태로운 눈동자가 나로 하여 불붙다니.

(그렇지만 그는 지금 아득하다. 아무리 사랑하면 뭘 하나. 볼 수

도 없고 접촉할 수도 없는 사랑을 오래 견딜 자신이 나에겐 없다. 정신적인 사랑 그런 건 유령들이나 하라지. 나는 우선 그의 육신이 사는 게 중요하다.)

그녀는 다시금 불안해진다.

허겁지겁 또 한 움큼의 솔잎을 묻뜯어낸다. 가슴을 조이며 세어본다. 이번엔 홀수였다.

불안은 한층 부채질되고 그녀는 다시 솔잎을 묻뜯어 세고 짝수와 홀수는 변덕스럽게 반복된다.

그녀는 지치고 불안하다 못해 겁에 질려, 드디어 하느님, 부처님, 신령님을 총동원해서 거리낌없이 부른다. 그러자 문득 여름에 행방을 모르는 아들의 무사를 위해 장독대에 정안수를 떠놓고 치성을 드리고 또 드리던 어머니 서 여사의 모습이 떠오른다. 그제야 어머니를 이해할 것 같다. 사랑하는 이의 안부를 위한 초려 끝에 도달한 기원의 자세를 그녀 또한 닮아가고 있지 않은가.

그녀는 그 변덕스러운 솔잎을 손바닥에 땀이 나도록 움켜쥔 채 민준식을 생각하고 그녀가 알 수 있는 온갖 신령들의 이름을 다 동원해 그의 무사를 축수했다.

저녁 지을 때가 되면 찬을 봐주러 그녀는 어슬렁어슬렁 산을 내려와 이 동네서 제일 작은 오막살이로 들어간다. 날이 어두워지면 전쟁의 소음은 마치 도깨비 장난처럼 극성스러워진다. 밤새 꼭 무슨 결딴이든지 나고 말 것 같다.

그러나 날만 새면 포성이 또다시 아득해지고 밤새 조금도 변했을

리 없는 구질구질한 방구석에 희부연히 밝아온다. 일찍 일어나야 할 아무런 까닭도 없다.

본디는 무슨 빛깔이었는지 짐작도 할 수 없이 더럽게 변색된 벽지는 군데군데 찢어져 누런 흙이 부슬부슬 떨어져 나오기도 하고 또 수없이 덧붙인 곳도 많건만 이상하게도 문자가 씌어진 종이는 없다. 그래도 진이는 혹시나 하고 기갈 들린 듯이 문자를 찾는다.

흔히 시골 집에 바르기 일쑤인 헌 신문지쪽 하나가 없다. 예전 신문의 광고란 하나라도 어디 있다면 얼마나 풍부한 회상을 끌어낼 수 있으며 다채로운 연상을 가능하게 할 것인가? 하다못해 몇 마디의 낙서라도 찾아낼 수 있다면 진이는 그 몇 마디를 불리고 늘려서 긴긴 이야기를 꾸밀 자신이 있다. 그러나 최초의 몇 마디는 아무 데도 없다.

도대체 이 집에 살던 사람은 무슨 생각을 하며 무엇을 바라며 살았을까? 젊은이였을까? 늙은이였을까? 부지런했을까? 게을렀을까? 그런 생각을 해보려 해도 그것을 풀 최초의 실마리가 없다.

아침마다 겪는 일종의 짜증과 낭패였다. 할 일이 전연 없는 봄날의 하루란 얼마나 징그러운가?

꼬불탕한 고갯길을 짐을 인 여편네들이 서너 명 넘어가는 게 보인다. 여기 온 후 처음 보는 광경이었다. 꼭대기까지 오른 여편네들은 삽시간에 그 너머로 자취를 감추었다.

그 시답잖게 꼬불탕한 길도 길은 길이라고 딴 고장과 이어져 있었구나. 이 삼태기 같은 마을이 딴 고장과 통로를 가졌다는 게 진이는 무슨 대단한 발견이나 되는 것처럼 놀랍고 신기하다.

그러나 아침을 먹은 후 또 한 떼의 사람들이 고갯길을 오르는 걸 보니 놀라움보다는 불안이 앞선다. 고갯길을 오르는 사람들은 하나같이 보따리를 이고 진 품이 여느 나들이꾼은 아니다. 하긴 지금이 어느 때라고 나들이꾼이 있을까마는.

"언니, 저 사람들 좀 봐요. 암만해도 좀 이상하죠."

"우리처럼 떠도는 피난민이죠 뭐."

"아까 아침에도 본걸요. 우리 이웃들이 살짝 어디로 뜨고 있는 건지도 모르잖아요. 우리만 남겨 놓고."

"뜨려면 뜨라죠. 어차피 이웃이라야 있으나 마나인걸요."

"언니도 참 답답하긴. 문제는 그이들이 왜 별안간 이 고장을 뜨느냐 그거 아녜요."

마침내 혜순도 그렇겠다 싶었는지 덩달아 불안해하며 고갯길을 지키고 진이는 들락날락 이웃의 동정을 살핀다. 인사 한마디 없이 있으나 마나 하게 지낸 이웃이 갑자기 아쉽고, 만약 이웃에 아무도 안 남아 있다면 서럽고 야속해 엉엉 울어버리고 말 것 같다.

한낮쯤 이번엔 고개 위에 불쑥 한 사람이 솟더니 긴 행렬이 그 뒤를 따라 마을로 내려오고 있었다. 그 행렬은 선두가 고갯길을 다 내려와 마을 어귀로 접어들 때까지 후미가 보이지 않을 만큼 장장한 행렬이었다. 완전무장한, 그러나 피곤을 감출 길 없는 인민군들이었다.

"왔군요, 기어이. 어쩌 조마조마하더라니."

"그냥 왔을 리는 없고 난리를 몰고 왔겠죠. 아마 곧 이 마을에서 전투가 있으려나 봐. 엉큼스러운 것들, 어떻게 알고 저희들만 피난을 가버려. 이웃에 살던 정리로 한마디쯤 귀띔을 해주면 어때서."

진이는 우선 이웃의 욕부터 해가며 허둥지둥 보따리를 챙겼지만 막상 어디로 어떻게 가야 살 고장인지는 막막하다. 인민군들은 진이네의 오막살이를 지나 동네 깊숙이 들어가더니 잠시 후에는 어디에 매복했는지 기척도 없고 꽁무니도 볼 수 없다. 잠잠한 채로 시한폭탄을 안고 있는 듯 가슴이 자글자글 타들어가는 듯한 불안이 계속된다.

엉큼한 것들, 앙큼한 것들. 어떻게 알고 저희들만 피하다니. 가버린 이웃에의 원한이 사무쳐 곧 누구 멱살이라도 꽉 잡았다 놔야 직성이 풀릴 듯하다가 또 눙치고, 저녁밥이라도 지을까 말까 하다가, 굴뚝에 연기를 내는 게 옳은가 종잡을 수 없어 허둥대다가 그럭저럭 저녁나절이 된다. 이제 할 수 있는 일이라곤 질금질금 우는 일밖에 없다 싶은데 두런두런 인기척이 나며 바로 진이네 앞으로 사람들이 지나간다. 아직도 이 마을에 한 집쯤은 남아 있었는지 봇짐을 이고 진 서너 명의 여편네들이었다.

"저 아주머니, 어디로 가시는 거죠?"

진이는 매달리듯이 뒤쫓으며 애걸조로 묻는다.

"교하로 간다우."

맨 뒤 여자가 뒤도 안 돌아보고 무뚝뚝하게 대답하고 빨리 지나간다.

"교하라뇨? 거기가 어디죠? 왜 가시죠? 좀 가르쳐나 주고 가세요."

그녀는 이번에는 아주 염치불구하고 좀 나이 지긋한 여자의 옷소매를 잡고 늘어지며 다그쳐 묻는다.

"요 너머 교하면으로 피난 간다우. 이 동네가 아마 또 싸움터가 되려는 낌새니깐. 하긴 이놈의 동넨 늘 싸움터가 되게 마련인걸, 산이 험해서 그런지 놈들은 꼭 이리로 쫓겨 들어와서 맨 나중까지 지랄을 치거든."

"교하는 그럼 안전할까요?"

"그야 당해봐야 알지. 그러니 색시도 색시 직성에 쐬는 대로 하지 공연히 우리가 뜬다고 따라 나설 것 없어요."

"가, 같이 가겠어요. 잠깐만, 곧 되니깐 잠깐만 기다려주세요."

"제발로 걸어가는 걸 누가 말리겠수. 빨리 따라와요. 서서 기다릴 순 없으니 젊은이 걸음으로 냉큼 쫓아오우. 난 먼저 가리다."

진이는 집으로 뛰어들어가 부랴부랴 짐을 챙기고 찬을 혜순이 등에다 동여매며,

"빨리빨리, 도망가야 돼요. 하마터면 큰일날 뻔했어요. 이 고장이 싸움터가 된다나 봐요. 어서어서……. 우린 길도 모르는데 저이들을 놓치면 오도가도 못해요. 빨리빨리……."

어리둥절해서 허둥대기만 하는 혜순을 앞세우고 밖으로 나왔을 때는 벌써 먼저 가던 일행은 보리밭 사잇길을 지나 꼬불한 고갯길로 접어들려 할 즈음이었다.

허위단심 그들을 고갯마루에서 뒤쫓고 비슷비슷하게 나지막한 산들을 몇 개 넘었다. 일행은 시골 사람치곤 같은 일행이 된 진이네에게 냉담했고 진이는 그런 그들이 두려워 자꾸 이야기를 걸었다.

"교하는 어떤 고장이에요?"

"예전부터 피난고장으로 치던 데라우."

"이를테면 계룡산 같은 데로군요?"

"헤벌어진 벌판일걸. 강에 둘러싸인."

"거긴 꼭 안전할까요?"

"아따 또 그 소리. 내가 그걸 어떻게 아냐는밖에."

나잇값도 못하고 버럭 화부터 낸다. 그러나 진이는 우선 그들을 따라갈 수 있는 것만 고마워 미안쩍게 웃으며 좋은 낯을 한다. 그들도 냉담한 사람이기보다는 난리니 폭격이니 피난이니 배고픔이니 하는 일에 어지간히 진절머리가 나고 지쳐 빠진 사람들 같았다.

"원 서방이니, 오라범이니 다 잃어버린 주제에 그래도 무슨 재미로 살겠다고 가랑이들은 빨리도 놀리네. 화냥년들 같으니라구."

진이의 대꾸를 받아주던, 늘 일행에서 좀 뒤떨어지기만 하던 나이든 이가 숨을 헐떡이며 앞서가는 젊은이들에게 욕을 한다. 등에 끈적한 땀이 나고 점심 저녁을 굶은 속이 쓰릿할 즈음 별안간 눈앞을 가로막던 산들이 탁 트이며 넓은 들과 들판을 흐르는 흰 강물줄기가 시야에 들어온다.

"저 강 건너가 바로 교하라우."

퉁명스런 노인네가 이번에는 묻지도 않았는데 가르쳐준다.

"그래요. 좋은 곳 같은데요."

늘 시야를 제한하던 산들이 저만치 물러나니 가슴 속이 다 후련했다.

강의 흐름은 유연하고 강폭도 제법 넓었으나 깊지가 않은지, 얕은 목을 미리 알고 있는지 앞서가던 여자들이 강가에 앉더니 서슴지 않고 버선들을 벗어 보따리 사이에 찔러 넣고 희멀건 넓적다리까지 속치마를 걷어 올린다. 진이도 혜순도 그들을 따라 양말을 벗어 스웨터 주머니에 구겨 넣는다. 아직 이른봄이었다. 무릎을 훨씬 넘는 물은 아프도록 찼다.

문득 동상으로 짓무른 민준식의 발은 지금쯤 좀 나았을까 더할까 하는 걱정이 되고 그의 아픈 발을 자기의 뺨으로 어루만져주던 한겨울밤의 회상이 찬물의 감촉보다 훨씬 예리한 아픔으로 그녀의 깊은 곳을 찔러왔다.

늘 뒤져가던 노인이 물살도 세지 않은데 비틀비틀 진이에게로 기대온다.

"좀 부축해주겠수? 어째 어지럽구만. 하긴 생떼 같은 아들을 앞세운 년이 뭬 그리 죽는 게 겁나 허둥지둥 따라나섰는지. 주책이지 주책이야, 나도."

자기가 주책인 걸 깨닫자 갑자기 다리에 맥이 빠지는지 계속 진이에게 매달린다. 진이는 자기에게 매달린 부인의 푸념 때문인지 오빠 열도 죽었을지도 모른다는 생각에 몰리고 만다. 어쩌면 민준식까지도. 실상 둘의 죽음을 가정하기는 몇 번이고 해본 일이어서 그

느낌은 아주 생소하달 수는 없어도 익숙해질 수도 없는, 그런 일에 정말 부닥치더라도 그저 꿈이었으면 할밖에 없는 한마디로 끔찍한 것이었다. 그러면서도 두 사람의 죽음의 느낌은 서로 전혀 달랐다. 이를테면 열이 죽었다면 실컷 통곡을 하면서도 역시 이 차가운 강을 살기 위해 열심히 건너기를 멈추지 않으리라. 그렇지만 민준식이 죽었다면 별로 크게 통곡할 것 같지는 않지만 살기 위해 이 찬 강을 건너느라 가랑이짓 하기가 당장 귀찮아져 강 밑으로 폭삭 주저앉아버리고 말 것 같다.

그런 느낌의 차는 민망하도록 선명하다.

고장엔 빈집이 거의 없었다. 예전에 임금도 난을 피해 들르신 일이 있다는 이름난 피난고장이어서 그런지 50여 호가 넘게 큰 동네가 원주민과 각지로부터 모여든 피난민으로 골고루 들어찬 고장에서 느낄 수 없던 활기 같은 게 느껴졌다. 오랜만에 이웃을 가진 생활이 시작됐다.

진이네는 이 동네에서도 딸부잣집이라 불리는 꽤 큰 집 아래채를 얻어 들었다. 위로 아들이 하나 있다지만 제2국민병으로 소집돼 나가고 그 밑으로 말만큼씩 한 딸이 자그만치 다섯이나 되었다.

이 집뿐 아니라 통틀어 여자가 많은 동네였다. 젊은 새댁과 과년한 처녀들이 득시글대는 반면, 젊은 남자는 통 눈에 띄지 않았다.

집집마다 남자들의 기억만을 소중히 안고 소식을 고대하는 긴 기다림이 있었다.

넓고 기름진 땅과 유연히 흐르는 강줄기가 아니라도 이 동네는 살기 좋은 고장임에는 틀림없었다.

이만한 인구의 동네면 으레 있음직한 조직, 무슨무슨 동맹이니 무슨무슨 위원회니 간판도 없었고 인민군의 모습도 안 보였다. 아직 전선이 남쪽인 걸로 봐서 이 동네도 공산치하거니 하고 짐작할 뿐, 그 밖에는 정치고 권력이고 하는 것을 느끼게 하는 게 아무것도 없었다. 진이는 그게 신기하고 다행스럽다 못해 주인집 아주머니에게,

"어쩨 이상하군요. 지금 우리가 빨갱이 나라에 살고 있는지 흰둥이 나라에 살고 있는지 그것조차 분간이 안 되니. 여태껏은 그것이 해가 뜨고 지는 것보다도 더 큰일이었는데."

"웬걸 이런 날도 며칠 안 간다우. 곧 어느 쪽 군대든지 들어오겠지. 두구보구려. 본시 이 고장은 강으로 둘러싸여 있어 도망칠 길이 없거든. 어물어물하다간 독 안에 든 쥐가 되기 십상이니까 전세가 불리해지면 미리 도망들을 친다우. 며칠 전까지도 인민군들이 떼를 지어 돌아다녔는걸."

며칠이라도 좋다. 붉지도 희지도 않은 다만 푸른 하늘 밑에 있다는 것은. 더구나 푸른 하늘은 하루하루 몰라보게 이 아름다운 고장을 봄빛으로 물들이고 있었다.

안집은 맏딸 일순이부터 막내딸 오순이까지 다섯 딸들로 늘 잔칫집처럼 떠들썩해 심심할 새도 시름에 잠길 새도 없이 엄벙덤벙 하루가 넘어갔다. 찬은 다섯 딸들이 번갈아 뺏아가며 안아주고 업

고 다녀 요새로 부쩍 영악해지고 몇 가지 재롱까지 부릴 줄 알게 되었다.

6·25때 큰 소를 빼앗겨 지금은 비어 있는 외양간이 옆에 있고 쇠죽 끓이는 가마솥이 걸린 좁고 어둠침침한 방에서 진이네는 먹고 자고 때로는 안집 식구들과 시시덕대기도 했지만 그녀들에게 생활이 없기는 전번 산골 마을에서나 마찬가지였다. 생활에의 대기상태는 한없이 지리하고 때로는 둔한 멀미조차 느끼게 했다. 다시 하루하루가 징그럽기 시작했다. 처음에는 그렇게도 신기하던 넓은 들과 희게 반짝이던 강줄기도 너무 변덕스러울 만큼 곧 시시해지고 말았다.

평범한 동네에 흐릿한 중립상태, 따분하게 길어지는 봄낮, 쉽사리 무엇이 일어날 성싶지 않은 시간의 흐름조차 고여 있는 건지 멎어 있는 긴지 분간 못할 권태로운 나날이 갔다.

햇빛이 소나기처럼 쏟아지고 있는 것 같았다. 다시 눈을 감아도 그 강렬한 햇살은 눈꺼풀을 뚫고 동자에 불덩이 같이 이글대는 빛을 퍼부었다.

여느 때와 똑같은 늦은 아침이었다. 똑같은 햇살이었다.

그럼 이 전혀 새로운 눈부심은 어디서 연유한 것일까? 차츰 이 돌연한 눈부심이 시각에서 오는 것이 아니라 청각에서 오는 것같이 생각된다. 좀 엉뚱한 생각이나 그런대로 즐겁고 가슴이 좀 울렁인다. 아침 공기가 밝고 유쾌한 어떤 아우성으로 진동하고 있어 햇살도 즐겁게 율동하는 것 같다.

　진이가 열어젖힌 창문 밖 너른 길을 아이들이 달리고 있었다.

　어디서 이렇게 많은 소년 소녀들이 쏟아져나왔는지 아이들은 네 활개를 마음껏 휘저으며 각기 뜻 모를 소리를 지르며 같은 방향으로 달리고 있었다. 그 뜻 모를 소리들은 하모니돼 아주 신나는 환성을 이루었다. 환성은 환성을 부르고 아이들은 자꾸 붙고, 힘찬 달음질은 동네 가운데 깃대박이 언덕으로 치닫고 있었다. 진이도 어느 틈에 아이들 틈에 섞여서 달리고 있었다.

　달리는 아이들 중에서 자기만이 어른이라는 게 우습고 멋쩍었지만 이 유쾌한 달음질에서 비켜설 수는 없었다. 밋밋한 비탈을 단숨에 달려, 언덕 위에 올라서 아이들이 손짓하고 소리지르는 곳을 같이 바라본다.

　먼 북쪽 하늘에 활짝 핀 꽃송이들이 쏟아지고 있었다. 푸른 하늘에 흰 꽃송이는 활짝 피면서 서서히 땅으로 내려오고 잇따라 새로운 꽃송이가 공중에서 활짝활짝 열렸다.

　아이들이 동경함 직한 낙하산 부대의 낙하광경이었다.

　소년 아닌 다 큰 처녀 진이에게도 그것은 충분히 신기하고 즐거운 구경거리였다. 아무런 조건이나 연상 없이 단순한 유쾌함과 손뼉 치고 고함치고 싶은 충동을 주었다. 아이들은 물론 진이까지도 그것이 전쟁의 일부라고는 조금도 생각하려 들지 않았다.

　서커스를 구경하던 어린 날의 동심 그대로의 경이로 그녀는 탄성을 발하고 아이들이 떠드는 대로 덩달아 "야 신나다! 야 신난다!"를 연발하고 부끄러움 없이 엉덩춤을 추고 하늘에 꽃송이가 완전히 사라진 뒤에는 아쉬워하고 서운해한다. 유쾌한 구경 뒤에 그녀는 온종일 기분이 좋았고 오랜만에 들뜨기조차 했다.

다음 날 언덕 위 깃대박이에 태극기가 꽂혔다. 포성도 폭격도 군복의 교체도 없이 세상이 또 한 번 바뀌었다.

"어서 서울로 떠나야죠. 서울은 벌써 국군이 들어왔을 텐데……."

"언니, 조금만 더 참았다 가요. 아직은 도중의 치안상태도 의심스럽고 하니."

"참긴 예서 더 어떻게 참아요. 작은아씬 그래 집일이 궁금하지도 않아요? 날아갈 수 있으면 날아라도 가고파요 난."

날아라도 가고 싶은 건 진이 역시 마찬가지였다. 그러나 도중의 치안상태 어쩌구 한 것은 구실이고 수복된 서울의 치안상태, 이를테면 9·28 수복 후 같은 무분별한 부역자 처벌이 또 한 번 자행되고 있는 거나 아닌지를 진이는 겁내고 있었다. 그녀는 타의건 자의건 간에 여맹의 간판 밑에서 소위 여맹 사업을 했었잖느냐 말이다. 대강이라도 서울 소식을 들은 후 길을 떠나고 싶었다. 될 수 있으면 남하했던 피난민들이 조금이라도 돌아와 서울 인구가 다시 불어난 후 돈암동 집으로 남하했다 돌아온 듯이 버젓이 돌아가고 싶었다. H동 골짜기는 생각만 해도 지긋지긋했다. 그러나 혜순의 일각이 여삼추 같은 조바심을 달래기는 쉽지 않았다.

다행히 주인 아주머니의 수다, 이를테면 간밤에는 어디메, 어제는 대낮에도 어디에 낙오한 인민군이 총질을 해서 무고한 사람이

상했다는 소식으로 길 떠나기를 미적미적 미루기를 사나흘 할 수 있었다.

쪽 떨어진 오지 항아리에 소담하게 꺾어 담아 방에 들여놓은 진달래가 제일 먼저 폈다. 강가에 늘어진 수양버들은 멀리서 보면 꼭 연둣빛 안개 같은 게 서린 듯이 보인다.

여자들의 옷차림도 하루하루 고와졌다. 봄이 왔기 때문일까? 아니라고 진이는 생각한다. 언덕 위 깃대박이에 태극기가 꽂혔기 때문일 거라고 그녀는 제법 자신 있게 장담한다.

작년 가을 인민군이 물러간 후 서울 여자들이 하루하루 아름다워지던 것처럼 시골 여자들도 재빨리 예뻐져 가고 있었다. 색이 분명치 않은 희고 검고 한 무채색의 허술한 옷들을 훌훌 벗어버리고 고운 비단옷을 걸친 처녀나 새댁을 본다는 것은 즐거운 일이었다.

다시금 여자가 아름다워지려는 세상이 돌아온 것이다.

특히 이곳 여자들은 촌여자답지 않게 많은 옷들을 가지고 있었다. 6·25가 저절로 가져다준 선물인 것 같았다. 진이가 자신의 혼숫감을 덕소 어떤 마을에서 몇 말의 보리와 맞바꾸었듯이 식량과 옷감의 맞바꿈은 어디에서고 성했었나 보다. 안집 다섯 딸들도 처음 볼 때보다 딴사람같이 예뻐져 갔다. 다만 이 예쁜 처녀들의 성장을 봐줄 사나이들이 너무도 귀했다.

기껏해야 누나의 멋부림을 짓궂게 놀려대는 개구쟁이 아녀석이나 딸의 성장에 근심스럽게 대견한 늙은 아버지뿐, 젊은 남자는 아주 없대도 과언이 아니었다.

여자들이 고개를 길게 뺐지만 기다리는 남자들은 좀처럼 돌아오지 않았다.

딸이 많은 안집은 저녁이면 마을 처녀들의 마실 장소였다. 그녀들은 웃다, 한숨짓다 하면서도 부지런히 손을 놀려 무엇이고들 하려 들었다.

베갯모나 책상보를 수놓기도 하고 색헝겊을 모아 보자기를 만들기도 하며 제 나름대로 분주하게 앞날을 설계하는 것이었다. 희미한 등잔불 밑에서 수놓는 원앙의 꿈은 찬란하나 아득했다.

"에구 지겨워라. 저 말만큼씩 한 계집년들을 다 어쩔꼬. 사내놈이 어디 있어야 척척 내주지. 그렇다고 무작정 묵힐 수도 없고. 이무기는 묵히면 용이나 된다지만 저년들을 묵히면 뭬 될꼬. 에구 지겨워라."

한방 그득히 모여 앉은 자기 딸들과 딸들의 친구애들을 볼 적마다 일순 어머니는 혀를 차고 몸을 떨었다. 딸은 늘 조심스럽기만 한 것, 같은 걱정이라도 며느리 얻을 걱정은 즐거웠다.

일순 어머니는 사위 걱정도 심각했지만 아직 소식도 모르는 아들의 색시감 물색은 빈틈이 없었다.

"아유 예쁘기도 하지. 어쩌면 저렇게 잘생겼을까? 꼭 꽁지 빠진 못생긴 암탉 틈에 한 마리 빼어난 학이 내려앉은 형상이로구나."

진이는 처음에는 누구를 보고 그러는지 어리둥절했다.

방안을 두루 살펴도 모두 비슷비슷한 처녀들일 뿐 색다른 학은 없었다.

"우리 며느리도 저런 색시로 얻어얄 텐테."

의외로 빼어난 학은 진인가보다. 진이는 이상한 흥분을 느낀다. 며느리감은 당치 않다손 치더라도 처음 들어보는 예쁘다는 소리가 싫지 않다.

조금은 과장이겠지만 아주 거짓말은 아닌 것이 이쪽으로 쏠린 여러 처녀들의 눈도 솔직한 동경을 담고 있지 않은가.

자기가 예쁘다는 생각은 자신이 없으면서도 썩 마음에 든다.

당장 거울로 달려가고 싶은 걸 참고 우선 내려다본 무릎 위에 두 손이 보야니 진이 눈에도 예쁘다.

멋없이 길기만 하던 손가락에 알맞게 살이 올라 부드럽고 화사해 보인다. 민준식의 빨간 반지가 맞춤하니 맞을 듯한 예쁜 손, 미의 자각으로 진이는 즐겁게 설렌다.

늘 스스로 밉다고 생각하려 들었고, 또 무슨 심사에서인지 예쁜 여자는 온통 머리가 비었다고 자신 있게 단정하려 들었던 여태껏의 고집을 슬그머니 누그러뜨린다.

이왕이면 머리도 차고 예쁘기도 한 여자도 있을 법하다고, 그리고 그런 색시야말로 민준식에 어울리는 신부감이 아닐고. 늠름한 민준식과 어울릴 수 있는 아리따운 신부. 자기가 자꾸 소중스러워진다. 그리고 점점 혜순을 닮은 사랑을 하고 있었다.

떨어져 있는 이를 위해 안달이나 조바심보다는 정성과 기도를 힘껏 발돋움시켜 먼 곳까지 뻗쳐 사랑하는 이를 지키려는 치성과도 같은 사랑을 닮아가고 있었다.

아무리 멀리서라지만 여자들의 지극한 염려와 정성을 추리고 거른 것, 쑥스럽지만 일편단심이랄까. 이런 것이 허구한 날 무진장 바쳐진 남자는 절대로 쉽사리 죽지는 않으리라는 믿음으로 조바심을 용케 달래고 있었다. 전 같으면 "흥, 일편단심이 용한 무당의 부적쯤 되나" 하고 비웃었을 진이가.

"작은아씨, 안집 아주머니가 작은아씨 나이에 생월 생시까지 묻던데요. 암만해도 눈치가 이상해요. 궁합이라도 보려나 봐요. 까딱하다간 나 혼자 서울 가게 되겠어요."

혜순이 그런 우스갯소리까지 할 만큼 일순 어머니는 진이에게 부쩍 마음이 있어 했다.

그것도 싫지는 않았다. 때로는 더 예쁘게 보이고 싶어 각별히 몸단장을 할 만큼.

설마 혼담이 마음에 있어서가 아니라 혼담이 오고갈 수 있는 환하고 달착지근한, 전쟁의 긴장과 살벌과는 인연이 먼 흐느적대는 서민적인 분위기가 좋아서였다.

마실판도 싫지 않았다. 처녀들은 손이 부지런하고 입이 싸고 웃음이 잦았다.

"얘, 저 순례가 논 베갯모 좀 봐라. 후후후……, 원앙새 암놈 수놈이 어쩜 저렇게 주둥이를 꼭 맞대고 있니?"

"흥, 그래도 그렇게 맞붙게 놔야 부부 금슬이 좋다나."

"아유 망측해. 나이는 제일 어린 게 속은 영글어서."

"후후후……"

"그렇지만 난 그렇게 착살맞게 여자 바치는 남자는 싫더라."
"그럼?"
"남자가 좀 무뚝뚝하고 점잖아야지."
"호호호…… 알았어. 바로 일순이 오빠같이 말이지?"
"얘는?"
 심심찮게 일순이 오빠가 화제에 오르는 것을 보니 아마 일순이 오빠가 이 마을에선 만만찮은 호남인 모양이다. 웃음판은 연달아 일었다.
"넌 벌써 책상보가 몇 개째니?"
"그럼 베갯모만 놀까? 베개야 하나면 족하지."
"그럼 책상보는 뭣 하러 그렇게 여러 개 하니?"
"애 낳아서 학교 보내면 책상이 있어야지."
"그래, 그래. 네 책상보만큼 애를 낳으면 한 죽도 넘어 낳겠다."
"호호호……, 그러나저러나 하늘을 봐야 별을 따지."
"휴……."
 이번에는 기나긴 한숨이다.
"여봐, 색시도 심심할 텐데 뭐 하나 놔보지 않겠어?"
 일순이 어머니 소리였다. 겉으로는 그저 빈손으로 무료하게 있는 진이가 딱해서 하는 소리 같았으나 속셈은 이왕이면 바느질 솜씨까지 봐 두자는 것 같았다. 진이는 바느질은 질색이었으나 어떤 장난스러운 결심을 하고 짐짓 심각하게 머리를 짜내어 도안을 그리고 배색을 맞추어 수를 놓기 시작했다. 지켜보는 호기심과 시기를 피부에 근지럽게 느끼면서.

그녀는 이런 일에 자기도 한몫 낌으로써 전쟁이 지나간 실감, 평화의 맛 같은 걸 누릴 셈이었는지도 모른다.

평범하고 소박한 사람들의 살림살이엔 늘 이런 일 아들딸 시집보내는 일, 손주 보는 일, 생일입네 환갑입네 하는 당사자들에겐 제법 대수로우나 역시 평범한 일일 따름인 일상사들이 있게 마련이다. 그리고 이런 일들이야말로 애국이니 수령이니 혁명이니보다 훨씬 평범한 사람들을 행복하게 하는 일인 것이다. 세상에는 애국자나 혁명가보다 평범한 사람들이 몇 배 더 많다는 것은 얼마나 다행인가. 진이의 수 솜씨는 일순이 어머니를 또 한 번 만족시켰다.

"내 눈이 틀림없지, 내 눈이 어떤 눈이라고. 우리 가문의 복이지, 복이고말고. 난리도 나고 볼 거야. 난리 아니면 어디서 저런 선녀 같은 자태에 바느질 솜씨까지 겸비한 며느릿감이 굴러 들어올꼬."

그녀는 신기하다 못해 드디어 거침없이 진이를 며느릿감이라 부른다.

"엄마는 참 주책이야. 떡 줄 사람은 생각도 안 하는데 김칫국부터 마시고. 그리고 오빠가 잘 있는지 아직 소식도 모르면서 무슨 며느릿감부터 고를라구."

"요년이 요망한 소리 좀 작작해라. 벌써부터 시누이 노릇할 셈이냐? 안 된다. 안 돼. 딸년 역성들랴 며느리 울리는 시에미는 안 될란다. 제까짓 것들 시집 가버리면 생판 남될 것들이. 죽을 때 물 한 모금이라도 떠넣어 줄 것은 그래도 며느리밖에 없느니라."

"엄마도 참, 언제 찬이 고모가 엄마 며느리가 된댔어요? 서울서 대학까지 다녔는데."

그제서야 마나님은 주춤하고 말문이 막힌 채 그래도 구원을 청하듯이 곁눈질로 진이를 살핀다. 진이를 며느릿감 삼겠다는 공상이 지나치게 발전한 걸 뒤늦게 깨닫고 좀 먼구스러운 듯했으나 쉽사리 그 꿈을 단념할 것 같지 않은 추근추근함이 그녀에겐 있었다.

그날 밤 어둑한 등잔불 밑에 드러누워 있는데 진이에게 넌지시 명함판 사진 한 장이 내밀어졌다.

"색시, 내 아들인데 우선 사진 미아이나 좀 보라우. 이 동네선 그래도 침 샘키는 색시들이 많은 신랑감이라우. 사방에서 귀찮도록 혼처가 나서지만 이 촌구석엔 어디 우리 아들 색시감 될 만한 처녀가 있어야지."

괜히 혀를 차고 서성댄다.

"우리 아들은 중학교도 우등으로 나오고, 우리도 이 동네에선 밥술이나 먹지. 신수도 대처에 갖다 놔도 빠지지 않을 만큼 쓰고 나왔고."

그래도 대꾸가 없자 나갈 듯하다가 다시 주춤 물러앉으며,

"원 이 동네 색시들이야 하나같이⋯⋯. 더군다나 색시를 보고 나니⋯⋯."

진이는 또 한 번 싫지 않은 기분이었다. 그렇다고 사진을 보고 어쩌고 하기도 난처했다.

"그 사진이 잘된 건 아니라우. 원 시골 구석이라 어디 변변한 사

진관이 있어야지. 실물은 그것보다 훨씬 나니까 그렇게 알아요. 계집애들이 괜히 헛물킬 만하지."

"참 잘생겼군요."

보다 못해 혜순이 대신 사진을 들여다보며 인사치레를 한다.

일순이 어머니가 마지못해 들어간 후 비로소 진이는 그 사진을 잠깐 들여다본다. 평범한 얼굴이 열심히 사진 찍기 위한 표정을 짓고 있다. 사진 찍기 위한 표정이 하도 열심스러워 측은할 지경이다.

안에서는 일순이 어머니가 호기 있게 딸들을 나무라는 소리가 들리고 간간이 조심스럽게 짓눌린 영감님의 기침소리가 섞여 들린다.

"아무리 여자 세상이라지만 여자 목소리가 너무 커서……. 영감님이 불쌍하지."

혜순이 못마땅한 듯이 혼자 중얼거린다. 그러나 진이는 벌써 이 집식구들이나 사진의 남자는 생각하고 있지도 않았다. 그녀는 민준식과 그의 가족을 생각했다.

특히 옥색 옷을 기품 있게 입은 우수 어린 민준식의 어머니도 며느리에 대한 꿈이 있었을까. 있었다면 어떤 형의 여자일까. 자기를 마음에 들어 할까 생각했다.

봄볕은 불과 며칠 사이에 온 천지를 놀랍게 변모시켰다. 어째 방에 들어앉아만 있기가 후텁지근하다 싶어 눈을 돌린 산과 들에는 온갖 꽃들이 봉오리를 잔뜩 부풀리고 있었다. 처녀들도 수틀을 내던지고 나물바구니를 들고 들로 산으로 나가 시름을 버들피리 가락에 실었다.

하나둘 남으로 간 이들이 돌아오기 시작했다. 먼저 제2국민병으로 소집돼 간 청장년들 중 장년층이 돌아오기 시작했다. 대개가 40을 바라보는 애 아버지들이 군대에서 받아들여지지 않은 채 초라한 행색으로 돌아오는 것이었다.

그러나 앳된 새댁의 남편이나 말만큼씩 한 처녀의 신랑감들은 돌아와 주지 않았다. 특별히 몸이 나쁜 사람 아니면 모두 입대했다는 소식을 들을 수 있을 뿐이었다.

진이가 궁금하던 서울 소식은 아주 낙관적이었다. 9·28 때처럼 심한 전화를 입음이 없이 비교적 조용히 세상이 바뀌었고 세상이 바뀔 적마다 성행했던 분별없는 보복행위도 없는 채 피난 갔던 사람이 조금씩 돌아와 제법 살 만해졌다는 소식이었다.

그러나 아직 전세는 예측할 수 없어 정부에서는 일반시민의 복귀를 엄격히 금지하고 있고, 한강 도강은 몰래몰래 불법으로 행해져서 도강에는 숱한 위험과 때로는 생명까지 무릅쓰는 모험이 따른다는 이야기도 들렸다. 어느 정도 과장도 섞였을 도강의 비화는 그 뒤에 숨겨진 애타는 망향으로 해서 더욱더 진이에게 절실한 공감으로 받아들여진다.

"우리도 이제 돌아갈 때가 됐나 봐요. 우리 식군 틀림없이 무사할 거예요."

"빨리 돌아가요. 나도 이 이상은 정말 못 참겠어요."

"빨리 그럼 내일이 어때요? 다행히 여기와 서울 사이엔 강이 없으니 그것도 큰 복이네."

"내일 일찍 떠나요. 지금 같아선 그까짓 하루면 갈 것 같은데……."

"그래요. 일찍…… 참 이상하네요. 말을 안 하고 속으로만 생각하고 있을 땐 참을 만하더니 막상 말을 해놓고 보니 오늘 밤 넘기기도 지루하네요. 뭐 할 게 없을까? 떠날 준비로……."

"보따린 늘 싸놓은 채 아녜요? 머리맡에 불덩이가 떨어져도 당장 들고 나갈 수 있게 단출하게 말예요. 보따리 부피가 이젠 거지반 다 배 속으로 들어가기도 했지만. 참 우리 찬이 목욕이나 시킬까? 할머니나 아빠에게 귀엽게 보여야지."

"목욕? 나도 해야겠어요. 멋진 생각이에요."

진이네가 든 방에 걸린 커다란 가마솥에 물을 길어다 붓고 불을 지핀다. 오랜만에 불을 때는 아궁이라 그런지 습해서 그런지, 불이 잘 안 붙고 헛간으로 하나 가득 내만 들어찼다.

진이는 연상 눈이 매워 눈물을 흘리면서도 마음은 가볍게 들뜨고 자꾸만 소리 내어 웃고 싶고 누구하고 몹시 장난이라도 쳐보고 싶게 마음이 달떠 왔다. 이윽고 나무에 불이 붙고, 연기 대신 후끈하고 축축한 증기의 감촉이 이마에 서렸다. 커다란 양재기에 더운 물을 옮겨 붓고 조심스레 옷을 벗고 그 속에 잠긴다. 그제서야 그녀는 완전히 성숙한 자기 자신을 본다. 그녀는 난리통에 그녀가 치른 온갖 곤욕과 기아와는 아랑곳없이 무르익은 자신의 육체가 차라리 경이롭다.

놀랄 만큼 풍만해진 가슴은 그러나 언젠가 철수에게 내밀었던 영자의 가슴처럼 지나치게 드높지 않아 청순함을 지녔고 알맞게 토실한 살이 오른 사지는 매끄럽고도 나긋했다.

그리고 그렇게도 늘 오만하게 도사렸던 고개는 지금 얼마나 겸허하게 다소곳하려 드는 것일까?

무릎 꿇고 민준식의 발을 어루만지던 때의 겸허함이 그녀 마음과 몸가짐 속에 늘 있었다.

그 난리 중에도, 그 비정과 공포와 기아의 나날 중에도 심신의 미숙은 완숙으로 어김없이 옮겨갔고 지금도 봄은 무르익어 가고 있었다.

그녀는 따뜻한 물에 몸을 담근 채 안마당의 살구꽃, 뒤뜰의 앵두꽃, 복숭아꽃, 산과 들의 온갖 꽃들의 꽃망울이 한꺼번에 터지는 탄력있고 상쾌한 파열음을 듣고 있는 것만 같았다.

그리고 일제히 숨막히게 강렬한 훈향을 발하는 것을 코로 역력히 맡는다.

다음 날 일찌거니 길을 뜨려는 그녀들은 일순 어머니의 강력한 만류에 당혹한다.

겨우겨우 꼭 떠나야 한다는 것을 납득시키고 나니 이번에는 꼭 어떤 언질이라도 주고 가기를 원한다. 지루하고 답답한 승강이 끝에 서로 주소를 쓴 쪽지를 교환하는 것으로 가까스로 어떤 마무리를 진다.

"아유, 꼭 학질 뗀 것만큼이나 시원하네. 마나님도 참 주책이야."

냇물을 건너고도 얼마간을 더 찬이를 업어다주고 일순이 어머니가 보이지 않을 만큼 와서야 진이는 비로소 안도의 숨을 쉰다.

"이번엔 작은아씨가 잘못했지 뭐예요. 우물쭈물하고 그 혼담에 솔깃한 것 같아 나도 정말이지 시누이 하나 이 시골 구석에 여의게 되는구나 싶던데요. 서울로 떠나기를 미루는 것도 다 그 혼담이 마음에 있어서인가 했어요."

"정말 싫지도 않던데요."

"어머나, 한 번도 못 본 그 수다쟁이 아들이요?"

"아뇨. 그냥 그 혼담이라는 게."

"어머나 작은아씨답지 않게……."

"난들 별수 있어요. 방년 21세에 게다가 봄인걸."

두 여자는 까르르 웃고 훨훨 날듯이 고개를 넘고 또 넘어 처음 몸을 숨겼던 이름 모를 마을이 내려다보이는 고개 위에 다시 선다. 아침 햇볕이 찬란히 비친 마을은 완전히 폐허였다. 진이네가 들었던 오막살이도 커다란 무덤 모양의 잿더미로 내려앉아 있었다.

격전의 핏자국은 조용했으나 적막하지는 않았다. 보리밭은 한결 더 아름답게 푸르르고 또 다른 밭에는 씨 뿌리는 여인들의 움직임이 부산하다. 재가 된 마을을 배경으로 눈물이 나도록 아름다운 풍경이다.

"우린 운수가 아주 좋았죠. 어쩔 뻔했어요, 교하로 안 갔으면."

"운수가 아니죠. 어머님이랑 오빠랑 멀리서들 염려해주신 덕택이죠."

'염려해 주신 덕택'이란 꼭 낡은 편지 구절 같다. 그렇지만 진이 역시 용한 무당의 부적의 공덕이라도 믿듯이, 떨어져 있는 사랑하는 사람들 사이를 잇는 보이지 않는 끈덕진 끈 '염려'의 덕택을 믿어보고 싶다.

내 식구의 염려로 내가 무사하듯이 내 염려로 내 식구가 무사하기를, 그리고 민준식이 무사하기를, 꼭 그렇기를 믿고 싶다.

5월

　떠날 때는 해 안에 그까짓 서울 못 닿으랴 싶게 몸과 마음이 함께 턱없이 서두른 출발이었지만 어린애까지 달린 여자들 걸음이라 결국은 중간에서 빈집을 잡아 하룻밤을 드새야 했다. 그러나 다음 날 서울에 들어섰을 즈음은 설핏하지만 아직도 해가 있는 저녁나절이었다.

　북쪽으로 갈 때는 국도를 따라 무악재고개를 넘었지만 올 때는 철길을 따라왔기 때문에 신촌 쪽으로 들어서게 되었다.

　고즈넉하고도 아름다운 저녁나절이었다. 비교적 넓은 마당을 가진 아현동 쪽의 주택가는 거의 비어 있어 사람들이라곤 만나는 일이 없어 괴괴한데 담 너머로 보이는 정원수들이 개화를 목전에 둔 싱싱한 교태로 팽배해 있어, 보는 이를 설레게도 감동스럽게도 했고 하늘은 해맑은 물빛인데, 붓이 살짝 지나간 듯 만 듯한 구름, 이를테면 있는 듯 마는 듯 살폿한 구름이 고운 홍조를 띠기 시작하는 낙조의 시간이었다.

그리고 공기…… 그 맛있음! 색색가지의 행복과 색색가지의 불행의 가능성이 용해된 감칠맛 있는 공기의 맛, 사람 살아가는 재미, 보람, 가능성의 풍성, 풍요가 있는 그 무미無味의 맛있음! 자기의 의사와는 아무런 상관없이 함부로 어떤 거대하고 무자비한 힘에 의해 틀鑄型에 부어지고 마는 끔찍스러운 일을 당해본 자만이 알 수 있는 자유로운 공기의 그 맛.

서대문 네거리가 가까워지자 가끔 행인들도 눈에 띄기 시작하고, 행인들은 보따리를 인 진이네들의 행색을 보자 한강넘기가 어떻더냐, 어느 쪽으로 넘었느냐, 무슨 백으로 넘었느냐는 등 제가끔 한마디씩 안 하는 이가 거의 없다. 또 대구나 부산, 대전이나 수원 등 남쪽 피난지의 요즈음 사정을 물어오는 이도 있다. 낯선 행인끼리면서도 이런 대화에는 뭔가 따스운 친화감이 있다.

얼떨결에랄지, 아니면 이런 친화감을 깨뜨리고 싶지 않아서랄지 아무튼 혜순은 한강을 넘어 돌아오는 남으로부터의 피난민 행세를 하게 되고 그런 행세가 익숙해지고 하다 보니 은근히 신바람까지 나서 거짓말이 조금씩 늘고 실감을 더해간다. 물론 이런 거짓말에 익숙한 건 혜순이보다 진이 쪽이다. 혜순은 집이 가까워지자 왠지 쓰러질 듯이 기운이 없어 보인다. 몇 군데의 검문소도 무사히 넘고 이제 독립문과 인왕산이 바라보인다.

"오빠랑 어머님이랑 무사하였으면……."

혜순이 진이의 손을 꼭 쥐며 몹시 불안한 눈치다.

"걱정 말아요. 아무것도 달라진 게 없잖아요?"

진이는 저만치 올려다보이는 H동을 턱으로 가리키며 자신있게 말한다. 그러나 H동은 아무것도 달라진 게 없는 채로 음산하고 불길해 보였다. 어느 틈에 해가 꼴깍 넘어가 버린 뒤였고, 날은 조금 추워져 있었고, 좌우의 집들은 빈집이어서 어두워도 불을 켤 사람이 없어 스산한데 망측한 화장을 한 나이 어린 양공주가 깜둥이와 팔장을 끼고 껌을 열심스레 짜닥거리며 뒷골목으로 사라져가기도 했다.

이렇게 화창하던 봄날이 저물자 서울이 영 타향 같고 서울로 돌아온 싱싱한 기쁨으로 충만했던 가슴속이, 풍선에서 공기가 빠지듯이 피익 소리를 내며 허전하게 비어왔다.

이번에는 진이 쪽에서 혜순의 손을 꼭 쥐었다.

"언니 아냐? 언니!"

영천시장 어귀쯤에서 거의 비명에 가까운 소리를 지르며 부르는 소리에 돌아다보니 뜻밖에도 갑희였다.

"너, 너 갑희가 아니냐?"

갑희가 들고 있던 목판을 내동댕이치다시피 하며 진이의 품으로 달려든다.

"언니, 살았었구료?"

"너야말로…… 너야말로 꼼짝없이 끌려간 줄 알았는데."

둘은 얼싸안고 깡총댄다.

"갑희야. 우리 식구들도 모두 아무 일 없겠지?"

이런 경우 혜순이 퍽 실질적이다. 우선 집의 안부부터 묻는다.

"너희 할머니도 안녕하시고?"

진이가 겨우 인사치레를 한다. 깡총대던 갑희가 슬며시 시무룩해지더니 영 딴사람같이 무뚝뚝한 표정으로 저만치 물러나 내던졌던 목판에서 튀어나온 양담배니 초콜릿을 주워담는다. 진이도 거들면서 괜히 화들화들 불안해진다. 갑흰 아직도 누구의 안부도 안 말했던 것이다.

"장사를 하는구나?"

"응, 벌써부터……."

여전히 무뚝뚝하다.

"그래, 할머닌 근력 좋으시구?"

"돌아가셨어."

제법 딱 잘라 싸늘하게 말한다.

"저런 쯧쯧."

진이는 혀를 차며 안돼 했지만 속으론 한결 마음이 놓인다. 아까 식구들 안부를 물었을 때 갑희 기색이 좋지 않았던 것이 저희 할머니의 죽음 때문이지 우리 식구에게 무슨 일이 있어서는 아니었구나 싶어서였다.

이런 야박한 이기심은 혜순이 쪽이 훨씬 더해 안색이 노골적으로 밝아진다.

마지막으로 조금 멀찍이 가서 떨어진 껌 한 통을 집어다 넣고 목판을 챙기는 갑희의 손은 측은하리만큼 작은데도 모세다. 그뿐인가. 뺨은 터 있고 국방색 잠바의 헐렁한 목둘레도 거의 가슴께까지 노출된 속살은 추위에 푸릇푸릇하다. 아직은 이른 봄인 것이다. 그러고도 해 떨어진 후인 것이다. 한겨울 추위에 담요를 들쓰고 갑희를 찾아 비탈길을 오르내리던 노파의 모습이 생생하게 떠오르며 비로소 진이는 노파를 위해 가슴이 뭉클하다.

"어쩌다가 그렇게……, 너를 찾아다니실 때만 해도 정정하셨더랬는데 그래 언제쯤 그런 일을?"

"내가 돌아오니 할머닌 벌써 돌아가셨어."

"저런 쯧쯧."

"무서워서 혼났어."

"암 그랬겠지. 어린 게 혼자 그런 일을 당했으니."

"무서워서 그냥 막 울었어."

"그럼 뒷일은 어떻게……."

"황 소좌가 도와줬어, 여러 가지로."

"그럼 넌 황 소좌가 아직 여기 있을 때, 그러니까 인민군이 서울에 있을 때 돌아왔단 말이냐?"

"응."

"어떻게? 어떻게 그럴 수 있었니?"

"그냥 그렇게 됐어."

"그냥 그렇게 됐다니, 그래도 네가 도망을 쳤으니까 돌아온 게 아냐."

"아냐. 황 소좌가, 그 새끼가 날 빼내줬어. 그때 거기 여럿이 갇혀 있다가 막 북으로 실려 가려는데 황 소좌 그 새끼가 어떻게 했는지 날 빼내더니 할머니가 위독하다고 빨리 가보라고 그랬어."

갑희는 황 소좌가 자기를 빼내줬다고 하면서도 말끝마다 또박또박 '황 소좌 그 새끼'다. 진이는 그게 몹시 귀에 거슬린다.

세상이 또 바뀌었으니까 인민군에게 꼭 그렇게 해야 되는 줄 어린 마음에 어림하고 있거나 인민군에게 신세졌다는 걸 속으로 화내고 있거나 둘 중에 하나가 틀림없다. 진이는 못마땅한 채 아직 어린 탓으로 돌릴 수밖에 없다.

"그랬었구나. 그인 참 좋은 사람이었어. 고마워라."

"고맙긴, 그까짓 새끼."

갑희의 심통은 여전하다.

"그러면 못써. 그인 인민군이지만 좋은 사람이었잖아. 안 그래?"

갑희는 점점 울상이 되더니 걸음이 꼬불꼬불 몹시 더뎌지고 그 걸음을 맞추자니 한시라도 바삐 집으로 가보고 싶은 진이와 혜순은 답답하고 짜증스럽다.

"그래, 할머니 장사까지도 황 소좌가 도와줬단 말이지?"

진이는 황 소좌에 대한 갑희의 앙심을 조금이라도 눙쳐주려고 또 그 소리를 꺼낸다. 갑희는 완강히 입을 다문 채 마지못해 고개만 한 번 끄덕인다.

"고마워라. 그인 정말 좋은 사람이었구나."

진이는 진심으로 황 소좌를 고마워하고 있었다. 갑희를 위해서도, 내 식구를 위해서도 여태껏 북쪽의 이곳 저곳을 방황하면서 늘 마음 한구석에 도사리고 있었던 일말의 불안은 황 소좌의 수수께끼 같은 사람됨됨이가 남아 있는 식구들에게 어떤 위해를 끼칠까 봐였는데 이제 그런 불안은 말끔히 가셔진 것이다. 안심하고 내 집 문을 두드릴 수 있는 것이다.

"또 또 좋은 사람이라네 그까짓 새끼를."

갑희가 별안간 크게 악을 쓰더니 울음을 참느라 목구멍에서 끄륵끄륵 이상한 소리를 낸다.

갑희가 참는 울음덩어리가 얼마나 크고도 세찬지는 그녀의 괴로운 고갯짓으로 봐서도 짐작이 가고 남는다. 황 소좌 때문에 자기가 끌려갔다 싶고, 끌려간 동안에 할머니가 죽었다 싶고, 그래서 갑희의 원한은 좀처럼 풀릴 것 같지 않다. 갑희 걸음은 좀 심할 정도로 더디다. 서너 걸음 뒷걸음치다가 두어 걸음 앞으로 나가는 것만큼이나. 그런데도 선뜻 갑희를 떼놓고 집으로 달음질칠 수도 없으리만큼 갑희의 몰골엔 측은한 무엇이 있다. 가까스로 형무소 모퉁이를 돌려 할 즈음 갑희는 별안간 목판을 내려놓더니 딴사람같이 발랄한 소리로,

"언니, 뭘 좀 사가지고 가지 않을 거야?"

"뭘?"

"찬이 할머니 잡수실 고기든 떡이든 말이야."

그야 평상시에 나들이라도 떠났다 오랜만에 집으로 돌아가는 딸이나 며느리의 경우라면 노모에게 뭣을 사다 드린다는 일이 극히

당연한 일이겠지만, 돈도 없었고 설사 돈이 있다손 치더라도 이런 경우 갑희의 제안은 엉뚱스럽다 못해 무슨 흉칙한 음모의 기미조차 느껴지는 것이다.

"사긴? 그런 걱정 말고 어서 걸음이나 좀 빨리 걸어라."

혜순이 앙칼지게 쏘아붙인다. 그녀도 더 이상 참을 수 없어진 모양이다.

"돈은 내가 있어요."

"그럴 것 없대두."

"사가지고 가요."

갑희는 점점 지나치다 싶게 고집을 부리며 혜순과 진을 집과는 반대방향, 시장으로 이끈다. 시장 속은 한 귀퉁이가 제법 복작대고 있었다. 꽁치 장수가 구성지게 물 좋은 꽁치를 외치고 기름 가마에선 꽈배기가 지글대며 떠오르기도 했다.

혜순은 이맛살을 잔뜩 찌푸리고 역력히 불쾌한 기색을 지으려 들었고 진이도 울화통이 곧 터질 것 같았다. 그러면서도 왠지 그녀들은 갑희를 뿌리치지를 못했다.

"이 계집애만 안 만났으면 벌써 집에 들어갔을걸. 계집애가 눈치도 없는 게 오지랖은 넓어서 아니꼽게 별 걱정을 다 해서 남의 속을 썩이네. 재수가 없으려니까……"

돈이 있다고 뻐긴 깐으론 돈이 넉넉지는 못한 모양으로 아예 고깃간엔 들르지도 않고 꽁치 서너 마리와 인절미 몇 개, 찐빵 몇 개를 오랜 흥정 끝에 사더니 찐빵 장수 총각녀석 앞에 아예 눌러붙어서 시답

잖은 농지거리를 주거니받거니 척척 죽이 맞는 게 좀처럼 끝날 것 같지가 않았다.

드디어 혜순이가 먼저 분통을 터뜨리고 말았다.

"작은아씬 저 매친년하고 천천히 와요. 나 먼저 갈 테니까."

혜순은 휑하게 장을 빠져나간다. 진이도 뒤따른다. 갑희도 사놓은 것을 부랴부랴 챙기더니 뒤따른다. 혜순이 숨소리를 씨근대며 걸음이 줄달음으로 변하자 갑희도 달려 오히려 혜순을 앞지르며 애걸하듯이,

"찬이 엄마, 좀 찬찬히 내 말 좀 듣고……."

"듣긴 뭘 들어. 네 말 다 듣다간 집을 코앞에 두고 길바닥에서 밤새우겠다."

"찬이 엄마두…… 그게 아닌데. 내 말 좀 들어봐요."

혜순은 숫제 대꾸도 안 하고 부지런히 앞서 간다.

진이도 부지런히 걸으며 세 여자 사이를 팽팽히 당기고 있는 어떤 긴장감을 숨막히게 느낀다. 그 긴장감은 몹시 불길스러운 걸 싸고 있는 것 같다. 집이 저만치 보인다. 드디어 갑희가 야무지게 혜순일 가로막는다.

"찬이 엄마, 좀 천천히……. 내 말 좀 듣고 천천히. 그렇게 서둘러 가셔도 찬이 할머닌 아직 안 돌아오셨을 텐데."

"안 돌아오셨다고? 아니 어딜 가셨게?"

"매일 가시는 데가 있어요."

"매일? 어딜? 다리를 꼼짝 못하는 병자를 놔두고 어딜?"

"……."

혜순의 목에 침이 마른다.

"도대체 무슨 소리니?"

"찬이 엄마. 내 말에 너무 놀라시면 안 돼요."

갑자기 갑희의 얼굴이 결연하고 진지해진다.

조그만 얼굴이 나이에 어울리지 않게 사려 깊고 진지하다 못해 엄숙해지자 여태껏 그녀의 언동은 온통, 할머니의 죽음을 말할 때의 그 오열조차도, 빵장수 총각과 주고받던 농지거리와 다름없는 어떤 연막이었던 것 같다. 갑희의 그런 돌연한 결연함과 진지함에 진이와 혜순은 갑자기 무서움을 느낀다. 혜순이 특히 더하다.

"듣기 싫다. 또 무슨 당치 않은 요망한 소리를 해 쌀려구."

혜순은 겁결에 와락 화를 내고 도망치듯이 앞서 걷는다. 실은 갑희가 할 소리가 무서운 것이다. 그래서 안 들으려고 하는 것이다.

"듣고 가셔야 돼요. 찬이 아버진……."

"찬이 아버진?"

"죽었어요."

"죽었어? 매친년, 요망스럽게 주둥아리 닥치지 못해."

"정말이에요. 죽었어요."

"왜?"

"황 소좌가 갈 때 쏴 죽이고 갔어요."

"요망한 년, 주둥아릴 훑어놀라. 별 끔찍한 주둥아릴 다 놀리네."

"찬이 엄마!"

혜순은 얼굴을 일그러뜨리고 아직도 갑희에게 뭐라고 욕을 하며 드디어 우물 앞까지 와서 대문을 민다. 대문은 저항 없이 열린다. 집은 썰렁하고 어둡다.

"어머님 저예요, 여보 저 왔어요."

짐짓 태연한 혜순의 부름.

"엄마, 오빠."

진이의 외침. 그러나 대답은 없다. 그냥 빈집인 것이다. 서울에 숱한 빈집의 하나인 것이다.

혜순이 방방의 문을 열고 눈으로 확인하는 것만으론 모자라 찬을 업은 채 방의 구석구석을 스스로의 몸으로 부딪쳐보고 또 부딪쳐보고 그래도 모자라 여보, 여보 악을 써보고, 찬은 벽에 함부로 부딪친 몸뚱이가 아파 자지러지게 운다. 이런 광경을 보고 섰는 갑희의 조그만 몸뚱이는 단정한 채로 비통 그것이다. 마치 비통이 그녀 속에 단단히 뭉쳐 빛을 발하고 있는 것 같다. 그 나이에 그런 표정을 지을 수 있다니.

"오빤 그렇고, 그럼 어머닌? 우리 어머닌?"

진이가 혜순의 광란을 아스라히 들으며 갑희에게 묻는다.

갑흰 대답 없이 부엌으로 들어가 쌀을 씻고 아궁이에 불을 지핀다.

"찬이 할머닌 제가 모시고 돌봐 드리고 있어요. 찬이 할머니나 저나 외톨이가 되어버렸으니까요."

갑희는 능숙하게 물을 갠 분탄을 장작더미 위에 얹으며 아까와는 딴판으로 어른스럽게 말한다.

"그런데 안 계시냐아? 모신답시고 우리 엄마한테, 그 가엾은 엄마한테 장살시키는 거 아냐?"

갑희의 입가에 쓸쓸한 모멸이 담긴 미소가 감돈다. 진이는 그런 그녀가 건방져 보여 참을 수가 없다.

"그렇지? 너같이 약아빠진 장돌뱅이년이 우리 엄말 거저 먹일 리가 있어. 어디로 뭘 들려 우리 엄말 내보냈지?"

"더 할 소린 없수?"

갑희는 침착하게 꽁치의 비늘을 긁으며,

"찬이 할머닌 좀 편찮으세요. 대단친 않으시지만……"

"뭐? 어디가? 그래 편찮으신 분이 어딜 가셨단 말이냐?"

"곧 알게 돼요. 곧 돌아오실 테니까."

그리곤 입을 야무지게 다물고 자기 할 일만 한다. 방에선 몸부림을 끝낸 혜순의 오열이 아직도 처절한데 부엌에서 밥 끓는 냄새, 꽁치 졸이는 냄새, 한창 이글거리는 아궁이의 불꽃, 이런 것들이 춥고 배고프다는 가장 소박하고 원초적인 고민을 어루만지고 행복에 가까운 즐거움조차 일게 한다.

갑희가 밥을 퍼, 제법 깔끔하게 차린 상에 얹어 방에 들여놓을 즈음 서 여사는 그림처럼 돌아왔다. 봉두난발에 옷이고 손발이 흙투성이였다.

"어머니!"

진이와 혜순의 목메인 외침을 서 여사는 전연 듣지 못하는 것 같다. 보지도 못하는 것 같다.

그녀의 감각기관은 꼭꼭 닫혀 있는 것 같다.

갑희는 이런 서 여사를 따뜻한 물로 씻기고 옷을 갈아입혀 밥상 앞에 앉히고 밥까지 퍼먹인다.

"찬이 할머닌 찬이 아버지가 그렇게 죽을 때 너무 놀라서 이렇게 되시고 말았지만 곧 나으실 수 있을 거야. 이제 서울에도 자꾸 사람들이 돌아오고 그러면 용한 의사들도 돌아올 테니까. 찬이 할머닌 아무 데도 병은 아니거든, 그냥 깜짝 놀란 것뿐이니……."

갑희는 마치 서 여사가 실성을 한 게 자기 죄나 되는 것처럼, 귀한 손님들에게 집안 사람의 흉을 안 잡히려고 싸고 도는 것처럼 굴었다.

"아까는 미안했어. 너에게 심한 말을 해서. 그래 어머닌 저 꼴을 하시고 낮 동안에 어디 가 계신다는 거냐?"

나란히 잠자리에 든 후 비로소 진이가 입을 열었다.

인민군 소좌 황성민은 울분인지 불안인지 모를 몹시 균형 잃은 감정의 덩치가 가슴에 확 가로걸려 있어 마치 안전핀을 뺀 수류탄처럼 명중해서 폭발할 대상을 초조히 찾고 있었다.

"오늘 내가 저지른 일이란 뭐람. 반동적, 반혁명적, 자유주의적…… 썅."

그는 격앙된 몸짓으로 주먹을 불끈 쥐고 휘두르다가 별수 없이 자기의 다른 한 손바닥을 아프게 내리친다. 그리고 거친 걸음으로 H동 비탈길을 오른다. 별 목적은 없다. 진이를 북으로 떠나 보내기 전 진이를 만나러 다니던 습관일 뿐이다. 언제 보아도 화딱지 나는 텅텅 빈 골목 골목의 빈집들. 이 빈집들은 처음부터 나를 골탕먹였거든. 그는 처음 서울에 입성하던 춥디 추운 한겨울 밤의 일들을 회상한다. 물론 그는 6·25 때처럼 제법 시민들의 환영 속에 서울에 입성하리라곤 기대하지 않았지만 밤중에 빈집 들듯이 싱겁게 입성하여 날이 밝은 후 확인한 서울의 완전무결한 공허 그 몸서리쳐지는 허망은 마치 기습을 당한 기분이었다.

안심하고 점령한 요새에 뜻하지 않은 병력이 잠복해 있다가 점령군을 기습해 치명적인 타격을 입히듯이 서울의 공허가 그를 기습하고 그는 그 타격으로 적잖이 비틀대고 있었고, 그 무렵 그는 진이네와 갑희네를 알게 된 것이다. 진이와 갑희를 못 만났던들 이 H동이야말로 당장 불질러놓고 싶을 만큼 그의 울화통을 건드리는 동네였다.

H동, 이 부스럼딱지처럼 더러운 빈촌까지 깡그리 빈집일 게 뭐람. 가난뱅이들, 이른바 무산계급까지도 우리에게 등을 돌렸다는 건 참을 수 없는 배신이다. 적어도 나는 무산계급, 피압박계급을 위한 투쟁에 헌신했고, 남조선 해방의 최전방에서 설 수 있는 걸 영광으로 알았고, 이 위대한 전쟁에 가족을 잃고 혈혈단신이 된 것이다. 기름진 부르주아, 줏대 없는 소시민들이 다 등을 돌린 건 당연하다 손 치더라도 가난뱅이들만은 우리 편이어야만 이번 전쟁의 명분이 서고 고달픈 혁명사업이 고무적일 수 있지 않은가?

쓸개 빠진 것들. 이놈의 땅덩어리가 남해에서 끝나는 데까지, 아니 남해의 섬까지라도 집요하게 따라가 따발총의 세례를 퍼붓지 않으면 영원히 해방될 길 없는 천성의 노예들. 황 소좌는 가슴속에서 대상도 분명치 않은 살의가 활활 타오름을 의식한다. 그런데 요즈음의 사태는 또 뭐람. 쓸 만한 젊은이들에게 북으로의 피난공작. 황 소좌는 그것이 암시하는 불길한 사태에 아둔할 수는 없었다. 아마 곧 다시 서울을 버리게 될 것이다. 후송되어 오는 엄청난 수효의 부상병, 점점 심해지는 폭격과 포성. 양코배기들은 또 한 번 인천상륙작전을 성공시킨 게 틀림없다. 또다시 겪게 될 치욕과 고난의 패주. 영 못 갚고 말지도 모를 앙갚음.

"일찌거니 진이란 계집애를 북으로 보내길 잘했지. 아들은 아깝게도 폐병쟁이지만 아니꼬우리만치 단란해 뵈는 가족을 떼어놓길 잘했지. 잘했고말고."

그는 자기로 말미암은 한 식구의 이산을 생각할 때마다 가슴이 뭉클해지려는 것을 애써 얼버무리려 든다.

"그 콧대 높은 진이란 년이 나에게 애걸을 했겠다. 오빠를 잘 부탁한다고. 그년의 갑희, 갑희야말로 북으로 보내야 하는 건데. 나는 무엇을 저질렀나?"

"자유주의적이고 반동적이고 반혁명적, 쌍."

그는 다시 한 번 불끈 쥔 주먹으로 자기의 다른 한 손바닥을 몹시 때린다.

"그녀야말로 북으로 가서 장돌뱅이, 가난뱅이에서 해방돼 교육도 받고 혁명사업에도 이바지할 수 있다는 순수한 생각에서 나는 그녀를 북으로 보내려 했다. 적어도 진이를 북으로 보내려는 것과 같은 앙갚음이나 심통에서는 아니었잖나? 그런데 왜 내 마음이 갑희 할머니, 그 도깨비 같은 노파가 숨을 모으는 것을 보자 갑자기 변해 갑희를 북송의 대열에서 빼냈을까? 그녀가 인민공화국의 인민이 되는 것보다 노파의 시체를 치는 쪽이 더욱 사람스러운 도리라고 내가 생각했다니. 이 내가, 당원이요 인민군 소좌인 내가. 이미 북송의 마지막 대열도 떠났고. 나도 곧 전선으로 떠나야 된다. 갑희에겐 이미 기회가 없다. 그러나 실상 갑흰 아무래도 좋다. 문제는 나인 것이다. 내가 저지른 행동인 것이다. 내가 그 일을 얼떨결에 저지르면서 맛본 샘물 같은 기쁨인 것이다. 쌍, 남조선 놈들, 그 계집애 같은 소시민 근성들은 그런 걸 가지고 휴머니티라고나 안 할지 몰라. 그러나 우리는 반동적, 반혁명적, 자유주의적, 쌍."

그는 세 번째 자기 손바닥을 자기 주먹으로 내리친다. 그리고 다시 한 번 자기 내부에서 곧 폭발할 듯한 균형 잃은 감정의 덩치를 느낀다. 안전핀을 뺀 수류탄 같은 것을. 그것은 곧 투척하지 않으면 자기가 폭발하고 말 것 같다. 마침 그는 우물 앞, 진이네 집 앞에 다다라 있었다.

(그 수상한 폐병쟁이라도 들볶아줄까 보다.)

그는 광풍같이 단숨에 열이 누워 있는 안방까지 돌진했건만 서 여사에겐 마치 뱀의 침입같이 소리 없는, 차갑도록 소리 없는 침입이었다.

등골에 냉기를 느꼈을 뿐인데 그는 이미 거기 있었다. 서 여사는 외마디 소리를 지르려다 말고 입이 뻣뻣이 얼어붙고 만다. 불행히도 그때 서 여사는 아들 열의 다리를 헤치고 총상구멍에 심을 갈아 끼고 있었다. 그렇게 감추고 감추던 열의 총상구멍은 황 소좌 앞에 무참히 노출된 채 지옥의 입구처럼 열려 있었다.

황 소좌의 눈이 광희로 번들거렸다.

"역시, 역시 내 예감이 맞았구나. 넌 넌 국방군의 부상한 낙오병이지? 그렇지?"

까만 총구가 바로 열의 가슴팍을 겨눴다. 서 여사가 매달리고 열이 아니라고 그랬다. 아니라고 아니라고 모자가 악을 썼다. 구구한 변명을 늘어놓기에는 총구가 너무 가까워 아니라는 악이 고작이었다.

"넌 국방군이야. 넌 내 손에 죽어야 돼. 내 식구도 너희 국방군 놈의 총에 죽었어."

총은 난사됐고 열은 나동그라졌다. 처참한 외마디 소리를 지르는 서 여사에게 황 소좌는 조용히 말했다.

"나는 원수를 갚은 것뿐이오."

그런 일을 저지르고 나서 할머니가 죽어 있는 갑희네로 온 황 소좌는 무엇엔가 몹시 싫증난 얼굴을 하고 있었다. 그런 일을 알 턱이 없는 갑희는 황 소좌를 보자 우선 소리내어 울었다. 그것은 할머니의 죽음이 슬퍼서가 아니라 상가에 문상객이 오면 상주는 곡을 하는 거렸다 하는 그녀다운 상식에서였다. 그리고 황 소좌를 흘금흘금 곁눈으로 훔쳐보며 울지 말라고 달래줄 때를 기다렸지만 황 소좌는 조금도 그렇게 하려는 눈치가 없이, 여전히 몹시 싫증난 표정인 채로 멍하니 있었다. 갑희는 결국 혼자서 울음을 그칠 수밖에 없었다. 그리고 말까지 먼저 걸었다.

"군관 아저씨 어디 아파요?"

"응, 아니."

그는 부정도 긍정도 아닌 대답을 우물우물하더니 비로소 담배를 꺼내 피워 물었다. 그런 경우 담배라는 게 참 다행스럽다고 갑희에게 생각될 만큼 그는 담배에 의해 구원받은 듯이 보였다. 그것뿐, 갑희는 그에게서 끝내 아무런 눈치도 챌 수 없었고, 그는 할머니 시체를 치는 일은 자기가 부하를 시켜서 해줄 터이니 너무 울지 말라고 이르고는 돌아갔다. 그러고 보니 여태껏 가끔씩이나마 운 것은 다만 시체 치는 일이 걱정돼서였다고 여겨지고 이제는 그 걱정이 없다고 생각하니 마음이 날듯이 가벼워졌다.

갑희가 진이네 집의 참상을 직접 보고 치를 떨었을 때는 이미 동네의 인민군들이 어디론지 말끔히 철수한 후였다. 하긴 그전에 그것을 알았다손 치더라도 그녀가 할 수 있는 일이 무엇이었을까? 그럼에도 불구하고 그녀는 좀 일찍이 알고 황 소좌에게 악다구니를 쳐주지 못한 것을 지금까지도 분해하고 있다.

갑희와 동네사람들의 손에 의해 열의 시체는 무악재고개 너머 좀 외딴 곳, 밭이 있고 밭이 끝나고 산이 시작되려는 양지바른 둔덕에 묻혔다. 그때까지만 해도 서 여사는 실성한 기미까지는 보이지 않았는데 그날 아들이 묻힌 곳을 한사코 떠나려 들지 않더니 어두운 후에야 가까스로 그 자리에서 서 여사를 떼어 올 수 있었고, 그 다음 날도 온종일을 아들이 묻힌 곳에서 보냈다. 그녀는 허구한 날을 아

들이 묻힌 땅을 손바닥으로 쓰다듬고 또 쓰다듬으며,

    자장, 자장, 우리 아가
    우리 아기 잘도 잔다
    금자동아, 은자동아
    금을 주면 너를 사랴
    은을 주면 너를 사랴
    자장, 자장, 우리 아가

아마 그녀가 새댁이었을 즈음, 아니 좀 지나 젊은 어머니였을 적에 귀여운 첫아들을 잠재우며 입속에서 가만가만 불렀음직한 묵은 자장가를 어쩌다가 그녀는 생각해낸 것이다. 그 대신 다른 말은 온통 잊어버려 갔다. 말뿐 아니라 그녀가 하던 모든 일을 잊어버리고 다만 무덤에 가는 일과 자장가만이 그녀의 일이었다.

한강 도강은 엄중하게 금지돼 있건만 서울엔 사람들이 조금씩 불어났다. 피난지에서 자리를 못 잡은 사람들이 잠자리 걱정이라도 안 하려고 내 집을 찾아 목숨을 걸고 한강을 건넜다.
  무악재고개 너머, 열이가 묻혀 있는 땅임자도 돌아왔다.
  "아니 이럴 수가? 아무리 그동안 무법천지였기로소니 남의 땅에, 그것도 바로 집이 코앞이라 앞마당 같은 텃밭머리에 함부로 산소를 쓰다니?"

"여러 말 할 것 없이 빨리 파 가라고 해요. 안 파 가면 우리라도 파 내동댕이칠 테니. 이런 법은 고금에도 없어요. 산소를 쓰는 일은 막중한 일인데……."

"그런데 저 늙은인 또 뭐야? 아니 미친 늙은이 아냐?"

"저기 묻힌 게 저 늙은이 아들인데 아마 제명에 못 죽었다나 봅디다."

"아니 이 난리통에 제명에 죽은 사람이 몇이나 된다구. 그렇다고 미치면 성한 사람은 한 사람도 없게."

"그래도 사정이 좀 다른가 봅디다. 하필 저 늙은이 앞에서 총에 맞아 쓰러졌다니."

"아무튼 예사 죽음은 아니로구만. 끔찍해서 더군다나 그냥 놔둘 수가 없군. 바로 텃밭에 이게 무슨 변고람. 재수가 없으려니까."

"그나저나 오늘 저녁 꿈자리가 사나워서 어떡하지."

쑥덕공론 끝에 그들은 드디어 서 여사를 따라 진이네까지 몰려왔다. 그들의 눈은 핏발이 서 있었다. 열이 잠자고 있는, 그리고 서 여사가 매일 애무하고 있는 그 반 평의 땅을 빼앗으려고.

"며칠만, 얼마 동안만 좀 기다려주실 수 없을까요? 하다못해 공동묘지라도 마련하려면……."

"돈이 있어야 한다 그 말이로구려."

그들은 집안을 휘둘러보면서 동정인지 경멸인지 이렇게 넘겨짚는다.

그동안의 그녀들의 형편은 겨우 입에 풀칠하기가 고작이지 조금도 나아져 있지를 못했다.

취직자리가 있을 리 없었고, 기껏 장사밖에 해먹을 게 없는데 혜순은 서 여사와 찬이 뒷바라지에 바빴고 진이는 성품이 여문 깐으론 장삿속엔 아둔했다. 돈을 벌어보려고 악착같았으나 장삿속에 어수룩해서 남의 허점에 파고들 줄을 몰랐다. 그런 점에선 서로 의지라도 할 겸 아직도 함께 데리고 있는 갑희가 한수 위였고 그래서 도리어 갑희의 도움으로 궁색한 고비를 넘기기를 한두 번이 아니었다. 그런 중에 이런 난처한 문제가 생긴 것이다. 서발막대 거칠 것 없이 휑하고 을씨년스러운 집안꼴을 휘둘러보며 그들이 빈정댈 만도 했다.

"그럼 기다려 달라고 말이 난 김에 우리 아주 기한을 정합시다. 내일 당장 파 가라기는 여기 사정을 보아하니 좀 너무한 것 같으니 일주일이고 열흘이고. 어때요? 그 이상은 우리도 절대 봐줄 수 없어요. 실상은 우리도 그 집과 땅을 팔고 시내로 들어와 볼까 하는데 묘지가 돼버린 땅을 누가 사겠오. 그러니 우리도 여기 사정을 그쯤 봐주니 여기도 우리 사정을 좀 봐주시우. 부탁이오. 알아들었소? 원 여자들뿐이라 말이 통해야 뭘 해먹지, 답답해서."

"알겠습니다."

"그리고 내일부턴 이 노인네를 집에 꼭 좀 잡아둬요. 원 어쩌자고 실성한 노인을 자식들이 있으면서 그래 거리로 내돌린단 말요?"

"저, 그것만은 좀 봐주실 수 없을까요. 어머닌 아무에게도 해는 안 끼쳐요."

"그걸 어떻게 믿소? 미친 사람이 미친 짓을 예고하고 한답디까. 아이들을 안심하고 내놀릴 수도 없다니까요."

화를 버럭 내며 대든다.

"그럼 우리 어머닌 무얼 하고 긴긴 나날을 보내죠?"

"그걸 우리가 어떻게 알아? 아아니, 이 젊은 여자까지 실성을 한 게 아냐? 쯧쯧, 골치덩어리들뿐이군."

"미안합니다."

"미안할 것까지는 없구, 일주일 후, 아니 열흘 후에 봅시다, 열흘. 그때까지 아무 기별 없으면 우리 마음대로 할 테니까 나중에 탓일랑 말아요."

열흘 후, 열의 시신은 화장됐다. 끝내 이 땅은 열이 누울 반 평의 땅, 서 여사가 애무할 반 평의 땅에도 인색했다. 화장 후, 곱게 빻인 뼛가루는 홍제동 어느 산골짜기에 먼지가 되어 뿌려졌다.

"좀 더 크면 이 녀석이 아빠의 죽음에 대해 꼬치꼬치 물어 싸서 우릴 난처하게 하겠죠?"

"난처할 게 뭐 있어요."

"그럼 총에 맞아 죽었으면서도 훈장도 국군묘지도 없는 죽음이 안 난처해요?"

"그럼 언니도 그게 서운한가요? 어떤 의의가 부여되지 않은 죽음이. 국군묘지라든가 하다못해 저쪽의 영웅칭호라든가 그런 것 하나 차례 못 간 죽음이."

"아유 작은아씨도 누가 나 말예요. 난 그이의 죽음을 있었던 그대로 받아들이고 견딜 수 있어요. 그렇지만 후세에는 그냥 병사가 아닌 전쟁으로 말미암은 우리 세대의 죽음엔 무언가 주석을 달아주지 않으면 안 될 것 같군요. 될 수 있으면 우리 찬이 녀석이 으쓱해할 주석을 달아주고픈 생각이 드는군요."

"전쟁의 광기가 죽인 목숨이 어디 우리 오빠 하나뿐이겠어요?"

"이 다음 세대가 우리 세대가 겪은 광기를 이해할까요? 이데올로기의 싸움이란 미친 지랄을, 그 잔학의 극을, 그 몸서리쳐지는 비정을, 그 인간이면서 인간이 아닌 숱한 짓들을."

"언젠가는 이야기하고 이해시켜야겠죠."

"그 끔찍한 일들을 저 애에게 이야기할 순 없어요. 절대로 그럴 순 없어요. 황 소좌가 저희 가족의 원수를 내 남편을 통해서 갚듯이 내 아들이 또 누군가의 가슴에 총구멍을 내줌으로써 아버지의 원수를 갚게 할 순 없어요. 미친 지랄은 우리 세대로써 마감해야 돼요."

"그렇지만 이 동족간의 전쟁의 잔학상은 그대로 알려져야 된다고 나는 생각해요. 특히 오빠의 죽음을 닮은 숱한 젊음의 개죽음을, 빨갱이라는 손가락질 한 번으로 저세상으로 간 목숨, 반동이라는 고발로 산 채로 파묻힌 죽음, 재판 없는 즉결처분, 혈육간의 총질, 친족간의 고발, 친우간의 배신이 만들어낸 무더기의 죽음들, 동족간의 이념의 싸움 아니면 도저히 있을 수 없는 이런 끔찍한 일들을 고스란히 오래 기억돼야 한다고 나는 생각해요."

"왜요? 무엇 때문에? 무용담이나 훈장도 허구 많은데."

"그야 전쟁이 끝나고 나면 한동안 무용담, 훈장이 판을 치겠죠.

또 싸움터에 꽃핀 휴머니즘 이야기라든가 전쟁 중에 치부한 이야기 같은 것까지도. 그렇지만 그런 이야기란 자칫하다간 사람마다에 잠재한 호전성이랄까 영웅심이랄까 그런 걸 자극할 수도 있을 거예요. 그래서 '전쟁이란 해볼 만한 거다'라는 생각까지도 갖게 할지도 모르죠. '전쟁이란 해볼 만한 거다' 얼마나 철딱서니 없는 위험한 생각이겠어요. 전쟁을 겪은 우린 그저 말만 들어도 소름이 끼치는 이야기죠. 그러니까 결국 오빠의 죽음의 경우 같은 참혹의 기억, 학살의 통계, 어머니의 경우 같은 후유증, 이런 것만이 전쟁을 미리 막아보려는 노력과 인내의 밑바탕이 될 수 있을 거예요. 툭하면 '자유 민주주의를 위해서라면', 저쪽에선 '수령이나 사회주의 낙원을 위해서라면' 일전도 불사할 결의를 보여야만 하는 것으로 되어 있는 치졸한 애국애족에서 깨어나 좀 더 깊이 생각하게 될 거예요. 결국은 이데올로기라는 것도 사람을 잘살게 하기 위해 사람이 만들어낸 거지 이데올로기 나고 사람 난 건 아니잖나 하고."

"작은아씬 용케도 오빠의 죽음에 훌륭한 주석을 달아주는군요."

"언니, 전쟁은 정말 싫어. 내 생전엔 안 겪었으면."

"정말 그래요. 작은아씬 아직 미혼이니 좋은 사람 만나서 잘살아야 할 텐데."

"말들이 이번 난리에 남자들이 하도 많이 죽어 여자 세 트럭에 남자 한 명꼴이라니 어디 시집 가겠수?"

"작은아씬 좋아하는 사람도 없었어요? 전쟁 전에."

"있었어요."

"지금 어디 있죠?"

"아마, 북쪽에."

"저런 끌려갔군요."

"아뇨. 그는 스스로 원해서 인민군이 됐어요. 그는 오빠와는 달리 이번 난리에 너무 쉽게 자기편을 선택했죠. 그것을 후회한 나머지 자기편을 배반하기는 좀 어렵게 하려는 괴짜예요. 그가 뭐랬더라? 사나이가 스스로 선택한 자기편을 배반할 때에는 그만한 이유를 증언할 수 있어야 된다고……. 무슨 소린지. 아무튼 그는 돌아올 거예요. 아마 지금쯤 어디 돌아와 있을지도 모르죠. 하다못해 포로가 돼서라도."

"그럼 작은아씬 그걸 믿고 언제까지나 기다릴 참이에요?"

"언제까지랄 순 없지만……. 지금도 그이 생각을 하면 가슴이 깊이 아파요. 또 그에게 안겼던 기억은 아직도 생생한 기쁨을 주거든요. 언젠가는 안 그럴 날이 오겠죠. 그때까지 기다려보는 거죠."

"그가 안 돌아오고, 그런 날도 안 오면?"

"안 그럴걸요, 아마. 그렇지만 나는 행복해지고 싶다는 욕망이 너무 강하니까. 그가 안 돌아오면 안 돌아오는 대로 딴 행복을 발견할 수 있을 거예요."

집에서는 서 여사가 골방에 갇힌 채 오늘부터 반 평의 땅 대신 며느리가 그녀에게 안겨준 베개를 쓰다듬으며 자장가를 부르고 있었다.

자장, 자장, 우리 아가
잘도 잔다 우리 아가
금자동아 은자동아
은을 주면 너를 사랴
금을 주면 너를 사랴
금자동아 은자동아
자장, 자장, 우리 아가

사람을, 자식을 어찌 금이나 은으로 사랴. 참 옳은 소리다. 그녀는 옳은 소리만을 허구한 날 외친다. 아들과 아들처럼 죽어간 숱한 원혼의 진혼을 위해 허구한 날 외칠 뿐이다. 그래도 사람들은 한사코 그녀를 미쳤단다.

| 작품 해설 |

타자의 시선과
맞겨루는 주체

정호웅 (문학평론가, 홍익대 국어교육과 교수)

1. '적치赤治 3개월'과 한국 소설

1950년 6월 28일에서 9월 28일까지, 살아남기 위해 모든 것을 견뎌야 했던 인민군 통치하 3개월을 '적치赤治 3개월'이라 한다. 이때의 애옥살이 서울 시민의 삶을 다룬 염상섭의 『취우』를 열면 첫 장의 제목「절벽」이 느닷없이 앞을 가로막는데, '절벽같이 캄캄한 속'이라 표현된 이 절벽의 비유에 이 괴기스러운 시공간의 성격과 그 시공간을 살아야 했던 서울 시민들의 삶과 의식이 압축되어 있다. '적치 3개월'은 느닷없이 덮쳐와 절벽처럼 사방을 막아섰고, 그 안에 갇힌 서울 시민들은 생존 외길을 찾아 아득한 두려움과 절망의 어둠 속을 헤매야 했다.

이 시기를 다룬 작품은 많지 않다. 곽학송의 『철로』, 염상섭의 『취우』, 박완서의 『목마른 계절』과 『그 산이 정말 거기 있었을까』, 이병주의 『산하』, 김원일의 『불의 제전』 등을 들 수 있을 정도이다. 인공 치하의 서울살이를 그린 작품이 이렇게 드문 까닭은 전쟁 이후 오랫동안 우리 사회를 지배해온 반공 이데올로기와 그것을 마구잡이로 휘둘러대는 국가권력이 이 시기를 다루는 것 자체를 근본적으로 차단했다는 점을 먼저 들 수 있겠다. 염상섭처럼 정치적 이념 문제를 들이지 않음으로써 필화를 피해가는 방법도 있을 수 있지만, 그것이 '적치 3개월'이란 대상에 대한 정면에서의 접근이 아닌 것 또한 분명하다. 작가들은 그 위험한 정치적 이념의 문제를 안고 있는 이 난처한 대상을 회피할 수밖에 없었을 것이다.

대부분이 피난 가 실제로 경험한 이가 적었다는 점, 좌우 이념의 대립이라는 이념적이고 이분법적인 인식틀의 간섭이 가로막아 사람살이의 구체적 세부를 들여다보고 형상화하는 것이 어려웠다는 점 등도 들 수 있을 것이다. 전쟁 통인 데다 통치 권력이 갑작스럽게 바뀌었고 모든 것이 마구잡이로 뒤섞이고 무너져내리는 등 극도로 혼란된 시기였으니 그 깊은 곳을 꿰뚫어 보고 작품이라는 하나의 자족적 세계로 엮어내기 어려웠다는 점도 작가들의 의욕을 꺾은 요인일 것이다.

박완서의 『목마른 계절』은 그런 여러 어려움을 뚫고 넘어 큰 성취를 거둔 좋은 소설이다. 적치 3개월을 다룬 다른 작품들과 견주며 그 성취의 내용을 살펴보기로 하겠다.

2. 과거 증언을 넘어

『목마른 계절』의 본래 제목은 「한발기旱魃期」(《여성동아》, 1971.

7~1972. 11)다. 1978년 단행본으로 묶어 내면서 이름을 바꾸었는데, 연재본의 「4월」 장을 손보아 고치고 연재본에는 없었던 「5월」 장을 더했다. 1950년 6월에서 그 다음 해 5월까지, 1년 동안 한 가족이 겪는 고난의 전시 체험을 시간 흐름을 따라 차곡차곡 쌓아올렸는데,(이 점에서 『목마른 계절』은 같은 형식의 소설인 김원일의 『불의 제전』, 임철우의 『봄날』 등의 선구이다) 그 중심은 우리가 살피고자 하는 '적치 3개월' 동안의 애옥살이다.

'적치 3개월'은 박완서 문학에서 중요한 의미를 지니는 대상인데, 등단작인 『나목』, 「엄마의 말뚝」 연작, 『그 많은 싱아는 누가 다 먹었을까』, 『그 산이 정말 거기 있었을까』 등에서 거듭 다뤄졌다. 이 가운데 『목마른 계절』이 '적치 3개월'의 실상을 가장 넓고 깊게 반영한 작품이다.

이 작품이 1970년대 초, 긴급조치 시대가 열리기 직전에 발표되었다는 사실은 놀라운 일이다. 인민군 지배 아래 급조된 새로운 질서 속에서 당시의 서울 시민들이 어떻게 살았는가를 증언하는 일은 오랫동안 한국인들의 의식을 칭칭 동여맸던 반공 콤플렉스 때문에 큰 용기 없이는 가능하지 못하였다. 진실을 향해 쉼 없이 나아가는 참된 작가정신, 모든 구속을 넘어 진실에 가닿고자 하는 진정한 자유의 정신이 이런 작품을 낳았다. 반공 이데올로기와 그것을 지배 이데올로기의 하나로 휘둘렀던 국가권력의 금제를 뚫고 인민군 부역자를 주인공으로 설정하여 납작한 반공소설과는 전혀 다른 차원의 작품을 만들어냈다는 것은 거듭 평가되어야 한다.

『목마른 계절』은 살기殺氣, 죽음, 극도의 공포, 핏빛 구호, 날선 적의, 뻔뻔한 자기 확신, 자기 부정의 비굴, 폭력적 강제, 바닥을 알 수 없는 절망감, 고립감, 시뻘건 알몸을 드러낸 추악한 욕망들, 배신 등으로 가득 차 있어 섬뜩하다. '적치 3개월'의 시공간은 그러했던 것이다.

죽음의 기운이 가득 찬 시공간을 비틀거리며 걸어온 주인공은 작품 속 그 고난의 여로 막바지에서 "동족 간의 전쟁의 잔학상"은 "고스란히 오래 기억돼야" 하고 "그대로 알려져야 된다"(431쪽)라고 말한다. 주인공의 말은 이 작품의 가장 밑자리에 놓여 있는 창작 동기이고 작가의식이라 할 것이다. 나아가 그것은 또한 6·25를 증언하는 일을 자기 문학의 중심에 두었던 작가 박완서의 글쓰기를 이끌었던 창작 동기이고 작가의식이라 하여도 될 것이다.

그 같은 창작 동기, 작가의식이 '적치 3개월'의 섬뜩한 실상을 증언하는 『목마른 계절』을 낳았다. 그러나 생각해보면 어디 그 시기에만 국한되는 것이랴. '적치 3개월'의 그 섬뜩한 실상은 참으로 인간 세상이 아수라 지옥과 다름없음을 새삼 깨우친다. 『목마른 계절』은 한갓 과거 증언의 소설이 아니라 인간 존재와 인간 삶의 심연을 깊이 파헤쳐 보인 높은 수준의 탐구물이다.

3. 자기반성의 시선

『목마른 계절』의 주인공은 스무 살 처자 하진이다. '대학 중의 대학'이라는 S대학 철학과 1학년생. 이미 여고 시절 좌익 조직의 지하 조직원으로 활동한 바 있는 실천적 이상주의자다. 인민군의 서울 점령으로 그녀는 그 같은 실천적 이상주의를 실현할 수 있는 현실을 만났다. 학교를 장악한 조직에 들어 활동하게 되는 것은 당연한 수순이다. 그런데 깊은 회의가 찾아들었다. 그 과정을 작가는 치밀하게 그려나간다.

그 과정을 이끄는 것은 도처 재재 번득이고 있는 타인의 '시선'이다. 그녀는 자신을 지켜보는 그 시선의 그물에 갇혀 벗어날 수 없다. 『목마른 계절』에는 여러 종류의 시선이 등장한다. 먼저 '비난과 문책이 담긴 날카로운 시선의 가시권可視圈 속에 있는 듯한 속박감'(66쪽) "당? 당의 날카로운 시선은 어디 있는 것일까?"(122쪽) 등의 표현 속에 담긴 권력의 시선이다. 강제와 억압의 권력, 자신의 무오류성에 대한 뻣뻣한 확신 위에 서서 독재하고 군림하는 권력, 빈틈없는 감시의 그물을 쳐놓고 행위뿐만 아니라 머릿속 생각까지 검열하고 통제하려는 권력. 주인공은 그 권력의 눈길을 견딜 수 없다. 고통스러운데 그 고통의 마음속에서 처절한 한발旱魃의 이미지가 떠올랐다.

　　서쪽 창 바로 밑엔 몇 포기 안 되는 칸나가 창 높이만큼 자라 진홍빛 꽃을 유리에 맞대고 있었다. 그것뿐 인민군들이 웅성대는 본관까지의 제법 아득한 광장이 나무 한 그루, 풀 한 포기 없이 작열하는 태양 밑에 희게 마치 백지처럼 희게 무의미하게 펼쳐져 있었다.
그것은 아주 혹독한 가뭄의 풍경처럼 공포로웠다.
잎새조차도 푸르지 못하고 붉은 빛이 도는 핏빛 칸나도 마치 오랜 한발투(魃) 끝에 지심에서 내뿜는 뜨거운 화염처럼 처절한 저주를 주위에 발산하고 있었다.
붉은 건 칸나뿐이 아니었다. 정면 벽 중앙에 늘어진 붉은 깃발, 그 깃발을 중심으로 빽빽이 붙여진 벽보의 핏빛 글씨들—혁명, 원쑤, 타도, 투쟁, 당, 인민, 수령, 영광, 애국—머리가 아찔하도록 집요한 투지, 집요한 증오, 그리고 애국.(93쪽)

그 반대편에는 따뜻하고 부드러운 연민과 위무의 시선이 자리해 있다. 학교에 파견된 당 세포로부터 훌륭한 당원으로 키우기 위한 교육을 하겠노라는 말을 듣고 자신이 '최치열의 쓸모에 맡겨진 어떤 물체로 변해가고 있는 듯한 환각' '고립감' '아무리 도망쳐도 최치열의 가시권을 못 벗어날 듯싶은 두려움'에 사로잡힌 그녀가 간절히 구하는 시선이다.

진이는 우선 당장 열의 어루만지듯이 다정한 시선이 필요하다. 그만이 커다란 두려움에서 그녀를 구할 수 있을 것 같다. 당원이 된다는 게 어떤 의미를 지니게 되는지 그만이 알고 있을 것 같다.(124쪽)

열은 그녀의 오빠이다. 한때는 "정녕 배우고 싶다든가, 먹고 싶다든가 하는 인간의 정신과 육체의 이 두 가지 근원적인 허기증만이라도 좌절당하지 않을 사회의 실현"을 위해서는 "위협도 무릅쓸 수 있을 것 같은" "천진한 용기와 정열"을 지닌 투사였지만 지금은 자신의 그 같은 용기와 정열을 "이용하고 배반한"(40쪽) 저 고압적인 정치권력에 대한 환멸 때문에 '전향한 배반자'란 살기 어린 비난을 감수하며 '방관자'의 자리로 물러나 앉았다. 젊은 그를 혁명 투쟁의 길로 내달리게 했던 그 천진한 용기와 정열은 그를 덮쳐온 환멸의 물결에 쓸려 사라졌지만, 그를 환하게 밝히고 데웠던 저 아름다운 세상에 대한 꿈은 여전히 그의 가슴속에 깃들어 있을 것이다.

정치권력과 그것의 작동 방식에 환멸을 느껴 스스로를 소외시킨 이 방관자야말로 정치권력과 그것의 작동 방식의 안쪽을 들여다보고 깊이 상처받은 주인공을 위무할 수 있다. 주인공이 상상 속에서 불러낸 그의 따뜻하고 부드러운 시선은 차갑고 딱딱한 권력의 시선에 맞서는 것으로 비중이 대단히 큰 서사소이다.

마지막 시선은 주인공이 스스로를 바라보는 자기 점검, 자기반성의 시선이다. 자신의 생각과 행위의 바닥까지 가차 없이 해부하고 점검, 반성하는 그 시선은 대단히 윤리적이다.

푸르른 수목 사이는 공기조차 투명하게 푸르러 그야말로 심해 속 같다. 그러나 벌써 그녀는 어족일 수는 없었다. 어족 아닌 인간의 고민으로 그녀의 몸은 둥실 뜨기는커녕, 점점 그녀에겐 겨웁도록 무게를 더해온다.

종말! 너무 조급하게 종말만을 생각하고 종말이 그녀를 과거 몇 달로부터 완전히 자유스럽게 놓아줄 것으로 믿었던 것 같다. 어떤 사건이고 완전한 종말이란 게 있을 수 있을까? 추한 잔해 없는 종말이.

앞뒤 한 장의 시험지만 한 종이는 아주 없애버릴 수도 있다. 실은 그러려고 지금 서성댐이 아닐까. 그러나 그것을 마당 한 귀퉁이에서 어물어물 구겨서 없애버리고 난 자신의 추함, 비열함은 또 어찌 견딜 것인가?(189쪽)

전세가 역전되어 연합군의 서울 진주가 눈앞에 다가왔다. 서울을 지배하던 인민군과 조선공산당 조직들은 서둘러 간판을 내리고 철수하기 시작했다. 주인공이 속해 있는 S대 민청 조직의 수뇌부도 북쪽으로 떠났다. 주인공과 그녀의 친구들이 뒷정리를 해야 했는데, 주로 서류를 파기하는 일이다. 경우에 따라서는 그녀의 목숨을 뺏을 수도 있는 위험물인, 당 조직에 제출한 그녀의 '자서전'도 들어 있으니 완전 파기해버려야만 할 서류들이다. 그런데 그녀는 그러지 못한다. 자신을 감시하는 자기 내부의 윤리적 시선 때문이다.

이 눈길의 자기비판적, 자기반성적 속성은 또한 자신의 안쪽을 채우고 있는 이런저런 관념으로부터의 객관적인 거리 확보를 가능하게 하여, 그녀가 그 관념들에 갇히는 것을 차단한다. 그녀는 끊임없는 자기비판과 자기반성을 통해 계속해서 변화하는 존재인 것이다.

자신을 지배하는 관념들을 해체하며 끊임없이 그것들로부터 자유로워지고 새로워지는 그녀는 강한 주체이다. 그 무엇도 그녀의 그 같은 주체성을 완전 억압할 수는 없다. 저 무시무시한 절대권력, 당 권력의 고압적인 시선 앞에서도 그녀의 정신은 주체적이고 자유롭다.

그녀가 당 조직에 제출한 '자서전'에 "당의 위력은 너무나도 도처에 있으면서도 너무도 엄연히 군림하고 있고 당의 이름은 전제군주시대의 왕의 이름처럼 온갖 희생을 타당화시키는 데 남용되고 있습니다."(112쪽)라고 쓸 수 있었던 것은 이 때문이다.

그녀의 1인칭 화자 시점으로 다시 씌어진 『그 산이 정말 거기 있었을까』에서 대한민국 정치권력에 맞서 그 부조리를 정면 비판할 수 있게 한 것도 그녀의 이 같은 주체성이다. "부역자의 수효와 부역에 따른 사연은 너무도 많"아 "일일이 정당한 심판을 내리"는 것은 불가능했다.(242쪽) 그것은 "인간의 힘"(223쪽)을 넘어서는 일이었다. 게다가 정부는 서울 사수의 "빈 목소리"만 남기고 도망쳤던 "비열하고 파렴치한 배신"의 과오를 저질렀지 않은가.(223쪽) 그럼에도 "끝내 오만"한 정부는 한마디 사과도 없이 오히려 "무자비한 복수"를 허용하고 앞서 실행한다.(223쪽) 이에 맞선 주인공의 주체적 시선이 절규로 터져나왔다.

그래, 우리 집안은 빨갱이다. 우리 둘째 작은아버지도 빨갱이로 몰려 사형까지 당했다. 국민들을 인민군 치하에다 팽개쳐 두고 즈네들만 도망갔다 와가지고 인민군 밥해준 것도 죄라고 사형시키는 이딴 나

라에서 나도 살고 싶지 않아. 죽여라, 죽여.[1]

자신의 내부를 응시하며 동시에 그것으로써 타자의 시선에 맞서는 자기반성적 주체의 윤리적 시선이 서사의 중심에 서 있다는 점에서 『목마른 계절』은 적치 3개월을 다룬 다른 소설들과 구별된다. 적치 3개월을 다룬 또 다른 대표작인 『취우』와의 비교를 통해 이를 살펴보기로 한다. 『취우』의 인물들은 하나같이 『목마른 계절』의 주인공이 갖고 있는 그런 시선을 지니고 있지 않은데, 그들은 바깥 상황을 전해오는 '소리'에 갇혀 있는 몰주체적 존재들이다.

감방 속에 들어앉았는 죄수는 온종일 바깥 소리와 눈치에 귀를 기울이는 것으로 마음을 붙이며 지루한 하루를 보내다가 어두컴컴하여지면 지친 신경에 마음이 착 까부라지면서, 오늘도 이대로 넘어갔구나 하고 처량한 긴 한숨을 쉰다. 아무 예고도 없이 별안간 주위와 동포와 전 세계와 뚝 떨어져서 죄 없는 감옥살이를 석 달 동안이나 하느라고 영양 부족과 신경과민에 넘치가 된 백사오십 만 서울 시민은, 더구나 요 며칠 새로 격렬한 폭격과 비행기 소리로만 바깥 동정을 살피기에 심신이 척 늘어지고 말았다.[2]

---

1) 박완서, 『그 산이 정말 거기 있었을까』, 세계사, 2012년, 136쪽.
2) 염상섭, 『취우』, 민음사, 1987년, 215쪽.

'시선'이 대상을 보고 확인하며 나아가 비판하기도 하는 주체적 정신 행위의 표상이라면 '소리'는 상황의 변화에 즉물적으로 대응하는 몰주체적 정신 상태의 표상이다. 『목마른 계절』의 주인공이 주체적 시선으로 자신을 세우고 타자의 시선에 맞서며 앞을 열어 나아가는 것과, 바깥 상황의 변화를 전해오는 소리에 온 신경을 쏟으며 3개월의 유폐 생활을 견디는『취우』의 인물들이 저마다의 욕망에 갇혀 사물화되고 마는 것은 크게 다르다.

마성적 욕망에 갇혀 마침내 그 욕망이 되어버린『취우』의 인물들이 관계와 무관한 존재들로서 자신도 타자들도 바라보지 않는 맹목의 존재들인 데 비해 『목마른 계절』(『그 산이 정말 거기 있었을까』)의 이 강한 주체는 관계 속에서, 자신을 그리고 자신과 관계 맺고 있는 타자들을 정시하며 변화를 모색하는 자기반성적, 비판적 존재이다. 『목마른 계절』(『그 산이 정말 거기 있었을까』)이 '적치 3개월'의 현실을 훨씬 더 역동적인 서사 안에 담아낼 수 있었던 것은 가장 큰 요인은 이것이다.

4. 탐구의 행로

『목마른 계절』에는 흥미로운 삽화가 하나 나온다. 일상이 되어버린 주인공의 밤 나들이가 그것이다.

주인공은 "자기가 감당해야 할 일이 비탄이나 비탄에의 위무가 아닌 생활"(153쪽)이란 것을 알고, "문득문득 자신의 끈질긴 생활력에 혐오감 같은 걸 느끼기도" 하지만 "이 어려운 고비에 식구를 굶기면 어쩌나 하는 강박관념"(172쪽)에 스스로 갇혀 일로매진 생존외길을 더듬어 나아가는 억척 여성이다. 그런데 그녀의 그런 행로를 이끄는 것이 그런 생활력, 강박관념인 것만은 아니다.

그러나 이곳 판자촌의 부재중은 그런 깔끔한 부재중이 못 되었다. 얼마나들 서둘렀으면 갖가지 모습의 적나라한 생활의 단면을 그대로 한 겹 빈지문 속에 펼쳐 놓은 채 그들은 부재중이었다.
진이는 매일 밤 도깨비에 홀린 듯이 이런 사람들의 생활의 모습에 이끌려 집을 나섰다.
그녀는 훨씬 덜 외로워지고 명랑해졌다. 많은 친구를 가까운 곳에 가지고 있는 듯한 착각은 착각이라기엔 너무도 흐뭇했다.(중략)
곧 어떤 순박한 서민의 숨소리가 들릴 듯한 방이나, 부엌, 살던 그대로의 모습에 조그만치의 위장도 가하지 않은 생생한 생활의 모습들을 보고픈 갈망으로 먹을 것을 구하려는 당초의 목적은 점점 잊어버려 가고 있었다.(303쪽)

느닷없이 끼어든 중공군 때문에 전선이 급속하게 남하하자 대부분의 서울시민들은 서둘러 피난길에 오르고 곳곳에 빈집이다. 주인공은 밤마다 그 빈집들을 찾아 먹을 것을 구해 왔던 것인데 식량이 어느 정도 비축된 지금, 그녀를 사로잡아 깊은 밤중 아무도 없는 판자집촌 언덕길을 오르게 하는 것은 그 빈집들에 남아 있는 "살던 그 대로의 모습에 조금만치의 위장僞裝도 가하지 않은 생생한 생활의 모습들"이다. 서술자는 그것들을 향하는 그녀의 마음을 "갈망"이라고 표현하였다. 마음속 두려움, 가족들의 만류는 물론이고 그 무엇도 제어하지 못하는 강한 욕망임을 드러내는 표현이다.

그녀의 이 같은 갈망과 그것에 이끌린 밤 나들이는 죽음의 기운으로 가득 차 생활을 잃어버린 적치 3개월 서울의 현실을 대비적으로 부각하는 서사소이다. 한국소설 어디에서도 찾을 수 없는 낯선 삽화를 설정하여 작가는 이처럼 큰 효과를 만들어내었다. 그런데 여기서 멈추고 말았으니 아쉽다.

그 생생한 생활의 모습들이 그토록 강한 욕망을 갖게 한 이유는 무엇일까? 작품 구석구석을 샅샅이 뒤져도 답을 찾을 수 없다. 서술자는 다른 곳에서 '갓 잘라낸 나무의 단면에서 싱그러운 수액이 흐르듯이 인간들의 생활의 냄새를 짙게 풍기는 선명한 단면들'(307쪽)이라 하여 '모습' 대신 '냄새'를 들었지만 그래도 알 수 없기는 마찬가지다. '생활'이라는 추상어로 뭉뚱그리는 데서 한발 더 나아가 주인공의 심리를 파헤쳐 그려야 하지 않았을까? 이제는 여쭈어볼 수도 없게 되었으니 더욱 아쉽다.

추측에 지나지 않는 것이지만 그녀를 이끌어 밤길을 걷게 한 것은 혹 호기심은 아니었을까? 사람살이에 대한 호기심, 그 빈집에 살던 사람들이 떠나던 순간에 정지되어 있는 상황이 불러일으키는 호기심 등. 이런 추측을 가능하게 하는 것은 이 작품의 주인공을 이끌어

험로를 뚫고 나아가게 만드는 것 가운데 하나가 그녀의 남다른 '호기심'이라는 사실이다.

1) 황 소좌의 정작 과녁은 갑희가 아니라 진이라는 걸 진이는 단박 알았으나 그녀는 구태여 그의 과녁에서 비켜나려고 앙탈하지는 않는다. 도리어 어떤 <u>호기심</u>이 그녀를 강하게 사로잡는다.(316쪽)

2) 처음엔 마지못해 하던 일에 진이도 차차 기쁨 비슷한 걸 느끼고 있었다. 우락부락하고 무지막지한 사나이들의 곱고 사치스러운 것에 대한 동경과 허영을 넘겨다보는 일은 확실히 <u>재미</u>있는 일이었다. 더구나 그것이 사치와 허영을 가장 타기할, 가장 반동적인 것으로 손꼽는 인민군대라는 데 <u>흥미</u>는 더했다.(325~326쪽, 밑줄-해설자)

자기 가족의 생사여탈권을 쥐고 있는 권력자인 황 소좌에 대한 두려움을 이기게 하는 것은 '호기심'이다.(인용문 1) 그 호기심이 그녀로 하여금 황 소좌를 따라 초사흘 밤길을 걸어 북조선 예술가들의 인민군 위문 공연을 보러 가게 하였다. 인용문 2)는 인민군들에게 견장을 만들어주는 일에서 재미와 흥미를 느끼는 주인공의 심리에 대한 설명이다. 그 재미와 흥미는 호기심의 다른 표현이기도 하고, 호기심에서 생겨나는 것이면서 동시에 호기심을 자아내는 것이기도 하다. 요컨대 두 인용문의 핵심은 주인공의 '호기심'이다.

남다른 호기심에 이끌려 두 눈을 빛내며 대상을 안팎을 살펴 이해하고자 하는 인물의 행로를 중심축으로 삼음으로써 『목마른 계절』은 사실의 한갓 증언을 넘어서는 폭과 깊이를 확보했다.

5. 육체성의 옹호

『나목』을 비롯하여 6·25를 다룬 박완서의 소설 대부분이 그러하듯 『목마른 계절』은 성장소설이다. 작품의 마지막에 이르러 서술자는 "그 난리 중에도, 그 비정과 공포와 기아의 나날 중에도 심신은 미숙은 완숙으로 어김없이 옮겨갔고"(406쪽)라 하여 주인공의 성장 과정이 이 소설의 중심축 가운데 하나임을 밝혀 놓기도 하였다. 중심인물의 성장 과정을 중심축 하나로 삼음으로써 이 작품은 전쟁을 배경으로 한 소설 일반이 빠져들기 일쑤인 이념 편향에서 벗어나 전쟁이라는 외적 폭력과 맞겨루며 나아가는 삶의 문제를 깊이 다룰 수 있었다.

6·25를 다룬 소설 가운데 성장소설에 해당하는 작품은 많으니 성장소설이라는 게 특별한 의미를 가질 수는 없다. 중요한 것은 이 작품만이 갖고 있는 그 무엇이 있느냐의 여부일 터인데, 물론 있다. '새로운 감각의 각성'이다.

그러나 남자와 여자와의 접촉은 일순에 지나가 버리지 않는 무엇을 남겼고, 진이는 그 무엇으로부터 민첩하게 자기를 수습하지 못해 한 동안 멍했다. 따끔한 턱과 부드러운 입술이 잠시 볼에 닿았을 뿐인, 극히 단순한 접촉에는 황홀한 기쁨이 있었다. 그건 전연 예기치 않은, 새로운 감각의 각성이었다.
준식의 무심한 동작에는 날카롭게 날이 선 관능이 비장되어 있었고, 그 날이 드디어 진이의 감각의 생경한 겉껍질을 찌른 것이다.(20~21쪽)

이 감각은, 이 소설이 담고 있는 몇 가지 중요 인물관계 가운데 하나인 '주인공―민준식'의 관계에서 핵심에 해당하는 것으로, 여러 번 반복해서 강조된다. '황홀한 기쁨'을 동반하는 이 감각을 서술하는 서술자의 말길은 그 어떤 이념, 윤리, 도덕의 간섭과 구속에서 벗어나 지극히 당당하고 자연스럽다. 그 아래 육체성을 옹호하는 작가의식이 놓여 있음은 새삼 말할 필요가 없다.
이 같은 육체성의 옹호가 『목마른 계절』을 산더미처럼 쌓여 있는 6·25 소설 가운데서 특별한 작품이 되게 했다. 여기에 그치지 않는다. 다른 그 어떤 것과도 무관한, 자연으로서의 육체성을 옹호하는 의식은 이전의 한국문학에서는 찾기 어려운 것인데, 이 점은 특히 강조되어야 한다. 한국소설사에서는 전에 없었던 새로운 의식의 내보임이니 선구의 의미를 갖는다 할 것이다.

정호웅 문학평론가, 홍익대 사범대학 국어교육과 교수. 저서로는 『우리 소설이 걸어온 길』『반영과 지향』 『한국문학의 근본주의적 상상력』 등이 있다.

작가
연보

1931	10월 20일 경기도 개풍군 묵송리 박적골에서 출생. 아버지 박영노朴泳魯, 어머니 홍기숙洪己宿. 위로 열 살 위인 오빠 박종서朴鐘緒 있음.
1934(4세)	아버지 별세. 어머니는 오빠만 데리고 서울로 떠남. 조부모와 숙부모 밑에서 어린 시절을 보냄.
1938(8세)	서울로 와서 살게 됨. 매동국민학교 입학.
1944(14세)	숙명여고 입학.
1945(15세)	소개령 때문에 개성으로 이사, 호수돈여고로 전학. 고향에서 해방을 맞음. 서울로 와 학교를 계속 다님. 여중 5학년 때 담임을 맡은 소설가 박노갑 선생에게서 많은 영향을 받음.
1950(20세)	서울대학교 문리대 국어국문학과 입학. 6·25 전쟁으로 학교에 다닌 기간은 며칠 되지 않음. 전쟁 기간 중에 오빠와 숙부가 죽고 대가족의 생계를 책임지게 됨. 미8군 PX(동화백화점, 지금의 신세계백화점 자리)의 초상화부에서 근무. 그곳에서 박수근 화백을 알게 됨.
1953(23세)	4월 21일 호영진扈榮鎭과 결혼. 1남 4녀의 자녀를 둠.(1954년 원숙, 1955년 원순, 1958년 원경, 1960년 원균, 1963년 원태 태어남)
1970(40세)	『나목』으로 〈여성동아〉 여류 장편소설 모집에 당선. 첫 책『나목』(동아일보사) 출간.

1971(41세) 「한발기」 연재.(《여성동아》 1971년 7월호~1972년 11월호. 단행본에 실린 「5월」 부분이 빠져 있음. 1978년에 『목마른 계절』로 출간됨)

「세모」(《여성동아》 4월호), 「어떤 나들이」(《월간문학》 9월호)

1972(42세) 「세상에서 제일 무거운 틀니」(《현대문학》 8월호)

1973(43세) 「부처님 근처」(《현대문학》 7월호), 「지렁이 울음소리」(《신동아》 7월호), 「주말농장」(《문학사상》 10월호)

1974(44세) 「맏사위」(《서울평론》 1월호), 「연인들」(《월간문학》 3월호), 「이별의 김포공항」(《문학사상》 4월호), 「어느 시시한 사내 이야기」(《세대》 5월호), 「닮은 방들」(《월간중앙》 6월호), 「부끄러움을 가르칩니다」(《신동아》 8월호), 「재수굿」(《문학사상》 12월호)

1975(45세) 「도시의 흉년」 연재.(《문학사상》 1975년 12월호~1979년 7월호)

「카메라와 워커」(《한국문학》 2월호), 「도둑맞은 가난」(《세대》 4월호), 「서글픈 순방」(《주간조선》 6월호), 「겨울 나들이」(《문학사상》 9월호), 「저렇게 많이!」(《소설문예》 9월호)

1976(46세) 첫 창작집 『부끄러움을 가르칩니다』(일지사) 출간.

「휘청거리는 오후」 연재.(《동아일보》 1976. 1. 1~1976. 12. 30)

「어떤 야만」(《뿌리깊은 나무》 5월호), 「배반의 여름」(《세계의 문학》 가을호), 「조그만 체험기」(《창작과비평》 겨울호), 「포말의 집」(《한국문학》 10월호)

1977(47세) 『휘청거리는 오후 1, 2』(창작과비평사) 출간.

열화당의 〈신예작가 신작소설선〉 중에 중편집 『창밖은 봄』 출간.

첫 산문집 『꼴찌에게 보내는 갈채』(평민사), 두 번째 산문집 『혼자 부르는 합창』(진문출판사) 출간.

「흑과부」(《신동아》 2월호), 「돌아온 땅」(《세대》 4월호, 「더위 먹은 버스」라는 제목으로 소설집 『배반의 여름』(1978)에 수록), 「상」(《현대문학》 4월호), 「꼭두각시의 꿈」(《수정》 1977), 「꿈을 찍는 사진사」(《한국문학》 6월호),

	「여인들」(《세계의 문학》 여름호), 「그 살벌했던 날의 할미꽃」(《문예중앙》 겨울호).
1978(48세)	『목마른 계절』(수문서관) 출간.(《여성동아》 1971년 7월호~1972년 11월호.「한발기」라는 제목으로 연재)
	단편집 『배반의 여름』(창작과비평사) 출간.
	산문집 『여자와 남자가 있는 풍경』(한길사) 출간.
	「욕망의 응달」 연재.(《여성동아》 1978. 8.~1979. 11.)
	「낙토樂土의 아이들」(《한국문학》 1월호), 「집보기는 그렇게 끝났다」(《세계의 문학》 가을호), 「꿈과 같이」(《창작과비평》 여름호), 「공항에서 만난 사람」(《문학과지성》 가을호).
1979(49세)	『도시의 흉년 1, 2』(문학사상사) 출간.
	『욕망의 응달』(수문서관) 출간.(이후 1984년 같은 출판사에서 『인간의 꽃』이라는 제목으로 다시 나온 뒤 절판. 1989년 다시 원제대로 우리문학사에서 재출간되었으나 타계 전 작가의 요청으로, 〈박완서 소설전집 결정판〉(세계사) 목록에서 제외함)
	창작동화집 『달걀은 달걀로 갚으렴』(샘터사) 출간.(같은 해 『마지막 임금님』이라는 제목으로도 출간됨)
	『꿈을 찍는 사진사』(열화당) 출간.(1977년 펴냈던 『창밖은 봄』과 동일한 작품을 묶음)
	「살아 있는 날의 시작」 연재.(《동아일보》 1979. 10. 2~1980. 5. 30)
	「내가 놓친 화합」(《문예중앙》 봄호), 「황혼」(《뿌리깊은 나무》 3월호), 「우리들의 부자富者」(《신동아》 8월호), 「추적자」(《문학사상》 10월호).
1980(50세)	「그 가을의 사흘 동안」으로 제7회 한국문학작가상 수상.
	〈동아일보〉에 연재했던 『살아 있는 날의 시작』(전예원) 출간.
	「오만과 몽상」 연재.(《한국문학》 1980년 12월호~1982년 3월호)
	「그 가을의 사흘 동안」(《한국문학》 6월호), 「엄마의 말뚝 1」(《문학사상

9월호), 「육복六福」(《소설문학》 11월호), 「침묵과 실어」(《세계의 문학》 겨울호), 「옥상의 민들레꽃」(《실천문학》 창간호)

1981(51세) 「엄마의 말뚝 2」로 제5회 이상문학상 수상.

20년간 살던 보문동 한옥을 떠나 잠실의 아파트로 이사.

오늘의 작가 총서 『나목·도둑맞은 가난』(민음사) 출간.

소설집 『이민 가는 맷돌』(심설당) 출간.

「천변풍경」(《문예중앙》 봄호), 「엄마의 말뚝 2」(《문학사상》 8월호), 「쥬디 할머니」(《소설문학》 10월호), 「꽃 지고 잎 피고」(피어리스 사보 〈Ami〉 1981), 「로얄 박스」(《현대문학》 12월호)

「도둑맞은 가난」이 일본에서 「盜まれた貧しさ」라는 제목으로 『韓国現代文学13人集』(古由高麗雄 편)에 수록 출간.(新潮社)

1982(52세) 10월과 11월, 문화공보부 주최 문인 해외연수에 참가. 유럽과 인도를 다녀옴.(김치수, 염재만, 이호철, 홍윤숙, 김영옥, 유재용, 김승옥, 박연희, 김홍신 등 참가)

『오만과 몽상』(한국문학사) 출간.(1985년 고려원에서 재출간)

단편집 『엄마의 말뚝』(일월서각) 출간.(첫 창작집 이후 발표된 소설을 묶음)

산문집 『살아 있는 날의 소망』(학원사) 출간.

「그해 겨울은 따뜻했네」 연재.(《한국일보》 1982. 1. 5~1983. 1. 15)

「떠도는 결혼」 연재.(《주부생활》 1982. 4.~1983. 11.)

「유실」(《문학사상》 5월호), 「무중霧中」(《세계의 문학》 여름호)

1983(53세) 『그해 겨울은 따뜻했네』(민음사) 출간.(《한국일보》에 연재한 동명의 소설)

「그의 외롭고 쓸쓸한 밤」(《문학사상》 3월호), 「아저씨의 훈장」(《현대문학》 5월호), 「무서운 아이들」(《한국문학》 7월호), 「소묘」(《소설문학》 8월호)

「그 살벌했던 날의 할미꽃」이 영국 런던에서 「A Pasque-Flower on That Bleak Day」라는 제목으로, 중단편 소설집 『The Rainy Spell and

　　　　　　　　Other Korean Stories』(서지문 역)에 수록 출간.(onyx press)
1984(54세)　7월 1일 영세 받음.
　　　　　　그해 창간된 잡지 〈2000년〉에 1984년 5월부터 12월까지 연재한 풍자 소설「서울 사람들」이 단행본『서울 사람들』로(글수레) 출간.
　　　　　　『인간의 꽃』(수문서관) 출간.(1979년에 출간된『욕망의 응달』을 제목을 바꿔 재출간함)
　　　　　　「재이산」(《여성문학》1월호),「울음소리」(《문학사상》2월호),「저녁의 해후」(《현대문학》3월호),「어느 이야기꾼의 수령」(《문예중앙》여름호),「움딸」(《학원》9월호),「지 알고 내 알고 하늘이 알건만」(『창비 84 신작소설집 - 지 알고 내 알고 하늘이 알건만』)
1985(55세)　방이동 아파트로 이사함.
　　　　　　11월 무렵 일본 '국제기금' 재단의 초청으로 홀로 일본 여행.
　　　　　　『서 있는 여자』(학원사) 출간.(《주부생활》에 연재했던「떠도는 결혼」과 같은 작품)
　　　　　　〈베스트셀러 소설선집 7〉『나목』(중앙일보사) 출간.
　　　　　　단편 선집『그 가을의 사흘 동안』(나남) 출간.
　　　　　　한국문학사에서 나왔던 장편『오만과 몽상』(고려원) 재출간.
　　　　　　자선 에세이집『지금은 행복한 시간인가』(자유문학사) 출간.
　　　　　　대하장편소설「未忘(미망)」연재 시작.(《문학사상》3월호)
　　　　　　「해산바가지」(《세계의 문학》여름호),「초대」(《문학사상》10월호),「애보기가 쉽다고?」(《동서문학》12월호),「사람의 일기」(『창비 85 신작소설집 - 슬픈 해후』),「저물녘의 황홀」(『문학과지성사 신작소설집 - 숨은 손가락』)
1986(56세)　창작집『꽃을 찾아서』(창작과비평사) 출간.(『엄마의 말뚝』이후, 1982년에서 1986년 사이에 창작한 중단편 수록)
　　　　　　산문집『서 있는 여자의 갈등』(나남) 출간.
　　　　　　「비애의 장」(《현대문학》2월호),「꽃을 찾아서」(《한국문학》8월호)

1987(57세)　　단편 선집『그 살벌했던 날의 할미꽃』(심지출판사) 출간.

『이상 문학수상작가 대표작품집 6 - 박완서』(문학세계사) 출간.

「저문 날의 삽화 1」(『여성동아문집 - 분노의 메아리』, 전예원), 「저문 날의 삽화 2」(《또 하나의 문화 4호: 여성 해방의 문학》), 「저문 날의 삽화 3」(《현대문학》6월호), 「저문 날의 삽화 4」(《창비 1987》, 부정기 간행물)

1988(58세)　　남편(5월)과 아들(8월)이 연이어 세상을 떠남.

서울을 떠나 부산 분도수녀원에서 지냄. 미국 여행을 다녀옴.

10월부터 이듬해 4월까지 〈문학사상〉에 연재하던「미망」을 중단함.

「저문 날의 삽화 5」(《소설문학》1월호)

1989(59세)　　단행본『그대 아직도 꿈꾸고 있는가』(삼진기획) 출간.

『서 있는 여자』(작가정신) 재출간. (1985년 학원사에서 출간됐던『서 있는 여자』재출간)

「그대 아직도 꿈꾸고 있는가」연재. (《여성신문》제11호(2월 17일)~제34호(7월 28일))

1988년 10월부터 연재 중단했던「미망」다시 연재 시작. (《문학사상》5월호)

「복원되지 못한 것들을 위하여」(《창작과비평》여름호), 「가(家)」(《현대문학》11월호)

「그 살벌했던 날의 할미꽃」이 프랑스에서「Une Vieille Anémone, Un Jour Lugubre」라는 제목으로『Une Fille Nommée Deuxième Garçon』(최윤, Patrick Maurus 역)에 수록 출간. (Le Méridien Editeur)

1990(60세)　　『미망』으로 대한민국문학상 우수상 수상.

해외 성지순례를 다녀옴.

〈문학사상〉 5월호로 완결된『미망 1, 2, 3』(문학사상사)이 단행본으로 출간.

산문집『나는 왜 작은 일에만 분개하는가』(햇빛출판사) 출간.

참척의 고통을 겪으면서 기록한 일기인 「한 말씀만 하소서」 연재.(가톨릭 잡지 〈생활성서〉 1990. 9.~1991. 9.)

1991(61세) 『미망』으로 제3회 이산문학상 수상.
회갑 기념 단편소설집 『저문 날의 삽화』(문학과지성사) 출간.
콩트집 『나의 아름다운 이웃』(작가정신) 출간.(1981년에 출간된 『이민 가는 맷돌』(심설당)에 실린 작품을 재출간)
「여덟 개의 모자로 남은 당신」(『여성동아문집 - 여덟 개의 모자로 남은 당신』, 정민), 「엄마의 말뚝 3」(〈작가세계〉 봄호, 「박완서 특집」), 「우황청심환」(〈창작과비평〉 여름호)
「엄마의 말뚝 1」이 영역되어 출간.(유영난 역, 『번역이란 무엇인가』, 태학사)

1992(62세) '소설로 그린 자화상'이라는 표제로 『그 많던 싱아는 누가 다 먹었을까』(웅진출판) 출간.
『박완서 문학 앨범』(웅진출판) 출간.
동화집 『산과 나무를 위한 사랑법』(샘터사) 출간.(1979년 샘터사에서 냈던 동화들을 모음)
「오동의 숨은 소리여」(〈현대소설〉 봄호)
『서 있는 여자』가 일본에서 『結婚』(中野宣子 역)이라는 제목으로 출간.(學藝書林)

1993(63세) 제19회 중앙문화대상(예술 부문) 수상.
「꿈꾸는 인큐베이터」로 제38회 현대문학상 수상.
제38회 현대문학상 수상소설집 『꿈꾸는 인큐베이터』(현대문학) 출간.
『박완서 문학상 수상 작품집』(훈민정음) 출간.(「그 가을의 사흘 동안」 「엄마의 말뚝 2」 「꿈꾸는 인큐베이터」 수록)
〈박완서 소설 전집〉(세계사) 『휘청거리는 오후』(소설 전집 1), 『도시의 흉년』(소설 전집 2, 3), 『휘청거리는 오후』(소설 전집 4), 『욕망의 응달』

(소설 전집 5) 출간.

「꿈꾸는 인큐베이터」(《현대문학》 1월호), 「티타임의 모녀」(《창작과비평》 여름호), 「나의 가장 나종 지니인 것」(《상상》 창간호(가을호))

「엄마의 말뚝 1」이 프랑스 〈Lettres coréennes〉 시리즈 중 『Le piquet de ma mère』(강고배, Hélène Lebrun 역)라는 제목으로 출간.(Actes Sud)

「겨울 나들이」가 미국에서 「Winter Outing」이라는 제목으로 『Land of Exile』(Marshall R. Pihl 역)에 수록 출간.(M. E. Sharpe)

1994(64세) 「나의 가장 나종 지니인 것」으로 제25회 동인문학상 수상

『제25회 동인문학상 수상작품집 - 나의 가장 나종 지니인 것』(조선일보사) 출간.

신작 소설집 『한 말씀만 하소서』(솔) 출간.(일기와 『저문 날의 삽화』이후의 소설을 묶음)

전작동화 『부숭이의 땅힘』(한양출판) 출간.

첫 창작집 『부끄러움을 가르칩니다』(한양출판) 재출간.

1977년에 출간한 첫 수필집 『꼴찌에게 보내는 갈채』(한양출판) 재출간.(일부 재수록)

〈박완서 소설 전집〉(세계사) 『목마른 계절』(소설 전집 6), 『엄마의 말뚝』(소설 전집 7), 『오만과 몽상』(소설 전집 8), 『그해 겨울은 따뜻했네』(소설 전집 9) 출간.

「가는 비, 이슬비」(한국문학 3·4월 합본호)

『그대 아직 꿈꾸고 있는가』가 독일에서 『Das Familienregister』(Helga Picht 역)이라는 제목으로 출간.(Verlag Volk &Welt)

1995(65세) 「환각의 나비」로 제1회 한무숙문학상 수상.

『그 산이 정말 거기 있었을까』(웅진출판) 출간.

단편 선집 『여덟 개의 모자로 남은 당신』(삼성) 문고판 출간.

산문집 『한 길 사람 속』(작가정신) 출간.

〈박완서 소설 전집〉(세계사) 『나목』(소설 전집 10), 『서 있는 여자』(소설 전집 11) 출간.

「마른 꽃」(《문학사상》 1월호), 「환각의 나비」(《문학동네》 봄호)

『나목』이 미국 코넬대학교 출판부에서 『The Naked Tree』(유영난 역)라는 제목으로 출간.(Cornell University)

「더위 먹은 버스」 「꿈꾸는 인큐베이터」 「티타임의 모녀」 단편 세 편이 독일에서 『Die Trämende Brutmaschine: 꿈꾸는 인큐베이터』(채운정, Rainer Werning 역)라는 제목으로 출간.(Secolo)

「티타임의 모녀」가 일본에서 「ティータイムの母娘」(岸井紀子 역)이라는 제목으로 〈韓國女性作家作品集(한국여성작가작품집)〉 중 『冬の幻』(朝鮮文学研究會 역)에 수록 출간.(韓日カルチャーセンター図書出版室)

「세모」 「주말농장」이 중국에서 「岁暮」 「周末农场」라는 제목으로 『韩国女作家作品选(한국여작가작품선)』에 수록 출간.(社会科学文献出版社)

1996(66세) 단편선집 『울음소리』(솔) 출간.

수필집 『우리를 두렵게 하는 것들』(자유문화사) 출간.

〈박완서 소설 전집〉(세계사) 『미망』(소설 전집 12, 13) 출간.

「참을 수 없는 비밀」(《창작과비평》 겨울호)

1997(67세) 『그 산이 정말 거기 있었을까』로 제5회 대산문학상 수상.

티베트·네팔 기행기 『모독』(학고재) 출간.

동화집 『속삭임』(샘터사) 출간.

「길고 재미없는 영화가 끝나갈 때」(《라쁠륨》 봄호), 「그 여자네 집」(『여성동아 문집 - 13월의 사랑』, 예감), 「너무도 쓸쓸한 당신」(《문학동네》 겨울호)

「닮은 방들」이 미국에서 「Identical Apartment」라는 제목으로

『WAYFARER』(Bruce Fulton, Ju-Chan Fulton 편역)에 수록 출간.(Women In Translation)

1998(68세) 구리시 아천동으로 이사함.

보관문화훈장(문화관광부) 수상.

단편소설집『너무도 쓸쓸한 당신』(창작과비평사) 출간.

산문집『어른 노릇 사람 노릇』(작가정신) 출간.

그림동화『이게 뭔지 알아맞혀 볼래?』(미세기) 출간.

「꽃잎 속의 가시」(《작가세계》 봄호), 「공놀이하는 여자」(《당대비평》 여름호), 「J-1 비자」(《창작과비평》 겨울호)

1999(69세) 『너무도 쓸쓸한 당신』으로 제14회 만해문학상 수상.

묵상집『님이여, 그 숲을 떠나지 마오』(여백) 출간.

에세이 선집『작은 마음이 아름다운 세상을 만든다』(미래사) 출간.

단편동화집『자전거 도둑』(다림) 출간.(첫 동화집『달걀은 달걀로 갚으렴』에서 여섯 편을 선별해 실음)

「아주 오래된 농담」 연재 시작.(《실천문학》 겨울호)

〈단편소설 전집〉(전5권, 문학동네)『어떤 나들이』(단편소설 전집 1),『조그만 체험기』(단편소설 전집 2),『아저씨의 훈장』(단편소설 전집 3),『해산바가지』(단편소설 전집 4),『가는 비 이슬비』(단편소설 전집 5) 출간.

단편 아홉 편이 미국에서『My Very Last Possession』(전경자 외 역)라는 제목으로 출간.(M. E. Sharpe)

「저문 날의 삽화」「그 가을의 사흘 동안」「도둑맞은 가난」「엄마의 말뚝 1, 2, 3」단편 여섯 편이 미국에서『A SKETCH OF THE FADING SUN』(이현재 역)이라는 제목으로 출간.(White Pine Press)

『그 많던 싱아는 누가 다 먹었을까』가 일본에서『新女性を生きよ』(朴福美 역)라는 제목으로 출간.(梨の木舍)

「어느 이야기꾼의 수렁」이 독일에서「Im Sumpf steckengeblieben」

	이라는 제목으로 『Am Ende der Zeit』(Helga Picht, Heidi Kang 편)에 수록 출간.(Pendragon)
2000(70세)	제14회 인촌상 수상.(문학 부문)
	9월 '2000 서울 국제 문학포럼'에서 「포스트 식민지적 상황에서의 글쓰기」 발표.
	등단 30주년 기념, 산문 선집 『아름다운 것은 무엇을 남길까』(세계사), 『박완서 문학 30년 기념 비평집: 박완서 문학 길찾기』(세계사) 출간.
	「아주 오래된 농담」(《실천문학》 가을호) 연재를 마친 후 단행본 『아주 오래된 농담』(실천문학사) 출간.
2001(71세)	「그리움을 위하여」로 제1회 황순원문학상 수상.
	장편동화 『부숭이는 힘이 세다』(계림북스쿨) 출간.(『부숭이의 땅힘』(1994)을 손보아 이름을 바꾸어 출간)
	「그리움을 위하여」(《현대문학》 2월호), 「또 한해가 저물어 가는데」(『우리시대의 여성작가 15인 신작소설집 - 진실 혹은 두려움』, 동아일보사)
	「그 가을의 사흘 동안」을 영역한 『Three Days in That Autumn』(유숙희 역)이 지문당의 〈The Portable Library of Korean Literature〉 시리즈 여덟 번째 책으로 출간.
2002(72세)	산문집 『꼴찌에게 보내는 갈채』(세계사) 개정 증보판 출간.(「내가 걸어온 길」 등이 추가됨)
	소설 모음집 『저문 날의 삽화』(문학과지성사) 개정판 출간.
	〈박완서 소설 전집〉(세계사) 개정판 출간.(전14권, 장정을 새로 함)
	산문집 『두부』(창작과비평사) 출간.
	자전적 동화 『옛날의 사금파리』(그림 우승우, 열림원) 출간.
	『우리 시대의 소설가 박완서를 찾아서』(웅진닷컴) 발간.(『박완서 문학앨범』(1992)의 개정증보판)

「아치울 이야기」(『여성작가 16인 신작소설집 - 피스타치오 나무 아래서 잠들다』, 동아일보사), 「그 남자네 집」(《문학과사회》 여름호)

「나의 가장 나종 지니인 것」이 독일에서 「Das Allerwichtigste in meinem Leben Erzälung」이라는 제목으로 『Wintervision』(김희열, Achim Neitzert 역)에 수록 출간.(Haag+Herchen)

「엄마의 말뚝」이 일본에서 「母さんの杭」라는 제목으로 『現代韓國短篇選(현대한국단편선) 下』(三枝寿勝 역)에 수록 출간.(岩波書店)

2003(73세) 산문집(콩트집)『나의 아름다운 이웃』(작가정신) 개정판 출간.

첫 동화집『달걀은 달걀로 갚으렴』에 수록되었던 「옥상의 민들레꽃」을 만화로 구성한『옥상의 민들레꽃』(그림 강웅승, 이가서)이 〈만화로 보는 한국문학 대표작선 003〉으로 출간.

김남조 · 김후란 · 박완서 · 전옥주 · 한말숙 5인 에세이집『세월의 향기』(솔과 학) 출간.

〈박완서 소설 전집〉(세계사)『휘청거리는 오후』(소설 전집 1), 『욕망의 응달』(소설 전집 5), 『목마른 계절』(소설 전집 6), 『서 있는 여자』(소설 전집 11) 개정판 출간.

「마흔아홉 살」(《문학동네》 봄호), 「후남아, 밥 먹어라」(《창작과비평》 여름호)

『그 산이 정말 거기 있었을까』가 스페인 트로타 출판사의 〈한국문학시리즈〉 중 첫 책으로『Aquella montaña tan lejana』(김혜정, Francisco Javier Martaín Ortíz 역)라는 제목으로 출간.(Trotta)

2004(74세) 〈현대문학〉 창간 50주년을 기념한 장편소설『그 남자네 집』(현대문학사) 출간.(2002년 〈문학과사회〉에 발표한 동명 단편을 기초로 한 작품)

일기『한 말씀만 하소서: 자식을 잃은 참척의 고통과 슬픔, 그 절절한 내면 일기』(판화 한지예, 세계사) 재출간.

〈그림, 소설을 읽다〉(전5권) 시리즈 첫 권으로『나목에 핀 꽃』(그림 박

항률, 랜덤하우스중앙) 출간.

1997년에 펴낸 첫 동화집에 수록되었던 여섯 편에, 최근에 쓴 동화 「보시니 참 좋았다」「아빠의 선생님이 오시는 날」을 새로 더해, 동화집 『보시니 참 좋았다』(그림 김점선, 이가서) 출간.

〈박완서 소설 전집〉(세계사) 『꿈엔들 잊힐리야』(박완서 소설 전집 12, 13, 14) 출간.(장편소설 『미망』(소설 전집 12, 13)의 일부 내용을 수정·보완한 후 표지 장정과 본문 디자인을 바꾸어 출간)

청소년판 『그 많던 싱아는 누가 다 먹었을까』(그림 강전희, 웅진닷컴) 출간.

「해산바가지」가 일본에서 「出産バガヂ」라는 제목으로 『韓国女性作家短編選』(한국여성작가단편선)(朴鈞礼 역)에 수록 출간.(穂高書店)

2005(75세) 12편의 기행 산문을 모은 기행산문집 『잃어버린 여행가방』(실천문학사) 출간.(1997년 학고재에서 출간했던 『모독』 포함)

『그 산이 정말 거기 있었을까』『그 많던 싱아는 누가 다 먹었을까』(웅진지식하우스) 양장본으로 재출간.

만화 『그 많던 싱아는 누가 다 먹었을까 1, 2』(그림 김광성, 세계사) 출간.(어린이를 위해 만화로 재구성)

〈다시 읽는 한국문학〉 시리즈 『다시 읽는 박완서 – 엄마의 말뚝』(그림 이승원, 맑은소리, 다시 읽는 한국문학 21) 출간.

〈20세기 한국소설〉 시리즈 『박완서』(창작과비평사, 20세기 한국소설 35) 출간.(「조그만 체험기」「그 가을의 사흘 동안」「엄마의 말뚝 2」「해산바가지」「나의 가장 나종 지니인 것」 등 수록)

「거저나 마찬가지」(《문학과사회》 봄호), 「촛불 밝힌 식탁」(『박완서 외 여성작가 17인 신작소설 – 촛불 밝힌 식탁』, 동아일보사)

『그 많던 싱아는 누가 다 먹었을까』가 대만에서 『那麼多的草萊哪裡去了?』(安金連, 臺北市 역)라는 제목으로 출간.(大塊文化)

『그 많던 싱아는 누가 다 먹었을까』가 태국에서 『ในความทรงจำ: แห่งชีวิตอันเยาว์วัย』라는 제목으로 출간.(TPA Press)

2006(76세) 5월 17일 서울대학교 명예문학박사 학위 수여.

제16회 호암상 예술상 수상.

묵상집 『옳고도 아름다운 당신』(시냇가에 심은 나무) 출간.(1996년부터 1998년까지 가톨릭 〈서울주보〉의 '말씀의 이삭'에 발표한 94편의 에세이를 모은 『님이여, 그 숲을 떠나지 마오』의 개정판)

문학상 수상작을 모아 『환각의 나비』(푸르메) 출간.(「그 가을의 사흘 동안」「엄마의 말뚝」「꿈꾸는 인큐베이터」「나의 가장 나종 지니인 것」「환각의 나비」 등 수록)

1999년 출간된 〈박완서 단편소설 전집〉(전5권, 문학동네)에, 1998년에 출간된 『너무도 쓸쓸한 당신』(창작과비평사)을 추가하여, 개정판 〈박완서 단편소설 전집〉(전6권, 문학동네) 출간.(『부끄러움을 가르칩니다』(단편소설 전집 1), 『배반의 여름』(단편소설 전집 2), 『그의 외롭고 쓸쓸한 밤』(단편소설 전집 3), 『저녁의 해후』(단편소설 전집 4), 『나의 가장 나종 지니인 것』(단편소설 전집 5), 『그 여자네 집』(단편소설 전집 6))

「대범한 밥상」(《현대문학》 2006년 1월호), 「친절한 복희씨」(《창작과비평》 봄호), 「그래도 해피 엔드」(《문학관》 가을, 한국현대문학관), 「궁합」「달나라의 꿈」(『저 마누라를 어쩌지』, 정음)

「마른 꽃」이 한영 대역본으로 『Weathered Blossom』(유영난 역)이라는 제목으로 출간.(한림)

『너무도 쓸쓸한 당신』이 중국에서 『孤獨的你』(朴善姬, 何彤梅 역)라는 제목으로 출간.(上海译文出版社)

「엄마의 말뚝 1, 2, 3」이 프랑스에서 『Les Piquets de ma mère』(Patrick Maurus, 문시연 역)라는 제목으로 완역 출간.(Actes Sud)

「배반의 여름」이 멕시코에서 「Traición en Verano」라는 제목으로

『Por la escalera del arco iris』(정권태, 유희명, Raúl Aceves, Jorge Orendáin 역)에 수록 출간.(ARLEQUíN)

2007(77세) 산문집『호미』(열림원) 출간.
소설집『친절한 복희씨』(문학과지성사) 출간.
이해인, 이인호와 함께, 대담집『대화』(샘터) 출간.
청소년판『엄마의 말뚝』(열림원) 출간.
〈다시 읽는 한국문학〉시리즈『다시 읽는 박완서 - 엄마의 말뚝 2·3』(그림 이수정, 맑은소리, 다시 읽는 한국문학 22) 출간.
〈교과서 한국문학〉시리즈 박완서 편으로, 제1권『옥상의 민들레꽃』(방민호 엮음, 휴이넘)을 시작으로 총 10권 발간.
중국 인민문학출판사의〈韓國文學叢書(한국문학총서)〉중『그 남자네 집』이『那个男孩的家』(王策宇, 金好淑 역)라는 제목으로 출간.(人民文學出版社)
『나목』이 중국에서『裸木』(김연란 역)이라는 제목으로 출간.(上海译文出版社)

2008(78세) 『꼴찌에게 보내는 갈채』(세계사) 문고판 출간.
산문집『옳고도 아름다운 당신』(열림원) 재출간.
〈박완서 소설 전집〉(세계사)『그 많던 싱아는 누가 다 먹었을까』(박완서 소설 전집 16),『그 산이 정말 거기 있었을까』(박완서 소설 전집 17) 출간.
2월부터 12월까지〈현대문학〉에 '박완서 연재 에세이' 연재.(총8회)
「땅 집에서 살아요」(『우리 시대 대표 여성작가 12인 단편 작품집 - 소설가의 집』, 중앙북스)
멕시코〈Colección de Literatura Coreana〉시리즈 중『그대 아직도 꿈꾸고 있는가』가『¿Seguirá soñando?』(전진재, Vilma Patricia Pulgarín Duque 역)라는 제목으로 출간.(Librisite)

2009(79세)	이야기 모음집 『세 가지 소원』(그림 전효진, 마음산책) 출간.(1970년 초부터 최근까지 콩트나 동화를 청탁받았을 때 써둔 짧은 이야기를 모음)
	1998년에 출간되었던 산문집 『어른 노릇 사람 노릇』(작가정신) 재출간.(장정과 표지 디자인을 새롭게 함)
	중국 상해역문출판사의 〈韓國現当代文學精選(한국현당대문학정선)〉 시리즈 중 『아주 오래된 농담』이 『非常久遠的玩笑』(金泰成 역)라는 제목으로 출간.(上海译文出版社)
	중국 상해역문출판사에서 〈韓國当代文作家精品系列(한국당대문작가정품계열)〉 시리즈 중 『휘청거리는 오후』가 『蹣跚的午后』(李貞嬌, 李茸 역)라는 제목으로 출간.(上海译文出版社)
	미국 컬럼비아대학교 출판부의 〈Weatherhead books on Asia〉 시리즈 중 『그 많던 싱아는 누가 다 먹었을까』가 『Who Ate Up All The Shinga?』(유영난, Stephen J. Epstein 역)이라는 제목으로 출간.(Columbia University Press)
	「조그만 체험기」「그 가을의 사흘 동안」이 브라질에서 각각 「A pequena expeiência」「Três dias daquele outono」라는 제목으로 『Contos Contemporâneos Coreanos』(임윤정 역)에 수록 출간.(Landy)
2010(80세)	산문집 『못 가본 길이 더 아름답다』(현대문학) 출간.(2002년 2월 〈현대문학〉에 발표한 에세이 「구형예찬」을 비롯하여 2008년 2월부터 12월까지 〈현대문학〉에 연재한 '박완서 연재 에세이' 와 그동안 쓴 짧은 글 등을 모음)
	「석양을 등에 지고 그림자를 밟다」(《현대문학》 2월호), 「엄마의 초상」(『가족, 당신이 고맙습니다』, 중앙북스)
2011(81세)	1월 22일 오전 6시 17분, 담낭암으로 투병하다 세상을 떠남.
	1월 24일, 금관문화훈장 추서.
	1월 25일, 경기도 용인시 모현면 오산리 천주교 서울대교구 공원묘

지에 안장됨.

4월, 『모든 것에 따뜻함이 숨어 있다: 박완서 문학 앨범』(웅진지식하우스), 관악 초청 강연록 『박완서: 문학의 뿌리를 말하다』(서울대학교 출판문화원), 그림동화책 『아가 마중: 참으로 놀랍고 아름다운 일』(그림 김재홍, 한울림) 출간.

「그 가을의 사흘 동안」이 프랑스에서 『Trois jours en automne』(Benjamin Joinau, 이정순 역)라는 제목으로 출간.(Atelier des Cahiers)

「친절한 복희씨」가 일본에서 「親切な 福姫さん」(渡辺直紀 역)이라는 제목으로 〈아시아 단편 베스트 셀렉션〉 중 『天國の風』에 수록 출간.(新潮社)

「부끄러움을 가르칩니다」가 미국에서 「We teach shame!」이라는 제목으로 『Waxen Wings』(Bruce Fulton 편)에 수록 출간.(Koryo Press)

2012　1월 22일(1주기) 그간에 출간된 장편소설을 모아 〈박완서 소설전집 결정판〉(세계사) 출간.(생전에 직접 원고를 손보다가 타계 후에는 유족과 기획위원들이 작업을 최종 마무리함)

〈박완서 소설전집 결정판〉 기획위원

권명아 1965년 서울 출생. 문학평론가, 동아대학교 국어국문학과 조교수. 연세대 불문과 및 동 대학원 국문과 박사. 1994년 「박완서 문학 연구」로 〈작가세계〉 문학상 평론 부문 신인상에 당선되며 등단했다. 『박완서 문학 길찾기』(세계사, 2000)를 공동 편찬했다. 대표 저서로는 『가족 이야기는 어떻게 만들어지는가』 『맞장 뜨는 여자들』 『문학의 광기』 『역사적 파시즘』 『탕아들의 자서전』 『식민지 이후를 사유하다』 등이 있다.

이경호 1955년 서울 출생. 문학평론가, 한서대학교 문예창작과 겸임교수. 고려대학교 영문과 및 동 대학원 비교문학 박사과정을 수료했다. 국내 문학인들을 분석 탐구해온 계간지 〈작가세계〉 편집 주간을 지냈으며 『박완서 문학 길찾기』(세계사, 2000)를 공동 편찬했다. 저서로는 『문학과 현실의 원근법』 『문학의 현기증』 『상처학교의 시인』 등이 있다.

호원숙 1954년 서울, 박완서의 맏딸로 태어났다. 수필가, 경운박물관 운영위원. 서울대학교 사범대학 국어교육과를 졸업했으며 〈뿌리깊은 나무〉 편집 기자를 지냈다. 1992년 출간된 『박완서 문학앨범』(웅진출판)에 어머니 박완서에 관한 「행복한 예술가의 초상」을 쓰기도 했다. 저서로는 『큰 나무 사이로 걸어가니 내 키가 커졌다』, 공저로는 어머니와 함께 쓴 『모든 것에 따뜻함이 숨어 있다』 등이 있다.

홍기돈 1970년 제주 출생. 가톨릭대학교 국어국문학과 교수. 중앙대학교 국문과를 졸업하고 동 대학원에서 「김수영 시 연구」로 석사학위, 「김동리 연구」로 박사학위를 받았다. 1999년 한강의 소설을 분석한 「그림자로 놓인 오십 개의 징검다리 건너기」로 계간 〈작가세계〉 문학상 평론 부문 신인상에 당선되며 등단했다. 〈비평과전망〉 〈시경〉 〈작가세계〉 편집위원을 지냈다. 저서로는 『페르세우스의 방패』 『인공낙원의 뒷골목』 『근대를 넘어서려는 모험들』 『김동리 연구』 등이 있다.

목마른 계절

초판 1쇄 발행 2012년 1월 22일
초판 7쇄 발행 2024년 7월 12일

지은이	박완서
펴낸이	최동혁
기획위원	권명아·이경호·호원숙·홍기돈
북디자인	오진경
띠지 사진	조선일보

펴낸곳	(주)세계사컨텐츠그룹
주소	06168 서울시 강남구 테헤란로 507 WeWork빌딩 8층
문의	plan@segyesa.co.kr
홈페이지	www.segyesa.co.kr
출판등록	1988년 12월 7일(제406-2004-003호)
인쇄	예림인쇄
제본	다인바인텍

ⓒ 박완서, 2012, Printed in Seoul, Korea

ISBN 978-89-338-0175-8 (04810)
ISBN 978-89-338-0173-4 (세트)

- 저자와 협의하여 인지를 붙이지 않습니다.
- 책값은 뒤표지에 표시되어 있습니다.
- 이 책 내용의 전부 또는 일부를 재사용하려면 반드시 저작권자와 세계사 컨텐츠 그룹 양측의 서면 동의를 받아야 합니다.